SCIENCE FICTION

Herausgegeben
von Wolfgang Jeschke

Weitere Auswahlbände aus
The Magazine of Fantasy and Science Fiction
erschienen als Heyne-Bücher:

Saturn im Morgenlicht (06/3011/214)
Das letzte Element (06/3013/224)
Heimkehr zu den Sternen (06/3015/236)
Signale von Pluto (06/3017/248)
Die Esper greifen ein (06/3019/260)
Die Überlebenden (06/3021/272)
Musik aus dem All (06/3023/286)
Irrtum der Maschinen (06/3025/299)
Die Kristallwelt (06/3027)
Wanderer durch Zeit und Raum (06/3031)
Roboter auf dem Kriegspfad (06/3053)
Die letzte Stadt der Erde (06/3048)
Expedition nach Chronos (06/3056)
Im Dschungel der Urzeit (06/3064)
Die Maulwürfe von Manhattan (06/3073)
Die Menschenfarm (06/3081)
Grenzgänger zwischen den Welten (06/3089)
Die Kolonie auf dem 3. Planeten (06/3097)
Welt der Illusionen (06/3110)
Mord in der Raumstation (06/3122)
Flucht in die Vergangenheit (06/3131)
Im Angesicht der Sonne (06/3145)
Am Tag vor der Ewigkeit (06/3151)
Der letzte Krieg (06/3165)
Planet der Selbstmörder (06/3186)
Am Ende aller Träume (06/3204)
Das Schiff der Schatten (06/3219)
Stürme auf Siros (06/3237)
Der verkaufte Planet (06/3255)
Planet der Frauen (06/3272)
Als der Wind starb (06/3288)
Welt der Zukunft (06/3305)

Sieg der Kälte (06/3320)
Flug nach Murdstone (06/3337)
Ein Tag in Suburbia (06/3353)
Ein Pegasus für Mrs. Bullit (06/3369)
Traumpatrouille (06/3385)
Der vierte Zeitsinn (06/3402)
Reisebüro Galaxis (06/3418)
Stadt der Riesen (06/3435)
Der Aufstand der Kryonauten (06/3454)
Insel der Krebse (06/3470)
Das Geschenk des Fakirs (06/3486)
Wegweiser ins Nirgendwo (06/3502)
Ein Affe namens Shakespeare (06/3519)
Tod eines Samurai (06/3537)
Frankensteins Wiegenlied (06/3553)
Cagliostros Spiegel (06/3569)
Jupiters Amboß (06/3587)
Die Cinderella-Maschine (06/3605)
Katapult zu den Sternen (06/3623)
Altar Ego (06/3642)
Die Trägheit des Auges (06/3659)
Lektrik Jack (06/3681)
Sterbliche Götter (06/3718)
Jeffty ist fünf (06/3739)
Eine irre Show (06/3811)
Das Zeitsyndikat (06/3845)
Fenster (06/3866)
Gefährliche Spiele (06/3899)
Terrarium (06/3931)
Das fröhliche Volk von Methan (06/3946)
Cyrion in Bronze (06/3965)

sowie der große Sonderband:
30 Jahre Magazine of Fantasy and Science Fiction, hrsg. von
Edward L. Ferman (06/3763)

GEFÄHRLICHE SPIELE

Eine Auswahl der besten Erzählungen

aus

THE MAGAZINE
OF FANTASY AND SCIENCE FICTION

62. Folge

*zusammengestellt von
Manfred Kluge*

Deutsche Erstveröffentlichung

WILHELM HEYNE VERLAG
MÜNCHEN

HEYNE-BUCH Nr. 06/3899
im Wilhelm Heyne Verlag, München

Deutsche Übersetzungen von
Hannelore Hoffmann, Irmtraud Kremp, Barbara Schönberg,
Biggy Winter, Jörg Adrian Huber und Peter Indermaur

Das Umschlagbild schuf Studio Lunati

Redaktion: Wolfgang Jeschke
Copyright © 1978 und 1980 by Mercury Press, Inc.
Copyright © 1982 der deutschen Übersetzungen
by Wilhelm Heyne Verlag GmbH & Go. KG, München
Printed in Germany 1982
Umschlaggestaltung: Atelier Heinrichs & Schütz, München
Satz: Friedrich Pustet, Regensburg
Druck und Bindung: Mohndruck, Graphische Betriebe GmbH, Gütersloh
ISBN 3-453-30822-0

INHALT

LISA TUTTLE
Heim für Käfer
(BUG HOUSE)
Seite 7

JOHN MORRESSY
Ein ganz gewöhnlicher Schultag
(NO MORE PENCILS, NO MORE BOOKS)
Seite 29

FELIX C. GOTSCHALK
Bei den Höhlenmenschen des San-Andreas-Canoñs
(AMONG THE CLIFF-DWELLERS OF THE SAN ADREAS CANYON)
Seite 42

NICHOLAS V. YERMAKOV
Ein Schimmer von Gold
(A GLINT OF GOLD)
Seite 112

JACK C. HALDEMAN II
Frühlingsfieber
(SPRING FEVER)
Seite 130

Inhalt

Susan C. Petrey
Das Lied der Spinne
(SPIDERSONG)
Seite 137

William Rotsler
Väterliche Führung gesucht
(PARENTAL GUIDANCE SUGGESTED)
Seite 155

Marta Randall
Gefährliche Spiele
(DANGEROUS GAMES)
Seite 176

J. W. Shutz
Lebenstraum
(LEBENSTRAUM)
Seite 233

Mack Reynolds & Gary Jennings
Höllenfeuer
(HELL'S FIRE)
Seite 247

Lisa Tuttle

Heim für Käfer

Das Haus war nicht viel mehr als eine Ruine. Wie ein sturmzerzaustes Schiff stand es auf einer unkrautüberwucherten Landzunge, hoch über dem Meer. Mutlosigkeit überkam Ellen, als sie es erblickte.

»Das soll's sein?« fragte der Taxifahrer zweifelnd, blinzelte durch die Windschutzscheibe und bremste.

»Muß es wohl.« Ellen sagte es ohne Überzeugung. Sie konnte nicht glauben, daß ihre Tante – oder sonst jemand – in diesem Haus wohnte.

Wie alle Häuser in der Gegend war es aus Holz gebaut und dann auf Betonblöcke gesetzt worden, die es einen Meter über den Erdboden emporhoben. Aber weniger von Überschwemmungen, als vielmehr von Stürmen schien dem Haus jetzt Gefahr zu drohen – oder einfach vom Zahn der Zeit. Es zerfiel buchstäblich auf seinen Betonblöcken. Die Holzbretter waren verwittert und bedeckt von Krusten uralter grauer Farbe. Fenster ohne Vorhänge glotzten ins Leere, und ein Laden hing schief. Das helle Tageslicht schien durch die Spalten zwischen den Brettern des durchhängenden Balkons im Obergeschoß.

»Ich warte hier«, machte sich der Fahrer erbötig und fuhr den Wagen zu der überwachsenen Einfahrt. »Falls niemand daheim ist.«

»Vielen Dank«, sagte Ellen, kletterte aus dem Rücksitz und zog ihren Koffer hinterher. Sie zählte das Fahrgeld in seine Hand und warf einen Blick auf das Haus. Nicht das geringste Zeichen menschlicher Anwesenheit. Ihre Schultern sackten ab. »Warten Sie bitte, bis jemand öffnet«, trug sie dem Fahrer auf.

Als Ellen über den zerborstenen Beton des Weges zur Haustür trottete, erschrak sie über eine flüchtige Bewegung unter dem Haus. Sie stand still und blickte angestrengt in das Dunkel. Ein Hund? Ein spielendes Kind? Etwas Großes, Schattenhaftes, das sich schnell bewegt hatte – aber nun war es davongerannt oder hatte sich versteckt. Hinter sich hörte sie den Motor des Taxis im Leerlauf. Einen Moment lang überlegte sie zurückzugehen. Zurück zu Danny. Zurück zu all ihren Problemen. Zurück zu seinen Lügen und leeren Versprechungen.

Sie ging weiter, und als sie die Veranda erreichte, legte sie die Knöchel an die graue verzogene Tür und klopfte zweimal hart.

Eine alte, uralte Frau, dünn wie ein Stock und offensichtlich leidend, öffnete. Ellen und die Alte starrten einander schweigend an.

»Tante May?«

In den Augen der alten Frau leuchtete Wiedererkennen auf, und sie nickte leicht. »Ellen, natürlich!«

Doch wann war ihre Tante nur so alt geworden?

»Komm herein, Liebes!« Die Alte streckte eine pergamentene Klaue aus. Hinter ihrem Rücken spürte Ellen den Wind. Das Haus knarrte, und eine Sekunde lang hatte Ellen das Gefühl, als gäbe der Boden unter ihren Füßen nach. Sie stolperte nach vorn, ins Haus. Die alte Frau – ihre Tante, vergegenwärtigte sie sich – schloß die Tür hinter ihr.

»Du lebst hier doch hoffentlich nicht allein!« begann Ellen. »Hätte ich gewußt . . . hätte Vater gewußt . . . wir . . .«

»Wenn ich Hilfe brauche, dann sage ich es schon«, meinte Tante May mit einer Schärfe in der Stimme, die Ellen an ihren Vater gemahnte.

»Aber dieses Haus«, fuhr Ellen fort, »das geht doch über die Kräfte eines einzelnen Menschen! Es sieht aus, als würde es jeden Augenblick zusammenfallen, und wenn dir hier etwas zustößt, so ganz allein . . .«

Die alte Frau lachte, ein trockenes dünnes Rasseln. »Unsinn. Dieses Haus wird älter werden als ich. Der äußere Schein täuscht manchmal. Sieh dich um, ich habe es hier recht gemütlich!«

Ellen betrachtete zum erstenmal die Diele. Ein großer, hoher Raum mit einem Messinglüster und einem dicken, orientalischen Teppich. Die Wände waren cremefarben, und die breite Treppe sah nicht so aus, als bestünde Gefahr, daß sie demnächst einstürzte.

»Herinnen wirkt es weitaus besser als von draußen«, meinte Ellen. »Von der Straße aus sah es ganz verlassen aus. Der Taxifahrer konnte nicht glauben, daß hier jemand wohnt.«

»Und das einzige, was mir an dem Haus wichtig ist, ist das Innere«, erklärte die alte Frau. »Ich habe es ziemlich verwahrlosen lassen. Es ist durchsetzt von Moder und wurmzerfressen, aber trotzdem ist es in nicht annähernd so schlechtem Zustand wie ich. Es wird immer noch stehen, wenn ich längst unter der Erde bin, und das ist beruhigend genug.«

»Aber, Tante May . . .« Ellen legte die Hände auf die knochigen Schultern ihrer Tante. »Sprich nicht so! Du stirbst noch nicht.«

Wieder das Lachen. »Sieh mich doch an, meine Liebe! Mich kann nichts mehr retten. Ich bin innerlich ausgehöhlt. Es ist kaum genug von mir übriggeblieben, um dich willkommen zu heißen.«

Ellen sah in die alten Augen, und was sie darin erblickte, legte einen Schleier über ihre eigenen.

»Aber der Arzt . . .«

»Ärzte sind auch nicht allwissend. Es kommt einmal der Zeitpunkt, meine Liebe, für jeden. Der Zeitpunkt, zu dem man dieser Welt adieu sagen muß. Wir wollen hineingehen und uns setzen. Möchtest du etwas essen? Nach der langen Fahrt wirst du sicher hungrig sein.«

Benommen folgte Ellen ihrer Tante in die Küche, einen schmalen Raum in Grün und Gold. Sie setzte sich an den Tisch und starrte auf das Muster der Tapete – Fische und Bratpfannen.

Ihre Tante war todkrank. Das kam völlig unerwartet. Die ältere Schwester ihres Vaters – aber nur acht Jahre älter, besann sich Ellen. Und ihr Vater war ein kräftiger, gesunder Mann, immer noch in den besten Jahren. Sie betrachtete ihre Tante, sah, wie sie sich mühsam von Kasten zu Anrichte, von Anrichte zu Regal vorwärtstastete, während sie die Mahlzeit bereitete.

Ellen erhob sich. »Laß es mich machen, Tante May!«

»Nein, nein, mein Liebes. Ich weiß, wo alles ist, verstehst du? Du findest dich nicht zurecht. Noch kann ich mich ganz gut auf den Beinen halten.«

»Ist Vater auf dem laufenden über dich? Wann hast du ihn zum letzten Mal gesehen?«

»Ach du meine Güte, ich wollte ihn nicht mit meinen Sorgen belasten. Wir haben schon jahrelang keinen Kontakt mehr. Das letztemal, daß ich ihn sah, das war – glaube ich –, ja, das war bei deiner Hochzeit, Liebes!«

Ellen erinnerte sich. Das war auch das letztemal gewesen, daß sie Tante May gesehen hatte. Sie konnte kaum glauben, daß jene Frau und die, mit der sie jetzt sprach, ein und dieselbe Person waren. Was war geschehen, das sie in nur drei Jahren derart altern ließ?

Tante May setzte einen Teller vor Ellen auf den Tisch. Ein Berg Thunfisch mit Mayonnaise, umgeben von Salzkeksen.

»Ich habe nicht viele frische Lebensmittel im Haus«, sagte sie. »Hauptsächlich Konserven. Das Einkaufen ist mir zu anstrengend geworden, aber ich habe sowieso nicht mehr viel Appetit, in letzter Zeit. Also ist mir ziemlich egal, was ich esse. Möchtest du Kaffee? Oder Tee?«

»Tee, bitte. Tante May, solltest du nicht ins Krankenhaus gehen? Wo sich ständig jemand um dich kümmern kann?«

»Hier kann ich mich selbst um mich kümmern.«

»Ich bin sicher, Mutter und Vater würden sich furchtbar freuen, dich wieder einmal zu Besuch . . .«

Tante May schüttelte entschlossen den Kopf.

»Im Krankenhaus findet man sicher eine Therapie für dein Leiden.«

»Gegen das Sterben gibt es nur eine Therapie, Ellen, und das ist der Tod.«

Der Teekessel begann zu pfeifen, und May goß kochendes Wasser über einen Teebeutel in der Tasse.

Ellen lehnte sich zurück und legte die rechte Seite des Kopfes an die Wand. Sie vernahm ein winziges, anhaltendes, knirschendes Geräusch darin. Termiten?

»Nimmst du Zucker?«

»Ja, bitte«, antwortete Ellen automatisch. Sie hatte ihre Mahlzeit noch nicht angerührt und hatte weder den Wunsch zu essen, noch zu trinken.

»Lieber Himmel!« seufzte Tante May. »Ich fürchte, du mußt ihn ohne Zucker trinken. Es muß schon lange her sein, seit ich ihn verwendet habe; es sind mehr Ameisen als Zuckerkörner drin.«

Ellen sah zu, wie May die ganze Blechbüchse in den Abfalleimer fallen ließ.

»Tante May, geht es ums Geld? Ich meine, wenn du hierbleibst, weil du es dir nicht leisten kannst . . .«

»Nein, nein, wo denkst du hin!« May setzte sich neben ihre Nichte an den Tisch. »Ich habe Kapital angelegt und genug Geld in der Bank für alles, was ich brauche. Und das Haus gehört auch mir. Ich habe es gekauft, als Victor in Pension ging, aber er ist von mir gegangen, bevor wir Zeit hatten, es gemeinsam zu genießen.«

In einer plötzlichen Woge des Mitgefühls beugte Ellen sich

hinüber und hätte ihre zerbrechliche Tante umarmt, aber May machte eine ›bleib-mir-vom-Leib‹-Bewegung mit der Hand, und Ellen zog sich zurück.

»Als Victor tot war, hatte ich keine Freude mehr daran, es in Schuß zu bringen. Deshalb ist es noch die gleiche Ruine wie damals, als ich es gekauft habe. Dieses Grundstück war ein echter Gelegenheitskauf, weil niemand das Haus wollte. Niemand außer mir und Victor.« May legte plötzlich den Kopf schief und lächelte. »Und vielleicht du? Was würdest du dazu sagen, wenn ich dir dieses Haus vermache?«

»Tante May, bitte . . .«

»Natürlich! Wem sonst? Außer du kannst den Anblick nicht ertragen, aber ich sage dir, zumindest das Grundstück ist etwas wert. Wenn das Haus von all dem Moder und Ungeziefer schon zu baufällig wird, könnt ihr es abreißen und etwas anderes aufbauen lassen, etwas, was dir und Danny besser zusagt.«

»Das ist sehr großzügig von dir, Tante May, aber ich mag es nicht, wenn du über den Tod sprichst.«

»Nein? Mir macht es nichts aus. Aber wenn es dich stört, dann erwähnen wir ihn nicht mehr. Soll ich dir dein Zimmer zeigen? Ich gehe nicht mehr nach oben«, sagte May. Sie stützte sich schwer auf das Geländer und legte häufig Pausen ein. »Ich habe mein Schlafzimmer nach unten verlegt. Es war mir zuviel Anstrengung, dauernd hinauf- und hinunterzusteigen.«

Das Obergeschoß roch stark nach Feuchtigkeit und Moder.

»Von diesem Zimmer aus hast du einen schönen Ausblick auf das Meer«, sagte May. »Ich dachte, das würde dir gefallen.« Sie blieb in der Tür stehen und winkte Ellen heran. »Im Schrank auf dem Korridor ist Bettzeug.«

Ellen blickte in das Zimmer. Es war karg mit Bett, Frisierkommode und geradlehnigem Stuhl eingerichtet. Die Wände waren anstaltsgrau und ohne Muster. Die Matratze trug keinen Überzug, und die Glastür zum Balkon war ohne Vorhang.

»Geh nicht auf den Balkon, ich fürchte, Teile davon sind schon recht morsch«, warnte May.

»Das habe ich bereits bemerkt«, stellte Ellen fest.

»Na ja, gewisse Dinge werden zuerst kaputt, weißt du. Ich lasse dich jetzt allein, Liebes. Ich bin auch ein bißchen müde. Wir sollten beide bis zum Abendbrot ein Nickerchen machen.«

Ellen sah ihre Tante an, und ihr Herz verkrampfte sich vor Sorge angesichts der Müdigkeit in diesen bleichen, gefurchten

Zügen. Sogar die kleine Strapaze des Treppensteigens sah man ihr deutlich an. Ihre Arme zitterten leicht, und sie war grau vor Erschöpfung.

Ellen umarmte sie. »Ach, Tante May«, sagte sie leise. »Ich werde dir eine Hilfe sein, das verspreche ich dir. Du wirst dich schonen, und ich kümmere mich um alles.«

May entzog sich den Armen ihrer Nichte und nickte. »Ja, Liebes. Es ist wirklich nett, daß du da bist. Wir freuen uns sehr.« Sie drehte sich um und ging den Korridor hinunter.

Als sie allein war, bemerkte Ellen plötzlich ihre eigene Erschöpfung. Sie ließ sich auf die kahle Matratze sinken und betrachtete ihr trostloses, kleines Zimmer, ihre Gedanken ein Durcheinander von alten und neuen Problemen.

Sie hatte Tante May niemals gut genug gekannt, um ihr wirklich näherzukommen – dieser ungeplante Besuch war ein Akt der Verzweiflung: der Wunsch, für eine Weile von ihrem Mann wegzukommen. Der Wunsch, ihn für eine kürzlich entdeckte Untreue zu bestrafen, hatte sie nach einem Ort suchen lassen, wohin sie sich flüchten und den sie sich auch leisten konnte – einen Ort, wo Danny sie nicht finden würde. Tante Mays einsames Haus an der Küste hatte sich als beste Möglichkeit für eine Woche Versteckspiel angeboten. Sie hatte Frieden, Langeweile, Reue erwartet – aber niemals eine sterbende alte Frau. Das stellte ein völlig neues Problem dar, das ihre Sorgen mit Danny fast zur Bedeutungslosigkeit schrumpfen ließ.

Mit einem Mal fühlte sie sich sehr allein. Sie wünschte, Danny wäre bei ihr, um ihr beizustehen. Sie wollte, sie hätte nicht geschworen, ihn mindestens eine Woche lang nicht anzurufen.

Aber sie würde Vater anrufen, beschloß sie. Sollte sie ihm nahelegen, es Danny nicht zu erzählen? Sie war unentschlossen – sie haßte es, ihren Eltern erklären zu müssen, daß in ihrer Ehe einiges nicht stimmte. Aber auch wenn Danny bei ihren Eltern anrief, um nach ihr zu fragen, würden sie wissen, was es geschlagen hatte. Heute abend mußte sie Vater anrufen. Ganz gewiß. Er würde herkommen und seine Schwester besuchen – er würde die Sache in die Hand nehmen, May in ein Krankenhaus bringen und einen Arzt mit einer Wunderkur finden. Da war sie ganz zuversichtlich.

Aber jetzt, in diesem Moment, war sie plötzlich von lähmender Müdigkeit befallen. Sie streckte sich auf der Matratze aus. Später würde sie die Bettücher holen und das Bett machen, aber jetzt wollte sie nur die Augen schließen, nur die Augen zumachen und eine Minute lang ausruhen . . .

Es war dunkel, als Ellen erwachte, und sie hatte Hunger.

Sie saß auf dem Bettrand und fühlte sich steif und verwirrt. Das Zimmer war kalt und roch nach Schimmel. Wie lang sie wohl geschlafen hatte?

Sie drückte auf den Lichtschalter, aber nichts geschah. Also tastete sie sich aus dem Zimmer und den dunklen Gang hinunter zur Treppe, die sie kaum erkennen konnte. Die Stufen knarrten laut unter ihren Schritten. Am unteren Ende der Treppe sah sie Licht in der Küche.

»Tante May?«

Die Küche war leer, das Licht kam von einer Leuchtstoffröhre über dem Herd. Ellen hatte das Gefühl, nicht allein zu sein. Irgend jemand beobachtete sie. Doch als sie sich umdrehte, war nichts hinter ihr außer der undurchdringlichen Finsternis der Diele.

Einen Augenblick lang lauschte sie dem Ächzen und Stöhnen des alten Hauses und den gedämpften Geräuschen von Meer und Wind draußen. Nichts dabei, was nach menschlicher Anwesenheit klang, und doch wollte das Gefühl nicht weichen, daß sie eine Stimme vernehmen würde, wenn sie nur angestrengt genug horchte . . .

Sie bemerkte noch einen schwachen Lichtschein am anderen Ende der Diele, hinter der Treppe, und sie wandte ihre Schritte in diese Richtung. Ihre Schuhe klapperten auf dem nackten Holzfußboden.

Ein Nachtlicht brannte, und in seinem Schein sah sie, daß eine Tür daneben nur angelehnt war. Sie streckte die Hand aus und stieß sie weiter auf. Als sie Mays Stimme hörte, trat sie in das Zimmer.

»Ich kann meine Beine überhaupt nicht mehr spüren«, sagte May. »Keine Schmerzen, nur Gefühllosigkeit. Aber komisch, sie funktionieren trotzdem noch. Ich hatte Angst, daß sie mir den Dienst versagen würden, sobald das Gefühl aus ihnen gewichen wäre. Aber das stimmt gar nicht. Du wußtest es ja; du sagtest mir voraus, daß es so sein würde.« Sie hustete, und aus dem dunklen Zimmer kam das Geräusch eines knarrenden Bettes. »Komm her, ich mach' dir Platz!«

»Tante May?«

Stille. Ellen vernahm nicht einmal das Atmen ihrer Tante.

Schließlich fragte May: »Ellen? Bist du es?«
»Ja, natürlich. Wer dachtest du?«
»Was? Oh, ich glaube, ich habe geträumt.« Wieder krachte das Bett.
»Was sagtest du über deine Beine?«
Neuerlich die knarrenden Geräusche. »Hmmm? Wie bitte?« Die Stimme eines Erwachenden, der gegen den Schlummer ankämpft.
»Nichts, nichts«, sagte Ellen. »Ich hatte nicht bemerkt, daß du schon zu Bett gegangen bist. Wir reden morgen früh darüber. Gute Nacht.«
»Gute Nacht, Liebes.« Verlegen zog Ellen sich aus dem finsteren, stickigen Schlafzimmer zurück.

Tante May mußte im Schlaf gesprochen haben. Oder vielleicht hatte sie Halluzinationen, krank und verwirrt, wie sie war. Aber der Gedanke – der Ellen unwillkürlich gekommen war –, daß May wachgelegen und Ellen mit jemand anderem verwechselt hatte, mit jemandem, dessen Besuch sie erwartete, jemand anderem im Haus – dieser Gedanke war absurd.

Der Klang von Schritten auf der Treppe, nicht weit über ihr, jagte Ellen nach vorn. Doch die Treppe war dunkel und leer, und so sehr sie ihre Augen auch anstrengte und den Blick bis zum Obergeschoß wandern ließ, sie konnte nichts erkennen. Das Geräusch war wohl weiter nichts als das Werk dieses sterbenden Hauses. — Unzufrieden mit dieser Erklärung ging Ellen stirnrunzelnd zurück in die Küche. Sie fand einen großen Vorrat an Konserven in der Speisekammer und bereitete sich eine Suppe. Und während sie aß, hörte sie die Schritte wieder – diesmal schien es, als kämen sie aus dem Raum über ihr.

Ellen starrte auf die Decke. Wenn da oben tatsächlich einer herumging, so versuchte er nicht, es zu verheimlichen. Doch nun hatte sie keinen Zweifel mehr: Das Geräusch waren Schritte. Irgend jemand befand sich da oben.

Ellen legte den Löffel hin und erschauerte. Das Knarren schwerer Schritte ging weiter.

Plötzlich hörte das Geräusch auf. Die Stille war zermürbend, sie ließ vor Ellens geistigem Auge das Bild eines Mannes entstehen, der gebückt und ein Ohr auf den Boden gepreßt auf irgendeine Reaktion von ihr wartete.

Ellen stand auf und belohnte den Lauscher oben mit dem Kratzen der Stuhlbeine auf dem Küchenboden. Sie ging zu dem

Kästchen neben dem Telefon – und hier, auf einem Brett, zusammen mit den Telefonbüchern, mit Heftplaster und Glühbirnen, lag – so wie im Haus ihrer Eltern – eine Taschenlampe.

Die Lampe funktionierte, und der stetige Lichtschein beruhigte Ellen. Sie erinnerte sich, daß in ihrem Zimmer kein Licht brannte, und nahm eine Glühlampe aus dem Kästchen, bevor sie es schloß und nach oben ging.

Sie wanderte von Tür zu Tür, öffnete alle und fand heraus, daß sie alle zu unmöblierten Räumen führten, zu Badezimmern und Abstellkammern. Sie hörte keine weiteren Schritte mehr und begegnete nichts und niemandem, der sie verursacht haben konnte. Nach und nach fiel die nervöse Spannung von ihr ab, und sie kehrte in ihr eigenes Zimmer zurück, nachdem sie sich mit Leintüchern und Überzügen aus dem Wäscheschrank eingedeckt hatte.

Sie drehte die Glühbirne ein, und als sie sich überzeugt hatte, daß sie brannte, schloß Ellen die Tür und ging daran, das Bett zu machen. Etwas auf dem Kissen erregte ihre Aufmerksamkeit. Sie betrachtete es näher und sah, daß es ein kleines Häufchen Sägemehl war. Sie blickte die Wand hoch und bemerkte ein schmales, von winzigen Löchern durchsetztes Holzbrett, von dem der Holzstaub stammte. Angeekelt verzog sie die Nase: Termiten. Kräftig schüttelte sie das Kissen und steckte es in einen Überzug; sie beschloß, als allererstes am Morgen Vater anzurufen. May konnte nicht in diesem Loch wohnen bleiben.

Die Sonnenstrahlen, die durch das vorhanglose Fenster strömten, weckten sie früh am Morgen. Möwenschreie und der durchdringende Geruch des Meeres begleiteten sie auf ihrem Weg zurück in die Realität. Sie stand auf und schauderte; die Feuchtigkeit schien bis in ihre Knochen gedrungen zu sein. Schnell kleidete sie sich an. Sie fand ihre Tante in der Küche am Tisch sitzend, wo sie eine Tasse Tee trank.

»Heißes Wasser steht auf dem Herd«, sagte May anstelle einer Begrüßung.

Ellen goß sich eine Tasse Tee ein und setzte sich neben ihre Tante an den Tisch.

»Ich habe eine Menge Lebensmittel bestellt«, sagte May. »Sie sollten bald hier sein, dann können wir Toast und Eier zum Frühstück essen.«

Ellen sah sie an und erkannte, daß sich eine sterbende Frau mit ihr in diesem Raum befand. Angesichts dieser nüchternen, unbestreitbaren Tatsache wußte sie nichts zu sagen. So saßen sie schweigend da, die Stille nur unterbrochen von einem gelegentlichen Nippen an der Tasse, bis die Türklingel schrillte.

»Läßt du ihn bitte herein, meine Liebe?« sagte May.

Ellen erhob sich. »Soll ich ihn bezahlen?«

»O nein, das verlangt er nicht. Laß ihn nur ein!«

Verwundert öffnete Ellen einem kräftig gebauten, jungen Mann die Tür, der einen großen braunen Papiersack in den Armen hielt. Zögernd streckte sie die Arme aus, um die Lebensmittel in Empfang zu nehmen, aber er ignorierte ihr Angebot, trat ein, wich ihr aus und ging in die Küche. Dort stellte er seinen Sack ab und begann, ihn auszupacken. Ellen stand in der Tür, sah zu und bemerkte, daß er alles an den Platz stellte, an den es gehörte.

Er sagte nichts zu May, die sich seiner Gegenwart kaum bewußt schien, aber sobald er alles eingeräumt hatte, setzte er sich auf Ellens Platz an den Tisch. Er legte den Kopf schief und betrachtete Ellen. »Sie müssen ihre Nichte sein.«

Ellen antwortete nicht. Sie mochte die Art nicht, wie er sie anblickte. Seine dunklen, fast schwarzen Augen schienen keine Pupillen zu haben – harte Augen ohne Tiefgang. Und der Blick dieser Augen lief abschätzend ihren Körper hinauf und hinab. Er lächelte, weil sie schwieg, und sagte zu May: »Eine von den Stillen.«

May stand auf, die leere Tasse in der Hand.

»Laß mich das machen«, sagte Ellen schnell und trat vor. May gab ihr die Tasse und setzte sich wieder hin, immer noch ohne ein Anzeichen dafür, daß ihr die Gegenwart des jungen Mannes bewußt war. »Möchtest du etwas essen?« fragte Ellen.

May schüttelte den Kopf. »Iß nur, was du magst, Liebes. Ich habe nicht viel Lust, zu essen . . . es scheint mir recht sinnlos geworden zu sein.«

»Tante May, du solltest wirklich etwas zu dir nehmen.«

»Dann ein Stück Toast.«

»Ich hätte gern Eier«, sagte der Fremde. Er streckte sich träge auf dem Stuhl. »Ich hatte noch kein Frühstück.«

Ellen sah May an; sie wollte einen Fingerzeig, wie sie diesem anmaßenden Fremden begegnen sollte. War er ein Freund? Ein Bediensteter? Sie wollte nicht grob zu ihm sein, wenn May es nicht wünschte. Aber May sah gleichgültig ins Leere.

Ellen sah den Mann an. »Warten Sie auf die Bezahlung für die Lebensmittel?« fragte sie.

Der Fremde lächelte, ein hartes Lächeln, das eine Reihe ebenmäßiger Zähne entblößte. »Ich tue Ihrer Tante den Gefallen, die Lebensmittel zu bringen. Damit sie sich nicht die Mühe machen muß, in ihrem Zustand auszugehen und sie selbst zu besorgen.«

Ellen starrte ihn unausgesetzt an, während sie vergeblich auf einen Wink Ihrer Tante wartete. Da drehte sie ihnen den Rücken zu und ging zum Herd, um das Essen zuzubereiten. Sie fragte sich, warum dieser Mensch ihrer Tante behilflich war – zahlte sie ihm wirklich nichts? Er vermittelte nicht den Eindruck des uneigennützigen, selbstlosen Typs.

»Jetzt, wo ich hier bin«, sagte Ellen, während sie Butter und Eier aus dem Kühlschrank nahm, »brauchen Sie sich nicht um meine Tante zu kümmern. Ich kann die Besorgungen für sie erledigen.«

»Ich bekomme zwei Spiegeleier«, sagte er. »Die Dotter nicht zu fest.«

Ellen funkelte ihn an, hielt sich aber zurück. Es war unwahrscheinlich, daß er sich trollte, nur weil sie sich weigerte, seine Spiegeleier zu braten – vermutlich würde er sie einfach selbst machen. Und schließlich hatte er ja wirklich die Lebensmittel gekauft.

Immerhin – als kleine Rache – briet sie die Eier zu fest und gab ihm von den Toasts jene mit den verbrannten Rändern.

Als sie sich an den Frühstückstisch setzte, blickte Ellen ihn herausfordernd an. »Mein Name ist Ellen Morrow«, sagte sie.

Er zögerte gerade so lange, daß sie sich überlegte, ihn direkter nach seinem Namen zu fragen. Dann antwortete er schleppend: »Sie können ›Peter‹ zu mir sagen.«

»Oh, vielen Dank«, entgegnete sie sarkastisch. Er lächelte wieder sein unangenehmes Lächeln, und Ellen spürte, daß er sie während der ganzen Mahlzeit beobachtete. Sobald sie fertiggegessen hatte, entschuldigte sie sich und sagte May, daß sie nun ihren Vater anrufen wolle.

Das rief in May die erste Reaktion des ganzen Morgens hervor. Sie streckte die Hand aus, als wollte sie Ellen zurückhalten, und zog sie wieder zurück, bevor sie Ellen berührte. »Bitte, mach dir keine Sorgen um mich, Ellen. Er kann absolut nichts für mich tun, und ich möchte nicht, daß er ganz umsonst hierhergerast kommt.«

»Aber May, du bist seine einzige Schwester – ich muß es ihm

sagen, und es ist doch klar, daß er etwas für dich wird tun wollen.«

»Das einzige, was er jetzt für mich tun kann, ist, mich in Ruhe zu lassen«, meinte May.

Bedrückt dachte Ellen, daß ihre Tante recht hatte – dennoch konnte sie sie nicht einfach sterben lassen, ohne wenigstens den Versuch zu machen, sie zu retten. Ihr Vater mußte verständigt werden. Um frei sprechen zu können, ließ sie das Telefon in der Küche links liegen und ging zurück zu Mays Schlafzimmer, wo sie einen weiteren Apparat vermutete.

Ihre Annahme erwies sich als richtig, und sie wählte die Nummer ihrer Eltern. Das Klingeln am anderen Ende der Leitung wollte nicht aufhören, bis sie es aufgab und das Büro ihres Vaters anrief. Ihr leiser Verdacht wurde bestätigt: Seine Sekretärin teilte ihr mit, daß ihr Vater beim Angeln war – absolut unerreichbar für einen oder zwei weitere Tage. Aber er würde Ellen anrufen, sobald er zurück sei.

Also hieß es warten. Ellen ging zurück zur Küche, die Gummisohlen ihrer Schuhe fast lautlos auf dem Boden.

Sie hörte ihre Tante sagen: »Letzte Nacht bist du nicht zu mir gekommen. Ich habe gewartet und gewartet. Warum bist du nicht gekommen?«

Ellen hielt instinktiv inne und blieb horchend stehen, bevor sie die Tür erreichte.

»Du hast versprochen, bei mir zu bleiben«, fuhr May fort. Ihre Stimme hatte einen weinerlichen Unterton, der Ellen peinlich war. »Du hast versprochen, bei mir zu bleiben und für mich zu sorgen, bis es soweit ist.«

»Das Mädchen war im Haus«, sagte Peter. »Ich habe nicht gewußt, ob ich sollte . . .«

»Was geht das sie an? Das geht sie nichts an«, sagte May scharf. »Nicht, solange ich lebe. Das ist immer noch mein Haus, und ich . . . ich gehöre zu dir, oder? Nicht wahr, Liebster?«

Es folgte Schweigen. Ellen eilte davon, so leise sie konnte, und verließ das Haus.

Die Seeluft, obwohl feucht und warm, war eine Erleichterung nach der modrigen Beengtheit des Hauses. Ellen holte tief Atem, doch die Übelkeit wollte nicht vergehen.

Sie hatten ein Verhältnis miteinander, ihre vom Tod gezeichnete Tante und dieser gräßliche junge Mensch.

Dieser muskulöse, kaltäugige, indolente Fremde schlief mit

ihrer zerbrechlichen, ältlichen Tante. Die Vorstellung schockierte sie und stieß sie ab, aber sie zweifelte nicht daran – der kurze Dialog und der Tonfall ihrer Tante hätten keine deutlichere Sprache sprechen können.

Ellen lief den sandigen, unkrautbewachsenen Abhang hinunter zum schmalen Strand und wünschte, sie könnte ihr Wissen aus ihren Gedanken tilgen. Sie konnte sich nicht vorstellen, wie sie ihrer Tante je wieder in die Augen sehen sollte, wie sie in einem Haus bleiben konnte, wo . . .

Sie hörte Dannys Stimme, erschöpft, verächtlich, aber immer noch teilnahmsvoll: »Du bist so naiv, was Sex betrifft, Ellen. Du glaubst, alles ist entweder schwarz oder weiß. Du bist so ein Kind.«

Ellen begann zu weinen, als sie an Danny dachte, und wünschte, sie wäre ihm nicht davongelaufen. Was würde er jetzt sagen? Daß ihre Tante auch ein Recht auf ihr Vergnügen hatte und der Einwand des Alters nichts als eines ihrer Vorurteile war?

Und was war mit *ihm*? fragte sich Ellen. Wie war das mit Peter – was war sein Anteil dabei? Auf irgendeine Weise benützte er ihre Tante, dessen war Ellen sich sicher. Vielleicht bestahl er sie – sie dachte an all die leeren Zimmer im Obergeschoß.

In einer Tasche ihrer Jeans fand sie ein Papiertaschentuch und wischte sich die Tränen ab. Das erklärte natürlich einiges, überlegte sie. Jetzt verstand sie, weshalb ihre Tante so verzweifelt an diesem verkommenen, morschen Koloß von einem Haus hing, weshalb sie nicht wollte, daß ihr Bruder sich die Mühe machte herzukommen.

»Hallo, Ellen Morrow!«

Alarmiert hob sie den Kopf und bemerkte, daß er direkt vor ihr stand, sein hartes Lächeln um den Mund. Sie blickte kurz in seine dunklen, unnachgiebigen Augen und sah weg.

»Sie sind nicht sehr freundlich«, sagte er. »Sie sind so schnell weggegangen von uns. Ich hatte überhaupt keine Gelegenheit, mit Ihnen zu sprechen.«

Sie starrte ihn böse an und versuchte, ihm auszuweichen und weiterzugehen, aber er schritt neben ihr her. »Sie sollten nicht so unfreundlich sein«, fuhr er fort. »Sie sollten versuchen, mich kennenzulernen.«

Sie blieb stehen und sah ihn an. »Warum? Ich weiß nicht, wer Sie sind und was Sie im Haus meiner Tante tun.«

»Ich denke, Sie werden Ihre Vermutungen haben«, antwortete er. Seine kühle Arroganz raubte ihr fast den Atem. »Ich kümmere mich um Ihre Tante. Bevor ich kam, war sie ganz allein hier, ohne Familie, ohne Freunde. Sie war völlig schutzlos. *Sie* mögen es anstößig finden, aber sie ist mir jetzt dankbar. Es wäre ihr nicht recht, wenn Sie versuchten, mich loszuwerden.«

»Jetzt bin ich da«, sagte Ellen. »Ich gehöre zu ihrer Familie. Und ihr Bruder wird auch herkommen. Wir werden sie nicht mehr alleinlassen – einem Fremden ausgeliefert.«

»Sie will mich nicht verlieren – weder für ihre Familie noch für jemand anderen.«

Ellen schwieg einen Augenblick lang. Dann sagte sie: »Sie ist eine einsame, kranke, alte Frau – sie braucht irgend jemanden. Aber welchen Vorteil haben Sie davon? Glauben Sie, sie hinterläßt Ihnen ihr Geld, wenn sie stirbt?«

Er lächelte verächtlich. »Ihre Tante besitzt kein Geld. Alles, was sie besitzt, ist diese verfallene Hütte – die sie Ihnen hinterlassen will. Ich gebe ihr, was sie braucht, und sie gibt mir, was ich brauche – und das ist etwas viel Wesentlicheres und Wichtigeres als Geld.«

Sie befürchtete, rot zu werden, und wollte nicht, daß er es sah. So drehte sie sich um und schritt über den Sand zurück zum Haus. Sie spürte, daß er an ihrer Seite ging, aber sie ignorierte seine Gegenwart.

Bis er ihren Arm packte – und sie einen Schrei ausstieß, der ihr peinlich war in dem Moment, als er an ihr Ohr drang. Doch Peter ließ sich nicht anmerken, ob er ihn gehört hatte oder nicht, er lenkte ihre Aufmerksamkeit auf etwas auf dem Boden.

Sie fühlte sich ein wenig töricht und immer noch erschrocken, aber sie ließ sich von ihm hinabziehen und hockte sich auf die Fersen. Er hatte sein Augenmerk auf einen Kampf gerichtet – einen Kampf ums Überleben in einer kleinen, sandigen Arena. Eine Spinne, hell wie der Sand, wippte argwöhnisch auf langen, härchenbedeckten Beinen. Eine Wegwespe, ihr chitinglänzender Körper ein tödlicher schwarzer Pfeil im Licht der Sonne, umtanzte sie.

Etwas unheimlich Faszinierendes lag in der Art, wie die beiden winzigen Feinde einander umkreisten, durch Scheinangriffe täuschten, wie sie erstarrten, sich zurückzogen und nach vorn schossen. Die Spinne auf ihren zarten Beinen schien Ellen nervös, die Wespe hingegen ruhig und zielstrebig. Obwohl sie weder Spinnen noch Wespen mochte, hoffte sie, die Spinne möge den Kampf gewinnen.

Plötzlich schoß die Wespe vor; die Spinne rollte auf den Rücken, ihre Beine streckten und schlossen sich wie die Finger einer Faust, und eine Sekunde lang schienen die beiden miteinander zu ringen.

»Ah, jetzt ist es soweit«, murmelte Ellens Begleiter. Sie bemerkte den konzentrierten Ausdruck auf seinem Gesicht; der tödliche Kampf nahm ihn völlig gefangen.

Sie warf wieder einen Blick auf die beiden Widersacher am Boden und sah, daß die Spinne ganz ruhig dalag, während die Wespe sie wachsam umkreiste.

»Sie hat die Spinne umgebracht«, sagte Ellen.

»Nein«, widersprach Peter. »Die Spinne ist nicht tot. Nur gelähmt. Die Wespe überzeugt sich nur, ob ihr Stich tatsächlich gewirkt hat, bevor sie weitermacht. Sie wird ein Loch graben, die Spinne hineinziehen und dann ihr Ei auf dem Spinnenkörper ablegen. Die Spinne kann nichts anderes tun, als stillzuliegen im Haus ihres Feindes und darauf zu warten, daß eine Larve aus dem Ei schlüpft und sie aufzufressen beginnt.« Wieder lächelte er sein unangenehmes Lächeln.

Ellen erhob sich.

»Natürlich spürt die Spinne nichts«, fuhr Peter fort. »Sie lebt zwar, aber nur dem äußeren Anschein nach. Das Gift, das ihr die Wespe einspritzte, hat sie total gelähmt. Ein höher entwickeltes Tier würde sich quälen mit seiner Furcht vor der Zukunft, vor dem unvermeidlich nahenden Tod – aber das hier ist nur eine Spinne. Und was weiß eine Spinne schon von alldem?«

Ellen ging davon, ohne etwas darauf zu sagen. Sie erwartete, daß er ihr folgte, aber als sie sich umwandte, hockte er immer noch auf Händen und Knien und beobachtete die Wespe bei ihrer tödlichen Arbeit.

Im Haus angelangt, versperrte Ellen die Tür hinter sich und ging dann weiter von Tür zu Tür und von Fenster zu Fenster und verschloß sie alle. Wahrscheinlich hatte ihre Tante Peter einen Schlüssel gegeben, aber sie wollte nicht wieder von ihm überrascht werden. Sie versperrte gerade die Seitentür nächst Mays Schlafzimmer, als die kraftlose Stimme rief: »Bist du das, Liebes?«

»Ich bin es, Tante May«, sagte Ellen und fragte sich, wer mit

›Liebes‹ wohl gemeint war. Mitleid kämpfte kurz mit Ekel, bevor sie ins Schlafzimmer trat.

Vom Bett her lächelte ihre Tante schwach. »Ich ermüde jetzt so rasch«, sagte sie. »Ich glaube, ich werde den Tag im Bett verbringen. Was kann ich denn schon tun, außer warten?«

»Tante May, ich könnte ein Auto mieten und dich zu einem Arzt bringen – oder vielleicht finden wir einen Arzt, der bereit ist, hier herauszukommen.«

May drehte ihren grauen Kopf auf dem Kissen hin und her. »Nein. Nein. Ein Doktor kann nichts machen, kein Medikament der Welt kann mir jetzt noch helfen.«

»Irgend etwas, damit du dich wieder besser fühlst . . .«

»Meine Liebe, ich spüre sehr wenig. Überhaupt keine Schmerzen. Mach' dir meinetwegen keine Sorgen. Bitte!«

Sie sieht so erschöpft aus, dachte Ellen, so verbraucht. Ihre Augen füllten sich mit Tränen, als sie auf die kleine Gestalt unter den Bettüchern hinunterblickte. Sie ließ sich neben dem Bett zu Boden fallen. »Tante May, ich *will* nicht, daß du stirbst!«

»Na, na«, sagte die alte Frau leise und ohne sich zu bewegen. »Kränke dich nicht. Früher hatte ich auch solche Emotionen, aber heute bin ich darüber hinweg. Ich habe akzeptiert, was geschehen ist, und du mußt es auch tun.«

»Nein«, flüsterte Ellen, das Gesicht auf das Bett gepreßt. Sie wollte ihre Tante umarmen, aber sie wagte es nicht – die Reglosigkeit der alten Frau schien es unmöglich zu machen. Ellen wünschte, May würde die Hand ausstrecken oder ihr das Gesicht zuwenden, um sich küssen zu lassen: Sie selbst konnte einfach nicht den ersten Schritt tun.

Schließlich hörte Ellen auf zu weinen und hob den Kopf. Sie sah, daß ihre Tante die Augen geschlossen hatte und langsam und ruhig atmete, offensichtlich schlief. Ellen stand auf und schlich aus dem Zimmer. Sie hatte Sehnsucht nach ihrem Vater, nach irgend jemandem, mit dem sie dieses Leid teilen konnte.

Den Rest des Tages verbrachte sie mit Lesen und ziellosem Umherwandern im Haus, während sie an Danny dachte, an ihre Tante und an den widerlichen Fremden, der sich Peter nannte. Ein Gefühl der Ohnmacht überkam sie, weil sie nichts tun konnte. Wieder kam der Wind auf, und das alte Haus ächzte und zerrte an ihren Nerven. In dieser vermoderten Ruine fühlte sie sich wie ein Tier in der Falle, also ging sie auf die Terrasse. Dort lehnte sie sich ans Geländer und starrte hinaus auf das Grau-

Weiß des Ozeans. Hier heraußen genoß sie die Schärfe des Windes, und selbst das Knarren des Balkons über ihr störte sie nicht.

Beiläufig wandte sie ihre Aufmerksamkeit dem hölzernen Geländer unter ihren Händen zu, und mit einem Fingernagel hob sie einen vorstehenden Splitter unter ihren Fingern: ein handtellergroßes Stück schlecht lackiertes Holz herab und entblößte das Darunter, so weich und löchrig wie ein Schwamm. Das Holz schien zu zittern, und nach einem Augenblick der Verblüffung erkannte Ellen plötzlich, daß es völlig von Termiten zerfressen war. Mit einem leisen Schrei des Abscheus fuhr sie zurück und starrte auf das wimmelnde Innenleben, das sie entdeckt hatte. Dann lief sie ins Haus zurück und versperrte die Tür hinter sich.

Es wurde dunkel, und Ellen begann sehnsüchtig an Essen und Gesellschaft zu denken. Es kam ihr zu Bewußtsein, daß sie keinen Laut aus dem Zimmer ihrer Tante gehört hatte, seit sie sie am Morgen schlafend zurückgelassen hatte. Nachdem sie in der Küche nachgesehen hatte, was an Zutaten für ein Abendessen vorhanden war, ging sie zurück, um May aufzuwecken.

Das Zimmer war dunkel und viel zu still. Eine Vorahnung ließ Ellen in der Tür innehalten, und während sie noch angespannt auf irgendeinen Laut horchte, erkannte sie plötzlich die Bedeutung dieser Stille: May atmete nicht.

Ellen drehte das Licht auf und rannte zum Bett. »Tante May! Tante May!« rief sie verzweifelt. Sie ergriff hastig die kühle Hand, suchte hoffnungsvoll den Puls und legte das Ohr auf Mays Brust, während sie selbst den Atem anhielt, um den Herzschlag zu vernehmen.

Nichts. May war tot. Ellen richtete sich auf, immer noch auf den Knien neben dem Bett, immer noch die kühle Hand in ihrer eigenen. Sie starrte in das ausdruckslose Gesicht – die Augen waren verschlossen, der Mund etwas geöffnet – und spürte, wie ihr Inneres sich mit Trauer erfüllte.

Erst hielt sie es für einen Tropfen Blut. Dunkel und glänzend erschien es auf Mays Unterlippe und schlüpfte langsam aus ihrem Mundwinkel. Verblüfft verfolgte Ellen das Tröpfchen, das sich von Mays Lippe löste und, ohne eine Spur zu hinterlassen, das Kinn hinabbewegte.

Da erkannte sie, was es war.

Es war ein kleiner, schwarzer, glänzender Käfer, nicht größer als der Nagel ihres kleinen Fingers. Und während Ellen noch hinsah, kroch ein zweites winziges Insekt über die Schwelle der erstarrten Lippe.

Ellen taumelte auf allen vieren vom Bett weg. Schauer liefen über ihre Haut, ihr Magen drehte sich um, und ein gräßlicher Geruch schien in ihre Nase zu dringen. Irgendwie schaffte sie es, auf die Füße und aus dem Zimmer zu kommen, bevor sie sich übergab oder in Ohnmacht fiel.

In der Diele lehnte sie sich gegen die Wand und versuchte, ihre fünf Sinne beisammenzuhalten.

May war tot.

Die Vorstellung eines Schwalles schwarzer Insekten, die aus dem Mund der alten Frau brodelten, drängte sich in ihre Gedanken.

Ellen stöhnte, krampfte die Kiefer aufeinander und versuchte, an etwas anderes zu denken. *Es war gar nicht geschehen.* Sie wollte einfach nicht daran denken.

Aber May war tot, und damit mußte sie sich jetzt auseinandersetzen. Ellens Augen füllten sich mit Tränen – doch ärgerlich blinzelte sie sie weg. Dafür war jetzt keine Zeit. Tränen nützten überhaupt nichts. Sie mußte nachdenken. Sollte sie ein Bestattungsunternehmen anrufen? Nein, erst einen Arzt natürlich, auch wenn der nicht mehr helfen konnte. Ein Arzt würde ihr sagen, was zu tun, wer zu benachrichtigen war.

Sie ging in die Küche und drehte das Licht an; die Finsternis draußen schlug wie ein schwerer Vorhang gegen das Fenster. In dem Wandkästchen neben dem Telefon fand sie das dünne Telefonbuch der Gegend und sah unter ›Ärzte‹ nach. Es gab nur wenige. Ellen merkte sich die erste Nummer und hob den Hörer ab, während sie hoffte, daß ein Nest wie dieses hier einen nächtlichen Bereitschaftsdienst für Ärzte besaß.

Kein Laut drang aus dem Hörer. Verwirrt drückte sie auf den Knopf und ließ ihn wieder los. Nichts. Doch sie glaubte nicht, daß die Leitung tot war, denn sie konnte etwas hören, das wie ein leichtes Atmen klang, als ob jemand im Haus den Hörer von einer Nebenstelle abgehoben hätte und lauschte.

Alarmiert von dieser Vorstellung knallte Ellen den Hörer zurück in die Gabel. Es konnte niemand im Haus sein, aber möglicherweise war einer der anderen Hörer nicht gut aufgelegt. Sie versuchte, sich zu erinnern, ob sie oben einen Apparat gesehen hatte, denn sie schreckte vor dem Gedanken zurück, ohne einen Arzt oder eine andere Begleitung ins Zimmer ihrer Tante zurückgehen zu müssen.

Doch selbst wenn es im Obergeschoß noch einen Apparat gäbe, hatte sie ihn weder verwendet noch gesehen, und es war nicht wahrscheinlich, daß er die Störung verursachte. Aber der Hörer im Schlafzimmer Mays war möglicherweise nicht gut aufgelegt worden, entweder von May oder ihr selbst. Sie mußte wohl nachsehen.

Er wartete in der Diele auf sie.

Der Atem staute sich in ihrer Kehle und drohte, sie zu ersticken. Sie brachte keinen Ton hervor und wich zurück.

Er trat näher.

Es gelang Ellen, ihre Stimme wiederzufinden, sie überwand einen Augenblick lang ihre instinktive Furcht vor diesem Menschen und sagte: »Peter, Sie müssen einen Arzt für meine Tante holen.«

»Ihre Tante hat gesagt, sie will keinen Arzt«, entgegnete er. Der Klang seiner Stimme kam fast als Erleichterung nach dieser bedrohlichen Stille.

»Was meine Tante will oder nicht, ist jetzt nicht mehr von Belang«, stellte Ellen fest. »Sie ist tot.«

Die Stille rundum schien von Summen erfüllt. In der Dunkelheit der Diele glaubte Ellen sein Lächeln zu erkennen.

»Wollen Sie nun einen Arzt holen?«

»Nein«, sagte er.

Ellen fuhr zurück, und wieder folgte er ihr.

»Gehen Sie doch und sehen Sie selbst nach ihr!« schlug sie vor.

»Wenn sie tot ist, braucht sie keinen Arzt«, sagte er. »Und morgen früh ist Zeit genug, um die Leiche wegbringen zu lassen.«

Ellen bewegte sich weiter rückwärts; sie scheute sich, ihm den Rücken zuzudrehen. Sobald sie wieder in der Küche war, würde sie nochmals zu telefonieren versuchen.

Aber er ließ es nicht so weit kommen. Bevor sie nach dem Hörer griff, schoß seine Hand vor und riß das Kabel aus der Wand. Ein merkwürdiges Lächeln lag auf seinem Gesicht. Dann hob er den Apparat mit dem herabhängenden Kabel hoch über seinen Kopf, und während Ellen ängstlich zur Seite wich, schmiß er das ganze Ding mit äußerster Kraft zu Boden. Mißtönend krachte es auf das Linoleum, nur wenige Zentimeter von Ellens Füßen entfernt.

Sie starrte ihn erschreckt an, unfähig zu sprechen oder sich zu bewegen, und versuchte krampfhaft zu überlegen, wie sie ihm entkommen könnte. Sie dachte an die Finsternis draußen, an die lange Schotterstraße, an der keine Menschenseele wohnte, an den verlassenen Strand. Und dann dachte sie an Mays Zimmer, das eine schwere Holztür besaß und einen Telefonapparat, der vielleicht noch funktionierte.

Er beobachtete sie unausgesetzt und bewegungslos. Ellen hatte den absurden Eindruck, daß er versuchte, sie zu hypnotisieren, um sie davon abzuhalten, wegzurennen; oder vielleicht wartete er einfach darauf, daß sie den ersten Zug machte, wartete auf die verräterische Spannung ihrer Muskeln, die ihre Absichten preisgeben würde.

Schließlich wurde Ellen bewußt, daß sie etwas unternehmen mußte. Sie konnte nicht ewig darauf warten, daß er handelte. Weil er so nahe bei ihr stand, wagte sie nicht, an ihm vorbeizulaufen. Stattdessen blickte sie nach links, als ob sie um ihn herum zur Tür wollte, rannte aber tatsächlich nach rechts.

Er fing sie mit seinen kräftigen Armen ein, bevor sie noch drei Schritte getan hatte. Sie schrie, und sein Mund senkte sich auf den ihren und erstickte den Schrei.

Das Gefühl seiner Lippen auf den ihren entsetzte sie mehr als alles andere. Irgendwie hatte sie daran nicht gedacht – trotz ihrer Furcht vor ihm war ihr bisher nicht die Idee gekommen, daß er vorhaben könnte, ihr Gewalt anzutun.

Sie schlug wild um sich, spürte, daß er sie noch enger an sich drückte und ihr die Arme an den Körper preßte, bis sie keine Luft mehr bekam. Sie versuchte, ihn wegzustoßen oder ihm das Knie in den Unterleib zu rammen, aber sie war nicht fähig, ihr Bein hoch genug zu heben, und ihre Stöße waren nichts als schwache, kleine Schläge gegen seine Beine.

Er hob seinen Mund von ihrem, zerrte sie zurück in die Finsternis der Diele, drückte sie zu Boden und fesselte sie mit dem Gewicht seines Körpers. Dankbar dachte Ellen an ihre Jeans, die sehr eng saßen. Um sie runterzukriegen . . . aber soweit durfte sie es nicht kommen lassen. Sobald er sie losließ, und sei es nur für einen Augenblick, würde sie auf seine Augen losgehen, beschloß sie.

Diesen Vorsatz hatte sie, als er sein Gewicht von ihr hob, aber er hielt ihre Handgelenke in eisernem Griff. Sie begann, um sich zu treten, aber ihre Beine schlugen nur gegen die seinen, und die Tritte hatten keine Wirkung.

Plötzlich ließ er ihre Hände fallen. Sie hatte kaum Zeit, sich dessen gewahr zu werden und an seine Augen zu denken, als er ihr mit einer fließenden, fast beiläufigen Bewegung einen harten Schlag in den Magen versetzte.

Sie konnte nicht atmen. Unwillkürlich krümmte sie sich zusammen, spürte nichts als den quälenden Schmerz. Unterdessen zog er ihr Jeans und Slip herunter, drehte ihren widerstandslosen Körper um und zwang ihn in eine kniende Stellung.

Während sie zitterte, würgte und versuchte, Luft zu bekommen, betastete er ihre Genitalien; sie bemerkte es kaum. Kurz darauf spürte sie einen neuen Schmerz, einen zerrenden, trockenen Schmerz, als er von hinten in sie eindrang.

Es war der Vorgang, den sie spürte; einen Moment des Schmerzes und der Hilflosigkeit – und dann begann alles, taub zu werden. Sie hatte das Gefühl – oder, besser, sie hatte ein *immer schwächer werdendes* Gefühl – einer Welle der Empfindungslosigkeit, die wie Eiseskälte von ihrem Schoß auf ihren Bauch, auf ihre Hüften und hinab in ihre Beine übergriff. Ihr Brustkorb war taub, und der Schlag, den er ihr versetzt hatte, schmerzte nicht mehr. Da war einfach nichts – kein Schmerz, keinerlei Signale mehr von ihrem mißhandelten Körper. Immer noch spürte sie ihre Lippen, immer noch konnte sie die Augen öffnen und schließen, aber alles, was unter ihrem Kinn lag, hätte genauso gut tot sein können.

Und zusammen mit der Empfindungslosigkeit kam der Verlust der Körperbeherrschung. Unversehens fiel sie nach vorn und schlug mit dem Kinn schmerzhaft auf dem Boden auf.

Sie nahm an, daß er sie immer noch vergewaltigte, aber sie war nicht fähig, ihren Kopf zu wenden und nachzusehen.

Über ihrem eigenen, schweren Atmen wurde sich Ellen eines anderen Geräusches gewahr, eines tiefen, raunenden Summens. Von Zeit zu Zeit wankte und schwankte ihr Körper leicht, und sie vermutete die Ursache dafür in dem, was er diesem Körper immer noch antat.

Ellen schloß die Augen und betete darum, aus diesem Traum zu erwachen. Hinter ihren geschlossenen Lidern erschienen lebhafte Bilder. Wieder sah sie das Insekt auf den toten Lippen ihrer Tante, einen Käfer, so schwarz, hart und glänzend wie Peters Augen. Die Wegwespe in den Dünen, die die gelähmte

Spinne umkreiste. Tante Mays Leiche, bedeckt von einer glitzernden Woge von Insekten, die über sie krabbelten, sich an ihrem toten Fleisch labten.

Und wenn sie mit ihrer Tante fertig waren, würden sie kommen und sie hier auf dem Boden finden, unfähig, sich zu bewegen und bereit für sie?

Sie schrie auf bei dem Gedanken und riß die Augen auf. Sie sah Peters Füße vor sich. Also hatte er aufgehört. Sie begann zu weinen.

»Verlaß mich nicht so«, murmelte sie, ihr Denken immer noch ein Meer von Angst.

Sie hörte, wie er trocken in sich hineinlachte. »Verlassen? Aber das ist doch mein Haus!«

Und sie verstand. Natürlich würde er sie nicht verlassen. Er würde zusammen mit ihr hierbleiben, wie er bei ihrer Tante geblieben war, und sich um sie kümmern, während sie immer schwächer wurde, bis sie starb und die lebende Fracht ausspie, die er in sie gepflanzt hatte.

»Du wirst überhaupt nichts spüren«, versicherte er.

Aus dem Amerikanischen übersetzt von Biggy Winter

John Morressy

Ein ganz gewöhnlicher Schultag

Lampenfieber war es nicht. Darüber war Colby schon lange hinaus. Und doch spürte er, wie sein Magen sich hob und seine Kehle sich zuschnürte, und er hatte das unheimliche Gefühl, daß jeder im Waggon genau wußte, wohin er an diesem düsteren Montagmorgen unterwegs war.

Um seine Nerven zu beruhigen, lehnte er sich zurück, atmete tief durch und schaute aus dem Fenster des geräuschlos dahinschaukelnden Zuges. Sie waren jetzt schon ziemlich weit drin in der Stadt und fuhren knapp über Bodenhöhe hinter dem Schutzzaun entlang. Automatisch ließ Colby seine Augen von einem ausgebrannten Fenster, von einem Schutthaufen zum nächsten gleiten und suchte nach Alarmzeichen. Er sah nichts. Der leichte Regen fiel stetig weiter, und er vermutete, daß die Schuttratten unter Dach und Fach geblieben waren. Heute werden sie alle in der Schule sein, wo sie es trocken haben, dachte er. Das muß auch gerade mir passieren.

In sanfter Fahrt ging es bergauf; die nächsten zwei Meilen fuhr der Zug in sicherer Höhe über den Dächern, bis er in den Knotenpunkt einlief. Colby nahm seinen Koffer und stieg aus wie die anderen, nicht zu langsam, nicht zu schnell, während er versuchte, seine aufsteigende Erregung im Zaum zu halten.

Selbst um diese frühe Stunde strebten die meisten Passagiere auf die Zubringer für Business District und Midtown zu, die acht Waggons und fast ebensoviel Wachleute wie Fahrgäste hatten. Colby bog ab zum Spezial-Zubringer mit dem Schild »Inner City Nr. 3«. Der Posten prüfte seinen Ausweis, warf einen kurzen Blick in seinen Koffer und ließ ihn wortlos passieren. Der Wachmann auf der anderen Seite lächelte Colby kaum merklich zu und sagte: »Alles Gute, Kumpel.«

»Danke«, antwortete Colby. Seine Stimme war heiser, aber er wollte sich nicht vor dem Wachmann räuspern.

Der Zubringer war ein kleiner, zwölfsitziger Elektrokarren ohne Wachmann. Einige Minuten lang saß Colby allein darin, bis ein großer, stämmiger Mann einstieg und sich hinter ihn setzte. Er warf Colby einen flüchtigen Blick zu, sagte aber nichts. Zwei weitere Männer stiegen ein. Sie machten es sich so bequem, wie die Sitze irgend zuließen, verschränkten die Arme und schliefen ein. Colby versuchte es ihnen nachzutun, aber er konnte nicht schlafen. Er dachte immer wieder an die Schule im Greenbelt, wo er jetzt hätte sein können. Es war noch nicht zu spät; noch würden sie ihn wieder zulassen müssen.

So durfte man nicht denken. Ein Mann traf seine Entscheidungen und blieb dabei. Sich nach Inner City Nr. 3 versetzen zu lassen, war seine freie Entscheidung gewesen, und er hatte alle Vor- und Nachteile gekannt. Etwas härter mochte es schon sein, vor allem am Anfang, aber dafür war er ja schließlich ausgebildet. Und hier konnte er mit Unterstützung rechnen. Es gab keinen Grund zur Besorgnis.

Mit neun Passagieren fuhr der Wagen ab und bewegte sich die Rampe hinunter auf die Straße. Die Fahrt war geräuschlos und überraschend gleichmäßig. Als es einmal über eine holprige Strecke ging, blickte Colby hinaus und sah am Straßenrand einen Haufen ausgebrannter Autos, richtige alte mit Verbrennungsmotor. Wahrscheinlich hatten sie während der Nacht zum Barrikadenbau gedient und waren von einer Frühpatrouille beiseite geräumt worden. Wieder schloß er die Augen. Das Krachen eines schweren Gegenstandes auf das Wagendach ließ ihn zusammenfahren. Keiner der anderen rührte sich. Er lehnte sich zurück, schloß die Augen und hielt sie für den Rest der Fahrt geschlossen.

Als der Zubringer ins Schulgelände einfuhr, fühlte er sich besser und zuversichtlicher. Die anderen gingen einer nach dem anderen hinaus, schweigend bis auf ein gemurmeltes Wort hier und da, und er schloß sich an. Der erste Posten gab ihm eine Schranknummer und wies ihn einen kurzen Flur entlang. Er zog sich eilig um, benutzte die Toilette und trank zwei Glas Wasser, um seine Kehle anzufeuchten.

Ein drahtiger kleiner Mann kam in den Umkleideraum und rief Colbys Namen. Als Colby antwortete, trat der Mann auf ihn zu und streckte die Hand aus.

»Mein Name ist Ed Mills. Ich bin hier stellvertretender Direktor«, sagte er.

»Freut mich, Sie kennenzulernen, Mr. Mills.«

»Tut mir leid, daß ich mich nicht schon eher um Sie kümmern konnte. Hier geht es oft heiß her. Wenn Sie irgendwelche Fragen haben, über Tagesablauf, Stundenpläne, Methoden oder so, werde ich versuchen, sie zu beantworten. Überhaupt bei allen Fragen; ich bin hier, um Ihnen zu helfen.«

»Mr. Oakland hat mir eigentlich alles ganz gut erklärt, Sir. Ich habe alles an Informationsmaterial gelesen, was er mir gegeben hat. Den Gebäudeplan und die Stundenpläne habe ich im Kopf.«

»Prima. Und Sie kennen sich auch mit dem Monitor aus, den wir benutzen?«

»Ich habe sechzig Stunden am M-6 und achtzig Stunden am M-6 A abgerissen, Sir.«

»Noch besser«, sagte Mills mit sichtlicher Befriedigung. »Ich darf nicht vergessen, daß ich es mit einem erfahrenen Lehrer zu tun habe.«

»In Inner City bin ich neu, Sir.«

»Es ist nicht so schlimm, wie manche einen Glauben machen wollen. Wir sind ein gutes Team und halten fest zusammen. Sie werden die anderen nachher kennenlernen. Haben Sie im Moment noch irgendwelche Fragen? In fünf Minuten werden die Jungens mit dem Frühstück und der Morgenmedikation fertig sein. Sie sollten an Ihrem Platz sein, wenn sie herauskommen.«

»Keine Fragen, Sir. Ich gehe gleich in meine Klasse.«

»Behalten Sie eins im Auge, Colby, dann ist alles in Ordnung. Wenn Sie erst hinter dem Monitor sitzen, sind Sie der Boß. Vergessen Sie das nie, und lassen Sie die Jungens das nie vergessen. Wenn etwas getan werden muß, tun Sie es. Wir stehen hinter Ihnen.« Wieder hielt Mills seine Hand hin. »Hals- und Beinbruch, Colby.«

Colby ließ sich auf seinem Platz hinter dem Monitor nieder. Alles, was er brauchte, um eine Unterrichtsstunde abzuhalten, hatte er griffbereit, alle Informationen vor Augen. Er stellte die Lichter im Klassenraum hell ein, dämpfte sein eigenes, schaltete die Lautsprecher an und wartete auf seine Schüler. Punkt 8.30 Uhr glitt die Eingangstür zurück, und sie schoben sich allmählich herein. Einige starrten ihn an, andere ignorierten ihn betont. Die PSMs schlurften abwesend auf ihre Plätze. Als jeder Schüler, noch halb schlafend und vom Frühstück und seiner Medikation benommen, an seiner Konsole saß, schaltete Colby die morgendlichen Sportnachrichten ein. Die Klasse wurde ruhig.

Die zweite und dritte Stunde ging ereignislos vorüber. In Inner City war es normalerweise nicht so ruhig, das wußte

Colby. Allmählich fragte er sich, was los war. Vielleicht hatte einer der Pillenleute sich des neuen Lehrers erbarmt und allen Schülern Überdosen verpaßt. So etwas war schon vorgekommen. Oder vielleicht planten die Jungens eine Überraschung für ihn.

Der Vormittag verlief weiterhin so gut, daß Colbys Wachsamkeit nachließ. Er schaute zu lange auf den Bildschirm des Monitors. Das war ein Fehler. Als er aufsah, schoß eine Faust auf sein Gesicht zu.

Er wich nicht zurück. Vor diesem Trick war er gewarnt worden. Die Faust traf auf die Plexin-Trennwand, und die Wucht des Schlages wurde aufgefangen und unschädlich gemacht. Fünfzehn Zentimeter vor Colbys Gesicht kam die Faust zum Stillstand. Der Junge schaute ihn aus eiskalten Augen an.

Colby blieb gelassen. Einige Sekunden lang ließ er den Jungen nach Herzenslust fluchen; dann schaltete er die Tonübertragung ab, so daß der Junge draußen den Mund bewegte, ohne daß ein Laut zum Lehrer hineindrang.

Eins zu Null für Colby. Als er den Ton wieder einschaltete, hörte er einige der anderen in der Klasse Beifall klatschen, pfeifen und trampeln. Einer der PSMs kam langsam auf die Beine und begann einen torkelnden Tanz. Ein Junge in der vordersten Reihe zielte spielerische Boxhiebe auf den, der nach Colby geschlagen hatte.

Eine Weile ließ Colby sie sich abreagieren. Bis jetzt war ja nichts passiert. Aber die spielerische Stimmung hielt nicht lange vor. Als Colby Messer blitzen sah, wußte er, daß er eingreifen mußte. Blitzschnell legte er zwei Schalter um. Durch den Verstärker dröhnte seine Stimme in den Raum und verschaffte sich Gehör durch den allgemeinen Lärm.

»Ich habe Sie beide im Visier. Wenn Sie die Messer benutzen, benutze ich den Stachel!« drohte er.

Die Jungens maßen einander mit den Augen und dann ihn. Colby hielt den Finger über dem weißen Knopf in der Schwebe. Mit langsamen Gebärden, die abgrundtiefe Verachtung ausdrücken sollten, steckten sie ihre Messer ein. Sie schlurften auf ihre Plätze und lümmelten sich hinter die Konsolen.

Colby ließ kurz die Namensliste durchlaufen. Er wußte, daß es wichtig war, die Unruhestifter gleich beim Namen zu kennen. Der nach ihm geschlagen hatte, hieß Santos. Der andere, der Boxer, hieß Turner.

Santos starrte ihn wütend an. Colby senkte den Blick zum Monitorschirm. Als er wieder aufsah, waren Santos' Augen immer noch auf ihn gerichtet.

Ein schwerer Fall, dachte er. Ach was, hier gab es doch nur schwere Fälle. Selbst die ruhigen PSMs, die den größten Teil des Tages vor sich hinnickten und ins Leere starrten, waren gefährlich, wenn sie aus ihrem Nebel auftauchten. Das hier war keine Greenbelt-Schule, wo die Jungens den Lehrer anlächelten und ihr eigenes Lesegerät mitbrachten. Das hier war Inner City Nr. 3, wo die Jungens Waffen mitbrachten, und wenn sie lächelten, so hieß das, daß sie sie gleich benutzen würden. Das durfte kein Lehrer je vergessen.

Colby schaltete den Lautsprecher an Santos' Konsole ein und fragte: »Was ist Santos? Ist Ihr Lesegerät kaputt?«

»Noch nicht, General.«

»Dann an die Arbeit!«

»Leck mich, General.«

»An die Arbeit, Santos!«

Santos zog einen Stiefel aus. Indem er immer noch Colby anstarrte, hieb er mit dem stahlbeschlagenen Absatz auf den Schirm des Lesegeräts. Diese Schirme waren aus einem noch stärkeren Plexin als die Barrieren zwischen Lehrer und Klasse, aber Santos ging es ja nicht darum, den Schirm zu zerbrechen, sondern Colby zu provozieren. Colby wußte das, und er wußte auch, daß er reagieren mußte. Er fixierte den Stachel auf Santos.

»Noch ein Schlag, und Sie bekommen eins mit dem Stachel«, sagte er. Santos schlug wieder mit dem Stiefelabsatz zu, und Colby drückte kurz den weißen Knopf. Santos wurde steif wie ein Eiszapfen und fiel dann zurück in seinen Stuhl. Seinen zuckenden Fingern entglitt der Stiefel.

Es war muckmäuschenstill im Raum. Colby nahm alle Konsolen hintereinander kurz ins Visier. Die PSMs dämmerten noch unter dem Einfluß ihrer Morgendosis vor sich hin. Die anderen hatten alle ihre Lesegeräte an, und manche taten so, als verfolgten sie die bunten Bilder, die über den Schirm huschten – den Lehrplan für heute.

Colby hatte das angenehme Gefühl, daß er jetzt Herr der Lage war. Hatten diese Jungens doch gesehen, daß ein Neuer genausogut mit dem Stachel umgehen konnte wie ein I.C.-Veteran.

Danach hielten sie Ruhe. Wenn jemand eins mit dem Stachel abbekommen hatte, waren die anderen immer erst einmal kleinlaut. Für den Rest der fünften Stunde ging es verhältnismäßig friedlich zu.

Die Pausenglocke um halb zwölf rief Geschrei und Getrampel hervor. Selbst unter den PSMs gaben einige Lebenszeichen von sich. Die Klasse 3–12A und auch Colby hatten Mittagspause. Er beobachtete, wie sie einer nach dem anderen hinausgingen, und er behielt die Flurkameras im Auge, um sicher zu gehen, daß kein Gedrängel entstand und der Verkehr reibungslos floß. Als sich die Mensatüren hinter der Klasse 3–12A geschlossen hatten, war Colby bis 12.15 Uhr sein eigener Herr.

Colby nahm die Lehrerpassage zur Kantine. Das ging schneller als durch die Flure, und er brauchte nur zweimal seinen Paß vorzuzeigen.

Er schaute sich gerade nach einem Platz um, als ein untersetzter Schwarzer am Mitteltisch ihn heranwinkte und begrüßte: »Hierher, mein Freund. Wird Zeit, daß Sie Ihre Kollegen kennenlernen.«

Fünf Leute saßen bereits am Tisch. Auf den einen freien Platz setzte sich Colby, schaute in die Runde und sagte: »Danke. Ich heiße Tom Colby.«

Die anderen waren alle um die dreißig Jahre alt, so kräftig wie Colby oder noch kräftiger gebaut. Sie schienen den Raum auszufüllen. Alle hatten sie ein glattrasiertes Kinn, kurzgeschnittenes Haar und die hellblaue Lehreruniform, wie Colby auch eine trug. Sie bewegten sich mit der selbstverständlichen Anmut von Sportlern.

»Ich heiße Howard«, sagte der Mann, der ihn herangerufen hatte. Er schien der älteste und auch der stärkste der Gruppe zu sein. Er trug die Schulterstücke eines Studienrats mit Winkeln für sieben Schuljahre. Angefangen mit dem Mann zu seiner Linken, stellte Howard Colby die Leute am Tisch vor. »Lehman, Wood, Bakersfield und Hunter.«

Wood auf der anderen Seite des Tisches fragte: »Sie sind doch als Ersatz für Young hier, nicht wahr?«

»Das stimmt«, antwortete Colby.

»Richtig, ich habe Sie doch heute früh im Bus gesehen. Hatte mich schon gewundert, wer Sie sein könnten.«

Bakersfield lachte und schüttelte den Kopf. »Sie haben vielleicht ein Glück, Colby. Sie können sich mit Santos und seinem ganzen Zoo amüsieren.«

»Bis jetzt ist es gar nicht schlecht gelaufen. Die meisten stehen unter permanenter Medikation.«

»Aber die anderen können einen umbringen. Sie haben heute morgen vom Stachel Gebrauch gemacht. Ich habe die statische Entladung über den Monitor mitbekommen.«

»Santos ließ es darauf ankommen. Ich habe ihm eine Kostprobe gegeben.«

»Das war klug«, sagte Howard. »Die meisten Neuen warten zu lange, ehe sie den Stachel benutzen. Dadurch geben sie die Initiative aus der Hand. Ich würde jedem neuen Lehrer raten, ihn gleich am ersten Tag einzusetzen.«

»Sie sind doch nicht neu, Colby, oder?« fragte Wood. »Ich habe gehört, Sie kommen von einer anderen Schule.«

»Ich habe zwei Jahre lang an Greenbelt Nr. 31 gelehrt«, antwortete Colby.

»Was denn, von einer Greenbelt-Schule haben Sie sich hierher versetzen lassen – haben Sie nicht alle Tassen im Schrank?«

»Ich konnte den Hals nicht voll kriegen«, entgegnete Colby sanft, und die anderen lachten. Er lächelte und meinte: »Im Ernst, ich brauchte das Geld. An Greenbelt-Schulen lehrt es sich zwar leicht und angenehm, aber es dauert lange, bis man aufsteigt. Meine Frau erwartet im Herbst ein Kind, und es fehlt an allen Ecken und Enden, darum habe ich mich freiwillig für ein I.C.-Schuljahr gemeldet.«

»Hier werden Sie auch nicht reich werden, mein Freund«, sagte Lehman, und Wood fügte hinzu: »Aber passieren könnte Ihnen etwas.«

Colby zählte an den Fingern ab: »Zugehörigkeit zum Inner-City-Lehrkörper bedeutet Gehaltserhöhung, bevorzugte Beförderung, vorgezogenes Pensionsalter, komplette medizinische Versorgung, volle Versicherung . . . das ist doch schon etwas.«

»Das muß auch sein. Die Arbeit ist gräßlich.«

»Wie ist das denn mit Gutachten, Colby? Ich habe gehört, man könnte in den Greenbelts eine ganze Menge mit Gutachten dazuverdienen«, sagte Bakersfield.

»Erst wenn man schon ziemlich lange dabei ist. Ich war am Verhungern.«

Bakersfield hob ungläubig eine Augenbraue. »Am Verhungern? In Greenbelt Nr. 31?«

»Na ja, vielleicht nicht gerade am Verhungern, aber ich kam einfach auf keinen grünen Zweig. Man unterrichtet dort zwar nur zwölf Stunden am Tag, aber jeder Lehrer muß außerdem eine Schüler-Freizeitaktivität beaufsichtigen, und jeder hat seinen Wochenend-Studienkreis. Das wird einem nicht bezahlt, bevor man nicht zum Oberschulrat aufgestiegen ist. Ich konnte keine Nebenbeschäftigung mehr ausüben, und meine Frau konnte überhaupt keine Arbeit finden. Da draußen läuft nichts ohne Vitamin B. Ich zahle immer noch an den Krediten für die Schmiergelder, die ich anlegen mußte, um die Stellung überhaupt zu bekommen.«

»Wie sich die Zeiten ändern. Als mein Vater zur Schule ging, waren Lehrer Mangelware. Damals brauchte man nie jemanden zu schmieren, um eine Anstellung zu bekommen«, sagte Howard.

Bakersfield lachte. »Braucht man immer noch nicht – wenn es eine Anstellung in Inner City Nr. 3 ist.«

»Jetzt sind Sie also hier. Glauben Sie denn, Sie werden nach all der Zeit in Greenbelt mit diesem Rudel Ratten hier fertig?« fragte Wood.

»Ich bin noch einmal nach Quantico gegangen und habe den kompletten Kursus absolviert. Vier Monate I.C.-Lehrkörper für Anfänger, acht Wochen für Fortgeschrittene. Ich war Klassenbester.«

»Young war auch nicht schlecht, aber sie haben ihn doch erwischt«, gab Wood zu bedenken.

»Wie denn?«

Howard antwortete. »Jemand hat ihm in der Lehrerpassage aufgelauert, hat ihn überrumpelt und mit dem Messer auf ihn eingestochen. Siebzehn Mal.«

»Wie kommen die denn in die Passage?«

»Das weiß keiner. Werden Sie also zwischen den Kontrollpunkten nicht unachtsam.«

»Man kann es zwar noch nicht beweisen, aber es war mit Sicherheit Santos«, sagte Wood. »Ich habe letzte Woche die Klasse mit übernommen, während Ersatz gesucht wurde, und ich konnte es auf Anhieb erkennen. Der Junge ist gefährlich.«

»Santos ist ein schwerer Fall«, bestätigte Colby. »Er hat mir mit dem Stachel nicht viel Wahl gelassen.«

Wood sprach weiter, als habe er nicht gehört. »Er ist wie ein Stahlziegel, verteufelt hart und voller scharfer Kanten. Und intelligent ist er auch, lassen Sie sich da ja nicht täuschen. Die anderen in der Klasse sind alles Schwachsinnige, aber Santos kann denken. Er sollte unter permanenter Medikation gehalten werden. Pumpt den Jungen voll mit Drogen, davon würde die ganze Schule profitieren.«

»Er wird doch bald entlassen, oder?« fragte Bakersfield.

»Zum Ende nächsten Schuljahrs, wenn er nicht wieder etwas anstellt«, erklärte Howard. »Er wird sich das Diplom einfach ersitzen, damit er das Recht auf Arbeitslosengeld hat. Keiner dieser Jungens ist aus einem anderen Grund hier.«

»Jungens? Santos ist so alt wie Sie, Howard.«

»Die sollten diese Klasse nicht einem Neuen geben. Santos wird Colby in der Luft zerreißen«, sagte Wood.

Colby meinte gleichmütig und ohne von seiner Kaffeetasse aufzusehen: »Ich werde mit Santos schon fertig. Machen Sie sich um mich keine Sorgen.«

Hunter hatte bisher noch nichts gesagt. Jetzt warf er gereizt in die Runde: »Warum, zum Teufel, reden wir eigentlich dauernd von Santos. Es ist Mittagspause. Ihr macht mich noch verrückt. Wer hat gestern abend das Spiel gesehen?«

Nach dem Mittagessen herrschte für eine Weile Ruhe. Die siebte und achte Stunde gingen vorbei, ohne daß mehr passierte als ein paar kleinere Raufereien, die Colby mit einem warnenden Wort beendete. Die Jungens schauten auf Santos, der von dem Stromschlag am Vormittag noch benommen schien, und entschieden sich dafür, an ihren Konsolen sitzenzubleiben und sich die naturwissenschaftlichen Cartoons anzusehen.

Die neunte und zehnte Stunde waren heute für Sexualkunde-Holos vorgesehen, wie sie routinemäßig einmal wöchentlich an allen I.C.-Schulen gezeigt wurden. Jeder, vom Oberschulrat abwärts, wußte, daß I.C.-Jungens Sexualkunde ungefähr so nötig brauchten wie Kurse in Vandalismus, aber die lebensgroßen, farbigen holografischen Projektionen hielten sie ruhig. Einige, hauptsächlich Lokalprediger und Neolibertarier, protestierten aus moralischen Gründen, aber die fromme Warnung am Ende eines jeden Holos schien alle anderen zufriedenzustellen. Durch die Sex-Holos bekamen die Lehrer eine Atempause und kamen leichter durch den Nachmittag, und mehr wollte eigentlich niemand.

Jetzt waren Befehle und Drohungen nicht nötig. Noch vor dem Läuten saß jeder Schüler an seiner Konsole. Colby aktivierte die Holo-Matrix, drehte das Licht herunter und stellte seine automatischen Monitoren auf die Klasse ein. Zehn Minuten nach Beginn der Stunde summte sein Intercom. Es war Howard.

»Wie läuft es, Colby?«

»Auf einmal sind alle sehr eifrig bei der Sache.«

»Dabei immer. In diesen zwei Stunden machen wir abwechselnd Pause. Sie können gehen, sobald Wood zurückkommt. Wenn er geht, schaltet er seinen Monitor mit Ihrem zusammen, und wenn Sie dran sind, machen Sie es entsprechend.«

»Alles klar. Wo soll ich hingehen, in die Kantine?«

»Da gehen die meisten von uns hin. Seien Sie vorsichtig in der Passage.«

»Verstanden, Howard. Danke.«

Die neunte Stunde ging unmerklich in die zehnte über. Um 14.40 Uhr summte Colbys Intercom wieder. Diesmal war es Wood, der Pause machen wollte. Während sie noch sprachen, erschien auf dem hinteren Monitor das Diagramm von Woods Klasse.

Colby prüfte flüchtig beide Monitoren und lehnte sich dann zurück, um Woods Rückkehr abzuwarten. Um 14.45 Uhr stand er unruhig wieder auf, betrachtete die Monitoren noch einmal und kontrollierte dann seine Klasse per Sicht.

Santos und zwei weitere fehlten. Der Monitor zeigte sie an, aber ihre Konsolen waren leer. Unmöglich zu sagen, wie lange sie schon fort waren.

Colby griff nach seinem Intercom und legte den Notschalter für alle Kanäle um. »In 3–12A fehlen drei Schüler. Sie haben den Monitor irgendwie getäuscht. Ich sehe in der Passage nach.«

»Gehen Sie nicht allein in diese Passage!« donnerte Howards Stimme.

»Wood macht gerade Pause. Vielleicht braucht er Hilfe«, sagte Colby und schaltete ab, ehe Howard antworten konnte.

Die Lichter in der Passage waren aus. Colby leuchtete mit seiner Taschenlampe in beide Richtungen, sah nichts, und lief dann in Richtung auf die Kantine. Als er den ersten Kontrollpunkt gerade hinter sich hatte, fiel der Lichtstrahl auf eine Traube kämpfender Gestalten.

»Durchhalten, Wood!« brüllte er.

Wood ging zu Boden, ehe er ihn erreichen konnte, und die

drei stellten sich Colby entgegen. Zwei hatten Messer, der dritte eine Keule, und Colby nur seine Taschenlampe. Er hielt sie seitlich auf Armeslänge von sich weg, zielte mit dem Strahl in ihre Augen und kam auf sie zu.

Die Passage war eng. Sie konnten ihm nicht in den Rücken fallen, und wenn ihn zwei gleichzeitig angriffen, würden sie sich nur gegenseitig in die Quere kommen. Santos trat zurück, und der andere mit dem Messer ging auf Colby los, indem er mit einer Hand seine Augen vor dem Lichtstrahl beschirmte.

Er war kampflustig, aber hatte wenig Ahnung. Colby wich seinem Stich aus und trat ihn hart in die Kniescheibe. Der Junge schrie auf und ging zu Boden. Noch ein Tritt, und er war außer Gefecht. Santos und der andere zögerten. Colby griff sich das heruntergefallene Messer und ging auf sie los. Santos warf sein Messer hin, und beide rannten davon. Howard und Bakersfield erwarteten sie bereits.

Das Holo endete mit der üblichen Warnung, die die üblichen Buhrufe und Pfiffe hervorrief. Colby drehte die Lichter hoch. Zwei Minuten später verkündete die Glocke das Ende der zehnten Stunde. Die Jungens gingen zum Essen, alle lachend und feixend bis auf die PSMs. Wenn einer bemerkt hatte, daß Santos und zwei weitere fehlten, so ließ er sich jedenfalls nichts anmerken.

Colby behielt sowohl seinen eigenen Monitor als auch den von Wood im Auge, bis die Mensatüren sich hinter ihren Klassen geschlossen hatten.

Als er in die Passage zur Kantine trat, bemerkte er, daß die Lichter wieder funktionierten.

Etwa zur Mitte der Essenszeit kamen Wood und Howard herein. Wood hatte eine verbundene Hand und eine Abschürfung an der Stirn, aber er grinste Colby übers ganze Gesicht an. Howard nickte nur. Sie brachten ihre Tabletts an Colbys Tisch.

»Danke, Colby«, sagte Wood. »Sie hatten mich in die Zange genommen. Wenn Sie nicht gekommen wären, wäre es mir ergangen wie Young.«

Colby zuckte die Achseln. »Das hätte ja auch ich sein können, da in der Passage, und dann wären Sie mir zu Hilfe gekommen. So ist das eben im I.C.-Lehrkörper, nicht wahr?«

»Jedenfalls haben Sie mir das Leben gerettet. Woher wußten Sie überhaupt, daß die da waren?«

»Einfach geraten. Ich habe zufällig gerade eine Sicht-Kontrolle vorgenommen, und da waren sie weg. Was ich mir nicht vorstellen kann, ist, wie sie es angestellt haben.«

»Ich habe Ihnen doch gesagt, daß Santos Köpfchen hat, nicht? Er hat eine Methode herausgefunden, von seiner Konsole aus alle Monitoren zu frisieren. Außerdem hat er es fertiggebracht, die Sperren an den Personaltüren außer Betrieb zu setzen. Er hätte noch eine Menge Unheil anrichten können.«

»Und ob. Was geschieht jetzt mit ihm?«

»Permanente Sozialisierungs-Medikation ab sofort. Er ist zum zehnten Mal aufgefallen, also ist das jetzt automatisch dran, ohne Berufungsmöglichkeit«, antwortete Wood zufrieden.

Howard fügte hinzu: »Das bedeutet zwei weitere Jahre hier. Das Stipendium für Schüler ist nur halb so hoch wie das Arbeitslosengeld. Damit treffen wir ihn also in der Brieftasche, wo es richtig weh tut.«

»Und die anderen?«

»Ich habe dasselbe vorgeschlagen.« Howard biß von seinem Brötchen ab, nahm einen Schluck Kaffee und fragte beiläufig: »Sie haben nicht zufällig gehört, daß ich sagte, Sie sollten nicht in die Passage gehen, Colby, oder?«

Colby warf ihm einen schnellen Blick zu, aber Howard schaute in die andere Richtung. Hilfesuchend sah Colby Wood an. Wood schloß die Augen und schüttelte einmal langsam den Kopf.

»Nicht hineingehen? Nein, ich kann mich wirklich nicht erinnern, so etwas gehört zu haben«, sagte Colby.

Howard wandte sich ihm zu und nickte, als hätte Colby die richtige Antwort gegeben. »Ich habe mir schon gedacht, daß Sie es nicht gehört haben. Wahrscheinlich funktioniert Ihr Intercom nicht richtig.«

»Wahrscheinlich«, sagte Colby.

»Howard trank seine Kaffeetasse aus und stellte sie nieder. »Gut so«, sagte er. »Wenn Sie eine ausdrückliche Anordnung mißachtet hätten, müßte ich das melden, und das würde einen schlechten Eindruck machen, noch dazu an Ihrem ersten Tag. Ich möchte gern, daß Sie eine blitzblanke Personalakte haben, Colby. Wir möchten gern, daß Sie lange bei uns bleiben.«

»Ich weiß nicht recht, Howard. Ich habe gehört, diese Typen aus dem Greenbelt wären alle Muttersöhnchen«, sagte Wood.

Er schaute von einem zum andern, fing dann an zu grinsen und brach schließlich in Lachen aus.

»Das habe ich auch gehört, aber der hier lernt jedenfalls schnell«, gab Howard zurück. »Aus dem wird noch einmal ein guter Lehrer.«

Aus dem Amerikanischen übersetzt von Barbara Schönberg

Felix C. Gotschalk

Bei den Höhlenmenschen des San-Andreas-Cañons

Im mörderischen Monat April des kalendarischen Abschnitts Nummer 2072 begab es sich, daß im Territorium Kalifornien der San-Andreas-Graben sich auftat und einen bodenlosen Cañon bildete, eine etwa hundert Meilen lange, aber kaum dreißig Meter breite Schlucht. Die Verluste an Menschenleben hielten sich in Grenzen, denn zum größten Teil war das Gebiet seit Jahren schon verlassen. Die supertreffsicheren russischen Interkontinentalraketen waren im Demonstrationskrieg des Jahres 1990 in der Bucht von San Francisco explodiert, die Flugbahnen sorgfältig darauf programmiert, ihre Zerstörungskraft eindrucksvoll zur Schau zu stellen, ohne größeren Schaden anzurichten; und zwanzig Millionen Kalifornier akzeptierten lieber ihre Einbindung in den russischen Fünfjahresplan, als den unausbleiblichen Konsequenzen der angedrohten Invasion ihres Landes ins Auge zu sehen. Also zauberten russische Teleporter-Schiffe die Zwangsarbeiter zu Tausenden in sibirische Arbeitslager, und dieser kurze und dramatische Exodus wurde als ein Preis, ein schwindelerregend hoher Tribut für die Aufrechterhaltung des Friedens angesehen. »Gebt uns zwanzig Millionen Arbeiter«, hatte Smjerdakow gedonnert, »und wir lassen euch in Ruhe!« Und Ruhe gab es danach – Grabesstille.

Dann brachen die Russen den Frieden, indem sie die Cañongegend mit virulenten Sporenkulturen ›überzuckerten‹, ähnlich der Politik der verbrannten Erde vergangener Kriege. Die paar verwegenen Leute, die es vorgezogen hatten zu bleiben, waren gezwungen, in den Cañon hinabzusteigen und dort mühselig Halt für Hände und Füße, Löcher und Nischen aus dem Felsen zu meißeln. Später wurden große Höhlen gegraben, Tunnels und labyrinthartige Verbindungsgänge erstreckten sich tiefer in die senkrechten Cañonwände, und rohe, simple Brücken, Netze und Gerüste verbanden die beiden Seiten der Felsspalte.

Der Überlebenstrick bestand darin, die verseuchte Oberfläche zu durchstöbern und Streifzüge zu unternehmen und sich in die relative Sicherheit des Cañons zurückzuziehen, bevor die Sporenaktivität ein gefährliches Ausmaß erreichte.

Im lieblichen Monat Mai 2073 lebten siebenundneunzig Männer, Frauen und Kinder in einem Teil des Cañons, der Capistrano Manor genannt wurde. Sowohl mit den Höhlenbewohnern der Los-Angeles-Heights, fünf Meilen südlich, als auch mit den Surfern und Sportfans in den Klippen von Malibu Walls, zwei Meilen nördlich, lagen sie in tödlicher Fehde. Frustration und Ärger führten zu mangelndem Zusammengehörigkeitsgefühl in der Gruppe, es gab bei allem und jedem ein bemerkenswertes Nichtvorhandensein von Korpsgeist, und die Capistrano-Leute machten einen mutigen, fast rituellen, aber vergeblichen Versuch, ein soziales Gefüge zu entwickeln, das dem Auge-um-Auge-Zahn-um-Zahn-Prinzip widerstehen konnte.

Spät am Nachmittag eines jener Maientage krachte ein Stein in der Größe einer Wassermelone auf Dora Wells' Holzgerüst, beschädigte es und erschlug ihren halbverhungerten Pudel. Der Mann in Doras Leben, Hiram Carson, meldete den Vorfall beim Justizausschuß, und gleich am nächsten Tag fand eine Untersuchung statt. Etwa sechzig Leute strömten in den Verhandlungsraum, eine zwölf Meter lange, ebenso breite und drei Meter hohe Höhle, und drängten sich gegen das Gewirr von Holz und Stahlteilen, das die Wände abstützte. Richter Hank Merhige klopfte mit seinem eindrucksvollen Hämmerchen (einem authentischen Stück, organisiert aus den Räumen des Obersten Gerichtshofes von Kalifornien) auf den Tisch und eröffnete die Sitzung. Ein korpulenter Ordnungsbeamter trat zu Hiram.

»Heben Sie die rechte Hand«, sprach er feierlich, »und legen Sie die linke auf dieses Buch.« Hiram gehorchte. »Schwören Sie, die Wahrheit zu sagen, die Wahrheit und nichts als die Wahrheit, so wahr Ihnen Gott – oder woran immer Sie glauben – helfe?«

Hiram legte den Kopf schief und grinste den Ordner an. Er schnaubte verächtlich und nuckelte an einer Pfefferminzpastille. »Na klar, Mann, mach ich, und das will was heißen.«

»Komm, komm, Hiram!« sagte Richter Merhige. Es klang gereizt und müde. »Sag einfach ja oder nein.«

»Na hör mal«, tat Hiram verwirrt, »so ne lange Frage un so ne kurze Antwort! Wetten, daß du ne ausgewachsne Rede hältst, wenn man dich sowas fragt! Aber wennste unbedingt willst, na sag ich eben ja.«

»Fang an, Glenn!« seufzte der Richter, und Glenn John, der Staatsanwalt, trat vor und stellte sich vor Hiram auf.

»Geben Sie Ihren Namen und Ihre Adresse an«, tönte Glenn mit herablassender Autorität.

»Waaas haste gesagt?« fragte Hiram ungläubig.

»Geben Sie Ihren Namen und Ihre Adresse an – für die Akte«, erklärte Glenn.

»Hast se nich alle, Glenn! Is keiner hier inna Gegend, wo mich nich kennt – ich bin Hiram Carson, der einzige von euch mit'n bißchen Pfeffer im Arsch, der beste, tollste, sicherste Felsenkletterer inna ganzen Welt!«

»Dem Gericht ist dein Status in der Gemeinschaft bekannt, Hiram. Jetzt sag uns schon, wo du wohnst«, sagte Glenn in gottergebener Kapitulation. Gelächter erhob sich unter den Zuhörern.

»Na, nich mal n Steinwurf von dir, Glenn, auf – warte mal . . . äää . . . Etage vier, Loch Nummer siebzehn, auf halbem Weg nach oben ungefähr.«

»Und nun sag uns«, begann Glenn, »in deinen eigenen Worten . . .«

»Na, sonst kenn ich überhaupt gar keine anderen«, unterbrach ihn Hiram, und das Lachen verstärkte sich.

»Erzähle uns, was letzten Abend passiert ist!«

»Also, mein Arsch war so kalt wie n Ölbohrer in Sibirien, jawohl. Ich stand aufm Gerüst un sah nach, ob das Netz hält, damit ich rüberkonnte zum Puff. Vergangne Woche kam n ganzes gottverdammtes Auto runter. Den Netzen aufn oberen Etagen is nix passiert, aber B-22 hats erwischt, un dann B-20 auf Etage fünf, glaub ich, un dann ham wirs ausn Augen verloren, als es weiterfiel un immer weiter un . . .«

»Berichte uns von dem in Frage stehenden Abend, Hiram, von gestern abend.«

»Also, hör mir mal genau zu!« Hirams Stimme wurde lauter. »Der hundsgemeine Clem Simpson da drüben is ausm Loch geklettert un, beim Allmächtigen, hat n verdammt großen Stein direkt auf Doras Gerüst geschmissen!« Hiram zeigte mit einem dicken, schmutzigen Finger auf einen Mann unter den Zuhörern.

»Ordnungsruf! Ordnungsruf!« schrie Hank. »Hiram, das darfst du nicht sagen! Dies hier ist ein ordentliches Gerichtsverfahren. Glenn, belehre den Zeugen, wie er die Fragen zu beantworten hat!«

»Is doch Scheiße, alles«, höhnte Hiram, »weiß doch jeder, daß ers war! In meim ganzen langen Leben is mir noch keiner übern Weg gelaufen, dem mans so ana Nase ankennt, daß er Dreck am Stecken hat . . .«

»Einspruch!« erklang die Stimme von Harold Cox. »Der Zeuge ergeht sich in reinsten Mutmaßungen! Als Clems Rechtsbeistand erhebe ich dagegen Einspruch!«

»Stattgegeben! Stattgegeben!« schrie Hank wieder. »Hiram, du bist erst einige Minuten im Zeugenstand, und schon ist deine Aussage voll von puren Vermutungen und Unterstellungen und Beschuldigungen, die jeder Grundlage entbehren. Jetzt sage ich dir zum letzten Mal, gib uns Tatsachen und nicht irgend etwas, das dein hohler Kopf für die reine Wahrheit hält!«

Hiram wand sich; die Pfefferminzpastille klickerte gegen seine Zähne. »Mach ich doch, mach ich doch, Hank. Geht nix über Wahrheit, sag ich immer. Immer sag ich das.«

Hanks dünner, schwarzer, staubiger Talar warf Falten, als er sich über die Stirn wischte und seinen kahlen Schädel kratzte. »Das menschliche Zusammenleben ist gewissen Regeln unterworfen, Hiram. Die brutale Gewalt darf nicht über den Zusammenhalt der Gruppe triumphieren . . .«

»Wennste n kleines, altes Hundsvieh mitm Felsblock umbringst, isses ja brutal genug«, stellte Hiram fest. »Un den Clem Simpson hab ich immer schon für n dreckigen, miserablen . . .«

»Ordnungsruf!« Hank klopfte mit dem Hammer auf den Tisch. »Halte dich zurück und antworte ordentlich auf Glenns Fragen, verstanden? Keine Nebenbemerkungen, oder ich verurteile dich zu einer Haftstrafe von . . . ach was, fahr fort, Glenn!«

Glenn hatte das Bedürfnis, auf- und abzuschreiten, er lechzte danach, in eleganter Kleidung, makellos zurechtgemacht, sich vor einer reich geschnitzten Geschworenenbank im vollen Bewußtsein seiner charismatischen Ausstrahlung zu produzieren. Er wollte jene langen, dramatischen Pausen während seiner Rede auf der Zunge zergehen lassen, in denen in einem widerhallenden Gerichtssaal das Echo seiner eigenen Stimme an seiner Ohren zurückkehrte. Er wünschte sich eine Pressegalerie, wenn möglich TV-Kameras. Aber nichts davon ging in Erfüllung. An den Füßen trug er durchgescheuerte Leinenschuhe, seine Hosen bestanden aus widerlich kratzendem Mohairsynthetik, und das Hemd war ein aufdringliches, pseudohumoriges Souvenir eines Vergnügungsparks, geschmückt mit dem bereits verblichenen Abbild des Spiderman. Dennoch verspürte er die Bedeutsamkeit des Augenblicks.

»Nun denn, Mister Carson, schildern Sie uns noch einmal – und wenn es Ihnen nichts ausmacht, diesmal den Tatsachen entsprechend –, wie Sie sich des fraglichen Vorfalls entsinnen. Und wählen Sie Ihre Worte sorgfältig!«

»Also . . . na, hab ich dir ja schon vorhin gesagt, war gerade dabei, das Netz zum Hurenhaus zu kontrollieren, da schaue ich zufällig hoch, un der Stein, sag ich dir, der gab keinen Laut, so groß, wie er war! Ich wußte ja nich, was da runterkam, da wollte ich mich erst mal verdrücken.«

»Sie haben also eine Ausweichbewegung gemacht?«

»War gar keine Zeit nich dazu. Bin bloß vor Schreck zusammengefahren, da isser schon gegen Doras Gerüst gekracht. Hats in tausend Stücke gerissen, ja.«

»Und haben Sie weiterhin nach oben geblickt?«

»Runter hab ich geschaut – na, zumindest gradeaus, ich wollte doch sehen, wo er aufrummst.«

»Und hemmte die Wucht des Aufpralls den Fall des aktenkundigen Gegenstandes?« Glenn schien Gefallen zu finden am Klang seiner Frage.

»Was solln das wieder heißen?« ärgerte Hiram ihn. Ein wohlgeformtes Mädchen im Vordergrund kicherte und winkte Hiram zu. Der Ordnungsbeamte trat hinzu, zeigte mit seiner Reitpeitsche (organisiert aus dem Reitklub Los Angeles) auf sie, und das Mädchen hob in spöttischem Erschrecken die Hände über den Kopf.

»Hat der Aufschlag den Stein gebremst?« Glenns Stimme hatte wieder den freudlosen, müden Klang.

»Na sicher, Mann! Hab das Gerüst aus festem Holz gemacht, habs mit Karbolineum gestrichen! Erst dachte ich, er würde inna Plattform steckenbleiben, isser aber nich. Hat bloß den Hund zu Brei gequetscht, un dann isser weitergefallen. Der fällt vielleicht immer noch . . .«

»Und haben Sie während dieser ganzen Zeit Clem Simpson zu Gesicht bekommen?«

»Darauf kannste aber deinen Arsch verwetten . . .«

»Einspruch!« bellte Harold Cox. »Die rohe Ausdrucksweise des Zeugen trübt die Klarheit seiner Aussage, *und außerdem hat er*

Clem nicht gesehen!« Das Gemurmel im Raum erhob sich wieder, und Hank schlug mit dem Hammer auf den Tisch. Nur langsam verebbte das Geflüster.

»Wie willst du wissen, wen er gesehen hat und wen nicht?« fragte eine dunkle, rauhe Stimme aus der Zuschauermenge, und ein zustimmendes Gegröle folgte. Von weit oben heulte eine handbetriebene Sirene, und einige Leute verließen rasch und geräuschvoll den Raum.

»Die Verhandlung wird vertagt, verdammt noch mal«, rief Hank, und die restlichen Zuhörer machten sich davon. Die Sirene war das tägliche Signal, daß der Virulenzpegel der Sporen am Erdboden unter die Gefahrenmarke sank, und das bedeutete den Startschuß für das Emporklettern an die Oberfläche, um die täglichen ›Erkundungs- und Beschaffungsaktionen‹, wie die Höhlenbewohner es zu nennen pflegten, durchzuführen.

»Wer ist für heute eingeteilt?« fragte Hank und schlüpfte aus seinem richterlichen Talar.

»Team Nummer zwölf, glaub ich«, grunzte Hiram. »Hoffentlich finden sie n bißchen was Anregendes für meine Gedärme. Hab seit Wochen keine guten Cornflakes gehabt.«

Die kleine Gruppe Männer, die noch zurückgeblieben war, verteilte sich und genoß die neugewonnene Bewegungsfreiheit in dem kleinen Raum.

»Ist Clem beim heutigen Team dabei?« fragte Hank.

»Weiß ich nich«, sagte Hiram. »Is mir auch scheißegal.«

»Warum willst du Clem die Sache anhängen, Hiram?« fragte Hank so beiläufig, als würde er Guten Morgen sagen oder sich nach der Uhrzeit erkundigen.

»Weil er n mieser Scheißkerl ist, deswegen.« Hiram klang mindestens eben so beiläufig.

»Du meinst, du hast ihn gar nicht gesehen?« fragte Glenn, nicht mehr ganz so beiläufig.

Hiram sah Glenn an, als wollte er sich davon überzeugen, daß die Frage ernst gemeint war. Er scharrte mit den Füßen und schnaubte und vermittelte den Eindruck einer Mischung aus Spott und Kameradschaftlichkeit. »Also was isn wichtiger, Glenn«, fragte er herablassend, »ob n Mann schuldig is, oder ob er n mieser Scheißkerl is?«

Glenn unterdrückte ein Seufzen und blickte zur Seite. Von draußen hörte man die aufgekratzten Hurrarufe des Teams Nummer zwölf. Es war grotesk: Die Leute, die einander aufmunterten, während sie mühselig durch das Gewirr von Bambusschienen, Holzgestellen, Seilen, Netzen, Schächten, Tragbalken, Rinnen, Plattformen, Styroporzylindern und Leitern kletterten, durch diesen komischen, verrückten, filigranen Bau. Den Hurrarufen des Teams Nummer zwölf antworteten jene der Daheimgebliebenen, die hofften, daß die Gruppe irgend etwas besonders Gutes nach Hause bringen würde. Oma Annie Brown krächzte einem Mann, der an ihrer Höhle vorbeiturnte, ihre Bestellung für mehr Brandy ins Ohr, und der Mann wußte, daß sie noch mindestens eine halbe Kiste davon in den trockenen, mit Stroh ausgelegten Nischen ihrer Klause hortete.

Glenn blickte Hiram unverwandt an, während die Rufe draußen immer leiser wurden. Glenn hielt Hiram für einen hoffnungslosen Fall, und Hiram wußte es.

»Wir sin hier nich beim Bundesgericht, verstehste?« sagte Hiram. »Die paar Vorschriften, wo wir hier haben, gibts, damit wir uns nich gegenseitig umlegen. Un fürn Fall, daß es dir noch nich aufgedämmert is, Glenn, die Erkundungs- un Beschaffungsaksionen werden auch immer magerer un magerer. Was wirdn passieren, wenn wir alle verhungern? Hier herunten können wir rein gar nix anpflanzen. Ich seh schon den Tag kommen, wenn wir uns ansehen, um Maß zu nehmen, wieviel Fleisch noch aufn Knochen geblieben is, un ob der Nachbar kernig oder labbrig schmeckt.«

»Um Gottes willen, Kannibalismus?« fragte Harold Cox leise.

»Wir wollen das für uns behalten«, sagte Hank. »Wir haben, weiß Gott, genug Probleme, ohne diese gräßliche Vorstellung hinzuzufügen. Ungeachtet des harten Lebens, das wir hier führen, glaube ich, in den Menschen einen gewissen Kampfgeist zu fühlen, einen Lebenswillen, eine konstruktive Kraft . . .«

»Scheiße. Das is Politikergewäsch«, unterbrach ihn Hiram verächtlich. »Außerm Leben ham wir doch nix mehr. Ob das jetzt hart un rauh un mies is, is egal. Wir könnens uns ja nich aussuchen. Wir habens nu mal am Hals.« Die Männer sahen zu Boden, stumpf, unbeweglich, wie Gefangene ohne Hoffnung.

»Ich weiß nichts über dein Geplänkel mit Clem, Hiram«, sagte Hank so, daß es alle hören konnten, anscheinend um Zeugen für das Gespräch zu haben. »Aber ordnet euren Streit den Problemen der Allgemeinheit unter. Wenn du mit ihm über Kreuz bist, und er verschwindet eines Tages von der Bildfläche, kann man auch nichts machen. Immer wieder verschwindet mal jemand.

Aber wir können hier keinen Privatkrieg brauchen. Wir haben genug damit zu tun, uns die Los-Angeles- und Malibu-Leute vom Hals zu halten, ganz abgesehen von dem grundlegenden Problem, am Leben zu bleiben.«

Hiram starrte auf den rohen Steinfußboden und entschloß sich, den Mund zu halten. Draußen waren die Rufe verstummt. E-&-B-Team Nummer zwölf war oben angekommen.

Clem Simpson sah hinüber auf die hellen Schimmer über dem Horizont und hielt die Hand hoch. Die anderen vier Teammitglieder bildeten eine gerade Linie vor ihm. In einem plötzlichen Wutanfall begann einer der Männer gegen einen meterhohen Giftpilz loszuschlagen; das schwammige weiße Gebilde überstand jedoch die Machetehiebe überraschend zäh.

»Vergeude deine Kraft nicht!« sagte Clem zu dem Mann. »Du weißt doch, wie verdammt schnell die Dinger nachwachsen.« Der Mann beendete seine Attacke. »Legen wir los«, fuhr Clem fort. »Sam und ich machen uns mit dem Landspeeder nach San Diego auf und holen Vorräte, hauptsächlich getrocknete Grundnahrungsmittel. Manuel und Bob, ihr haut mit dem Flitzer nach La Jolla ab und durchsucht das ausgebrannte Einkaufszentrum nach Klamotten – und bummelt nicht so wie beim letzten Mal, als ihr's um ein Haar nicht geschafft hättet! Eric, du nimmst den Teleporter und holst Getränke – und diesmal nicht nur Scotch und Tequila, verstanden? Denk daran, wir haben auch ein paar Typen, denen der Sinn mehr nach Milch und Orangensaft steht.«

Clem gab der ausgebleichten Erde einen Tritt, und pudriger Staub erhob sich. Der Boden schien unwiderruflich tot zu sein, chemisch inaktiv, modrig, sein Molekularzustand unveränderlich. Keine drei Meter entfernt blähte sich plötzlich die Erde auf, und die phallusartige Kappe eines Pilzes brach hervor. Zu gewissen Zeiten schien die Erde zu kämpfen, um fotosynthetisches Leben zu ringen, doch das kostbare, ersehnte Grün blieb unter den weißen Sporenkulturen verborgen. Boviste und geisterhaft weißes Dornengestrüpp lagen über die Ebene verstreut, und die riesigen Giftpilze wuchsen überall. Alle paar Tage fegten die trockenen Winde durch die Gegend, und dann fiel der Regen vom Himmel, eine träge, trübe, endlose Brühe, die die poröse Wüste noch weiter auslaugte. Kreideweiße Krusten lösten schmutzigmilchige Schlammpfützen ab. Graue Felsen lagen auf sandfarbenem Schiefer, und dazwischen fanden sich durchweichte, umgefallene Kakteen, entblätterte Bäume, Kadaver und Skelette. Mit dem Exodus nach Rußland war reine Luft nach Kalifornien zurückgekehrt. Die föhnigen Chinookwinde hatten auf Süd gedreht und ein leicht geändertes, feuchtes Klima mitgebracht. Und nun schleuderte die Sonne ihre grausamen Strahlen auf die kleine Gruppe einfacher Männer, auf die armselige Erdkruste und auf die dunkel klaffende Wunde darin, die San-Andreas-Cañon hieß.

»Aufsitzen, Männer!« rief Clem. »Ist alles klar? Denkt daran, keine Heldenstücke, keine Abenteuer, keine Bummeleien. Die Vorräte sind knapp, die Reserven gehen zu Ende, wir müssen uns an die simplen, grundlegenden Dinge halten: Fleisch und Kartoffeln – Muttermilch und Feigenblätter, sozusagen, um unseren Hunger zu stillen und unsere Blöße zu bedecken . . .«

»He, der Mensch wird schon wieder poetisch«, grinste Sam. »Nur noch eines, bevor wir uns auf die Beine machen, Clem: Was, zum Teufel, ist mit Hiram los? Wir wissen, daß du keine Steine auf Doras Gerüst rollst.«

»Die alte Krustenechse hat zu lange in der Sonne gelegen«, sagte Clem. »Zu viele Einsätze bei hochgradiger Sporenvirulenz. Außerdem glaube ich, daß er Angst vorm Sterben hat.«

»Scheiße, wer nicht? Das ist mein einundfünfzigster Einsatz.«

»Ich habe schon vor einiger Zeit aufgehört zu zählen, das solltest du auch machen – he, quasseln können wir später, jetzt nichts wie los! Wir haben – synchronisiert eure Uhren – vier Stunden und zweiundzwanzig Minuten. Fertig? Viel Glück und Weidmannsheil!«

Eric zog sich in die elliptische Kabine des Teleporters zurück, stellte die Bedienungselemente ein, winkte, und das Fahrzeug verschwand. Manuel und Bob kletterten in die beiden Cockpits des Flitzers, aktivierten den Antrieb, und die hauchzarten Flügel hoben sie in die Luft. Sam und Clem kletterten mühsam in den Landspeeder.

»Das verdammte Ding wird immer fadenscheiniger«, stellte Sam fest. »Müssen unbedingt ein neues organisieren. Wie steht's mit der Brennstoffzelle?« Die Männer setzten die Versorgungshelme auf und schlossen sie an. »Immer noch weit in den grünen Ziffern«, sagte Clem und kontrollierte die spartanische Instrumentenanordnung. »Fertig?«

»Fertig.«

Die Antigravturbine heulte sich gedämpft auf neunzigtausend Umdrehungen pro Minute hinauf, und der Schub legte sich stufenlos auf horizontal um – pure Energie, im rechten Winkel zur Gravitation und parallel zur Erdkrümmung. Der Speeder schoß davon, während sich eine dicke Fahne schneeweiß gebleichten Staubes hoch in die Luft erhob.

»Halte ihn auf dem abgefahrenen Weg!« sagte Clem über die Sprechanlage. »So wirbeln wir weniger Staub auf und können niedrig bleiben.«

»Aye, aye, Sir«, grinste Sam. »Wie wärs mit einer Ration Kaltluft für einen verschmachtenden Kopiloten?«

»Kommt sofort!« Clem legte einen Kippschalter um und spürte den Freonbalsam auf seinem Gesicht, der kühl durch seinen Bart blies. Der Speeder schoß eine Art Flugschneise entlang, etwa dreißig Meter breit und verhältnismäßig frei von Geröll, das überall sonst die Ebene bedeckte; die Leute nannten die Schneise ›Berg- und Talbahn‹ oder ›Viehtrieb‹. Die verlassene Marinebasis von San Diego lag einige Meilen weiter westlich, und die Höhlenbewohner versorgten sich seit Jahren aus den riesigen unterirdischen Vorratslagern.

Der Speeder pfiff und sang, als er in einem flachen Winkel anstieg und in fünfzehn Meter Höhe in horizontale Lage zurückkehrte. Die trümmerübersäte Landschaft flog unten vorbei: die Tausende, die Millionen, die Milliarden weißer Pilze, Boviste, Rinderskelette, verkrümmter weißer Bäume, Erdspalten vergangener Beben – lange Zickzackrisse im Boden –, alles weiß und ocker und elfenbeinfarben gebleicht. Die Sonne stand hoch und unbarmherzig über der Flut von Licht und Hitze, die sie verströmte. In den vergangenen Jahrhunderten hatte die Sonne sanfte, wohltätige Strahlen auf Mensch und Tier gesandt; jetzt hingegen leuchtete diese selbe Sonne über der erbärmlichen Öde und Farblosigkeit der kalifornischen Wüste. Die Dunkelheit war zu einer echten Wohltat für die Menschen geworden, denn der weiche, samtige Purpur der Nacht schenkte zumindest eine zeitweilige Atempause vor dem nächsten grellen, weißen Tag.

Das Antigravsystem des Landspeeders begrenzte seine Reiseflughöhe auf etwa fünfzehn Meter, und obwohl es dabei natürlich ein gewisses Sicherheitsrisiko gab, bevorzugten sowohl Clem als auch Sam diese Höhe, denn sie verband die Eigenschaften der Reise zu Lande mit jenen des Fluges. Zum Beispiel machte es großen Spaß, einen Schlitten mit hundertfünfzig

Stundenkilometern einen Finger breit über dem Boden dahinflitzen zu lassen, aber es war kein besonderer Nervenkitzel, mit dreitausend in zehntausend Meter Höhe zu gondeln. Und außer dem Spaß vermittelte die Höhe von fünfzehn Metern und die Geschwindigkeit von hundertfünfzig Stundenkilometern noch die Möglichkeit eines echten Aufklärungsfluges.

Weit im Westen, schon über dem Meer, bildete sich eine Gewitterfront.

»Gott sei Dank, Wolken«, sagte Clem. »Sieh mal, Sam, die erste ordentliche Wolkenbank in letzter Zeit.«

»Ja, eine schöne, fette noch dazu. Am liebsten würde ich direkt hineinsteuern.«

Clem seufzte. »Ich auch. He! Sieh mal, auf Peilung drei Uhr! Sieht aus wie ein Bandit aus Los Angeles!« Er schaltete das Telekom ein. »He! L-A-Bandit! Hier spricht Silberpfeil aus Capistrano! Ich kann deinen gelben Arsch ganz deutlich erkennen. Wohin gehts denn? Wir wollen keine Rempelei heute!« Sam hielt das für unnötige Unterwürfigkeit und zuckte leicht zusammen.

»Nicht nötig, Gartenzwerg«, sang eine ausgeflippte Stimme. »Unser heutiges E&B steht unter einem absolut friedlichen Stern. Mann, wir würden keiner Fliege was zuleide tun.«

»Und wohin gehts?« wiederholte Clem.

»L-A-Flats. Was geht dich das an, Mann? Mir ist es scheißegal, wohin ihr fliegt!« Dann wurde dieselbe Stimme teilnahmslos, distanziert, gleichgültig. »Gibts bei euch in Capistrano irgend etwas Besonderes? Was zu stehlen sich lohnt?«

»Wir haben Brandy für ein ganzes Regiment, aber nicht genug Fleisch und Kartoffeln. Habt ihr etwas zu tauschen?«

»Wir haben Hasch für mindestens drei Regimenter. Was wir brauchen, Mann, sind neue Schalen! Bei uns rennen die Miezen in alten Kartoffelsäcken umher und die Knaben im Lendenschurz! Kleider machen Leute, Mann, wo find' ich hier das Textilviertel?«

»Zieh nach Idaho Flats, Bandit! Das ist ne stinkreiche, fettgefressene Kommune.«

»Eher laß ich mich hier lebendig begraben, als daß ich mich mit diesen dreckigen Bauern ins Bett lege . . . He, versucht nicht die Verbrüderungstour mit mir – wir sind Feinde, klar? Ihr Capistrano-Pack seid kleinkarierte Kubikärsche, wie sie im Buche stehen. Gebt acht auf uns, Mann, eines Nachts kommen wir und überfallen eure schäbigen Löcher . . .« Das Telekom verstummte.

»Diese verrückten L-A-Gimpel sind ewig high, unentwegt angestopft mit irgendwelchem Stoff«, sagte Clem. »Das ist wirtschaftlich und sparsam.«

»Wenn sie sich das Hirn benebeln, so mag das ja ein annehmbarer Ersatz für Klamotten sein, aber doch nicht auf Dauer«, meinte Sam. »Na ja, nichts ist von so hervorragendem Tauschwert wie ein anständiger Joint mit nem bißchen Hochstimmung darin und n paar Streicheleinheiten fürs verkümmerte Selbstwertgefühl.«

Minuten später pfiff der Speeder über die dünn besiedelten Randgebiete der Stadt San Diego. Riesige Erdlawinen füllten die Cañonstraßen – die heißgeliebten Siedlungsplätze der Südkalifornier der Vergangenheit. In oder über ihrem eigenen kleinen privaten Cañon zu wohnen war ein Muß. Die auf der Hand liegenden Gefahren (Feuer, Überschwemmungen, Sturm, die Möglichkeit, wie in einer Falle darin festzusitzen) ließen sie völlig kalt. Schließlich und endlich war die Erde das Festeste, worauf der Mensch stehen konnte – nicht zuletzt das einzig Feste. Die Kalifornier vertrauten ihrem geologischen Zuckerguß blind. Es nicht zu tun wäre sinnlos gewesen, denn man konnte nicht seine Tage und Wochen damit verbringen, sich über die statistische Wahrscheinlichkeit von Erdbeben Sorgen zu machen. Der eine widmete sein Leben nichts anderem als der nagenden Frage, wann das große Beben stattfindet, und der andere verschwendet keinen Gedanken an dieses Thema; dafür stürzt er eines Tages in eine epizentrische Erdspalte.

Clem senkte den Speeder langsam über die Autobahn, die zur Marinebasis führte. Immer noch verstopften Tausende Fahrzeuge die Straße, nur die Spuren in der Mitte hatte man vor Jahren bereits geräumt, so daß jetzt ein tapferer Nomade auf dem Motorrad oder Fahrrad stolz an dem wirren Arrangement antiker Fahrzeuge mit Verbrennungsmotor, Dampfschlitten, Turborädern, Lieferwagen, Speedern und Flitzern vorbeifegen konnte. Clem beachtete die Viertelmilliondollar-Faisal-Opec-Limousine kaum, die unter einem Haufen Kindergleitern und Kolibri-Pendlerflitzern begraben lag. Der Schutt der Stadt war von anderer Art, und es war dieser enorme, großstädtische Schutthaufen, der die Höhlenbewohner bis jetzt am Leben erhalten hatte.

»Vorratslager direkt vor uns«, sagte Clem. Der früher elektrisch geladene Zaun rund um die Basis war an hunderten

Stellen zerschnitten, niedergewalzt und eingedrückt, und das Wächterhaus war eine Ruine, deren Mauerreste mit Inschriften bedeckt waren: NÄCHSTE STATION MOSKAU; WLADIWOSTOK STINKT; KALIFORNIEN HUI, SIBIRIEN PFUI; DIE US-MARINE VERLIERT AUCH IN DER BADEWANNE! Der Speeder verringerte die Geschwindigkeit, und Clem und Sam zogen ihre Phaser. Plünderer gab es überall, und es war einfacher, einem anderen aufzulauern, als selbst nach Eßbarem zu suchen – aber das hing natürlich davon ab, wen man zu überfallen gedachte.

Eine Gruppe aussätziger Kinder wandte sich um und starrte den Speeder von einer Laufplanke über einer Baustelle an. Die Kinder sahen pummelig und gesund aus, aber ihre Gesichter waren wie geschwollene, knorpelige Masken von Ameisenlöwen, Zentauren und Geiern. Eines gab ein seltsames, kehliges Krächzen von sich, und Sam winkte. Er wollte die Gruppe auf natürliche, neutrale Art und Weise grüßen, konnte das Gefühl aber nicht loswerden, in einen Karnevalsumzug geraten zu sein und mechanisch und hölzern den Gaffern am Straßenrand zuzuwinken.

»Diese Kinder haben es besser als wir«, bemerkte Sam. »Viel zu essen, Ungestörtheit, Abenteuerspaß . . .«

»Und ihre Kinder sind voll samtiger Knötchen«, setzte Clem hinzu. »Sie leben mit ansteckenden Bazillen, und widerliche Mikrobenstränge kleben ihre Eingeweide zusammen.«

»Trotz allem sind sie in gewisser Hinsicht freier als wir. Hier ist der Boden nicht von Pilzen verseucht, und man kann zumindest im Freien schlafen, man muß sich nicht nachts in irgendein finsteres Loch verkriechen.« Der Speeder schob sich an den Überresten der Baracken vorbei, wo in dunkler Vergangenheit hundertzwanzig Männer in einem einzigen Raum geschlafen hatten, in Stockbetten aus Metall, während ihre ganzen Besitztümer in Holzkästen von der Größe eines halben Schrankkoffers Platz finden mußten; wo jeden Morgen um sechs Uhr der Hornist sein blechernes Wecksignal blies und die Männer je nach Temperament aus ihren Betten sprangen oder schlichen und sich mit weißem Schaum und Doppelklingenrasierapparaten den Bart schabten, Seite an Seite vor einer Reihe Spiegel und Waschbecken. Zehn Pissoirs gab es und zehn Klosetts, und ein schneidiger Soldat hatte keine Mühe, in orthodox sitzender Stellung zu onanieren, während er eine Zeitung las, die so ausgebreitet war, daß sie seine Handbewegungen verbarg. Die trübseligen, an Lagerschuppen erinnernden Reihen von Gebäuden sprachen von Unteroffizieren, von Männern niedriger gesellschaftlicher Herkunft, von Männern, die Besen und nasse Mops schwangen, die die Chromarmaturen an den Waschbecken polierten, deren militärische Tätigkeit so unendlich bedeutungslos war, daß sie ihre Tage mit nie endenwollendem Hausputz verbrachten. Natürlich gab es in Kriegszeiten jenen ansonsten nichtssagenden, unbedeutenden Mann, der ein Maschinengewehr aus dem Jahr 1918 abfeuerte oder ein Bajonett aus grauer Vorzeit aufsteckte oder kühn ein Pistole, Kaliber 45, aus dem Halfter zog, eine Waffe, deren Treffsicherheit unter zwölf Metern lag, wobei man berücksichtigen mußte, daß sie einen halben Meter nach oben oder unten verzog.

Eine schnatternde Bande nußbrauner Mexikaner blockierte den Eingang zum Vorratslager, aber sie betrachteten Phaser als Gipfel der Waffentechnologie und machten augenblicklich Platz, um Clem und Sam einzulassen.

»Wirrr chaben vieles Weiber«, sagte einer. »Du wollen fickifikki? Du wollen guttt Liebe von Mexicali Rose?«

»Heißen Dank, Pancho«, sagte Clem. »Liebe ist gut, Futter ist besser, hau ab jetzt, wir wollen keinen Ärger!« Doch einer der schmächtigen Männer warf sich unvermutet auf Sam und schnappte nach dem Phaser, die Augen auf die winzige Waffe geheftet. Es war ein schwerfälliger, aus der Verzweiflung geborener Angriff, und Sam war gut darauf vorbereitet. Er ging in eine geduckte Scharfschützenstellung und feuerte den auf ›Betäubung‹ gestellten Phaser ab. Das schwarze Haar des Mexikaners stand einen Augenblick lang gesträubt um seinen Kopf, als das Betäubungsfeld seinen Körper elektrisierte.

»Alles zurücktreten!« brüllte Clem und hielt seinen Phaser auf die Gruppe gerichtet. »Geht dort hinüber, einer hinter dem anderen, flott . . . Jawohl, so ist's brav.« Die Männer stolperten vorwärts, stießen und schoben einander. »Und jetzt kommt einer von euch her und holt euren Freund.« Clem zeigte auf den Mann, der am Boden lag. »Nehmt ihn mit und verschwindet, aber schnell, sonst lassen wir auf euch alle ein Betäubungsfeld los. Also, wie hättet ihr es denn gern, illegales Pack? Na los, haut ab!«

Ein Teil der Gruppe rannte los. Zwei Männer hoben den Bewußtlosen auf und trugen ihn weg. »Und bleibt uns vom

Leib!« schrie Clem den Leuten nach. Er errichtete ein Kraftfeld um den Landspeeder. »Du machst dich über den ersten Schrank mit gefriergetrockneten Fressalien her, den du finden kannst!« trug er Sam auf. »Nimm einen Sack und füll ihn mit wirklich Wichtigem an, mit den unentbehrlichsten Sachen! Mach ihn so voll, daß du ihn ziehen mußt! Ich stehe inzwischen Wache.«

Sam warf sich in den Eingang und lief einen außerordentlich langen Korridor hinab. Das Gefühl der Perspektive und der Zeitdruck, unter dem er stand, erregten ihn, und er fühlte sich wie aufgezogen, fühlte einen unbändigen Tatendrang, fühlte sich leichtfüßig, muskulös und behende wie ein Gepard. Die verdreckten Fenster schossen mit großer Geschwindigkeit an ihm vorbei; er rannte vorwärts wie eine Maschine, und erst als er in der Lebensmittelabteilung stand, bemerkte er, wie ausgepumpt er war, wie stark sein Herz vor Aufregung klopfte. Er fühlte sich gehetzt wie in einem Fiebertraum, und er begann, den Plastiksack mit den kleinen Nahrungswürfeln zu füllen, als ob er Geld in eine Tüte stopfte. Die Regale waren noch immer reich gefüllt; die Würfel hatten die Größe einer Zigarettenschachtel und waren aus irgendeinem unerfindlichen nachschubtechnischen Grund niemals in größeren Quantitäten abgepackt. Sam wischte ganze Reihen von Rationen in seinen Sack; komprimierte Bohnen, Kohl, Maiskörner, Maismehl, Linsen, Zwiebeln, Erbsen und Soja, Soja, Soja . . . »Mein Gott«, dachte Sam, »Soja ist so allgegenwärtig wie DNS, alles, was du angreifst, besteht aus Sojabohnen . . .« Er räumte einen Stoß Spinatwürfel und Kartoffeln in seinen Sack. Die Fruchtwürfelabteilung ließ er aus und ging weiter zum Fleisch, den Sack hinter sich herziehend. Die Zeit drängte, und er fühlte sich zappelig wie ein Fisch im Netz. Er war allein, allein, allein – ein verwegener Kundschafter an einem Ort unheimlicher Stille, an einem Ort, wo ringsum Feinde lauerten. Er versuchte zu pfeifen, aber nur ein tonloses kleines Fauchen kam heraus, wie das eines furchtsamen kleinen Jungen, der spät nachts auf einer dunklen Straße unter geisterhaften Bäumen nach Hause geht.

»Nimm die Beine unter die Arme!« hörte er Clems Stimme durch die Audios, und Sam erschrak. »Eine große Gruppe Nomaden kommt den Kai herab. Ich habe sie mit zwanzigfacher Vergrößerung im Tele. Werd nicht nervös, du hast genug Zeit, an die zwei Minuten!«

Um Gottes willen, dachte Sam, während ihn panische Angst

überfiel, sich breitmachte wie eine grölende, johlende Menschenmasse, das hat mir gerade noch gefehlt!

Nomaden gab es in der Gegend seit Jahren, so wie es Wolfsrudel gab, Hyänenrotten und Scharen von verwilderten Hunden. Nomaden waren stets Banden von Leuten, die sich aus einem instinktiven Bedürfnis nach Sicherheit, nach Zusammenhalt, nach Überleben und Zusammenleben in der Gemeinschaft zusammengeschlossen hatten. Früher nannte man sie Straßenbanden, Guerilleros, Terroristen, Plünderer, Marodeure. Es war einfach eine Sache der Stärke durch den Zusammenschluß, durch die Solidarität in der Gemeinschaft und die Identifizierung mit dieser Quelle der Stärke. Die Nomaden in der Gegend von San Diego benahmen sich eher wie plündernde Soldaten, obwohl es nur noch wenige üppige Vorratslager von lohnenden Dingen zu plündern gab. Wie bei den Capistrano-Leuten ging es im Prinzip eigentlich nur darum, wie man überleben konnte: Es war eine Frage des Essens und Schlafens, des Kämpfens und Vögelns. Sam ließ ein Regalfach voll Proteinwürfeln und Bouillonpackungen in seinen Sack rattern und wollte schnell wieder weg.

»Tempo, Tempo!« erklang Clems Stimme. »Sie haben den Speeder entdeckt und bringen einen Granatwerfer in Stellung . . . Scheiße, das war der erste Schuß . . .«

Sam begann, den unförmigen Sack über den Boden zu zerren. Er schleifte mit einem leisen, schmirgelnden Geräusch über den körnigen Beton. Sam trat hinaus auf den endlosen Korridor und spürte eine Mischung aus Panik und Hilflosigkeit in sich aufsteigen, als er die offene Ausgangstür ins Freie so weit, so schrecklich weit entfernt sah, so viele dreckige, steinige, knirschende Meter weit entfernt. Er versuchte zu rennen, aber der Sack geriet ihm zwischen die Beine. Er probierte, neben dem Sack herzulaufen, und das ging zwar ein wenig besser, doch immer noch aufreizend langsam. Dann versuchte er, den Sack zu tragen, aber obwohl nicht schwer, war er einfach zu groß und unhandlich. Einen Augenblick lang dachte er daran, ihn fallenzulassen und zu rennen, aber seine Verzweiflung konzentrierte sich auf den Sack, war eins mit ihm, und er gelangte zu der Einsicht, daß dieser ausgebeulte, dämliche Sack aus Plastik einen integrierenden Bestandteil seines Entkommens darstellte. Er wand das grüne Material um sein Handgelenk und hörte den dumpfen Einschlag einer Granate.

»Verdammt nahe«, kam Clems Stimme durch. »Ich täusche einen Start vor, Sam. Bleib in der Tür stehen, ich hole dich in einer Sekunde.«

Nein, Mann! Hau nicht ab, um Himmels willen! dachte Sam und begann, rückwärtsgehend, den Sack weiterzuziehen. Seine wild schlurrenden Schritte klangen wie eine alte Dampflok bei Sand auf den Schienen. Das rhythmische Scheuern des Sackes erklang synchron mit dem Reiben seiner weichen Schuhsohlen. Grimmig wie ein Gewichtheber vor dem entscheidenden Kraftakt holte er Luft und schnaufte und keuchte und schrie innerlich nach Beistand, nach einem Transportband, einem Schleudersitz, einem Teleporter, einem Dampfschlitten, einem erlösenden Schwung neuer Kraft, aber nichts kam.

»Ich hebe ab«, sagte Clem. »Mach dich bereit!« Die zweite Granate schlug draußen ein, nahe der Stelle, an der sich der Speeder befunden hatte, und ein Schrapnellsplitter summte an Sams Ohr vorbei. Unwillkürlich duckte er sich und setzte seinen verrückten, komischen, so gar nicht heldenhaft aussehenden, schleifenden Rückzug fort. Die Ausgangstür war noch etwa fünfzig Meter entfernt. Es sah aus wie fünfhundert.

»Geh in Deckung!« sagte Clem. »Warte auf den dritten Einschlag, und dann nimm die Beine in die Hand.«

»Ja, ja, ja«, keuchte Sam. Irgendwie schaffte er es bis zur Tür und blieb dahinter stehen; sein Atem rasselte wie eine Ankerkette. In der Ferne konnte er die Nomaden erkennen, etwa fünfzig Leute. Sie kamen langsam näher; es sah nicht wie ein Angriff aus.

»Achtung, wieder ein Abschuß!« rief Clem von seinem unsichtbaren Aufenthaltsort. »Geh in Deckung!« Sam preßte seinen Körper hinter die Tür und betete um einen schlechten Schuß. Er hörte das Peifen des veralteten Geschoßes und entschloß sich, zu schreien, um den Druck auf die Trommelfelle auf ein Mindestmaß herabzusetzen. Der Schrei kam leicht, laut und völlig natürlich, und dann füllte die Explosion den Korridor mit heulenden Schrapnellen, Betonsplittern und Dreck. Die Splitter schlugen auch in den Sack, aber die Löcher waren klein.

»Okay, beweg dich!« kam Clems Stimme aus dem anfliegenden Speeder. »Ich peile den Ausgang an – bist du okay?«

»Was sonst?« sagte Sam und zerrte den Sack ins Freie, wobei er beinahe in den Krater fiel, den der dritte Schuß aufgerissen hatte. Er hörte das Geschrei der Nomaden, als der Speeder herbeipfiff, kaum einen Viertelmeter über dem Betonboden. Sam stemmte den Sack hoch, und Clem zog ihn in das hintere Cockpit. »Setz dich drauf und halt dich fest!« rief er, als der Speeder Fahrt aufnahm.

Sam langte nach den Haltegriffen, warf sich auf den großen Sack und fiel nach vorn; es war, als wollte er auf einem Faß reiten. Er senkte den Kopf auf die gepolsterte Auskleidung des Speeders hinab und hatte den beunruhigenden Eindruck, daß sein hochgehobener Hintern ein gutes Ziel abgab.

Der Speeder flitzte um eine Ecke der Verpflegungsstelle und schoß eine lange, triste Durchfahrt hinab. Unvermutet hielt Clem das Fahrzeug an, wendete und raste zurück, direkt auf die Nomaden zu.

»He, was soll das?« schrie Sam.

»Keine Angst«, sagte Clem schnell, »verlaß dich auf mich! In ein paar Sekunden ist alles vorbei. Halt dich fest!« Knapp über dem Erdboden jagte der Speeder weiter, schnitt um die Kurve, wo der Ausgang lag und die Werfergranaten aufgeschlagen waren, und beschleunigte auf die Nomaden zu, die kaum mehr als fünfzig Meter vor ihnen standen. Er stellte auf volle Kraft, und der Speeder stürmte auf die Nomaden zu, gerade als die vierte Ladung am Ende der schmalen Durchfahrt explodierte, dort, wo Clem gewendet hatte.

Die Leute schrien und stoben auseinander angesichts des unerwarteten Angriffs. Die Bedienungsmannschaft des Granatwerfers ließ ihre schwerfällige, an ein Ofenrohr erinnernde Waffe im Stich und türmte. Ein paar Unentwegte ließen sich auf den Bauch fallen oder gingen in Hockstellung und ließen einige zornige Gewehrsalven los, aber es waren ungezielte Schüsse.

Clem grinste höhnisch, als der Speeder mit hundertsechzig Stundenkilometern emporschoß und die Gegner so wie die wirre Autofriedhoflandschaft unter sich zurückließ. Über einem unkrautverwachsenen Golfplatz verlangsamte er den Speeder und ließ ihn schweben, während er Sam half, die Nahrungswürfel in die Ecken und Winkel des Cockpits zu verstauen, so daß Sam sich setzen konnte. Clem sah auf die Uhr und bemerkte, daß sie keine Zeit zu verlieren hatten. Der Virulenzrhythmus der Sporen war so verläßlich wie ein Uhrwerk, und die Luft in Capistrano würde bereits erfüllt sein von weich platzenden Wolken weißer Pollentrauben. Der Anblick war ein häßlicher: die Ausstoßung der schleimigweißen Sporen aus den schleimigweißen Phallen. Es sah aus wie ein totes Feuerwerk in Zeitlupe, die Bilder und die Detonationen grausig gedunsen, schwammig und obszön. Und dennoch war es ein Lebensvorgang, ein eigensinniger, zäher, anpassungsfähiger, geschmeidiger Lebensvorgang. Er enthielt Wachstum, Differenzierung und Fortpflanzung. Die dürre Wüste war übersät mit fleischigen Stielen und dick gerippten schirmförmigen Hüten, aus deren Schlitzen die Sporen rieselten – Schauer von Sporen aus dem Phallus selbst, ein gänzlich mutationsbedingter Prozeß, der nicht aufhörte, Anstoß zu erregen – selbst bei abgebrühten Burschen wie Clem und Sam es waren. Die Höhlenbewohner hatten den Eindruck, daß ein Fluch über ihnen lag, daß das Übersäen ihres Lebensraumes mit scheußlichen Giftpilzen ein durch und durch barbarischer Akt gewesen war. Trotzdem hatte Clem insgeheim versucht, in dem häßlichen, weißen Pilzwald irgendeinen wirtschaftlichen Nutzen zu entdecken, aber ohne Erfolg.

Die Reise zurück nach Capistrano war ereignislos, Sam döste sogar vor sich hin; der Teleporter und der Flitzer waren bereits abgestellt, als Clem den Speeder zum Parkplatz am Rand des Cañons manövrierte. Nur Minuten später erbebte der erste Pilz, das Myzel im Erdboden verzerrte seine mutierten Verästelungen, und der Lebensvorgang begann. Nun blieb die Luft dicht über dem Erdboden mehrere Stunden lang vergiftet.

Nur etwa achthundert Meter entfernt sammelten Hiram und Dora besondere Pilze in eine Plastiktasche. Beide hörten den Ruf der Sirene und begannen augenblicklich den Heimweg.

»Sind alle gut nach Hause gekommen?« fragte Clem Hank, als sich eine Gruppe in Annies Höhle versammelt hatte. Sie tranken Brandy, der pro Flasche einmal zwanzig Dollar gekostet hatte, und Annies Adlerblick folgte ihr wachsam, als sie herumgereicht wurde.

»Soviel ich weiß, schon.« Hank grunzte leise, während er den Brandy langsam in einem großen Schwenker kreisen ließ. »Annie, sind Hiram und Dora zurück?«

»Waren sie heute oben?« Clem klang besorgt.

»Die beiden Wahnsinnigen wollten einfach nicht unten bleiben«, gackerte Annie. »Gleich nachdem ihr weg wart, sind sie rauf. Haben Werkzeuge zum Graben mitgenommen.«

»Werkzeuge zum Graben?« fragte Clem mißtrauisch.

»Jaaa«, sagte Annie, und ihre Stimme schien Clems Mißtrauen noch schüren zu wollen, als ob sie ihn dazu ermutigte herauszufinden, was Hiram und Dora im Schilde führten. »Die beiden haben etwas vor. So alte Narren wie die zwei haben oben gar nichts zu suchen.«

Clem nahm einen langen Zug Brandy. Er wärmte ihn vom Mund bis tief in die Eingeweide. Sein ganzes Bauchfell schien zu glühen. Annie sah vom vielen Weinbrand immerzu rosig aus, ihre birnenförmige Nase war dunkelrot, wie die Glühlampennasen früherer Zirkusclowns, und durchzogen von blauen und roten Blutgefäßen.

»Habt ihr mir irgend etwas Gutes gebracht?« krächzte sie und blickte von einem zum anderen. »Welcher von euch tapferen Jägern und Sammlern hatte denn den Auftrag, der lieben, guten Annie wieder ein bißchen Brandy mitzubringen? Er ist schon bald alle, versteht ihr?«

Manuel, Bob und Eric schielten die Alte an, und sie verstand den Ausdruck ihrer Gesichter augenblicklich: Es war das schiefe, boshafte Grinsen absoluten, hundertprozentigen Durchschauens. Sie verspürte ein kurzes Aufflackern von Zorn, aber dann begann sie, im Geist die Flaschen zu zählen, die in der Kiste unter dem Stroh in der Ecke übrig waren. Brandy war ihr wichtiger als alles andere, wichtiger als Essen und Kleidung und Juwelen und Wärme und Gesundheit, und nun wollte sie mehr als je zuvor die letzten zehn – nein, elf waren es – Flaschen für sich allein haben.

»Vielleicht morgen«, sagte Hank zu Annie. »Wir haben beinahe keine Fressalien mehr, wir müssen uns zuerst nach dem umsehen, was uns gesund und munter hält.«

Von draußen erklangen Gelächter und Geschrei, und ein Mann rief nach Hiram. Hank trat hinaus auf die pierartige Konstruktion, die Annies Höhle mit einer zentralen, schwankenden Brücke verband, und sah Hiram und Dora das riesige Ladenetz herunterklettern, das aus der Marinebasis in Camp Pendleton stammte. Sie bewegten sich gewandt und flink. Ihre Safarianzüge hatten dunkle Schweißflecken, und an ihren Gürteln hingen Werkzeuge. Hiram trug einen Ranzen auf dem Rücken, der mit irgend etwas gefüllt schien. Sie stiegen hinab auf die Östliche Promenade, wie das gemeinschaftliche Hauptgerüst genannt wurde, und schritten zu ihren Höhlen, ohne sich umzublicken.

»Habt ihr Sporen an euch?« rief Hank ihnen zu. »Verdammt, ihr werdet euch noch umbringen – und in der Folge uns alle!«

»Wir sin so sauber wie frisch gebadete Babies, Hank, mein Junge«, schrie Hiram zurück. »Willste an meinen Achseln schnobern?«

»Es ist längst Ausgangssperre, Menschenskind! Willst du 'nen schnellen Tod? Du solltest es doch besser wissen!«

»Is noch Schnaps da? Wir müssen euch was erzählen.« Hiram bückte sich in seine Höhle, nahm Ranzen und Gürtel ab und trat sofort wieder heraus. Dora tat das gleiche. Sie wanden sich durch einen verwirrenden Korridor aus Bambus und schlenderten lässig in Annies Höhle. Etwa zwanzig Leute kamen aus ihren Löchern, um zuzuhören und zuzusehen, und wie ein Lauffeuer verbreitete sich die Nachricht hinauf und hinab, daß etwas Bedeutsames vor der Tür stand. Es konnte etwas Nebensächliches oder etwas Lebenswichtiges sein – egal, den höhlenbewohnenden Bürgern von Capistrano war alles wesentlich.

»Dickköpfigkeit ist dein hervorstechendster Charakterzug, Hiram«, sagte Hank, als er Dora den Brandy reichte. Annie hatte eigentlich vor, die Flasche sorgfältig im Auge zu behalten, aber bald gab sie es auf und holte eine neue. »Wie habt ihr beide es geschafft, sauber zurückzukommen? Ihr wart fünfzehn Minuten überfällig!«

Hiram nahm Dora die hübsche Flasche mit dem silbernen Hals aus der Hand und nahm einen mörderischen Zug daraus. Genießerisch ließ er den Zwanzigdollarsaft in seinem Mund kreisen, bevor er ihn schluckte. »Donnerwetter, das is gut«, meinte er, »das is Muttermilch, direkt aus der Brust!«

»Und entwöhnt hat man dich wohl nie, was?« neckte Dora und boxte ihn leicht in den Magen.

»Was war es, was du uns erzählen wolltest?« Fragte Clem beiläufig, und die Spannung unter den Umstehenden stieg augenblicklich.

Hiram ließ sich nicht im mindesten aus der Fassung bringen; er rieb sich zufrieden den Bauch und erwog, seine Genitalien zu kratzen. »Da stehn n paar miserable Typen rum, die ich nich dabei haben will«, begann er.

»Du redest wie ein kleines Kind«, sagte Harold Cox. »Clem ist nicht besser und nicht schlechter als wir anderen auch. Du hast kein Recht, ihn runterzumachen.«

»Ich glaube, du bist zu lange in der Sonne gewesen, Hiram«, sagte Clem. »Wir sind doch immer Freunde gewesen, oder? Was ist los mit dir? Da muß es wo ein Mißverständnis geben. Du bist tüchtig, das stimmt wohl, aber diesmal treibst du es zu weit. Vielleicht sollte Doktor McCoy dich wieder mal ansehen.«

»Da brauch ich n dämlichen Quacksalber, der mir sagt, daß mir nix fehlt!« knurrte Hiram zwischen den Zähnen. »Un wenn wer n Stein auf n Hund runterrollt, so isser nich geeignet . . .«

»Verdammt, du sturer Bock!« schrie Clem. »Zum letzten Mal, ich hab keinen Stein geworfen! Zu diesem Zeitpunkt war ich stockbesoffen! Sternhagelvoll und völlig weggetreten! Zusammen mit Harold . . .«

»Wenn der da dein ganzes Alibi is, so stehts schlecht um dich, Mann.«

»Jetzt halt endlich den Mund, du Streithammel!« unterbrach Dora ihn. »Was geschehen ist, ist geschehen. Außerdem habe ich schon eine Idee, wer den Stein losgetreten haben könnte.«

»So? Un wer? Werwerwer?«

Der eine, lange Schluck schien Hiram gereicht zu haben; er zeigte bereits Wirkung.

»Geht dich nichts an. Alles zu seiner Zeit, alles zu seiner Zeit. Du hast ja gar keine Ahnung, was wirklich hier vorgeht.«

»He, biste nu auf meiner Seite oder nich? Bin ich nu dein Schatz oder nich? Da mußte zu mir halten!«

Dora nahm Hiram in ihre Arme und ließ keinen Zweifel daran aufkommen, daß sie ihn in ihr Herz geschlossen hatte. Beifälliges Gemurmel erhob sich. »Und jetzt sag allen, was wir heute gefunden haben.« Die Gruppe rückte erwartungsvoll näher.

»Trüffeln«, sagte Hiram leise.

Die Gruppe antwortete mit einem bemerkenswerten Schweigen auf die schlichte Offenbarung. Das Wort hatte einen harmlosen, verspielten Klang, es mangelte ihm an phonetischer Glaubwürdig, es besaß die Modulation eines Auszählreimes.

»Ich bitte um Vergebung, ich fürchte, ich habe nicht recht gehört«, sagte Sylvester in nasalem Tonfall.

»Ich hab's verstanden«, meinte Hank. »›Trüffeln‹ sagte er. ›Trüffeln‹. Trüffeln.«

»Was, zum Teufel, sind Trüffeln?« fragte Eric.

Hiram blickte Dora an und rieb sich die Hände. Sie erwartete jeden Moment, daß er sich auf die Handflächen spucken würde, als Vorbereitung für die Aufgabe, die auf ihn wartete – wie beim Holzhacken oder Lochgraben. Doch er vergrub die Fäuste tief in seinen Hosentaschen und setzte einen selbstgefälligen Ausdruck auf – der Reisende in geheimer Sache.

Clem wußte, was Trüffeln waren, sagte aber nichts.

»Trüffeln sin unsre Fahrkarte weg von hier«, erklärte Hiram. »Für die, die wegwollen.«

»Ich will sowieso nirgendwo hin«, sagte Manuel sofort. »Wenn wir von hier weggehen, werden wir alle zur Zwangsarbeit eingezogen. Sie würden uns kriegen, egal, wohin wir uns verkriechen. Warum, glaubst du, hab ich mich aus Albuquerque verkrümelt?«

»Un außerdem«, versuchte Hiram es andersherum, »werden Trüffeln zum besten Tauschmittel seitm Dollar im Zweiten Weltkrieg werden.«

»Verdammt, sagt mir endlich, was das ist!« rief Eric.

»Braune Pilzknollen, die so lecker schmecken, daß die Leute n ordentlichen Batzen hinlegen, wenn se se kriegen können. Ich hab schon n Sack voll drüben in der Höhle. Dora un ich ham se gefunden, und da is noch ne Menge mehr.«

Sofort begann Annie, im Geist die Verhältniszahlen eines solchen Tauschhandels zu überschlagen: Wie viele Trüffeln brauchte man wohl, um eine Kiste Brandy zu erwerben? Hank überlegte, ob mit den Malibu- und Los-Angeles-Leuten damit Geschäfte zu machen seien, und dann fiel ihm die Gourmetkolonie in Scottsdale, Arizona ein. Todsicher würden diese verwöhnten, faulen, reichen Pinkel Trüffeln haben wollen.

»Pilzknollen!« verzog Eric das Gesicht. »Wir stehen bis an die Ohren in Pilzen, wozu brauchen wir noch mehr?«

»Weil die da besonners gut schmecken, hab ich dir doch erklärt. Du hörs nich zu. Ich habs in nem Buch nachgeschlagen. Trüffeln sin – warte mal, wie hieß das . . . eine *Delikatesse*, ja. Un teuer außerdem.«

»Ach ja? Und wieviel sind sie wert?« fragte Annie. Ihr Vorstellungsvermögen war ziemlich ausgelastet mit einer unaufhörlich wachsenden Anzahl von Schnapsflaschen, die in stabilen Kisten, eingebettet in Holzwolle, ruhten.

»Is kein Geheimnis nich«, sagte Hiram bedächtig. »Wird aber noch ne Menge Krach geben deswegen.«

»Keine Sorge«, sagte Hank. »Wir setzen eine Bürgerversammlung an. Die Trüffeln werden Gemeinschaftseigentum sein, wie alles andere auch.«

»Die sin jederzeit ihre zwanzig alten Dollar wert«, stellte Hiram fest.

»Pro *Stück*?« fragte Eric.

»Pro Stück, jawohl«, antwortete Hiram.

»Weiß sonst noch jemand darüber Bescheid?« erkundigte sich Clem. »Oder habt ihr die Fundstelle geheimgehalten?« Dora sah Clem an, und in dem Blick lag das Aufblitzen gemeinsamen Wissens.

»Einmal hat uns einer von den Malibu-Affen entdeckt«, sagte Dora. »Überflog uns in geringer Höhe. Die Stelle liegt kaum eineinhalb Kilometer entfernt, und er hat sich wohl gefragt, was wir so nahe am Cañon suchen. Ich glaube, es war auch einer von denen, der mich mit dem Stein um die Ecke bringen wollte.«

Die Gruppe fing an zu murmeln und zu murren.

»Die ganze Zeit über hatte ich schon die Vermutung, daß hier Trüffeln vorkommen könnten«, sagte Clem sinnend. »Aber ich vergaß ganz darauf, sie als mögliches Zahlungsmittel in Betracht zu ziehen.«

Hiram starrte Clem mit einem »Halt-dich-da-raus,-das-ist-mein-Kaffee«-Blick an.

»Was ich mich frage, ist, wer um alles in der Welt sowas braucht«, warf Manuel ein. »Wozu sollen die Dinger gut sein? Wo gibt es hier einen Markt für braune Pilzknollen?«

»Und wenn sie so teuflisch gut sind, weshalb essen wir sie dann nicht selbst?« fragte Annie.

Hiram streckte die Hand aus, und irgend jemand reichte ihm die Flasche. »Die fetten Schlemmer drüben in Scottsdale stürzen sich drauf«, sagte er, »darauf kannste Gift nehmen! Un von wegen selbst essen, na, da weiß ich nich so recht . . . wir brauchen was Handfestes, und Trüffeln sin eben nix Handfestes.« Er nahm einen kurzen Zug aus der Flasche. »Was ich brauche, sin Ballaststoffe – he, Sam, he, wach auf! Haste heute endlich Cornflakes mitgebracht? Sonst muß ich mir nämlich ne Handgranate in n Arsch stecken.«

Sylvester zuckte unter dieser zwanglosen Bemerkung sichtlich zusammen. Dora holte die Flasche aus Hirams Schoß, als zöge sie einen riesigen Penisfortsatz zwischen seinen Beinen hervor. »Was du brauchst, sind Pillen gegen schlechte Manieren«, sagte sie zu ihm.

»Ja, wir haben sowas Ähnliches mitgebracht«, nickte Sam. »Gute alte Kellogg-Kleiewürfel, hundert Prozent Ballaststoffe. Sie hätten mich fast das Leben gekostet, also hoffentlich weißt du sie zu schätzen.«

Hiram salutierte langsam in Sams Richtung.

Niemanden schien die Entdeckung der Trüffeln sonderlich zu beeindrucken. Der Abend kam, und in Annies Klause wurde es dunkel; der Wind begann durch das Gewirr von Plattformen, Streben, Gerüsten und Verspannungen zu singen. Clem und Hiram sahen einander an, und aus dem Blickkontakt erwuchs die Frage, wer von ihnen zuerst wegblicken würde.

Dora bemerkte das und trat schnell dazwischen. »Wann hast du die Sache mit den Trüffeln entdeckt, Clem?« fragte sie. Der Klang der Frage schien ihre grundsätzliche Bindung an Hiram zu unterstreichen; dennoch glomm da noch etwas anderes, etwas undurchsichtig Geheimnisvolles, das auf eine noch tiefere Bindung an Clem hindeutete.

Clem hatte das Gefühl, er müßte Hiram aufheitern – oder ihm zumindest zugute halten, daß ein Teil seiner Streitsucht einfach in der Struktur der Gruppe ihre Wurzeln hatte. »Die erste habe ich zufällig vor ein paar Wochen entdeckt und habe ihr nicht viel Beachtung geschenkt. Aber genau wie Hiram habe ich darüber nachgelesen, und da wußte ich, daß dort, wo früher der Wald war, viele zu finden sein müßten.«

»Du hast gewußt, daß da früher ein Eichenwald gestanden hat, den die Russen entlaubt haben?«

»Verdammt, das weiß doch jeder«, knurrte Hiram, sichtlich verärgert über Doras Freundlichkeit Clem gegenüber.

»Aber was wichtiger ist«, setzte Clem mit dem Vorsatz fort, Hiram zum Schweigen zu bringen, »was man wissen muß, ist, daß die Bedingungen für das Gedeihen von Pilzen, für eine Trüffelkultur unter diesen vielen Eichenwurzeln geradezu ideal sind.«

»Und alles, was wir jetzt brauchen, sind *Schweine*«, witzelte Hank.

Eine lange Stille folgte. Hiram durchbrach sie, indem er sich räusperte – laut räusperte – und auf den Boden spuckte. Als er aufblickte, bemerkte er Doras tadelnden Blick und bedeckte die Spucke mit Sand. Seine Handbewegungen erinnerten an eine Katze, die Erdreich über ihre Exkremente scharrte.

»Okay, ich geb's auf«, seufzte Eric. »Wozu brauchen wir jetzt auf einmal Schweine? Abgesehen davon, daß wir sowieso keine kriegen könnten.«

»Weil Schweine Trüffeln riechen können«, erklärte Hank. »So werden sie normalerweise gefunden.«

Hiram lachte schallend auf. »Ha, ich un Dora, wir sin besser als jede Sau, wo gibt! Wir ham nen ganzen Haufen davon rausgeschnobert.« Alle lachten, und die angespannte Atmosphäre entkrampfte sich etwas.

»Worauf warten wir noch?« fragte Eric. »Zeig uns das Zeug. Zeig uns diese verdammten Pilzknollen, diese Superschätze; das klingt ja alles zu gut, um wahr zu sein.«

»Ja, nichts wie her damit!« rief Manuel.

»Ich hab se drüben in meinem Loch«, sagte Hiram. »Sehn nich nach viel aus. Hätt nich gedacht, daß so n mickriges Zeug so kostspielig is.« Langsam kam er hoch, simulierte eine Müdigkeit, die er zum Teil gar nicht zu spielen brauchte, und ging zur Öffnung der Höhle. »He, Neil!« brüllte er einem kleinen Jungen zu, »saus mal in mein Loch un hol den Sack, der aufm Boden liegt!«

Der Junge rannte los und kehrte mit einem grauen Plastiksack zurück.

»Gebt dem Burschen nen Drink«, lachte Hiram, als der Junge stolz den Sack vor seine Füßen auf den Boden stellte.

»Nichts dagegen«, sagte der Junge und schluckte schnell einen guten Schuß Brandy. Annie durchbohrte ihn mit einem vernichtenden Blick, und er machte sich davon.

»As-ko-my-ze-ten«, sagte Hiram, als er den Sack auf dem Boden ausleerte. »Askomyzeten. Haste auch nich gedacht, daß ich das richtige Wort weiß, was, Clem?«

Clem beugte sich schnell hinab, um die Trüffeln zu begutachten. »Ja«, sagte er, »scheinen in Ordnung zu sein. Ist mir egal, wie du sie nennst, Hauptsache, sie sind in Ordnung. Seht mal, da ist eine wunderhübsche schwarze, die sollte eine Medaille bekommen.«

»Manche sind klein wie Böhnchen, andere so groß wie Kartoffeln«, bemerkte Hiram.

»Und ihr sagt, die schmecken wirklich gut?« erkundigte sich Annie, bückte sich und hob eine nußgroße Trüffel auf. Vorsichtig begann sie, daran zu schnüffeln.

»Sollen einfach delerkaaat sein«, erklärte Hiram. »Aber das is nur was für feine Pinkel, nix für Schnapsfässer wie dich. Gib das wieder her!«

Annie trat einen Schritt zurück. »Gehören dir doch gar nicht«, fauchte sie. »Ich esse das sowieso nicht, das riecht nach überhaupt nichts.«

»Ein Schwein kann sie aber aus sechs Meter Entfernung

riechen«, warf Hank ein. »Darum sagte ich, was wir jetzt brauchen, sind Schweine.«

Die Umstehenden drängten sich näher, um die schwarzen und rötlichbraunen Schätze in Augenschein zu nehmen. Alles in allem waren es etwa ein Dutzend Trüffeln, und sie sahen wirklich nicht sehr eindrucksvoll aus, recht reizlos, wie sie da auf der nackten Erde lagen, umgeben von Menschen in ähnlich reizloser Aufmachung.

»He, glaubt ihr, haben die Scottsdale-Leute Schweine?« fragte jemand. »Wir könnten die Trüffeln gegen Schweine tauschen.«

»Nein, darum geht es gar nicht«, sagte Hank ungeduldig. »Wir brauchen in erster Linie Kleidung, keine Schweine. Wir werden versuchen, die Trüffeln gegen Kleider einzutauschen, nicht gegen Schweine.«

Der Mann, der die Frage gestellt hatte, blickte hinab auf seine ausgetretenen Schuhe, deren Seitenteile er wegen seiner entzündeten Fußballen ausgeschnitten hatte. »Hat heute jemand Schuhe mitgebracht?« fragte er trübselig. Er erhielt keine Antwort.

»Morgen diskutieren wir alles in der Bürgerversammlung«, sagte Hank. »Und irgend jemand muß dann nach Scottsdale.«

»Zuvor sollten wir uns besser den Eichenwald genauer ansehen«, bemerkte Clem, »um sicher zu gehen, daß es noch mehr davon gibt.«

»Nur keine Angst nich«, entgegnete Hiram scharf. »Da gibts genug von. Wennste mich fragst, so ham wir ausgesorgt für alle Zeiten. Wie die Scheichs vor hunnert Jahren, die Araber, die auf dem ganzen Öl saßen un so stinkreich wurden, daß se gar nicht mehr wußten, was anfangen mit dem ganzen Moos. Ich sag euch, bei uns wirds genauso sein, wenn wir nur ers mal unsre leckeren Schrumpfkartoffeln an die Gourmänner bringen.«

»Und was haben die Araber letzten Endes mit all dem unerwarteten Zaster gemacht?« fragte Eric, und sein Tonfall ließ darauf schließen, daß er die Antwort bereits wußte.

Hiram kratzte sich am Kinn. »Na was? n Gutteil von London ham se dafür eingekauft, soviel ich mich erinnere ... Ach ja, nu weiß ichs, zum Kuckuck, n großen Brocken von Beverly Hills ham se sich auch zugelegt.«

»Und das meiste Geld steckten sie in die Rüstung«, ergänzte

Hank. »Sie kauften Düsenjäger und Atombomben und Panzer und Turbopistolen. Sie wurden so übersättigt, daß ihnen zuletzt nur mehr der Krieg als neues Spielzeug einfiel.«

»Kann mich verdammt gut an n Demonstrationskrieg erinnern«, grunzte Hiram. »Saß mitten auf der Golden-Gate-Brücke un sah zu, wie die Raketen ins Meer fielen, ganz langsam, ungefähr fünfzehn Kilometer draußen. Dann ham se se gezündet, un so n Pilz habt ihr noch nich gesehn, achthunnert Meter hoch, mit ner so großen Wasserfahne dran, daß mir die Feuchtigkeit in die Augen stieg. Na, was solls, nehmen wir noch einen an die Brust, ich muß ins Bett, bin ganz kreuzlahm.« Er schnappte sich die Flasche von Annie und machte den letzten paar Schlukken den Garaus.

»Jetzt schuldest du mir etwa sieben Flaschen«, schmollte Annie und legte einen vorwurfsvollen, gekränkten Ton auf.

Hiram lachte. »Du denk lieber daran, wer sein Arsch hinhält, wenn er dir das Zeug holt! Wer dir den Fusel ins Haus bringt wie der Weihnachtsmann! Du un ich, wir sind zumindest quitt, sag ich dir, zumindest quitt!«

Draußen stöhnte der Wind mit sechzig Stundenkilometern durch die Baulichkeiten von Capistrano, die ächzten und krachten, wie ein altes Segelschiff im Sturm. Während die Leute in ihre eigenen Höhlen zurückkehrten, wurde es rasch dunkel. Nicht allzu sicher auf den Beinen ging Hiram mit dem Trüffelsack über der Schulter durch den Bambuskorridor hinüber zu seiner Höhle. Er legte den Sack in eine Nische in der Felswand; die Kadmiumlampe an der Decke schien hell in der Dunkelheit. Dora hatte ihm zu verstehen gegeben, daß sie diese Nacht allein verbringen wollte, und Hiram hatte nur gegrunzt, als sie seinen grauen Bart küßte und Gute Nacht sagte.

Die Leute schalteten ihre Fernseher und Bandwürfel und 3-D-Videos ein, um sich die Shows anzusehen. Dichtgedrängt kreisten Satelliten im erdnahen Raum, wo sie, zum Teil in nur fünfzehntausend Metern Höhe, von Solarturbinen angetrieben dahinrasten und die hundert regulären Videokanäle vollpackten mit einer endlosen Vielfalt von Informationen und Unterhaltung.

Hiram lag auf einem riesigen Berg Decken, Pneumoplastmatratzen und Kissen. Er wählte den Scottsdale-Kanal, um den Wetterbericht zu hören. Er schlief ein, überzeugt davon, daß die Reise dorthin an ihm hängenbleiben würde.

Hanks Höhle sah aus wie ein Museum, ausgestattet mit Möbeln von unschätzbarem Wert und Statuen aus St. Simeon, Besitztümer, die jetzt ihren Wert verloren hatten. In einer Lade einer reichgeschnitzten Kommode lagen achtzigtausend Dollar in altem Papiergeld – nicht verpackt, nicht versteckt, ohne Tauschwert. Hank stülpte sich eine gekühlte Schlafmaske übers Gesicht und schlief sofort ein.

Im Hurenhaus bearbeitete Manuel eine bionische Freudenspenderin bis zum Zusammenbruch, deren Schandlohn aus nichts weiter als einer neuen Ration Transistoren bestand.

Annie öffnete noch eine Flasche Brandy und schaltete den Kanal ein, auf dem eine beliebte Inzestserie lief.

Wieder ging ein Tag in Capistrano Manor zu Ende, und in Doras üppig mit Teppichen ausgeschlagener Höhle lagen sie und Clem einander in den Armen, miteinander verschmolzen und vereinigt, und wisperten Liebesworte in ihre Küsse.

Die Tag- und Nachtgrenze wanderte westwärts über das veränderte und veränderliche Antlitz der ehemaligen Vereinigten Staaten, glitt weiter mit ihrer kosmischen Konstante von siebzehnhundert Stundenkilometern. Seit Milliarden von Jahren hatte sie das getan, während die Erde in Lava kochte, in Vegetation erstickte, in Wasser ertrank, trocknete, briet, gefror, gärte, zuckte, erbebte und Tintenfischen und Grillen und Faultieren und Menschen das Leben schenkte. Die Sonne war täglicher Betrachter von einsamen Feuern, vom Leben auf dörflichen Sträßchen, von jagenden Horden, riesigen Tierherden, von Blitz und Donner, von Stammeskriegen, Landrodungen und dem Bau von Denkmälern gewesen. Doch erst in den letzten hundertfünfzig Jahren (nichts als einem Zwinkern in den Augen der Zeit) geschah es, daß sich das Antlitz des Landes so sehr veränderte, daß sich Fäden aus Beton vom verschlafensten Dörfchen bis zu den riesigen Großstädten zu spannen begannen. Im Jahr 2000, zum Beispiel, konnte jeder Normalbürger in einem Düsenflitzer vor der Sonne her von Charleston nach San Francisco jagen und brauchte dazu nicht einmal die zwanzigspurige, mehrstöckige Fahrrinne zu verlassen. Und wenn jemand dem Lauf der Sonne vorauseilen wollte, so war dies eine einfache Sache der Einstellung des Gashebels auf größere Geschwindigkeit. Dieselbe Sonne, die einst die Rücken von Dinosauriern gewärmt hatte, versorgte nun die Solarzellendächer von Millionen Häusern. Und dieselbe Sonne, die 1848 über der Abtrennung von Mexiko gestanden war, schien nun täglich, wenn auch nur kurz, in den San-Andreas-Cañon. Jetzt, im Jahr 2073, übernahm wieder einmal die Vegetation die Vorherrschaft über Amerika. Die atlantische Küste, von Maryland bis hinunter nach Florida und bis zu den Appalachen im Westen, war von Kudzu bedeckt. Ein Fußpfad aus dem 18. Jahrhundert wurde zu einem Karrenweg im 19., zu einer gefurchten Landstraße im 20. und dann in schneller Folge zu einer Asphaltstraße, zu einer betonierten Autobahn, zu einer Tunnelgleitbahn aus Plastikbeton, zu einer zwanzigspurigen Fahrrinne – um schließlich von den unglaublich zähen Ranken und Blättern des Kudzus überwachsen zu werden. Kein Stahlmast, kein Wolkenkratzer, keine Stahlbetonbrücke, kein Flugzeugrumpf konnte sich mit der Widerstandsfähigkeit und Elastizität des Kudzus messen.

Neuengland war zu einem kleinen, antiken Freiluftmuseum geworden, und im Weizengürtel des Mittleren Westens verbrannte man entweder die riesigen Überschüsse oder mußte enorme Verluste an Erlösen in Kauf nehmen. Einzelne Staaten wurden nach dem Demonstrationskrieg im Jahr 1990 Herzogtümer: Die Byrds übernahmen Virginia, die Eastmans Mississippi und die Rockefellers ganz New York, New Jersey, Westvirginia und Teile von Ohio. Der tiefe Süden wurde zur Schwarzen Konföderation, mit dem geklonten Dizzy Gillespie in wildromantischem Gewand als König auf einem Thron in New Orleans.

Die italienischen und jüdischen Familienkonglomerate fochten tapfer gewaltige fiskalische Schlachten gegen die ölgetränkten Araber, aber der Titanenkampf war eher ein Scheingefecht als Realität, und schließlich kauften die Araber riesige Teile der westlichen Vereinigten Staaten auf. Bill Harrahs Autosammlung in Las Vegas ging als Geburtstagsgeschenk an einen zwölfjährigen Scheich. In Washington zog sich der Anarchierat ins Exil zurück, nachdem er 1990 das Selbsthilfemanifest herausgegeben hatte, das alle Machtbefugnisse des Bundes an die einzelnen Staaten zurückgab. Es folgten Depression und Hungersnot, und nur der Arische Plan im Jahr 1991 rettete die Bevölkerung vor Bürgerkrieg und dem Verhungern. Die Deutschen, Japaner und Araber kamen dabei überein, die Verteilungsrechte an den Nahrungswürfeln in den USA zu übernehmen, und der Tag endete in Demütigung – aber auch in Sattheit. Der Nahrungswürfel wurde zum Maßstab, zum Sinnbild des Überlebens, ein stark komprimierter Würfel aus Faserstoffen, Soja, Kohlehydraten, Proteinen und Aminosäuren. Jeder fette, häßliche, ausschweifende amerikanische Bürger konnte einen in den Mund stecken und sich daraufhin tagelang herrlich gesättigt fühlen. Der ganze aufgeblähte Komplex der Lebensmittelerzeugung und -verteilung wich einer einzelnen Pille, die man durch die Speiseröhre schickte. Und während die Ernte verfaulte und die Herden krepierten, pilgerten die Bürger der Vereinigten Staaten zu ihren zweckentfremdeten Postämtern, um die kostbaren Nahrungswürfel in Empfang zu nehmen.

Die Deutschen, Japaner und Russen unternahmen umfangreiche Aufklärungsaktionen über den Vereinigten Staaten – sowohl in Satelliten, als auch in bemannten Flugzeugen –, und es erfolgten einige limitierte Erkundungs-›Invasionen‹. Aber die Großen Drei, wie sie sich nannten, erklärten feierlich, daß sie nicht die Absicht hätten, das Land anzugreifen, noch es in größerem Ausmaß auszuplündern. Die Japse holten sich das Gold aus Fort Knox und errichteten daraus eine dreißig Meter hohe Buddhastatue für die Stadt Hiroschima. Der Anteil der Russen an der Beute waren die Arbeitssklaven, und die Deutschen erklärten, daß sie mit der Anbiederung der Vereinigten Staaten nichts zu tun haben wollten, und daher auch nichts von ihnen forderten.

Vom gütigen Uncle Sam verlassen, preisgegeben seinen herzöglichen Rechtssprechungen und deren Einrichtungen, zerfiel das Land ziemlich rasch in schwache autonome Gebiete ohne militärisches Potential und mußte sich zu einer zumindest rudimentären sozialen Kontrolle entschließen.

Florida wurde von den Russen den Kubanern geschenkt, und die Juden aus Florida teleportierte man nach Israel, das durch die unablässige Agrarplanung seiner Politiker zu einem zweiten Garten Eden geworden war.

Das Öl im Mittleren Osten versiegte, und der neue Standard für Energieträger war der Kobaltkristall, ein nicht spaltbares Molekularaggregat, das sich über das Gesetz von der Erhaltung der Energie hinwegzusetzen schien. Und zwei konstante Quellen versorgten die Bewohner der Erde nach wie vor zuverlässig: die Strahlen der Sonne und die Photosynthese, und das war alles, was man brauchte.

»Gehen wir gemeinsam weg von hier«, flüsterte Clem Dora ins Ohr.

»Aber wir können doch nirgends hingehen, Liebes«, flüsterte sie zurück.

»Dann müssen wir Hiram umbringen.«

»Das wäre eine Möglichkeit, aber ich bin nicht sehr gewalttätig veranlagt. Das Leben ist schließlich das einzige, was uns noch geblieben ist.«

Clem legte sein Gesicht an ihren Hals. »Ich möchte nicht als Narr dastehen«, sagte er leise. »Entweder er stirbt oder ich sterbe, sonst bin ich der Hanswurst hier. Wenn es nur ihn erwischt hätte anstelle des Hundes.«

»Glaubst du wirklich, er weiß, daß du den Stein losgetreten hast?«

»Es war ein Akt der Verzweiflung«, sagte Clem. Er zog Dora an sich. »Mein Gott, der Stein hätte dich genausogut treffen können.« Ein langes Schweigen folgte. »Eine Tausendstelsekunde später teleportierte ich zu Harolds besoffener Runde, sie können mir nichts anhängen. Aber Hiram hat die Intuition von Verrückten, eine Art sechsten Sinn.«

Dora küßte ihn heftig, besitzergreifend. »Sei still!« keuchte sie. »Ich bin sicher, er kauft die Geschichte mit dem Malibu-Knaben, der den Stein runterwarf. Vielleicht kann ich auf die Liste der Ungebundenen kommen, dann könnten wir freier miteinander verkehren.«

»Aber ich will dich für mich allein.«

»Ja, Liebling, ich weiß. Ich liebe dich.«

»Dann ist das also geregelt, und wir suchen um monogamen Status an.«

»Der Rat wird es nicht genehmigen, das weißt du. Wir müssen an die Kommune denken. Wir haben schon zu viele monogame Paare hier, es gibt einfach nicht genug Frauen. Aber du hast doch den Teleporter, Liebling, und niemand weiß es außer mir. Ich zermartere mir schon das Hirn nach einem hieb- und stichfesten Plan, wie wir deinen Teleporter einsetzen könnten, um unser Ziel zu erreichen. Aber ich weiß nicht recht, was unser Ziel ist. Es gibt Tage, da finde ich, unser einziges Ziel ist es, zu überleben.«

»Aber das Leben ist sinnlos ohne Liebe, und mein Leben ist sinnlos ohne dich.«

»Komm, komm, du klingst ja richtiggehend romantisch! So sehr ich die hübschen, kleinen Rituale der Liebe genießen möchte, betrachte ich sie doch eher als kurzen, gelegentlichen Luxus.«

»So romantisch ich klinge, wie du sagtest, so kalt klingst du.«

»Kehren wir zur Wärme zurück.« Langsam schlängelten sie sich aneinander und lagen still. Clem fühlte die beruhigende Gegenwart des Teleporters an seiner Seite, so eins mit ihm, als wäre er ein bionisches Implantat. Niemand wußte etwas davon, daß er das Gerät besaß, das ihn bis zu achtzig Kilometer von seinem augenblicklichen Standpunkt wegtransportieren konnte. Es gehörte zu den Teleportern mit sehr geringer Reichweite, aber es war, soviel er wußte, das einzige Gerät seiner Art in der ganzen Gegend. Er hatte es einem gefallenen russischen Soldaten abgenommen, und da es kaum die Größe eines Nahrungswürfels besaß, hatte er beschlossen, es zu behalten, statt es abzuliefern. Aber da er selten allein war, hatte er es erst ein-, zweimal verwendet. Dennoch strömte seine Gegenwart eine unendliche Sicherheit aus. Sein Teleporter versetzte ihn in die Lage, augenblicklich zu verschwinden, es war ein zuverlässiges Fluchtmittel, vorausgesetzt, man hatte zwei Sekunden für die Einstellung der Positionsvektoren und für das Drücken des Knopfes. Clem döste in Doras Armen und träumte von Aladins Wunderlampe.

»Zeit, nach Hause zu gehen«, flüsterte Dora. »Die Nachtwache fragt sich sonst, warum du nicht in deiner Höhle bist.«

»Mhm«, murmelte Clem. »Wir könnten genausogut in einem Aquarium leben.«

»Ich lege die Eier, und du sprühst die Milch darüber«, flüsterte sie mit scherzhaftem Drängen in der Stimme.

»Ich hab den Tele schon auf meine Höhle eingestellt. Küß mich jetzt, ich möchte mit dieser Erinnerung von dir weggehen.« Er zog den Teleporter hervor und hielt ihn in seiner Hand. Ein letztes Mal fielen sie einander in die Arme, dann drückte Clem den Knopf und verschwand. Augenblicklich befand er sich in seinem eigenen Zuhause, sieben Höhlen weiter südlich und zwei Stockwerke tiefer.

»Und wo, zum Kuckuck, steht, daß ich mit Clem Simpson nach Scottsdale gehen muß?« Hiram schäumte, während er seine Polostiefel schnürte. »Du weißt, daß mir die Galle hochkommt, wenn ich ihn nur seh.« Die Ratsversammlung hatte getagt, die Trüffelgegend überprüft und befunden, daß tatsächlich noch eine Unmenge Trüffeln an den Wurzeln der riesigen entlaubten Bäume wuchs.

»Der Rat hat es so beschlossen«, sagte Hank. »Und du und Clem, ihr müßt das Kriegsbeil begraben. Ihr seid die beiden besten Männer, die wir haben; wir werden nicht zulassen, daß ihr euch dauernd bekriegt.«

»Dann müßt ihrn mir vom Leib halten.«

»Wir haben abgestimmt, zum Teufel! Das Ergebnis war einstimmig. Clem fährt die Postkutsche, und du hältst die Schrotflinte.«

»Soll wohl aufn kleinen Clemmy achtgeben, was?« Hiram schloß den Zipp seines neuen Safarianzuges, klopfte auf seine zwei Phaser in ihren Halftern und stülpte sich einen Hut in Tarnfarben auf den Kopf.

Clem trat auf die alte Helikopterplattform. »Fesch siehst du aus!« rief er Hiram zu; er versuchte es mit einer Art rauher Kameradschaftlichkeit. »Du hast ja sogar frische Sachen an!«

Hiram schüttelte barsch den Kopf. »Denk lieber an n Job!« Es klang sehr eindrucksvoll. »Immer schön bei Papa Hiram bleiben. Hank sagt, der Rat will, daß ich heut auf dich aufpasse. Biste sicher, daßde n Weg nach Scottsdale findest?«

»Auch im Blindflug, wenn's sein muß«, sagte Clem unbekümmert, nicht im mindesten aufgebracht von Hirams Giftspritzern. »Aber ich bin verdammt froh, daß du mitkommst.«

Hiram antwortete nicht, schien sich aber ein wenig zu besänftigen. Die Sonne war rotglühend und erbarmungslos steil am Himmel emporgeklettert, und die beiden Männer konnten die Poren auf des anderen Gesicht deutlich wie Mondkrater erkennen. Der Flitzer stand auf dem Podest bereit, und die Männer warteten nur auf das Signal, daß die Sporenaktivität auf ein erträgliches Ausmaß gefallen war.

»Euer Kontaktmann ist ein gewisser Tom Barrett«, sagte Hank und übergab Clem ein Päckchen. »Hier ist die Aufzeichnung meines Telefongepräches mit ihm, außerdem alternative Flugrouten und Wetterprognosen. Ihr überfliegt hauptsächlich Wüstengebiete. Der große Teleporter besitzt nicht genügend Reichweite, aber ihr könnt den Flitzer auf Spitzengeschwindigkeit halten, es müßte alles glatt gehen. Ihr seid ja schon dortgewesen.«

»Wir könnten uns auch in Imperial Dam mal umsehen«, meinte Clem. »Es ist nicht weit im Süden, und dort haben sich eine Menge Leute verkrochen. Normalerweise folgt man dem Gilafluß oder der alten Eisenbahnstrecke, die ist noch gerader.

Die Orientierung wäre kein Problem, nirgendwo in der Nähe gibt's ein kahleres Stück Land.«

»Und genau das könnte euch zum Verhängnis werden«, sagte Hank. »Das Gebiet wird ziemlich genau von Satelliten überwacht, und unsere Scanner haben bereits einige Stellen erfaßt, wo Kämpfe stattfinden. Nomaden vermutlich, wir wissen es nicht, aber es könnte gefährlich werden.«

»Scheißen is auch gefährlich«, höhnte Hiram. »Außerdem gibts in ganz Arizona außer den Fettsteißen in Scottsdale bloß Indianer. Ganze Städte gibts, wo dir kaum n weißes Gesicht begegnet.« Hiram stampfte mit den Stiefeln auf der Plattform, wie ein Bulle im Sand. Er schien gereizt, erwartungsvoll, auf dem Posten, fast überdreht. Er war wie eine Pistole mit abgefeiltem Abzugsstollen, die zu leicht losgehen konnte. Clem saß auf einer Lattenkiste und stopfte seine plumpe Pfeife, eine Fünfstern-Lee um zweihundert Dollar, organisiert aus einem Tabakladen in Palm Springs.

Die Capistrano-Leute hasteten ihre Gänge entlang, trugen Abfälle zum zentralen Müllschacht auf der untersten Plattform. Auch die Toilettenanlagen befanden sich auf der untersten Ebene, und sie waren ein Weltunikat: Ein friedfertiger Mitbürger konnte sich auf einem der luxuriösen Becken (organisiert aus dem Caesar's-Palace-Hotel in Las Vegas) niederlassen und eine Trophäe aus Exkrementen von sich geben, die – mit etwas Berücksichtigung der Seitendrift – geradewegs hinunterfiel, unter Umständen mehr als einen Kilometer, bevor sie irgendwo aufplatschte. Niemand wußte genau, wie tief der Cañon wirklich war. Die Schätzungen lagen zwischen neunhundert und fünfzehnhundert Metern, und sich in einem luftigen Tausendmeterscheißhaus zu erleichtern war ein einzigartiges Gefühl.

Auf Stockwerk A, Höhle 4, begann eine vollbusige Frau in einem schweren Samtkleid Koloraturen zu singen, und ihre kräftige Stimme brach sich an den Cañonwänden. Annie saß im Schaukelstuhl und summte *The Streets of Laredo*. Am Ende der Capistrano-Bauten hüpften und schaukelten zwei kleine Jungen in naivem Vertrauen auf ihre Sicherheit auf der Absperrung aus Ketten am Rand der schrecklichen Tiefe der Schlucht. Daneben huschten zwei andere Kinder dicke Seile hinauf, ihre kleinen Hände schlossen sich um die dicken Knoten darin, als ob sie Äpfel hielten. Ein Radioapparat heulte uralten Acid-Rock aus einer Höhle, ein anderer gab die Satelliten-Wetterberichte zum besten, und ein dritter säuselte inbrünstig Kirchenlieder. Und oben erklang die Sirene.

Clem und Hiram reagierten wie Boxer in ihren Ecken, und Hiram machte eine Handbewegung, als wollte er den Zahnschutz in den Mund schieben. Hank ging zwischen den beiden Männern, als sie zur Hauptleiter traten, einer ausgezeichneten Metallkonstruktion, die aus einer Raumstation stammte. Er klopfte ihnen beiden auf die Schulter, wobei er sich Mühe gab, die guten Wünsche gleichmäßig zu verteilen. »Alles Gute«, sagte er. »Denkt daran, daß ihr beiden die besten seid, die wir hier haben, also seht zu, daß ihr noch ganz seid, wenn ihr zurückkommt! Funkt uns regelmäßig an, und wir verbinden euch mit den Scannern!«

Die Männer nickten und kletterten schnell und gewandt die Leiter hinauf wie Seiltänzer, die für ihren Auftritt in Stellung gehen. Zur gleichen Zeit begann das E&B-Team Nummer Sieben seinen Aufstieg, und die üblichen Aufmunterungs-, Anfeuerungs- und Scherzrufe folgten ihm.

Dora blieb in ihrer Höhle und verabschiedete sich weder von Clem noch von Hiram. Schließlich zogen die Teams jeden Tag los, die Gefahr war immer die gleiche, und dieser Tag unterschied sich in nichts von den anderen. Außer daß ihre beiden Männer gemeinsam aufbrachen. Dora lag auf einer Matratze und betrachtete die Teppiche an den Wänden ihrer Höhle: bedrohliche Einhörner, üppig sprießendes Blattwerk, exotische Vögel und leuchtendgrüne Schlangen, die sich um dicke Äste wanden. Es war eine paradiesische Szenerie. Wie wundervoll, in solch einer Gegend zu leben, dachte sie, welch ein dicker Teppich aus Gräsern, welche Fülle von Blättern, Knospen und Blüten, welch sanftes Licht der Sonne – aber es ist alles nur gewebt. Mein Gott, es war nur ein Bild auf einem groben Stück Stoff. Sie wandte sich ab und griff nach ihrer Marihuanapfeife. Vom Cañonrand her klangen die begeisterten Schreie der Daheimgebliebenen, als der Flitzer Richtung Scottsdale abhob.

Oben war es klar und noch nicht sehr heiß. Die Feuchtigkeit war so gering, daß sie sich nicht messen ließ, und dennoch hatte der Himmel ein durchsichtiges, feuchtblaues, frischgewaschenes Aussehen. Keine Wolke war zu erblicken, und weit im Osten standen die Castle-Dome-Berge in wunderbar stereoskopischer Klarheit über dem Horizont.

Clem saß im Steuercockpit des Flitzers, einem schäbigen,

silbernen Flugzeug mit Schalenrumpf und Deltaflügeln, dessen Zwillingsantriebe wie riesige Kisten an ihm hingen. Das Aussehen des alten Vogels hatte zu dem liebevollen Spitznamen »Kobra mit zwei Kisten« geführt. Hiram saß in der drehbaren Überwachungskanzel hinter Clem und begann mit der ersten 360-Grad-Aufklärung.

»Wie hoch möchtest du fliegen?« fragte Clem, und Hiram wartete lange Zeit mit der Antwort. Es war ein mürrisches Schweigen, das ihm ein vorübergehendes Gefühl der Überlegenheit schenkte.

»So klar, wies is, zirka tausend«, sagte er, wobei er sich bemühte, kühle Autorität in seine Stimme zu legen. Noch nie war es ihm gelungen, Clem gegenüber den Ton anzugeben. Clem hatte etwas Achtunggebietendes an sich, etwas, das ein Mann früh erwirbt und nie mehr verliert; vielleicht lag es nur an der Art, wie er den Blick eines anderen festhielt, vielleicht an einem halben Lächeln, vielleicht an einer gewissen Leutseligkeit, auf die man, obwohl sie unzweifelhaft vorhanden war, nur sehr schwer den Finger legen konnte.

»In Ordnung, tausend«, sagte Clem und erhöhte die Steiggeschwindigkeit. »Es ist so klar, daß man die Zaunkönige in den Kakteen brüten sieht. Ich stelle auf Automatik und mache ein Nickerchen.«

Das gefiel Hiram nicht. »Ein *Nickerchen?* Was isn los, haste spät gemacht, gestern abend?« Er war todernst. In seiner Stimme lag zum Teil seine gewohnte Feindseligkeit, zum Teil ein Verhörston, der Clem stärker unter die Haut ging als Hirams übliche Brabbeleien. Sein erster Gedanke war, daß Hiram über sein Verhältnis mit Dora Bescheid wußte. Er entschloß sich, die Sache macho zu erledigen.

»Manuel und ich waren gestern noch auf einen Sprung im Puff und nahmen uns die bionischen Prachtexemplare vor, wenn du das meinst.«

»Nachm Bumsen schläfste gut, hör ich«, lautete die zweischneidige Antwort.

»Nachm Brandy auch. Hast du dich bald in die Falle geschmissen? Ich glaube, du sagtest, daß du gleich ins Bett wolltest. Zum Vögeln warst du gestern nicht unbedingt in Form.«

»Dora hat ihre Tage«, log Hiram, und Clem hieb sich im Geist auf die Schenkel und lachte sich krumm. Weshalb lügt mich der blöde Hund an? dachte er, und wieso ausgerechnet mit so etwas

Persönlichem wie Doras Menstruation? Doch dann erinnerte er sich, daß auch er Hiram angelogen hatte, mit Manuel und dem Puff; er entschloß sich aber dennoch, noch ein wenig im Clinch zu bleiben.

»Was ist schon ein bißchen Blut zwischen guten Freunden?« sagte er leichthin. »Hin und wieder schätze ich es sogar, das bringt deinen SM in Schwung.«

Hiram wußte nicht, was ›SM‹ bedeuten sollte, und die Frage nach dem bißchen Blut brachte ihn auch aus dem Gleichgewicht. Sie ließ durchblicken, daß er, Hiram, sich von Clem sagen lassen mußte, wann er es mit Dora treiben sollte und wann nicht.

Clem entschloß sich, Hiram noch eine Ladung zu verpassen. »Du und Dora – man verliert so leicht den Überblick – ihr beide, du und Dora, ihr seid nicht monogam, oder?«

»Nee, aber sie gehört zu mir«, antwortete Hiram schnell.

»Du willst sagen, daß sie nicht auf der Liste der Ungebundenen ist?«

»Doch, isse, aber nich freiwillig. Ich sag dir ja, sie gehört zu *mir!*« Es klang, als ob Hiram zwar wußte, daß es nicht stimmte, es aber durch die beschwörerische Kraft der Wiederholung zur Tatsache machen wollte.

Clem ließ es gut sein und legte das Thema vorderhand ad acta. Der Flug war das einzig Wichtige. Der Flitzer stabilisierte sich bei tausend Meter Höhe, und Clem gab seinen geplanten Kurs nach Scottsdale durch. Er füllte seine Pfeife mit aromatisiertem Tabak und zündete sie an. An Hirams Zähnen klickerte die erste Pfefferminzpastille des Tages; er richtete die Zoom-Optik auf den Wüstenboden, wo ein uraltes Flugzeug stand, eine riesige C-5A, die kaum beschädigt schien. Unter dem zigarrenförmigen Rumpf begann sich der Treibsand festzusetzen. Der Gilafluß schnitt ein gnädiges Rinnsal in den ausgedörrten Boden, und die alten Eisenbahngeleise waren in der Ferne zu sehen.

Clem lehnte sich zurück und schloß die Augen. »Hiram, wir waren doch stets Freunde«, begann er, nicht ganz sicher, wohin das Gespräch führen würde. »Was ist in letzter Zeit mit dir los? Du bist reizbar wie ein Bär. Und, ehrlich gesagt, deine Gedankengänge sind meiner Ansicht nach alles andere als folgerichtig.«

»Jeder tut, was er kann«, schnauzte Hiram ihn an, und Clem hielt das für eine durchaus plausible Erklärung, die keiner weiteren Worte mehr bedurfte. »Ich bin kein junges Gemüse nich mehr«, fuhr Hiram fort, »du kümmer dich um das Flugzeug, wir brauchen nich miteinander reden.«

»Stimmt, aber ich finde, du bist ein bißchen wirr im Kopf. Vielleicht solltest du doch den Doktor ...«

»Du kehr den Dreck vor deiner eignen Tür, da haste genug zu tun! Ich kann schon selbst auf mich aufpassen.«

»Du bist oben gewesen, als die Sporendichte zu hoch war. Das bringt dich rasch um.«

Hiram antwortete nicht. Er beendete soeben die erste Drehung mit seiner Überwachungskanzel. »Erste Prüfung okay«, sagte er. »Rührt sich nix.«

»Zweite Abtastung auf halber Rotationsgeschwindigkeit«, sagte Clem militärisch knapp. Hiram wußte, daß »Jawohl, Sir!« die richtige Antwort war, aber keine Macht der Welt hätte ihn dazu bringen können, auf diese Weise Männchen zu bauen, einerlei, ob Clem der Befehlshabende bei diesem Einsatz war oder nicht.

»Dachte, du wolltest n bißchen pennen?«

»Ja. Später. Halten sich die Trüffeln frisch?«

»Klar. Hab se in Stroh gepackt.«

»Barrett sagte schon, daß er sie will.«

»Jetzt brauchen wir nur noch zusehen, daß wir ordentlich was herausschlagen.«

»Sollte nicht allzu schwer sein. Wir haben etwas, das sie möchten, und sie haben etwas, das wir möchten.«

»Schon, bloß brauchen wir Klamotten viel dringender als sie Trüffeln.«

»Kann sein, muß aber nicht. Vermutlich würde der Großteil der Menschheit baß erstaunt sein, was diesen Leuten wichtig ist. Wir halten uns kaum über Wasser, wir kämpfen immer ums nackte Überleben. Die Scottsdale-Leute haben nichts anderes zu tun, als sich die Langeweile zu vertreiben. Sie besitzen so viel, daß sie neue Wege erfinden müssen, um ihre Vorräte zu verbrauchen.«

Die Männer verfielen in Schweigen. Der Flitzer sang mit geruhsamen dreihundert Stundenkilometern durch den klaren, blauen Himmel. Das leise Surren der rotierenden Überwachungskanzel machte das Hintergrundgeräusch für das sporadische Summen und Krachen das Telekom-Audios. Clem rauchte und drehte die Enden seines Schnurrbarts zu dünnen Bögen. Er tätschelte den Teleporter an seiner Seite und durchlebte im Geist noch einmal die Umarmungen der letzten Nacht. So unwiderstehlich und erregend sie auch gewesen waren, er hatte Mühe, die Stimmung wieder einzufangen.

»Verdammt großer Satellit, Peilung drei Uhr«, grunzte Hiram, und Clem blickte auf. Es war eines jener Superskylabs, die in fünfzehntausend Meter Höhe kreisten, einige davon schon seit fünfzig Jahren. Es war eher ein Flugzeug als ein Satellit, aber die Brennstoffzellen hatten zusätzlich die Eigenschaft, die Schwerkraft aufzuheben – etwas, das wenige Leute verstehen konnten –, so daß die Überwindung der Erdanziehung keine Schwierigkeit bot; tatsächlich stellte das die Grundlage des Antriebs selbst dar. Der Satellit hatte riesige Ausmaße, war so groß wie ein Tennisplatz und hing da oben wie ein gigantischer Briefbeschwerer aus Onyx, aus dem Antennen und Sonnenzellen-Ausleger ragten.

»Das wird einen anständigen Knall geben, wenn das Ding schließlich runterkommt«, stellte Clem fest.

»Fällt runter wie n Stein, jede Wette.«

»Bist du schon mal auf einem Satelliten gewesen?«

»Klar. Vor n paar Jahren ham wir ne Menge guter Dinge von einem gemopst.« Hiram spürte einen Schimmer von Kameradschaftlichkeit in sich aufkeimen, unterdrückte ihn aber sofort. Er hatte damals ein großes Vorratslager von Drogen auf einem Skylab gefunden und sie über einen langen Zeitraum hinweg gegen andere Dinge eingetauscht.

»Wie eine Fahrt auf der Hochschaubahn, was?«

»Ja, war nich leicht.«

»Willst du rauchen?«

»Ne.« Weitere Minuten des Schweigens folgten. Beide Männer fühlten einen unbestimmten Zwang, der von ihrem Verlangen herzurühren schien, die Zwistigkeiten zwischen ihnen wieder zu bereinigen. Clem verspürte einen kleinen Vorsprung im Rennen um die Vorherrschaft zwischen ihnen und Hiram einen kleinen Rückfall. Die meisten Leute konnte er mit seiner Art einschüchtern, aber sein Bramarbasieren begann bereits seine Glaubwürdigkeit in der Gemeinschaft zu erschüttern. Mehr und mehr wurde er zu einer Art lokalen Kuriosität.

»Dort liegt das Amtrak-Wrack aus dem Jahr 98«, sagte Hiram und zeigte hinab. Unter ihnen lag die teilweise entgleiste Reihe kupferfarbener Waggons, ineinander verkeilt, zertrümmert, verbogen, schief auf dem Band uralter Eisenbahnschienen, zum Teil schon begraben in Sandwächten und Dünen.

»He«, sagte Clem, »kannst du dir vorstellen, daß vor . . . na, sagen wir zweihundert Jahren das Dampfroß über genau diese diese Schienen gekeucht ist? Du lieber Gott, unvorstellbar – ein horizontaler Dampfkessel, der von Hand aus mit Holz und Kohle geheizt wird . . . gußeiserne Gestänge, die gußeiserne Räder antreiben . . .«

»Ja, hab schon Bilder von gesehn – he! Ein Mag-Jet! Peilung neun Uhr! Von wo, zum Kuckuck, ist der so plötzlich aufgetaucht?«

Clem drehte den Kopf nach links und sah den prachtvollen Magnum-Jet keine hundert Meter entfernt, auf gleicher Höhe wie der Flitzer. Er hielt genau ihre Geschwindigkeit. Das Flugzeug war grellgelb lackiert und mit einem einzigen, dünnen, waagrechten roten Streifen verziert. Der schlanke, projektilförmige Rumpf verengte sich vorne zu einer schwarzen, nadelspitzen Nase, und hinten saß ein schnittiges Seitenruder. Die Flügel standen im rechten Winkel zum Rumpf, und das Höhenleitwerk war nach oben abgewinkelt. Clem hielt das Flugzeug augenblicklich für das Spielzeug eines reichen Einwohners von Scottsdale.

»Halli-hallo! Trüffeltäubchen!« sang eine Stimme durch das Telekom, in der leiser, aber unmißverständlicher Spott mitklang. »Hier spricht Goldener Adler aus Scottsdale. Ich komme, um Ihnen den Weg zu zeigen, alter Knabe. Ich hoffe, ihr bringt uns die Köstlichkeiten. Ende.«

»Ich kann Sie deutlich sehen, Goldener Adler«, antwortete Clem in einem Tonfall, der den undefinierbaren Spott mit Geschäftsmäßigkeit ausglich. »Beachtlicher Vogel, den Sie da fliegen. In Scottsdale muß alles zum Besten stehen. Sind Sie sicher, daß Sie langsam genug fliegen können, um die Formation zu halten?«

»Werde mir Mühe geben, Höhlenmensch«, kam die Stimme wieder. Der Pilot war ein stämmiger Mann um die Fünfzig mit braungebranntem Gesicht und hellblondem, lockigem Haar, das bis auf die Schultern fiel.

»Wir haben die Trüffeln«, sagte Clem. »Wir kommen mit üppigen Gaben!« Hiram mochte den Ausdruck ›Gaben‹ nicht recht.

»Ausgezeichnet«, meinte Goldener Adler, »ausgezeichnet.

Das freut mich sehr.« Auch diese Bemerkung gefiel Hiram nicht. Er wollte alles andere, als einem fetten, reichen Scottsdaler Milliardär eine Freude machen. Clem schwieg.

»Landung in etwa einer halben Stunde. Tom wird Ihnen den lokalen Flugcode durchgeben. Ich fliege Geleitschutz. Ich hoffe doch sehr, daß Ihr . . . ääh, Flugzeug flugtüchtig ist. Ciao, bis dann!«

»Tschau, am Arsch«, murrte Hiram.

»Roger, Goldener Adler«, sagte Clem und unterbrach die Verbindung. »Bei diesen Leuten darfst du nicht so empfindlich sein, Hiram. Die Knaben aus Scottsdale sind in vielerlei Hinsicht schwer bestückt. Das beste wäre, du würdest sie überhaupt nicht beachten.«

»Der Lapparsch in seinem pißfarbenen Jet . . . Wetten, der is weich wie ne Banane?«

»Kannst du ihn sehen?«

»Ja. Peilung acht Uhr, hoch oben, kann ihn kaum erkennen.«

»Das ist der kostbarste Gleitschutz, den wir je haben werden.« Hiram biß auf seine Pfefferminzpastille und sagte nichts. Der Flitzer bohrte sich weiter durch den klaren, hellen Himmel über der gleichförmigen Wüste. Clem rauchte, berührte die Stelle, an der sein Teleporter steckte, drehte seinen Schnurrbart und dachte an Dora. Hiram stierte den Mag-Jet, einen winzigen gelben Punkt in der Ferne, finster an. Er schnaubte, schob eine neue Pfefferminzpastille in den Mund und dachte an Dora. Sie gehört mir, sagte er zu sich selbst, verdammt nochmal, zu mir. Das sollte sie nich vergessen.

»Hallo! Trüffelservice!« Tom Barretts süßliche Stimme strömte klebrig aus dem Audio. »Hier spricht Big Tom. Wir haben euch auf Video. Geht alles glatt, Jungs?« Er gab sich nicht die Mühe, »Ende« zu sagen.

Clem lächelte, wartete zehn Sekunden lang und schaltete auf »Senden«. »Trüffeltäubchen hier. Glatt wie Butter. Zeigt mir euren Landestreifen!«

»Gebt auf die Kinder acht, die sind heute in Scharen draußen. Sie sind so verspielt, sie werden euch sicher bedrohlich anfliegen.« Kaum waren seine Worte verklungen, erschien eine Gruppe von vier Flitzern direkt vor ihnen.

»n Haufen kleiner Flitzer Peilung zwölf Uhr!« rief Hiram. »Sin verdammt nahe, gib acht!«

»Ich sehe sie. Sie fliegen auf uns zu, halt dich fest!«

Der Verband stob in alle vier Windrichtungen auseinander, und die winzigen Flugzeuge schossen an allen Seiten an dem Flitzer vorbei.

»Verdammt«, knurrte Hiram, »was fällt'n denen ein, zum Teufel?« Vor seinem geistigen Auge stand ein Bild aus ferner Vergangenheit, in dem hölzerne, leinenbespannte Doppeldecker mit feuernden Maschinengewehren einen Gorilla auf einem Wolkenkratzer angriffen.

»Kindereien«, sagte Clem. »Kleine Kribbelmücken, die uns um die Ohren sausen.« Er schaltete das Audio ein. »Big Tom, hier spricht Trüffeltäubchen. Eure lebhaften Sprößlinge rasten gerade vorbei. Ich nehme an, sie sind mit den Grundbegriffen der Luftsicherheit vertraut.«

Die Bemerkung gefiel Hiram. »Ja, wie zum Beispiel den annern vom Leib zu bleiben«, murmelte er.

»Sie sind verspielt, aber recht versiert, da können Sie ganz beruhigt sein«, lachte Tom Barrett. »Sie müssen sich vor Augen halten, daß Sie da eine echte Antiquität fliegen. Die Kinder haben so etwas noch nie gesehen, außer in Museen oder alten Videowürfeln. Sie sind das Ereignis des Tages! Na ja, ich gebe Ihnen jetzt die Landeanweisungen durch: zwanzig Grad backbord zehn Meilen lang und ein Anflugwinkel von drei Grad – abwärts, klarerweise! Sie können unsere Rollbahn von weitem erkennen, sie ist mit Palmen und Agaven gesäumt. Ende.«

»Roger, Big Tom.« Clem ging auf den angegebenen Kurs, und die Kinderflitzer umkreisten sie wild, wackelten mit den Flügeln, und die Insassen winkten. Clem hob grüßend die Hand, und Hiram grollte. Unter ihnen lagen nun ausgedehnte elektromagnetische Golfplätze, riesige, grüne Rasenflächen, auf denen Spieler in heller, bunter Kleidung berühmte Golfturniere aus der Vergangenheit nachspielten. Ein mittelmäßiger Golfspieler hatte die Möglichkeit, ein Spiel von Jack Nicklaus mit gewaltigen Dreihundert-Meter-Driveschlägen zu programmieren, einzuputten auf fünfzehn Meter am Grün und am Ende mit sechs unter Par zu gewinnen. Scottsdale war umgeben, eingekreist von diesen perfekten Golfplätzen.

Clem ging auf zweihundertvierzig Stundenkilometer herunter und begann mit den Landevorbereitungen. Nach den Golfplätzen kamen nun weiße, großzügig angelegte Gebäude im mexikanischen Stil, die Golfklubs. Überall gab es Swimmingpools: türkisblaues Wasser in Rechtecken, Quadraten, Ellipsen, in Herzform, ja selbst in Initialen. Und überall lag der wunderbare grüne Chlorophyllteppich, die erstaunliche Epithelschicht aus einzelnen Grashalmen, Trieben und Ranken, die sich alle ins Sonnenlicht hinaufreckten und die Strahlen einsogen, die mit ihren Billionen smaragdenen Brüdern atmeten, sich drehten und bogen und in einer dem Rhythmus der Sonne folgenden Symphonie wiegten. Man sah Straßen aus weißem Muschelkalk, honigfarbene Mosaike dazwischen, silikonglatte Schnellstraßen, Boulevards, auf deren Mittelstreifen Orchideen blühten, Palmenalleen, dreistöckige Autobahnen, Volièren, französische Gärten mit Labyrinthen und Brunnen, Statuen, Einkaufszentren für Fußgänger, Kanäle, Staubecken, Kakteengärten und dunkle Kuppeln. Im Mittelpunkt der konzentrisch angelegten Stadt erkannte Clem die Quarzmonolithen des Regierungszentrums, die wie makellos gewachsene Kristallsäulen aus der fruchtbaren Erde ragten.

»Ich seh die Landebahn«, sagte Hiram. »Mann, die is ja breit genug für uns mitsamt den Kinderflitzern noch dazu!« Und so landeten sie auch. Ihr Flitzer kam über einen tiefblauen See herein und setzte auf der Plastikbeton-Landebahn auf. Links und rechts von ihnen landeten zu zweien die Kinderflitzer, und knapp dahinter kam der Mag-Jet – zu knapp, dachte Hiram.

Die Rollbahn schien kein Ende zu haben; die Palmen ragten hoch auf, umwuchert von Begonien, Schwertlilien und Agaven. Keine Bremsspur, nicht einmal eine Unregelmäßigkeit im Material war auf der Landebahn zu sehen. Es war eine luxuriöse neue Welt, eine Welt üppiger Klarheit, sanfter Brisen, tiefer, satter Farben, eine Welt, die der Mensch fest im Griff hatte, eine luftige, saubere, gut genährte, gepflegte, geordnete, genau abgesteckte, in ein System gebrachte Welt, ohne Makel, ohne störenden Faktor.

»Eleganter, alter Vogel das«, kam Barretts Stimme. »Wir werden euch aber etwas Besseres zum Nachhausefliegen geben. Können Sie meinen Flaggenmast sehen – den grünen halblinks? Stellen Sie den Flitzer dort ab, mein Wagen wartet auf Sie. Und bringt die Köstlichkeiten mit, Freunde.«

»Roger, Mister Barrett.«

»Mann«, murmelte Hiram ungläubig, »hier isses so sauber, daß ich alles ankotzen könnte.«

Clem blickte nach backbord, um den Flaggenmast anzusteuern, und die vier Kinderflitzer starteten plötzlich vor ihnen und hoben ab. Sie bildeten eine enge Rautenformation, stellten die Nasen nach oben und verschwanden in der Ferne. Der Mag-Jet rollte hinter Clem und Hiram nach und wandte sich dann nach steuerbord. Ein antiker Mercedes 600 parkte am Fuß des Flaggenmastes, in dem auf den Vordersitzen zwei lässig gekleidete Männer saßen und miteinander sprachen. Sie blickten nicht auf, als der Flitzer sanft schaukelnd stoppte, und die Motoren ihren langen, immer leiser werdenden Seufzer bis zum Stillstand begannen.

»Laß in erster Linie mich reden«, sagte Clem. Er bemühte sich, den Klang seiner Worte so zu wählen, daß Hiram sie gelten ließ. »Diese Leute sind freundlich, oder zumindest sind die nicht unsere Feinde, aber sie sind diejenigen, die die Trümpfe in der Hand haben. Also bemüh dich, keinen von ihnen zu verärgern, ja?«

»Laß dich bloß nich bescheißen von denen«, murrte Hiram. »Und sieh zu, daß wir nich in ihren Arbeitstrupps landen – muß die reinste Hölle sein.«

»Wir haben Immunität, keine Sorge, das ist geregelt. Aber hör auf mich und denk daran, daß hier nach anderen Regeln gespielt wird. Knöpf dir das Maul zu, das ist das beste. Beschäftige dich mit deinen Pfefferminzpastillen, und überlaß den Rest mir.«

Hiram grunzte noch einmal und war ruhig.

Clem öffnete das Verdeck des Cockpits, und reine Luft, die nach Jasmin und Geißblatt roch, strömte herein. Er kletterte hinaus und sprang leichtfüßig zu Boden. Der Belag schien in optimaler Weise unter der Wucht seines Aufsprunges nachzugeben.

Hiram kletterte durch die Platte am Bauch des Flitzers ins Freie und langte noch einmal nach oben, um den Sack mit den Trüffeln zu holen. Dann duckte er sich unter dem Flitzer durch und blinzelte im hellen Sonnenlicht. Er fühlte sich wie ein abgerissener Büffeljäger von anno dazumal an einer vornehmen Straßenecke in San Francisco. Er streckte und schüttelte sich.

Der Fahrer des Mercedes streckte den Arm aus, um eine der hinteren Türen zu öffnen, und nahm sein unterbrochenes Gespräch mit seinem Nachbarn wieder auf. Clem stieg zuerst ein. Hiram warf die Tür fester zu als nötig, und der Fahrer zuckte zusammen. Die Trennscheibe zwischen Vorder- und Rücksitzen war geschlossen. Die Sitze waren mit weichem, schwarzem Leder überzogen und außerordentlich bequem. Lautlos lief die

Klimaanlage. Die Beschläge bestanden aus Rosenholz und Chrom auf Messing und feinem Leder.

»Schlägt alles, was mir je unter die Nase gekommen is«, bemerkte Hiram. Seine Stimme klang in der zurückhaltenden Stille barsch und derb. Der Wagen fuhr an, und der Fahrer sprach, ohne sich umzudrehen, in ein Mikrofon. Der zweite Mann warf ihnen einen kurzen Blick zu, als kontrolliere er Gepäck.

»Nehmt einen Drink, Höhlenmenschen«, sagte der Fahrer. Eine Bar öffnete sich, in der eine Kristallflasche und zwei schwere Gläser standen. »Hattet ihr einen guten Flug?«

Hiram griff augenblicklich nach der Flasche und goß ein. Es war fünfunddreißig Jahre alter Scotch, weich wie Seide, und seine ausgezeichnete Qualität verwirrte Hiram sichtlich.

»Einen guten Flug, ja«, sagte Clem.

»Bis zu Mister Barretts Besitz ist es eine Zehnminutenfahrt. Entspannt euch, wir sind im Nu dort.« Das Auto schnurrte durch gepflegte Straßen, gesäumt von Villen und üppigem Blattwerk. Selbst die Rinde der Bäume war makellos, es gab keine Narbe, kein totes Blatt, keinen abgebrochenen Ast, keine entblößte Wurzel.

Clem nippte an seinem Drink und spürte die Wärme in seiner Kehle, in seinem Magen, in seiner Brust. Hiram hielt den Trüffelsack in einer Hand und das Glas in der anderen – das Bild eines russischen Bauern, der einen Kartoffelsack hielt und nervös in einem überfüllten hölzernen Eisenbahnwaggon saß, erschien in seiner Vorstellung. Er hätte das hübsch geschliffene Glas gern eingesteckt.

Tom Barrett war ehrenamtlicher Bürgermeister von Scottsdale. Er besaß siebenhundert Oldtimer, ausgedehnte Ländereien, zahlreiche Gebäude, Schürf- und Wasserrechte und ein Aktienkapital, das rätselhafterweise etliche Wirtschaftskrisen überlebt hatte. Er hatte Teile seiner Kunstsammlung für einen riesigen Vorrat von Kobaltwürfeln eingetauscht und war dadurch zu einem Hauptlieferanten für Energie geworden. Die wirtschaftliche Ordnung in Scottsdale wurde strikt eingehalten, sie hielt fest am Herkömmlichen, und ihre Grundlage bildeten diese Wunderwürfel aus Kobalt. Ein derartiger Kristall mit hoher Kilowattleistung im Versorgungszentrum eines Hauses konnte unbegrenzt jede gewünschte Menge an Energie liefern. Obwohl die Nahrungsgrundlage hauptsächlich aus Proteinwürfeln und synthetisch abgewandeltem Sojaeiweiß bestand, verfügte die Stadt über große Mengen an frischem und im Labor gezogenem Obst und Gemüse, sowie über eine Vielfalt an tierischem, ja selbst menschlichem Fleisch. In einem eigenen Laboratorium wurden jene Spanferkel und Lämmerembryos gezüchtet, die dem Geschmack der Gourmets so sehr entgegenkamen, und es gab eine ungeheure Mannigfaltigkeit an Weinen und Likören.

Der Mercedes mit Hiram und Clem im noblen Fond glitt in eine Zufahrt und schob sich langsam unter ein Dach zartfiedriger Bäume, die Clem nicht kannte. Der Wagen hielt vor einem niedrigen, viereckigen weißen Gebäude, und Barrett selbst stand davor, um sie zu begrüßen. Er war um die Fünfzig, sonnengebräunt, grauhaarig, gutaussehend, vital, außerordentlich selbstsicher.

Clem stieg aus, und Barrett streckte ihm die Hand entgegen. Hiram stolperte durch die andere Tür und stand da wie ein Revolverheld auf der staubigen Straße einer Wildwestsiedlung. »Sein Händedruck ist schlaff«, dachte Clem, »das gönnerhafte Überlassen der Hand der Reichen.«

»Ich bin Tom Barrett. Willkommen, Höhlenbewohner! Ihr seid ein tapferes, verwegenes Völkchen, die letzten Pioniere, und so weiter, und so fort. Kommt *herein*, kommt doch *herein*!« Er langte nach Hirams Hand und schüttelte sie, der aufgezwungene Händedruck eine subtile, absichtliche Beleidigung.

Sie traten in das Gebäude und folgten Barrett durch eine dunkle, kühle Diele, die mit Statuen und Bildern in reichgeschnitzten Rahmen geschmückt war. Über dem Haus lag eine sterile kalte, isolierte Stille, eine Stille, die Hiram als unheimlich empfand. Ein begehrlich dreinschauender Junge von etwa zehn Jahren beobachtete die Männer aus seinem Versteck hinter einer Statue und lief dann in sein Zimmer, um das Treffen auf Video zu verfolgen. Sie betraten einen Raum, der wie ein Laboratorium aussah, mit einem großen, amtlich wirkenden Konferenztisch in der Mitte, der absolut nicht zu den Regalen und Schränken und Instrumenten paßte. In einer Ecke bemerkte Clem eine Teleporter-Transporter-Kapsel. Barrett forderte sie mit einer Handbewegung auf, Platz zu nehmen.

»Nun, meine Freunde«, sagte er und griff nach dem Vergrößerungsglas und einer Punktleuchte, »zeigt mir, was ihr mir gebracht habt.«

Hiram stellte den Sack auf den Tisch. »Da drauf soll ich sie kippen, auf den schönen Tisch? Die sin ganz dreckig un in Stroh gepackt.«

»Macht nichts, lassen Sie sehen!«

Hiram leerte die Trüffeln und das Stroh auf den Tisch, und Barrett beugte sich darüber, um eine der dunklen Kugeln zu untersuchen. Aus einer Stereoanlage erklangen Paso dobles, und der leise Nachhall brachte Clem zur Überzeugung, daß irgendwo im Haus ein echtes Orchester spielte.

»Trüffeln!« Barretts Stimme klang konzentriert, fast ehrfürchtig. »Wie lange ist es her, seit ich zum letzten Mal *Trüffeln* gesehen habe! Das ist eine Rarität, meine Freunde, ein wirklich seltener und wertvoller Fund.«

Hiram zuckte leicht zusammen, als Barrett eines der Exemplare mit einem Messer entzweischnitt. Er prüfte die Schnittflächen, hielt sie unter das Licht und legte sie unter ein Mikroskop.

»Wir müssen nach diesen scheußlichen russischen Sporen Ausschau halten«, sagte er und beugte sich vor, um das Okular einzustellen. »Das werden sie eines Tages noch bereuen, daß sie das getan haben, da bin ich ganz sicher. Sagen Sie, stammen diese hier aus einem verseuchten Gebiet? Ja, vermutlich.«

»Aus einem Randgebiet«, sagte Clem. »Aber die Sporenaktivität ist dort nie sehr hoch.«

»Allmächtiger, ihr Leute lebt wirklich unter schrecklichen Bedingungen. Ich verstehe nicht, wie ihr das aushalten könnt.«

»Es gibt Widrigkeiten, aber auch schöne Entschädigungen dafür«, erklärte Clem. »Letzten Endes hält es sich die Waage.«

»Und eine dieser Entschädigungen – und nicht die geringste, würde ich sagen – ist wohl eure angebliche Freiheit.«

»Ja, Mann, frei sin wir wie die Vögelchen«, meldete sich Hiram. »Aber wir haben nix anzuziehn. Drum sin wir ja hier, damit wir *Klamotten* kriegen. Deswegen sin wir ja gekommen.«

Barrett roch an der Schnittfläche der Trüffel und berührte sie mit der Zunge. »Entsetzlich«, sagte er. »Nein, nicht der Geschmack!« Er lachte über Clems und Hirams betroffene Miene. »Die Tatsache, daß ihr ein so hartes Leben führen müßt, ist entsetzlich. Wie könnt ihr es nur ertragen, ein paar Stunden am Tage dem Allernotwendigsten nachzujagen, und euch dann nachts in Löchern zu verkriechen? Einfach entsetzlich.« Er beschäftigte sich wieder mit der Untersuchung der halbierten Trüffel.

»Schlägt das Leben im Arbeitslager um Längen«, stellte Hiram fest. »Der Mensch muß frei sein. Frei sein is alles.«

»Und Sie und Ihre große Familie in Capistrano haben zwar die Freiheit, aber ungenügend Kleidung, stimmt's?« Barretts Stimme klang arrogant und seltsam singend.

»Un ihr hier habt ungeniegend Trüffeln, ha?«

»Donnerwetter, da haben Sie den Nagel auf den Kopf getroffen!« lachte Barrett. »Obwohl wir Scottsdaler es nicht oft hören, daß andere Leute uns unsere Entbehrungen vorhalten.«

»Sind sie in Ordnung?« fragte Clem und warf Hiram einen düsteren Blick zu, der sagte: »Halt's Maul!«

Barrett betrachtete weiter ohne Eile die einzelnen Exemplare. »Soweit ich sehen kann, ja. Natürlich sind wir bereit, sie gegen Kleidung einzutauschen. Dazu müssen wir aber erst einen Tauschwert fixieren.«

»Na, wir schätzen, daß die Dinger so an die zwanzig alte Dollar wert sin, pro Stück, versteht sich.«

»Schon, schon, nur ist der Dollar, wie Sie so richtig sagten, recht alt. Veraltet, würde ich sagen. Unsere Währungsbasis sind Kobaltwürfel. Und was ist die Capistrano-Einheit?«

»Wir haben kein eigentliches Zahlungsmittel«, sagte Clem. »Wir holen uns das Notwendige zusammen und tauschen . . .«

»Un der Brandy?« fragte Hiram, und Clem wünschte, er würde endlich den Mund halten.

»Brandy«, wandte Clem sich an Barrett, »wird in unserer Gemeinschaft ziemlich hoch bewertet. »Aber es ist keine eigentliche Währung. Wir tauschen direkt.«

Barrett lehnte sich zurück und rieb sich die Hände. »Famoses System. Drollig, wirklich! Nun gut. Kleider gegen Trüffeln, Trüffeln gegen Kleider – welch ein einzigartiges ökonomisches Musterbeispiel! Was sagen Sie dazu, wenn wir ein einfaches eins-zu-eins-Verhältnis versuchen, Jungs, eine komplette Ausstattung pro einzelner Trüffel. Ich würde glauben, das ist ein annehmbarer Preis.«

»n ganzer Anzug für eine Trüffel?« fragte Hiram.

»Jawohl, guter Mann, korrekt.«

»Haben Sie genormte Anzüge?« fragte Clem.

»Natürlich. Isomorpher Körperstrumpf, Hosen, Jacke, Gamaschen und Kappe.«

»Können wir ein Modell sehen?«

»Aber ja! Ich habe eines hier.« Barrett stellte einen kleinen

Zylinder auf den Tisch. Er öffnete ihn an einem Ende und entleerte ihn. Einige Röllchen fielen heraus.

»Was isn das wieder, zum Kuckuck?« erkundigte sich Hiram und klickerte mit seiner Pfefferminzpastille. »Sieht aus wie n Bündel Weiberstrümpfe.«

»Dies ist die Grundausstattung unserer Kleidung«, entgegnete Barrett steinern.

»Wenn das stimmt, so stecken Sie sich . . .«

»Moment, Hiram!« unterbrach ihn Clem und wandte sich an Barrett: »Sie müssen entschuldigen, aber er hat ein ziemlich ungestümes Temperament.«

»Offensichtlich. Vielleicht würde er es vorziehen, anderswo zu warten. Seine verbalen Intermezzi erschweren in steigendem Maße unsere Konservation. Er ist das, was wir einen Anachronismus nennen, einen Primitiven. Wir halten uns einige Exemplare davon im Zoo.«

»Ab jetzt bist du absolut ruhig, Hiram!« sagte Clem.

»Aber es sin doch *meine* Trüffeln!«

»Sie sind Gemeinschaftseigentum. Ich wünsche, daß du jetzt den Mund hältst!«

»Ja, guter Mann«, nickte Barrett. »Wissen Sie, Sie erreichen damit gar nichts. Ihr diplomatisches Geschick bleibt ziemlich unter der Wahrnehmungsgrenze.«

»Das is kein kompletter Anzug!«

»Warte im Flitzer, Hi! Das ist ein Befehl! Mister Barrett, können Sie Hiram mit Ihrem Teleporter zurück zum Flitzer befördern?«

»Natürlich kann ich das. Mit Vergnügen.« Barrett deutete mit dem Kopf auf die Teleporter-Transporter-Kapsel in der Ecke. Clem faßte Hiram am Arm und verspürte augenblicklichen Widerstand.

»Warte mal!« protestierte Hiram. »Die hauen dich übers Ohr!«

»Nein, werden sie nicht. Das sind körperisomorphe Sets, sage ich dir! Es ist der modernste Typ Kleidung, den es gibt.«

Grollend gab Hiram nach und ließ sich zur Transporterkapsel führen. »Gefällt mir nich, die Sache«, maulte er.

Clem bemerkte, daß er ein wenig beschwipst klang. »Ich brauch neue Kletterschuhe un Stiefel und n warmen Mantel . . .«

»Du wartest im Flitzer und hältst dich aus allem raus!«

»Wenn du keinen anständigen Tausch zusammenbringst,

kannste was erleben.« Hiram stand in der Transporterkapsel, und Clem trat zurück. Barrett gab schnell die Koordinaten für den Standort des Flitzers ein und aktivierte das Gerät. Steif wie ein Brett stand Hiram da, schimmerte kurz in der atomaren Transporter-Matrix und verschwand.

Der kleine Junge kam ins Zimmer. Er war stämmig, blond, rücksichtslos. »Dieser Mann ist ein Anachronismus, nicht wahr?« fragte er Barrett zwanglos. »Ich habe ihn auf dem Video gesehen.« Die selbstbewußte Art des Jungen beeindruckte Clem und gemahnte ihn zur Vorsicht. Der Junge beachtete Clem kaum.

»Ja, eine interessante humanoide Rückartung, mein Sohn«, sagte Barrett zu dem Jungen. »Wo waren wir stehengeblieben . . . ääh, Simpson?«

»Ich möchte ihn für meinen Zoo«, forderte der Junge. »Und dieser hier . . .« – er deutete mit dem Kopf auf Clem, während er Barrett anblickte – »ist dieser hier auch ein Anachronismus? Er sieht nicht so primitiv aus wie der andere.«

»Ich weiß es wirklich nicht«, seufzte Barrett. »Auch er zieht es vor, in einer Höhle zu leben, wenn das ein Maßstab ist.«

»Egal, ich möchte sie beide für meinen Zoo. Also kann ich sie haben?«

»Wir werden sehen. Jetzt geh spielen! Papa ist beschäftigt.«

Clems Wachsamkeit stieg, und er griff wieder an seinen Teleporter, dessen Vorhandensein ihn beruhigte. Diese beiden, der fünfzigjährige Mann und der kleine Junge, schienen ihn leidenschaftslos zu taxieren, abzuschätzen wie ein Bündel Heu, wie Fleisch beim Metzger, wie Waren im Schaufenster.

»Ich will endlich auch etwas anderes als Indianer und Mexikaner für meinen Zoo«, maulte der Junge. »Ich geh rüber und seh mir den Alten in seinem antiken Flitzer an. Ich möchte ihn erst mal genau besichtigen.« Er ging aus dem Zimmer.

»Was soll denn das heißen mit dem Zoo?« fragte Clem. Er bemühte sich, in die Frage die rechte Mischung von Diplomatie und unbeteiligter Entrüstung zu legen. »Ich würde Ihnen empfehlen, Hiram von dem Jungen nicht belästigen zu lassen, er kocht leicht über.«

Die Bemerkung schien Barrett zu amüsieren. »Das ist nur eine neue Modelaune, die Sache mit den Zoos. Die Kinder beschäftigen sich damit, allerlei Vagabunden in der Gegend – nun, sagen wir, in Sicherheit zu bringen. Es ist wirklich recht harmlos. Und der Junge scheint an euch beiden . . . ääh . . . seltenen Exemplaren Gefallen zu finden. Nun, wo waren wir . . .?« Barrett zeigte auf die Kleidungsstücke auf dem Tisch. »Ich nehme an, Sie erkennen den tatsächlichen Gebrauchswert dieser Dinge, wenn es schon Ihr Freund nicht tut?«

Clems Gedanken rasten. Er war sich im klaren, daß es trotz Barretts Herzlichkeit die Möglichkeit gab, die entfernte, launenhafte, empörende Möglichkeit, daß er und Hiram zu Ausstellungsexemplaren wurden, daß sie sich plötzlich eingesperrt im Privatzoo eines reichen Jungen wiederfanden. Er beschloß, die Tauschverhandlungen so schnell wie möglich zum Abschluß zu bringen und zuzusehen, daß er rauskam. »Ja, sicher«, sagte er und versuchte, die Tatsache zu übertünchen, daß er drängen wollte.

Barrett sah ihn weiterhin gleichmütig an – zu gleichmütig für seinen Geschmack.

»Wenn Sie – wie viele Ausstattungseinheiten sind es? Zwanzig etwa, glaube ich. Wenn Sie die zwanzig Zylinder zu unserem Flugzeug transportieren wollen, können wir abfliegen.«

Barrett drehte seinen Stuhl zu einem Regiepult, gab einige Codes ein und legte einen Schalter um. »Zwanzig Sets erstklassiger Anzüge für zwanzig unscheinbare Pilzknollen – ein gutes, altmodisches Tauschgeschäft, was?«

»Ich sause besser los. Ich möchte verhindern, daß es Ärger gibt zwischen Hiram und Ihrem Sohn.«

»Soso, das möchten Sie.« Es war eigentlich keine Frage. Es war eine subtile, rhetorische Herausforderung, oberflächlicher Spott.

Clem richtete seinen Blick auf Barrett und forschte nach irgendeiner Emotion, nach einem Anzeichen des Gefühls für Recht und Billigkeit, nach einem Gegengewicht für Barretts zur Schau gestellten Materialismus. Er bekam das Gefühl, in der Falle zu sitzen.

»Ja, das möchte ich. So rauhbeinig er auch aussieht, hat Hiram doch seine eigene Würde und seinen Unabhängigkeitssinn, und das, finde ich, sollte auch zählen in seiner Beurteilung.«

»Du lieber Himmel, ihr Höhlenbewohner habt aber archaische Wertmaßstäbe! Ihr würdet wirklich interessante Studienobjekte für uns abgeben. Aber ich habe heute meinen guten Tag. Ich fühle mich nicht in der Laune, euch hierzubehalten und mit euch herumzuspielen. Doch über eines müssen Sie, mein starker, markiger Freund, sich im klaren sein: Sie und Ihr kauziger Partner wären hier hilflos. Ich könnte je nach Laune mit Ihnen tun, was ich wollte.«

Clem sah Barrett fest an. In seiner eigenen charakterlichen Ausrichtung fühlte er sich Barrett überlegen, fühlte, daß er ein besserer Mensch war als der andere – was immer das heißen mochte. Doch er war nicht fähig, die Stärke seiner Persönlichkeit einzusetzen, unfähig, eine geschäftliche Wendigkeit zu zeigen, die ihn die Tauschverhandlungen so durchstehen ließ, daß es zu einer sauberen, klar geteilten Wechselwirkung kam. So hingegen waren die verschiedensten Elemente, wie Gefahr, persönlicher Mut, die Wahrung des Gesichtes, Besonnenheit und Takt und Vorsicht, darin verwoben.

»Wir können noch mehr Trüffeln liefern«, sagte er schließlich. »Wäre es möglich, unsere Beziehung rein auf Nachfrage und Angebot zu beschränken? Machen wir's einfach: Kleider gegen Trüffeln und weiter nichts.«

»Sie wissen, daß wir sowohl die Trüffeln, als auch Sie und Ihren Freund hierbehalten könnten?«

»Stimmt.«

»Und macht Ihnen das nicht Angst? Überkommt Sie bei diesem Gedanken nicht automatisch das Gefühl der Furcht?«

»Wir müssen im Cañon tagtäglich mit Kampf-oder-Flucht-Situationen fertigwerden, das fördert den Überlebenswillen. Ob wir es wollen oder nicht, unser Leben ist randvoll mit Schwierigkeiten, Zwangslagen und Krisen. Unsere Reaktionen werden dadurch unglaublich in Schuß gehalten.«

»Sie sprechen wie ein gebildeter Mann. Wie kamen Sie eigentlich dazu, in einer Höhle zu leben?« Barrett schien etwas besänftigt und interessiert an Clem.

»Sie haben es vorhin schon gehört: Es gab nur diese Möglichkeit – oder die Teleportation nach Sibirien.«

»Ah ja, die berühmte – die berüchtigte – Kalifornische Zwangsaushebung. Nun gut. Genug davon! Jawohl, mein Freund, die Qualität der kleinen schwarzen Knollen, die Sie uns bringen, stellt die Grundlage für eine mehr oder weniger zivilisierte Beziehung zwischen uns dar. Außerdem finde ich Sie persönlich recht sympathisch. Sie hinken unserer Zeit zwar um etwa hundert Jahre nach, aber Sie sind ein interessanter Typ – der Stoff, aus dem Pioniere gemacht werden, würde ich sagen. Schade, daß wir für Pioniere keinen Bedarf mehr haben.«

»Schwein, was ich habe!« bemerkte Clem, und Barrett lachte. Er legte den Arm um Clems Schulter und ging auf die Transporterkapsel zu. Clem reagierte auf dieses Eindringen in seine Privatsphäre mit einem leichten Anspannen seiner Muskeln, und er ging so neben Barrett her, daß er nicht das Gefühl haben mußte, von diesem *gelenkt* zu werden. Es war ein inhaltsreicher und subtiler Austausch von Körpersprache und Machtansprüchen. Clem fühlte in der Art, wie Barretts Arm auf seiner Schulter lag, etwas wie ein Aufkeimen von Anerkennung.

»Ich begleite Sie zu Ihrem Flugzeug«, sagte Barrett.

Sie traten in die Kapsel und verschwanden.

»Halt mir diese lästige Wanze vom Leib«, murrte Hiram, als Clem und Barrett neben dem Flitzer materialisierten. Der Junge saß rittlings auf dem Flitzer, das Gesicht auf die Überwachungskanzel gepreßt. Er starrte Hiram fasziniert an.

»Du fliegst!« rief Clem zu Hiram hinauf. »Ich übernehme die Kanone.«

Hiram verschwand kurz und kam durch die Bauchluke wieder zum Vorschein. »Wenns was gibt, was ich überhaupt nich vertragen kann, dann sinds so kleine Klugscheißer«, sagte er und kletterte ins Cockpit.

Der Junge glitt auf die Tragfläche herab und starrte Hiram weiter an.

»Paß auf, Junge, ich mach Feuer!« Die Antriebe begannen mit steigenden Drehzahlen anzulaufen.

»Komm herunter, Billy!« rief Barrett seinem Sohn zu. Der Junge schlitterte über die ganze Länge der Tragfläche und hüpfte auf den Boden. »Er sieht so *komisch* aus«, sagte er, »so haarig! Er hat Warzen und Muttermale und Narben und schwarze Linien im Gesicht. Er ist wirklich zum Fürchten! Kann ich ihn behalten, Papa? Ja? Kann ich? Ja?«

Clem erstarrte.

»Wir besorgen einen anderen«, sagte Barrett. »Der Bursche ist ein äußerst tüchtiger Höhlenmensch, ein Kletterexperte, ein rauhbeiniger, unabhängiger . . .«

»Ich möchte wissen, warum ich ihn nicht haben kann. Und was heißt ›Wanze‹? Er sagte ›Wanze‹ zu mir, und daß ich lästig sei.«

»Das ist ein geheimer Gruß unter unseren Männern«, erklärte Clem. »So drücken wir unsere Kameradschaft aus.« Er drehte sich schnell zu Barrett um, nickte und kletterte in den Flitzer.

»Wink dem Jungen!« sagte er zu Hiram.

Barrett und sein Sohn traten zurück, als der Flitzer zu rollen begann.

»Denk ich gar nich dran.«

»Wink ihm, verdammt nochmal, er mag dich.«

»Na, ich mag *ihn* aber nich.«

»Ich befehle dir, ihm zu winken!«

Hiram drehte sich um und machte das alte V-Zeichen für ›Sieg‹. Der Junge winkte begeistert zurück.

Der mattsilbrige Flitzer rollte in Startposition. Die Reifen drückten sich flach, als der Antrieb zu greifen begann, und dann hob das Flugzeug ab in den immer noch hellen Himmel. Mit zwanzig Zylindern körperisomorpher Kleidung kehrte die Kobra mit zwei Kisten zurück zu ihrem Riß in der Erde.

»Un ich zieh keine Strumpfhosen an!« tobte Hiram und starrte auf die zwanzig Rollen auf dem Boden von Hanks Höhle. Clem öffnete einen der Behälter, und die hauchdünnen Kleidungsstücke fielen heraus wie Taschentücher.

»Ich gebe zu, daß sie nicht nach viel aussehen, aber, glaub mir, sie sind ideal. Immer mit der Ruhe, Freund, gib mal acht!« Clem begann seine Kleider auszuziehen. Sein muskulöser Körper sah gewaltig aus, selbst in der Verwundbarkeit seiner Nacktheit. Er zog zuerst das Oberteil an, dann die Hosen. Das Material dehnte sich so stark, daß es fast ans Wunderbare grenzte, und formte eine leicht durchscheinende zweite Haut. Oberflächenspannung und Systeme mit entgegengesetzter Polarität ergaben eine optimale selbstregulierende Luftschicht zwischen Anzug und Körper, die durch galvanische Hautreaktionen vermittelt wurde. Die selektive Durchlässigkeit des Gewebes hielt die Körpertemperatur konstant, so daß das Tragen des Anzugs das Gefühl vermittelte, Klimaanlage und Heizung eingebaut zu haben.

Clem erklärte das Funktionieren des Anzugs, während er ihn anprobierte. Er zog die Gamaschen über und setzte die Kappe auf, die entweder knapp am Kopf saß oder in jede beliebige Richtung herabgezogen werden konnte, so daß sie eine Kapuze oder Haube oder Maske bildete. Er lief auf der Stelle, versuchte einige Sprünge und Kniebeugen.

»Seit Jahren habe ich von diesen Anzügen gehört«, sagte er und befühlte seine Arme durch das dünne Gewebe, »aber das sind die ersten, die ich jemals zu Gesicht bekommen habe. Er fühlt sich einfach perfekt an. Wenn man bedenkt, daß er genau so angenehm zu tragen ist bei fünfundvierzig Grad plus wie bei zwanzig Grad minus, bei Regen, bei jedem Wetter . . . Und er ist so leicht, daß man ihn überhaupt nicht spürt.«

Hank begann, sich auszuziehen, und Manuel und Bob folgten.

Clem sah Hiram in seinem hellgrünen Safarianzug an. »Komm schon, Hi, versuch einen!«

»Weiberunterwäsche trag ich nich.«

»Verdammt, Mann, du weißt nicht, was du versäumst! Ich wette – ich wette eine ganze Flasche Brandy –, daß du dich wie neugeboren fühlst, wenn du mal einen anziehst! Ist ne großartige Sache, glaub mir. Hier probiere einen an!« Clem kickte einen Zylinder hinüber zu Hiram, der ihn automatisch auffing. Doch der Sekundenbruchteil, den er zögerte, verriet, daß der Zylinder für ihn eine fatale Verwandtschaft mit Nitroglyzerin oder einem funkenspritzenden Dynamitstab hatte.

Dora trat ein. Die Umkleideraumszenerie brachte sie nicht im mindesten in Verlegenheit, dennoch verschleuderte Hiram finstere Blicke und schien nach einer Möglichkeit zu suchen, ihren Augen den Anblick zu ersparen. Er stand unentschlossen da, den Zylinder wie eine silberne Gurke in der Hand, als Dora bereits zu Clem trat.

»Meine Güte, was sind wir doch für ein schicker Salonlöwe!« sagte sie zu ihm und ließ die Fingerspitze leicht über Deltamuskel und Triceps gleiten, was Hiram erneut zum Schäumen brachte. Außerdem hatte sie ihn völlig ignoriert, hatte ihn überhaupt nicht begrüßt. Sie war zu Clem gegangen!

»Das Neueste aus Scottsdale!« sang Clem vergnügt und stellte sich in Bodybuilderpose. »Hier, probier mal!« Er reichte ihr einen Zylinder, und Hiram klappte der Unterkiefer herab.

»He!« stotterte er, und die Pfefferminzpastille fiel ihm aus dem Mund. Er kniete sich hin, um sie aufzuheben, aber sie war mit Staub bedeckt.

Dora ging zu ihm und umarmte ihn. »Mein alter Brummbär«, sagte sie liebevoll. »Du hast uns richtige, echte Isomorph-Anzüge gebracht! Das ist ja herrlich, etwas Besseres gibt es gar nicht!«

Das verschlug Hiram die Rede. Dora begann sich auszuziehen, und eine starrkrampfartige Unfähigkeit, sich zu bewegen, befiel ihn. »He, das kannste nich tun!« brachte er schließlich heraus.

»Was, Liebes?« fragte Dora honigsüß und zog ihr altes T-Shirt über den Kopf. Sie trug keinen Büstenhalter, und ihre vollen Brüste leuchteten lieblich weiß.

»Bei allen Heiligen, Frau, du kannst dich hier doch nich nackt ausziehen!« rief Hiram. Er sah sich um, als suchte er etwas, mit dem er sie verhüllen konnte, ein Stück Plane oder einen Vorhang oder eine Decke.

Sie stand mit dem Rücken zu den anderen und trat dicht an Hiram heran, bevor sie das durchscheinende Oberteil des Anzugs überzog. »Ach, sei kein Spießer«, neckte sie ihn. »Wir kennen einander doch alle gut. Ist doch nichts dabei, unter guten Freunden.«

»Aber du gehörst doch mir ganz allein«, sagte Hiram leise, als wollte er die fragwürdige Feststellung nicht an die große Glocke hängen.

Dora ignorierte die Bemerkung und begann, ihre alten Blue jeans aufzuhaken. Hiram zog sie hinüber in die dunkelste Ecke der Höhle und stellte sich so auf, daß er sie vor den Blicken der anderen abschirmte.

»Ach, sei doch nicht so dumm«, sagte sie wie zu einem Kind. »Wir gehören doch alle zusammen, das weißt du.«

Die anderen Männer in der Höhle hätten gern aufgewiehert, entschieden sich aber dagegen, um Hiram nicht noch mehr zu reizen. Dora schlüpfte schnell in die Hosen und befestigte sie um ihre Taille. »Du bist ein lieber, ehrlicher, alter Schatz«, sagte sie. »Das mag ich so an dir. Aber außerdem bist du ein waschechter Puritaner. Na, jedenfalls kannst du jetzt zur Seite gehen. Ich bin nun anständig gekleidet, wie man so sagt.«

Die Männer gingen umher, schritten auf und ab wie radschlagende Pfaue, hoben probeweise die Füße und senkten sie langsam wieder.

Dora kitzelte Hiram unter dem Kinn. »Und nun zieh diesen entsetzlichen afrikanischen Jagdanzug aus und probier einen von diesen da, sie sind phantastisch.« Sie legte die Arme um seinen Hals und drängte sich mit Bauch und Busen an ihn.

»Wir drehen uns um, während du dich umziehst«, stichelte Manuel. Sein singender mexikanischer Akzent verlieh der Szene etwas Klamaukhaftes.

»Gehen wir sie ausprobieren«, sagte Clem und strebte dem Höhleneingang zu. »Wenn du es schaffst, Dora, bring diesen edlen Recken dazu, daß er sich in die neue Kluft wirfst.« Er klopfte Hiram auf die Schulter, als er ging, und die anderen folgten ihm hinaus in den späten Nachmittag.

»Komm, Griesgram«, sagte Dora. »Zieh dich aus!«

»Möchste vielleicht vögeln?« Ein schiefes Grinsen breitete sich lüstern über Hirams Züge.

»Nein, keinesfalls. Nicht jetzt. Ich möchte nur sehen, wie du in dem Anzug aussiehst.«

Er packte sie bei den Schultern. »Was isn los mit dir, Frau? Du gefällst mir nich.«

»Schüttle mich nicht so, ich bin nicht dein Eigentum. Entweder du behandelst mich gut, oder es hat sich mit uns beiden. Also, ziehst du dich jetzt aus oder nicht? Komm, ich helfe dir!«

Hiram schnappte nach Luft, als Dora den Zipp in einer schnellen Bewegung vom Hals bis zum Schritt öffnete. »Verdammt, sei vorsichtig, Frau! Ich hab das auch mal gemacht un mir fast den Piepel eingeklemmt!«

Dora schob den Anzug über Hirams Schultern und Arme und zog ihn herab, bis er über seine Füße fiel. Er stand auf einem Bein, dann auf dem anderen und streifte den Anzug ab. Seine Haut sah weiß aus, schlaff und verwundbar. Dora reichte ihm die Hosen.

»Irgend was stimmt da nich«, sagte er. »Was is los? Warum bist du so komisch?«

»Ich möchte unsere Beziehung neu gestalten, Hiram. Ich mag nicht nur mit einem einzigen Mann verheiratet sein, das ist den anderen gegenüber nicht fair. Es gibt nicht genug Frauen für alle. Die ganze Zeit über war ich nur mit dir allein zusammen, und das hat gegen unsere Gesetze verstoßen. Du weißt das, und alle anderen wissen es auch.«

Hastig zog Hiram die ungeliebten Hosen bis weit über die Mitte hoch.

»Na, ist das nicht ein gutes Gefühl?« Dora stubste ihn leicht in den Solarplexus und reichte ihm das Oberteil.

»Das is nich recht von dir, Dorie«, sagte er mit undeutlicher Stimme, während er das Oberteil über seinen Kopf zog. »Du kannst mich doch nich einfach wegschmeißen wie ne faulige Kartoffel oder n alten Stiefel. Ich will, daß du zu mir gehörst ... he! Du möchtest zu Clem, was?« Aufgeregt begann er herumzufuchteln.

»Nein«, log sie. »Ich möchte nur frei wählen können. Ich habe meinen Namen auf die Liste der Ungebundenen setzen lassen, wo er schon seit Monaten hätte stehen sollen. Na, ist das nicht ein ganz herrliches Gefühl? Und jetzt zieh diese schrecklichen Polostiefel aus und nimm die Gamaschen! Man glaubt, man kriegt Flügel an den Füßen wie Merkur.«

Hiram setzte sich hin und begann, seine Stiefel aufzuschnüren. Dora ließ sich neben ihm nieder. »Na, wie fühlt sich's an?«

»Ganz gut«, sagte er etwas versöhnlicher. »Richtig angenehm. Sag mal, du willst doch nicht diesen Clem heiraten?«

»Hiram, Schätzchen«, Doras Stimme klang müde, aber zärtlich. »Ich will nur das tun, was unser Gesetz von mir verlangt. Monogamie ist nicht erlaubt, außer in ganz wenigen Fällen. Wir müssen alle alles teilen. Wir können doch immer noch zusammensein, nur mußt du eben warten, bis du dran bist. Außerdem gibt's hier ja noch jede Menge praller Nymphchen, mit denen du dich sicher mal hinlegen möchtest.«

»Ja, ja, kann schon sein, aber das is ja nich dasselbe wie mit dir.«

»Es wird sogar noch *besser* sein, wirst schon sehen.«

Eine Gruppe drängte sich durch den Eingang. »Da sind sie!« schrie ein Mann, schnappte sich einen Zylinder vom Boden und schoß wieder hinaus. Die anderen stürzten sich auf die restlichen Zylinder, drängten und stießen einander, und gleich darauf war die Höhle wieder leer. Doras und Hirams Anwesenheit hatten sie kaum bemerkt.

Ein ganzer Monat verging, ehe die Capistrano-Leute genug Trüffeln ausgegraben hatten, um für alle siebenundneunzig Frauen, Männer und Kinder körperisomorphe Anzüge zu erhalten. Die Qualität der Trüffeln war so hervorragend, daß Tom Barrett sich bereit erklärte, künftige Sendungen durch ein eigenes Flugzeug abholen zu lassen. Nach dem Kampf um die ersten Anzüge bestimmte der Rat ein Zufallssystem, nach dem die weiteren Lieferungen verteilt wurden, und nach einem Monat hatte jeder den seinen. Man entdeckte, daß die Anzüge mit dem Wechsel von Licht und Temperatur auch die Farbe änderten, und daß der Schutz und die Behaglichkeit, die ihr Tragen vermittelte, ganz außerordentlich waren. Annie Browns Arthritis besserte sich merklich, und sie behauptete, daß sie sich wieder wie ein junges Mädchen fühle. Bill McCall, ein Dreihundertpfünder, wurde von seinen chronischen Schweißausbrüchen geheilt; und Ezra, der älteste unter den Höhlenbewohnern, konnte wieder besser gehen, und seine Rückenschmerzen verschwanden.

Es war allen klar, daß die Anzüge besondere Eigenschaften hatten, Eigenschaften, die weit über jene von gewöhnlichen Kleidungsstücken hinausgingen. Sie erweiterten und verbesserten, subjektiv gesehen, die unmittelbare, körpernahe Umgebung des Trägers und wirkten temperaturstabilisierend in einem weiten Bereich, geschaffen für jedes Klima. Und dann entdeckte Clem etwas Wesentliches: Die Anzüge schienen einen wirksamen Schutz gegen gewisse Arten von Schlägen und Stößen darzustellen, außerdem waren sie zumindest zu einem gewissen Grad feuerfest. Glut aus seiner Pfeife war auf seinen Schenkel gefallen und erloschen, ohne daß er es gespürt hatte. Automatisch hatte er auf den Schenkel geklopft, doch die befürchtete Brandwunde und der erwartete kleine Schmerz des heftigen Schlages waren ausgeblieben.

In gewissem Sinn war die Schutzfunktion der Anzüge jedoch ein zweischneidiges Schwert: Sie schenkte dem Träger einerseits ein geradezu lustvolles Wohlbehagen, verringerte aber andererseits die Berührungsempfindung bei äußeren Reizen. Innerhalb ihrer zweiten Haut fühlten sich die Menschen einfach großartig. Zwischen Haut und Anzug befand sich eine isolierende Luftschicht, die als wunderbar empfunden wurde, die aber den Träger von seiner Umgebung entfernte und seinen unmittelbaren Kontakt mit ihr verringerte. Auch für das Geschlechtsleben waren die Anzüge denkbar ungeeignet, weil sie die erogenen Zonen isolierten. Manuel hatte es einmal versucht und festgestellt, daß es so war, als wollte man durch zwei aufgeblasene Raumanzüge hindurch vögeln. Ein fünfjähriger fiel heftig auf die Nase und blieb nur deshalb unverletzt, weil er die Kappe wie eine Maske über sein Gesicht gezogen hatte. Die Maske hatte die Wucht des Falles gedämpft. Nach einigem Nachdenken kam Clem zu der Ansicht, daß die Anzüge auch vor den Sporen einen wirksamen Schutz bieten könnten. Er besprach die Idee mit Hank, und sie beschlossen, die Sache zu testen.

Hiram fügte sich in sein Schicksal, nicht mehr der Einzige in Doras Leben zu sein; außerdem hatte sie dafür gesorgt, daß einige der Nymphchen auf der Liste sich seiner annahmen und ihn in besonders schwelgerische Freuden des Lebens einführten. Tatsächlich war er gerade dabei, sich von zweien im Bordell ausgiebig bedienen zu lassen, als Clem und Hank die Hauptleiter zum Rand des Cañons hinaufkletterten. Der stetige Aufwind aus den Tiefen der Schlucht war in dieser Nacht stärker als sonst zu spüren, und obwohl die Sporen niemals in den Cañon hinabtrieben, bildeten sie in dieser Nacht in einiger Entfernung vom Cañonrand ziemlich hohe Wolken. In der kristallenen Klarheit des Abends sahen die milchweißen Nebel beinahe auch wie Cañonwände aus, die auf beiden Seiten, Gazeschleiern gleich, dreißig Meter oder höher in die Luft ragten. Aber das waren nicht schimmernde, sanfte Nebel, nicht glitzernde Wasserfälle, sondern käsig-bleiche Schwammfetzen.

Der Wächter an der Oberfläche hatte getrunken und daher keine Lust, Clem und Hank zurückzuhalten. Er dachte: »Zum Teufel, geht sowieso keiner raus, wenn die Wolken so dicht sind«, denn das war gleichbedeutend mit Vergiftung und Tod. Außerdem verließ sich die Wache auf die Tatsache, daß Clem und Hank der Ratsversammlung angehörten.

»Es handelt sich um eine Angelegenheit von höchster Dringlichkeit«, erklärte Clem dem Mann. »Behalt es für den Augenblick für dich! Reine Forschungssache. Wichtig!«

»Lieber Himmel, seid vorsichtig«, entgegnete die Wache. »Man kann nicht raus, wenn die Wolken so dicht sind! Der alte Hiram hat's ein-, zweimal versucht, aber der hatte eine Maske und einen Taucheranzug.« Er wechselte den TV-Kanal und lehnte sich zurück. Clem und Hank kontrollierten die Anzüge und kletterten hinaus auf die weiße Ebene.

Die Giftpilze standen wie Schachfiguren auf einem übervölkerten Brett, wie Bäume in einem bizarren Garten, wie riesige Wäscheklammern, in einen aufgehenden Teig gesteckt. Manche hatten fast Menschengestalt, mit Hüten wie Sombreros und Stielen wie Rümpfe. Ein eineinhalb Meter großes Exemplar in der Nähe rülpste hörbar und ließ im Zeitlupentempo seine Sporen ausfließen. Sie überschlugen sich wie kleine Seesterne in der Strömung und begannen aufzusteigen. Clem und Hank gingen auf den Rand der Wolke zu.

»Mir ist gerade eingefallen«, sagte Clem, »daß das kein besonders durchdachtes Unternehmen ist. Hast du ein paar Ideen? Ich hätte welche.«

»Wer wagt, gewinnt«, sagte Hank nach einer langen Pause. »Wir könnten geradewegs hineingehen und sehen, was passiert. Alles auf eine Karte setzen.«

»Hier«, sagte Clem und wickelte das dünne Seil ab, das er in der Hand hielt. »Binde mir das um das Handgelenk. Ich gehe langsam hinein, und wenn etwas schiefgeht, kannst du mich rausziehen.«

Hank band das Seil um Clems Arm. Clem fühlte nach seinem Teleporter und entschloß sich, Hank nichts davon zu sagen. Er begann, auf die Wolke zuzugehen. Sie war bemerkenswert stationär, gleich einem riesigen, in der Luft schwebenden Fischschwarm, und die Mauer aus Sporen war so glatt und zusammenhängend, wie verbunden durch ein unsichtbares, netzartiges Gewebe.

Dicht daneben blieb Clem stehen und steckte den Finger in die Masse. Die klebrigen weißen Fetzen wichen ihm aus wie Ameisen einem Kiesel. Er versuchte, die Sporen zu berühren, indem er seinen Finger ein zweites Mal hineinsteckte, aber sie stoben augenblicklich davon. Er schlug leicht dagegen, dann stärker, und die gelblichweißen Bündel bewegten sich so schnell, daß Clem den Eindruck hatte, irgendeine Art Kraftfeld ginge von ihnen aus. Die Sporen wurden keineswegs wie im Wind herumgeblasen, sondern jagten und flitzten in alle Richtungen davon wie Eisenfeilspäne in einem Magnetfeld. Er versuchte, die Hand über einigen zu schließen, als ob er Fliegen finge, aber vergebens. Bereits beherzter geworden, aber immer noch nicht willens, in die Wolke hineinzugehen, setzte Clem sich hin und begann, eine der Gamaschen auszuziehen. Hank trat hinzu. »Wie sieht's aus?« fragte er.

»Ganz gut bis jetzt. Offenbar geben die Anzüge eine Art Kraftfeld ab, eine Ausstrahlung, die sie nicht mögen. Es ist so, als würde man sich mit Insektenmittel einsprühen und dann durch einen Moskitoschwarm gehen.«

»Oder sich mit Öl und Vaseline eincremen und durch den Kanal schwimmen.«

»Ja, so etwas Ähnliches.«

»Und was machst du jetzt?«

»Jetzt versuche ich es barfuß.« Hank sah besorgt drein. »na, nicht so ganz.« Clems Stimme klang beruhigend und gelassen. »Ein bißchen wie zu nahe ans Feuer gehen. Schau genau hin; wenn eine Spore weniger als, sagen wir, einen Finger breit herankommt, schnippst du sie weg.« Der Vergleich hinkte, denn Clem dachte daran, wie er seine Zehen zart in das Bein einer Frau grub. Seine Haltung war alles andere als heroisch, als er im Sitzen seinen nackten Fuß gegen die Wolkenwand ausstreckte. »Wie wenn man probiert, ob das Bügeleisen heiß genug ist«, dachte er. »Und ich hab vergessen, mir die große Zehe naß zu machen.«

»Zu blöd, daß man den unteren Teil der Ärmel nicht wie Handschuhe ausziehen kann«, bemerkte er, während er mit dem Fuß näherrückte. »Vielleicht können wir das später probieren. Möglicherweise kann man die Anzüge zuschneiden, wie man will!« Die Sporen hafteten in keiner Weise, als Clems Fuß in den Nebel eindrang. Eine Spore berührte fast seine Zehe, und er zog den Fuß im selben Augenblick zurück, als Hank sie wegschlug. Er versuchte es einige Male, stets mit dem gleichen Resultat.

Es war nicht verhängnisvoll, wenn eine Spore die Haut berührte, aber sie besaßen eine giftige Deckschicht, die die Haut auf der Stelle entzündete. Hiram hatte erklärt, es war, als ob man die Wirkung von Brennesseln auf einen Punkt konzentrierte. Und wenn man die Stelle nicht sofort abwusch, hatte die Flüssigkeit eine gewebszerstörende Wirkung. Die Vorstellung, was die Sporen mit einem nackten Menschen anstellen würden, war einfach gräßlich.

»Nun, das wär's«, sagte Clem und zog die Gamaschen wieder über. »Das bestätigt unsere Vermutungen. Jetzt versuch es du einmal! Zuerst mit einem Finger, so wie ich.«

Hank schnickte mit dem Finger nach den Sporen, und sie stoben davon. Er stieß seine Faust in die Wolke, und das gleiche geschah. Dann steckte er seinen ganzen Arm hinein und ließ ihn drinnen. Soweit war die Verhaltensweise der Sporen klar: Sie hielten einen zwei Finger breiten Abstand zu dem Material des Anzugs. Hank war sich der Sache ganz sicher, aber Clem blieb vorsichtig. Er stand auf einem Bein, zog eine Gamasche aus und hielt sie nahe an die Sporen heran. Sie stoben nicht davon.

»Schau, schau«, sagte er, »das Kraftfeld muß in gewisser Weise vom Träger aktiviert werden. Nicht das Material selbst ruft den Schutz hervor, sondern erst das Zusammenwirken mit dem Körper.«

»Ich werd' verrückt, du hast recht!«

Als nächstes hielt Clem eine volle Minute lang den Arm in die Wolke. Erst hielt er ihn ruhig, dann begann er ihn leicht zu bewegen, und zuletzt schwang er ihn heftig wie einen Windmühlenflügel. In jedem Fall flohen die Sporen.

»Bei Gott«, verkündete Clem, »ich glaube, wir sind unempfindlich gegen diese verdammten klebrigen Dinger! Wir werden sie vernichten, ausrotten!«

Nun war es Hank, der zur Vorsicht mahnte. »Wir sind noch nicht in die Wolke eingedrungen. Es wäre einfach zu schön, um wahr zu sein, aber bevor wir etwas Endgültiges sagen können, müssen wir erst mal da hinein. Wenn es klappt – mein Gott, Mann! Dann können wir sie wirklich vertilgen, vollkommen ausmerzen! Stell dir vor, wir könnten Fungizide sprühen!« Die Idee, pilztötende Mittel gegen Pilze einzusetzen, war so auf der Hand liegend, daß sie direkt aus einem Comicstrip zu stammen schien. Hank hieb sich ausgelassen auf den Schenkel; der erwartete kurze Schmerz blieb aus.

»Ich probier' es mal«, sagte Clem und kontrollierte das Seil, das immer noch an seinem Handgelenk festgemacht war. »Du mußt aber verdammt genau beobachten.« Er trat in die Wolke, als ob er durch einen Wasserfall hindurchginge. Nach zwei Metern drehte er sich zu Hank um. Wie vorher schwirrten die Sporen weg von ihm, und Hank sah deutlich den Schutzschild, den das Kraftfeld um Clems Körper bildete: Rundum hielten die Sporen einen gleichmäßigen Abstand ein, nur über seinem Kopf war ein leerer Raum etwa in der Form und Höhe eines Zylinderhutes. Hank fielen die alten russischen Versuche mit der Kirlianfotografie ein.

»Hallo, Clem!« rief er, »du hast einen Heiligenschein! Sie haben dir einen Heiligenschein verpaßt!« Und dann stürzte er sich auch in die weiße Wolke und hüpfte vergnügt im Kreis, tanzte einen wilden, schwerfälligen Freudentanz. Und mit ihm tanzten die Sporen – auf und ab, vor und zurück, immer im gleichen Abstand. Beide Männer hatten dieselbe Vorstellung: Die Capistranoleute würden herauskommen in die Wüste, ihr geologisches Antlitz neu gestalten, die Erdkruste umbilden und ihre oberste Schicht erneuern. Während er in den wogenden weißen Sporenbündeln wie in einem Schneetreiben stand, betrachtete Clem den ausgebleichten, weißen Boden und sah im Geist fette, dunkelbraune und schwarze Erdschollen, Schwemmlandboden, in dem sich Regenwürmer tummelten und dicke Maden kringelten, lebende Erde mit Heuschrecken, mit Spinnen und Maulwürfen und Spitzmäusen und Grillen, mit Efeu und Winden und Löwenzahn. Er dachte an tropische Regenwälder, an Bambussprossen und Gummibäume und Immergrün und Pachysandra. Und es kam ihm zu Bewußtsein, daß es Jahre her war, seit er zum letzten Mal eine Blume berührt hatte.

Es begab sich im üppigen Monat Juli 2074, daß die Capistrano-Leute begannen, an die neue Oberfläche zu kommen. Hiram hatte den Schild einer Planierraupe den langen Weg von Santa Barbara her buchstäblich gezogen und ihn mit einem Fusionsbrenner (organisiert aus einem Cal-Tech-Laboratorium für Physik) auf einen Landspeeder geschweißt. Er arbeitete sich verbissen über den Wüstenboden, und wenn er nicht mehr konnte, übernahm ein anderer seine Arbeit.

Die Menschen mühten sich ohne Unterbrechung, arbeiteten rund um die Uhr, kratzten an ihrem bleichen Boden, planierten, pflügten und kämpften sich weiter. Nur etwa einmal in der Woche gab es Regen, aber zwischendurch sprangen die Scottsdaler mit der Bewässerung ein, so daß nun ein Tankflugzeug den Boden täglich mit Wasser und Düngemitteln besprühte. Während sie inmitten der Sporenwolken völlig sicher waren, rissen die Menschen die Giftpilze mitsamt dem Myzel aus und brachten sie weit weg vom Cañonrand, wo sie austrockneten und verdorrten – verbrannten im reinigenden Feuer der Wüstensonne. Die Durchfeuchtung des Bodens bewirkte eine Unterbrechung der Lebenszyklen der Pilze, so daß sie nicht zur Reife gelangten und keine neuen Sporenwolken mehr ausspien. Die verwitterte Erde reagierte, neutralisierte sich, lag brach und wurde empfänglich. Die Leute begannen, individuelle Felder anzulegen: fingerförmige Bodenflächen, fünfzehn Meter breit und so lang, wie es ihre einzelnen Kräfte zuließen, angelegt wie die Reihendörfer in den Sümpfen von Louisiana.

Die Rivalität unter den Arbeitenden war äußerst anregend, und die Leute nannten ihre Landfinger Palm Springs, Zoysia Park, Grünes Land, Point Verde, Garten Eden, Schillernder Weinberg, Neues Ufer, Canterbury Lawn, Smaragdinsel. Sobald die Pilzkultur verschwunden war, begann das Wunder der Photosynthese. Die Erde dampfte wie frisches Brot, trocknete, durchsetzte sich mit Luft und trieb neues Leben hervor. Die Silikate – der Quarz und der Schiefer des Wüstensandes – wurden mit Stroh, Sägemehl, Lehm, Blumenerde (Tonnen von Blumenerde, organisiert von einem Großhändler für Gartenzubehör in Newport Beach) vermischt – alles herbeigeschafft und über den Boden verteilt, wie Glasur auf einem Kuchen. Es war ein gewaltiges Unternehmen, aber, wie Hiram bemerkte, nicht ärger als das Anlegen der Gärten von Babylon oder der üppigen Weingärten in der Wüste von Israel.

Zwischendurch ernteten die Menschen auch Trüffeln und tauschten sie in Scottsdale gegen die verschiedensten Setzlinge ein. Man erwartete, daß die dünne Erdschicht nicht lange halten würde, aber niemand war deswegen entmutigt. Jede Person war für ein Feld verantwortlich, aber es gab ausgeprägte Nachbarschaftshilfe über die Grenzen des Eigentums hinweg, zum Wohle der Allgemeinheit.

Niemand war überrascht, daß Hirams Feld als erstes fertig war, und es sah so makellos aus wie das Grün auf einem Golfplatz. Er hatte es mit Rasenstücken aus einem Golfklub bei Palm Springs belegt und dann eine einzelne Trauerweide genau ins Zentrum gepflanzt. Eines schönen, gut bewässerten Tages erlaubte er sich den Luxus, eine ganze Stunde lang darunter zu sitzen, und er sah ein bißchen aus wie ein Truthahn, der die Kehle aufbläst, um eine Nestgefährtin anzulocken.

Und während all dieser Plagen und Mühen gaben ihnen die Anzüge Schutz und Wohlbehagen. Als noch erstaunlichere Entdeckung kam dazu, daß die Anzüge jede Art von Unterkunft überflüssig machten. Das Bedürfnis nach Schutz und Unterkunft hatte die Menschen in den Cañon hinabgetrieben, und nun brauchten sie beides nicht mehr. Es kam wie ein Kulturschock, der dazu führte, daß es zwar keinen Massenexodus gab, aber doch ein allmähliches Verlassen der Höhlen. Viele Menschen waren daran gewöhnt, wie Hamster in Hobelspänen zu leben, schwere Kleider zu tragen, sich mit dicken Decken zuzudecken und sich eng aneinander zu kuscheln. Und nun schützten die wunderbaren Anzüge die Träger vor Sonnenbrand und vor Erfrierungen, vor Kälte wie vor Hitze, vor Regen und Sturm.

Neue Pflanzensorten gediehen, die ihre Wurzeln im Boden verankerten und Nahrung für Stengel und Blätter und später Blüten, Früchte und Samen heraufholten. Der Stickstoffanteil der Atmosphäre wurde in Nitrate umgewandelt; den so gebildeten Nitraten wurde von den Pflanzen der Stickstoff entzogen, und der freigewordene Sauerstoff entwich in die Luft. Welch ein gewöhnlicher und dennoch, welch ein gepriesener Zyklus!

Der neue Boden entwickelte sein eigenes, geschlossenes Gefüge; er enthielt Wasser und Luft, Bakterien und Humus, Stroh und Steine. Und eines Tages freute sich Hiram über seinen ersten Regenwurm. Schwefel gab es in der kostbaren Erdschicht, Kalium, Eisen und Magnesium. Es gab Wurzelhaare und Wurzelspitzen, Spannungen und Krümmungsbewegungen darin, Atmung und Photosynthese, Wachstum und Befruchtung. Vor allem aber gab es Stoffwechselvorgänge, Reflexe auf Reize von außen und die autokatalytischen Reaktionen, die das neue *Leben* ausmachten.

»Sieht so aus, als hätten wir wieder eine grüne Welt«, sagte Clem im lustvollen Monat August zu Dora, als sie Seite an Seite auf einer reich verzierten Terrasse (organisiert aus dem berühmten Viktorianischen Haus in Eureka) saßen.

»Ja, sie ist wunderbar«, entgegnete Dora. »So wunderbar und so klein.« Es war sieben Uhr abends, und der Himmel war noch von den Strahlen der Sonne erleuchtet, die eben unter den Horizont gesunken war. Am östlichen Himmel hing niedrig und nahe ein großer, goldgelber Mond. Die grünen Felder erstreckten sich an beiden Seiten des Cañons, und eine Fußgängerbrücke überspannte die Schlucht dazwischen. Die Menschen saßen im Gras, ruhten sich aus und plauderten.

Die Arbeit auf den Feldern war kaum beendet, als schon Diskussionen entstanden, ob man irgendeine Art von Gebäuden errichten sollte oder nicht; inzwischen wanderten die Höhlenbewohner von unten nach oben, in die neugewonnene Freiheit.

Hiram schien Dora vergessen zu haben und verbrachte seine Freizeit im Bordell. »Die jungen Dinger geben nem Mann wieder Saft un Kraft«, pflegte er zu sagen, »gibt gar nix Besseres als frische, junge Weiber.« Clem und Dora hatten um monogamen Status angesucht, aber die Entscheidung stand noch aus.

»Weißt du«, sagte Clem und klopfte sich an die Brust, »noch nie hatte ich einen *wirklichen* Grund, den Teleporter zu verwenden. Ja, ich habe ihn ausprobiert, über kurze Entfernungen, um sicher zu gehen, daß er funktioniert. Aber ich habe niemandem erzählt, daß ich ihn besitze. Nur du weißt, daß ich ihn habe.«

»Ich wüßte, wofür du ihn verwenden könntest«, gurrte Dora. »Er würde uns doch beide transportieren, oder?«

»Sicher. Er ist für maximal zwei Personen gebaut.«

»Dann können wir endlich allein sein, irgendwo.«

»Das sind ja ungeahnte Möglichkeiten! Weshalb ist das nicht *mir* eingefallen?«

»Weil du zu sehr damit beschäftigt bist, an monumentale

Dinge zu denken«, sagte sie und rückte an ihn heran. Die Dämmerung kam, und an den Cañonrändern erschien das fahlgelbe Licht der Begrenzungslampen. »Du denkst an den Aufbau, an die Planung von Bauwerken und ihre günstigste Lage, an Dachstühle und Tragbalken und Holme und Verstrebungen. Daß du eine Blitzrendezvousmaschine unter der Achsel trägst, daran hast du noch nicht gedacht.«

Clem strich sich nachdenklich über den Schnurrbart. »Und jetzt, wo wir ein bißchen Zeit für uns haben, sollten mir langsam auch solche Gedanken dämmern, das wolltest du doch sagen.«

»Ganz gewiß!« Sie unterbrach sich und schien in Gedanken versunken. »An einem klaren Tag habe ich vor kurzem eine einzelne weiße Wolke gesehen, nur eine einzige, dick und prall und rund, aber klein und ganz allein am Himmel. Da habe ich mir gewünscht, da oben zu sein, darauf zu schweben, hinauf teleportiert zu werden und sie zu streicheln wie ein großes, weißes, flaumiges Kätzchen.«

»Das ist eine hübsche Vorstellung.«

»Clem.«

»Ja.«

»Laß uns irgendwohin teleportieren, jetzt gleich!«

»Einverstanden, wohin möchtest du?« Er zog das Kästchen hervor und sie betrachteten es wie ein Album mit ihren Lieblingsfotos. Die Einstellungsskalen strahlten ihre mattgrünen Radiumbotschaften in die Dunkelheit. Menschen gingen vorbei, schwangen sich über die Lampen und turnten hinab in das Gewirr der Cañonbauten. »Er hat eine Reichweite von achtzig Kilometern und eine Gipfelhöhe von sechstausend Metern.«

»Du lieber Himmel, könnten wir wirklich so hoch gehen?«

»Nein, Liebes, wir würden erfrieren – aber nein, warte, ich habe ja vergessen, daß wir die Anzüge haben! Sie würden uns auch in dieser Höhe warm halten, denke ich. Ja, sicher. Wir könnten so hoch gehen.«

»Und wir könnten dort oben schweben bleiben?«

»Ja.«

»Und uns lieben?«

»Ja. Er hat einen Schwerkraftsimulator.«

»Das klingt aber gar nicht romantisch.«

»Besser als Schwerelosigkeit, Mädchen. Wir würden da oben sitzen wie auf einem Divan, nur wäre der Divan unsichtbar.«

»Wir könnten uns lieben, mitten in der Luft, in sechs Kilometern Höhe!«

»Mein Gott, das ist wirklich ein erhebender Gedanke!«

»Zeig mir, wie der Teleporter funktioniert, Clem! Zeig mir, wie man Koordinaten einstellt!« Sie drängte sich an ihn und hielt eine Seite des Gerätes.

»Es ist ganz einfach. Hier ist die Höhenskala. Darauf wählst du einen Winkel zwischen Null Grad und neunzig Grad, und hier ist das Längen- und Breitennetz. Du stellst die Kombination ein, hältst ihn fest an dich gepreßt und drückst den Knopf, den großen, weißen da oben. Normalerweise schließt man dann die Augen und – *plopp* – du bist dort, wo du willst.«

»Eine Blitzrendezvousmaschine! Ein Treffpunkt! Ein Treffpunkt, wo man sich sehen kann, wo man allein sein und sich lieben kann. Bist du dir bewußt, wie viele Liebende sich verzweifelt nach einem Treffpunkt sehnen?«

»Ja, Liebes. Möchtest du einen kurzen Hüpfer versuchen, damit du siehst, wie es ist?«

Dora setzte sich auf und strich über ihren Anzug. Sie hatte das klassische Aussehen einer Frau, die sich fragt, ob sie für die Gelegenheit passend gekleidet sei. Sie griff ein paarmal an ihr Haar.

Clem lächelte. »Du brauchst dich nicht zurechtmachen, mein Täubchen«, flüsterte er in ihr Ohr. »Niemand wird uns sehen.« Er begann, die Koordinaten einzugeben. »Wir wollen versuchsweise auf dreihundert Meter gehen, senkrecht nach oben. Aus dieser Höhe sieht die Welt recht interessant aus. Es ist nicht zu hoch oben.«

»Ich würde mich sicherer fühlen, wenn ich auf deinem Schoß sitzen könnte.«

Clem hob sie sanft auf, schwang sie auf seinen Schoß, vervollständigte den simplen Flugplan und speicherte ihn ein. Er fühlte die Erregung in Doras Körper. Die Nacht war gekommen, aber der Mond schien bereits hell. Die meisten Leute waren in ihre Höhlen zurückgekehrt. Kinder spielten noch rundum, und andere verliebte Paare lagen im Gras.

»Werden uns die anderen nicht vermissen?« fragte Dora. »Bist du überzeugt, daß es ungefährlich ist?«

»Nein auf deine erste Frage und ja auf die zweite«, flüsterte Clem. »Halt dich jetzt fest, und es kann losgehen!«

»Ich möchte dich küssen«, sagte Dora und legte ihren Mund

auf den seinen. Sie zitterte leicht. Clem zog sie an sich, so fest er konnte, und drückte den Knopf. Er spürte ein sanftes ›Plopp‹ wie eine zerplatzende Seifenblase tief im Labyrinth des inneren Ohres, ein zuckendes Flackern des Bewußtseins; und dann war Kühle rundum, freier Raum und schimmernde Sterne, Samthimmel und der sanfte Mond. Sie schwebten im Raum, dreihundert Meter über dem Cañon, Dora immer noch auf Clems Schoß. Die Wirkung des Schwerkraftsimulators war deutlich spürbar. Er unterbrach den Kuß, aber Dora ließ die Arme um seinen Nacken gelegt und die Augen geschlossen.

»Ich habe Angst«, sagte sie. »Ich will noch nicht schauen.«

»Es ist schön«, lächelte Clem, und Dora öffnete die Augen und sah sich um. Nach einem Moment des Erstarrens entspannte sie sich unter der Wirkung des Schwerkraftsimulators. Unter ihnen klaffte der Cañon lang und dunkel in der Erde, gesäumt von mattgelben Lichtern. Die Wüste sah bleich aus, und die grünen Felder vermittelten den Eindruck von tiefen, strukturierten Samtstreifen. Von dieser Höhe aus war die perspektivische Wahrnehmung recht aufregend, und der Horizont lag immer noch relativ hoch, so daß die visuellen Bezugspunkte auf dem Boden markanter hervortraten.

»Ich möchte eine einsame weiße Wolke suchen«, sagte Dora nach einer Weile und sah sich zögernd und zaghaft um. »Eine wunderschöne, einsame, einzelne weiße Wolke, und darauf möchte ich wohnen. Können wir das tun?«

»Ja, mein Liebes. Ich werde dich hinbringen. Ich werde dich auf deine Wolke begleiten.«

Sie lagen nebeneinander und umarmten sich. Dort in der kühlen Wüstennacht hielten sie einander, hoch oben in der Luft, geheimnisvoll, verwunschen. Und unten verließen die anderen Höhlenbewohner die Dunkelheit und stiegen hinauf auf die neue grüne Erde.

Aus dem Amerikanischen übersetzt von Biggy Winter

Nicholas V. Yermakov

Ein Schimmer von Gold

Landry schoß mit rekordbrechender Geschwindigkeit durch das Wasser des Schwimmbeckens, um auf gleicher Höhe mit dem Delphin, der neben ihm schwamm, zu bleiben, und ließ schäumende Wirbel hinter sich. Sie erreichten die gegenüberliegende Seite des Beckens gleichzeitig und machten den Überschlag, wobei der Delphin mit dem Schwanz gegen die Wand klatschte, Landry sich mit seinen Schwimmfüßen abstieß. Als sie die Mitte der zweiten Runde erreicht hatten, pfeilte der Delphin davon.

Landry verdoppelte seine Anstrengungen und schwamm wellenförmig wie ein Aal, er zog sich zusammen und schnellte mit erneuter Kraft vorwärts, als er wieder zu Atem kam. Langsam holte er auf, aber nach der vierten Runde fiel er mehr und mehr zurück. Er ging beinahe eine volle Beckenlänge später ins Ziel. Als er die Wand berührte, tauchte der Delphin aus dem Wasser, stand rückwärts schwimmend auf seinem Schwanz und machte plappernde Laute zu ihm hin.

»Schon gut, George, schon gut, koste es nicht so aus«, keuchte Landry.

George schwamm zu ihm hinüber und stieß ihn freundlich mit dem Maul an. Landry legte seine Hand, die mit Schwimmhäuten versehen war, über den Rücken des Delphins und hielt sich an der Rückenflosse fest, während George ihn durch das Wasser zog.

»Kommen Sie jetzt Landry, das reicht nun, kommen Sie heraus! Ihr beide könnt später spielen.«

Banyon schaute zu, wie Landry aus dem Becken stieg. Das Wasser lief an seinem stromlinienförmigen Körper hinunter. Seine Muskeln zuckten, und er schnappte nach Luft. Der Mannschaftsarzt schloß ihn an die Biosensoren an, während er tropfend dastand.

»Wie fühlen Sie sich?« fragte Banyon.

»Gut«, sagte Landry. »Wirklich gut. Ich dachte für eine Minute, ich könnte ihn überholen.« Seine Brust hob sich. »Verdammt, ich dachte wirklich, ich hätte ihn!«

»Wie lautet das Urteil?« fragte Banyon den Arzt.

»Ich würde sagen, er ist fit für die Spiele«, sagte der ältere Mann. »Er ist in Top-Kondition. Blutdruck, Atmung, Puls, alles bestens. Er ist bedeutend besser dran als seinerzeit in München.«

»München war München«, gab Banyon zurück. »Peking dürfte eine ganz andere Sache werden. Die Chinesen haben Jao J'en Hsi noch härter arbeiten lassen als je zuvor, und er hat uns bereits beinahe um das Gold in München gebracht. Der Kampf damals war zu lange unentschieden von meinem Standpunkt aus. Und ich möchte wetten, die Russen waren auch nicht müßig. Nach den Geheimdienstberichten haben Sie einen Dreizehnjährigen, der bereits Landrys beste Zeiten unterbieten kann.«

»Woher wissen Sie das?« fragte Landry.

»Glauben Sie mir, daß ich es weiß«, antwortete Banyon lakonisch. »Es hat den CIA drei Männer gekostet, um immerhin das herauszufinden. Sie halten diesen Knaben streng unter Verschluß. Das würden Sie kaum tun, wenn sie nicht etwas ganz besonderes hätten.«

»Armer Junge«, sagte Landry. »Ich kann mir vorstellen, was er durchmacht.«

»Hallo, nichts von dem Zeug!« fauchte Banyon. »Sie fangen an, den Gegner zu bemitleiden, und wo enden Sie damit?«

»Auf dem zweiten Platz?«

»*Ganz genau*, mein Lieber. Derartiges will ich nicht mehr hören.«

»Jawohl, mein Führer.«

»Halten Sie die Zunge im Zaum, Klugscheißer. Meinetwegen sind Sie jetzt Junge Nummer Eins, aber, vergessen Sie nicht, dort, wo Sie herkommen, gibt es noch viele andere.«

»Warum sollte ich das je vergessen?«

»Geben Sie acht, daß Sie es nie tun.«

Eintausend Pfund schlugen krachend auf den Boden. Das Gewicht rollte vorwärts über die vulkanisierte Matte hinaus. Sechs Muskelmänner, von denen jeder wie ein anatomisches Modell aussah, stoppten das Gewicht und – an jedem Ende drei – hoben es in die richtige Position zurück. Banyon beobachtete aufmerksam, wie sich der Gewichtheber für den zweiten Versuch bereit machte.

Wallford sieht müde aus, dachte Banyon. Der kleine, massige Gewichtheber erinnerte ihn an einen Preisbullen. Sein Hals war so kurz, daß man ihn kaum als Hals bezeichnen konnte. Seine Arme hatten mindestens dreimal den Umfang von Banyons Oberschenkeln, und seine Beine glichen mächtigen Wurzeln. Er bewegte sich schwerfällig, sein Atem ging schwer. Sein Körper schimmerte schweißnaß in dem starken Licht.

Banyon blickte finster drein, als der Gewichtheber die Augen schloß und sich auf seinen zweiten Versuch konzentrierte. Sie waren im Prüfraum. Neben Banyon saß, seine riesige Masse in dem eigens für ihn angefertigten Sessel zurückgelehnt, der Trainer des Gewichtheber-Teams und äugte unbehaglich zu ihm herüber. Der Trainer war selber einmal ein Olympia-Champion gewesen. Heute würde er nicht einmal mehr qualifiziert werden. Wallford war sein Schützling und hatte eine Silbermedaille. Er hatte sich mit unmenschlicher Härte geschunden, und man sah es ihm an.

Sie beobachteten, wie sich Wallford über das Gewicht beugte. Der Trainer beobachtete Banyon. Er wußte, was geschehen würde, und Banyons Reaktion beunruhigte ihn bereits.

Wallford klammerte die muskulösen Hände um die Stange, er bewegte sie solange, bis er den richtigen Griff gefunden hatte. Dann blieb er eine Weile mit geschlossenen Augen und regelmäßigem Atem gebückt stehen. Seine ungeheure Brust schwoll an, als er mit aller Kraft einatmete und mit markerschütterndem Schrei das Gewicht anhob. Ein Bein schnellte gestreckt zurück, das andere hielt er gebeugt. Jeder Muskel seines Körpers zitterte. Sein Gesicht zeigte die gnadenlose Anstrengung. Die Augen quollen hervor. Mit übermenschlicher Kraft richtete er sich leicht schwankend auf und verschob seine Füße, um das Gleichgewicht zu halten.

Banyon saß nach vorne gebeugt in seinem Stuhl und beobachtete ihn aufmerksam.

Wallford stand da, die Beine gespreizt, die Arme eingeknickt, das unglaubliche Gewicht lag auf seiner Brust. Tränen liefen ihm über das Gesicht. Er wußte, daß er es nicht schaffte. Wieder riß er sich zusammen, atmete ein und stieß einen Schrei aus, aber es gelang ihm nur, das Gewicht fingerbreit über seinen Kopf zu heben. Die Arme zu strecken ging über seine Kräfte. Sie bebten vor Überanstrengung. Wallford wollte nicht aufgeben. Seine Adern zeichneten sich reliefartig ab. Dann begann er mit erschreckender Langsamkeit nach hinten zu kippen. Mit einem mitleiderregenden Seufzer sackte er zu Boden. Das Gewicht schlug durch den Boden und verhakte sich darin. Die sechs Muskelmänner versuchten vergeblich es freizubekommen. Der Bildschirm wurde dunkel.

Die Lichter gingen an. Banyon machte einen spitzen Mund, er war nachdenklich. Er schaute den Trainer nicht an.

»Was ist geschehen?«

»Er hat sich die Schulter ausgerenkt. Mit etwas Glück könnte er für die Spiele wieder in Ordnung sein, aber es wird hart auf hart gehen.«

»Wie steht es mit Severson?«

Der Trainer schüttelte den Kopf. »Wallford ist unsere einzige Chance, tausend zu schaffen. Severson könnte das nächste Mal etwa so weit sein, aber dieses Jahr verliert er todsicher.«

»Ja, ich sehe, das ist faul. Sie sind ja dafür bezahlt, Champions aufzubauen, nicht Krüppel. Konzentrieren Sie sich auf seine Behandlung. Erhöhen Sie die Dosierung der Anabolsteroide in seiner Nahrung. Veranlassen Sie chirurgische Regenerations-Muskelbehandlung, und wenn Sie schon dabei sind, ich will ein stärkeres Rückgrat, er ist etwas schlaff dort. Wir müssen auch sehen, ob wir sein Körpergewicht nicht dreißig oder vierzig Pfund höher kriegen. Er braucht diese Unterstützung.«

»Ich mache mir Sorgen um seine Gesundheit«, sagte der Trainer und kaute nervös an den Lippen. Ich will mit Ihnen ganz offen sein, Herr Banyon, ich glaube nicht, daß sein Herz die Anstrengung aushält.«

»Wenn es das nicht kann, werde ich Sie persönlich dafür verantwortlich machen«, sagte Banyon schroff. »Eine Silbermedaille ist nicht gut genug. Nicht dieses Jahr.«

»Er wird Ihnen wenig nützen, wenn er tot ist«, gab der Trainer mit zusammengepreßten Lippen zurück.

Banyon schaute ihn zum ersten Mal direkt an, gerade in die Augen, solange, bis der größere Mann wegblickte. »Er ist schon jetzt nicht viel wert, nicht wahr.«

Der Trainer schüttelte den Kopf und ließ seine massigen Schultern resigniert sinken.

»Tun Sie, was ich Ihnen gesagt habe.«

»Wie sieht es mit dem Team aus, Banyon?«

»Nicht schlecht, gar nicht schlecht. Sie machen sogar mehr Fortschritte, als ich erwartet habe, Sir. Ich mache mir allerdings, um ganz ehrlich zu sein, etwas Sorgen um Wallford.«

»Ja, ich habe die Berichte gelesen. Da ist seine Karte. Sein EKG *hat* besser ausgesehen. Glauben Sie, daß er die Behandlung erträgt?«

»Es ist natürlich ein Glücksspiel«, antwortete Banyon und schaute in seine Notizen, »aber wenn es sich auszahlt, dürften wir erleben, daß er ein paar phantastische Fortschritte macht. Ich glaube, seine Überlebenschance ist etwas mehr als fünfzig Prozent.«

»Wen haben wir sonst noch?«

»Severson. Er ist jung und eifrig, erst siebzehn und bald ebenso gut wie Wallford. Aber mit fünfhundertzwanzig ist er noch etwas leicht. Im schlimmsten Fall reicht es uns für Bronze, so verlieren wir das Gesicht nicht ganz, und schreiben das ganze als guten Versuch ab.«

»Das höre ich nicht gern. Schon in München standen wir neben den Russen ziemlich dumm da. Alexandrov hat geschworen, daß er in Peking mehr als tausend schaffen würde. Ich stehe unter massivem Druck, wie Sie wissen.«

»Ich tue alles, was ich kann.«

»Ja, schon gut. So falten wir denn unsere Hände und hoffen das Beste. Wie kommt Landry vorwärts? Ich bin etwas unruhig, weil sich die Presse ständig mit ihm beschäftigt. Ich möchte nicht, daß er allzu selbstsicher wird, nur weil er das letzte Mal alle hinter sich ließ.«

»Wegen Landry brauchen wir uns keine Sorgen zu machen. Als sie kamen und ihm Geld unter die Nase hielten für Reklamen und derartiges Zeug, reichte es, daß ich ihm sagte, er würde damit nur seinen Amateurstatus verlieren, womit die Sache dann erledigt war. Was ihn interessiert, ist Schwimmen. Alles andere bedeutet ihm nichts. Mit ihm haben wir keine Probleme.«

»Ich weiß nicht. Ich habe eben ein paar beunruhigende Informationen bekommen. Über den Russen-Jungen.«

»Aha?«

»Erinnern Sie sich an die Gerüchte vor ein paar Jahren, daß ihnen eine neue Zucht gelungen ist? Nun, das waren keine Gerüchte. Es ist jetzt bestätigt worden. Dieser Knabe ist der erste der neuen Generation. Wir haben beinahe eine Photographie bekommen, aber leider wurde unser Mann erwischt, und – Sie wissen ja, wie das dann geht . . .«

»Eine schwere Panne.«

»Ja, ziemlich. Ich wollte dieses Photo. Wir versuchen es noch immer. Ich möchte auch ein paar Fußabdrücke. Gemäß meinen Informationen besteht eine Möglichkeit, daß wir den Knaben disqualifizieren lassen können.«

»Mit welcher Begründung?«

»Mit der Begründung, daß er nichtmenschlich ist.«

Banyon atmete schnaubend aus. »Mein Gott, das ist ein Wespennest, in dem ich nicht stochern möchte, wenn Sie mir den Ausdruck erlauben. Wenn wir das versuchen, gibt es einen Monsterskandal, besonders nachdem erst kürzlich die Normen neu festgelegt worden sind.«

»Ich werde tun, was ich tun muß. Wenn es einen Sturm im Wasserglas gibt, nun, so gibt es eben einen. Kümmern Sie sich nur um das, was Sie zu tun haben.«

»Sie können auf mich zählen, Sir.«

»Das hoffe ich, Banyon, wirklich. Schon ihretwegen.«

Landrys breite maßgefertigten Schuhe machten beim Gehen ein klatschendes Geräusch. Landry sah Tom Wallford an seinem Tisch sitzen und nahm neben ihm Platz.

»Hallo Tom, ich habe dich schon vorher gesucht, aber nicht gesehen. Bist du okay?«

»Ich konnte nicht gehen«, antwortete der Gewichtheber schwer atmend. Seine Mahlzeit war vor ihm auf dem Tisch aufgebaut. Sie bestand aus siebenundvierzig Spiegeleiern, sechs Packungen Apfelsinensaft, vier Litern eines Spezial-Proteingetränks, fünf Porterhouse Steaks (medium), einer Schale Vegetarier-Bohnen, Brot aus handgemahlenem Weizen (ein ganzer Laib) mit Erdnußbutter, einer riesigen Schüssel gemischten Salats mit Karotten, einer kleineren Schüssel Radieschen, wildem Reis mit Garnelen, einem gegrillten Blaufisch und mehreren Flaschen Zusatznahrung.

Er aß mit bedächtiger Langsamkeit und kaute mit der Gelassenheit eines Ochsen. Seine Bewegungen waren träge, und er schwitzte stark. Er strömte einen stallähnlichen Geruch aus.

»Ich muß trainieren. (Keuchen, Keuchen) Ich will wirklich

auch gehen. (Keuchen, Keuchen) Bin nie in Peking gewesen. (Keuchen, Keuchen) Wie war es dort?«

»Nur Mut!« grinste Landry und legte seinen Arm auf den Rücken des Giganten. Den Arm *um* ihn zu legen, wäre ganz unmöglich gewesen. »Du hast wirklich nicht viel verpaßt. Ich glaube, wir waren mehr eine Touristen-Attraktion. Überall drängten sich die Leute um uns, obwohl die Sicherheitsmaßnahmen recht streng waren.«

»Hast du (Keuchen, Keuchen) die Verbotene Stadt gesehen? (Keuchen, Keuchen) Ich habe nur (Keuchen, Keuchen) die Bilder gesehen.«

»Ja, ja, aber nur ganz kurz, weißt du. Sie schoben uns da rein, machten ein paar Aufnahmen, und schoben uns wieder raus, die übliche Hetzerei. Wir sollten uns so verhalten, als wäre alles nur Spaß. Dabei ist Gewinnen die Hauptsache.«

»Urp! Endschuldigung. (Keuchen, Keuchen) Der Trainer sagt, daß ich gewinnen muß. (Keuchen, Keuchen) Ich mach mir Sorgen. (Keuchen, Keuchen) Igor sieht phantastisch aus, hast ihn gesehen? (Keuchen, Keuchen) Der ist groß wie ein Haus. (Keuchen, Keuchen) Er wird verdammt schwer zu schlagen sein.«

»Positive geistige Einstellung, Tom! Positive geistige Einstellung, Tom! Positive geistige Einstellung! Zuerst mußt du in deiner Vorstellung siegen, erinnere dich daran. Wenn du das tust, brauchst du dir keine Sorgen zu machen.«

»Muß ich. (Keuchen, Keuchen) Das ist für mich das letztemal. Ich halte es nicht mehr aus, weißt du. (Keuchen, Keuchen) Es ist schon soweit, daß ich mich kaum mehr rühren kann. Ich weiß nicht, wie Igor das schafft. (Keuchen, Keuchen). Mein Vater will nicht, daß ich weitermache. Er sagt, daß es mich umbringt, wenn ich nicht aufhöre.«

Landry erwiderte nichts darauf. Geistesabwesend stocherte er in seinem Essen.

»Brian?«

»Ja?«

»Der Russenknabe, von dem alle reden, (Keuchen, Keuchen) hast du ihn schon gesehen?«

»Nein. Niemand hat ihn gesehen. Er ist hier, darauf kannst du Gift nehmen. Ich bin sicher, die haben etwas vor. Ich könnte mich nicht darauf besinnen, daß es je einen Olympia-Teilnehmer gegeben hat, den niemals jemand zuvor *gesehen* hat. Banyon meint, daß sie auf diese Art versuchen, mich psychisch fertigzumachen, und der Trainer teilt seine Ansicht, aber ich kenne Bill schon zu lange, als daß er mich für dumm verkaufen könnte. Er hat mich trainiert, seit ich dreijährig war. Ich merke es sofort, wenn er nicht ehrlich mit mir ist. Er ist beunruhigt.

»Den Jungen wirst du schlagen, ganz bestimmt.«

»Er ist ja nur ein kleiner Fisch. Gerade dreizehn. Den wische ich weg. Dieses Gold gehört mir.«

Wallford verzog das Gesicht und blickte kläglich drein. »Ich wünschte mir, ich hätte dein Selbstvertrauen.«

»Jetzt hör mal zu, Kamerad! Ich will nichts Derartiges mehr hören. Das steht dir nicht an. Gut, Alexandrov ist größer als du. Na und? Vergiß nicht, je größer sie sind, desto härter der Fall!«

»Kann sein, kann sein.« Tom schnaufte wie ein riesiger Blasebalg. »Ich möchte dennoch nicht, daß Igor sich verletzt. (Keuchen, Keuchen). Weißt du, er ist wirklich kein schlechter Bursche.«

»Tom, du bist ein feiner Kerl, weißt du das?«

»Danke Brian. Auch du bist in Ordnung. Ich meine es wirklich so.«

»Ja, das weiß ich. Ich muß gehen. Iß nicht zuviel, hörst du? Du ruinierst dir den Appetit für das Nachtessen.«

Wallford kicherte, es tönte, als käme das Kichern aus einer tiefen Höhle. Landry gab ihm einen Schlag auf den Rücken und überließ ihn seinem Festmahl. Toms Vater hatte recht. Es war Zeit, daß er aufhörte.

Der Junge fiel kraftlos zu Boden und krümmte und wälzte sich vor Schmerzen. Seine verschleierten Augen quollen hervor.

»Poschalosta«, wimmerte er leise und eindringlich, »bitte, bitte! Nicht mehr, nicht mehr . . .«

»Um Himmelswillen«, sagte Vladimiroff, »er erstickt!« Der Mann, der mit ungerührtem Gesicht über den Knaben gebeugt stand, achtete nicht darauf. Mit klinischer Sachlichkeit beobachtete er die Verkrampfungen des Kindes.

»Wieviel Zeit haben wir?« fragte er.

»Eine Stunde und fünf Minuten«, sagte ein dritter Mann, der mit einer Digitaluhr in der Hand daneben stand.

Die Bewegungen des Knaben wurden schwächer und schwächer.

»Bosche moi, bosche moi«, flüsterte Vladimiroff. »Bitte, ich flehe Sie an. Lassen Sie ihn *atmen!*«

Der Mann mit dem ungerührten Gesicht schaute Vladimiroff einen Augenblick lang an und nickte kurz. Der Trainer, Vladimiroff und ein weiteres Teammitglied packten den Knaben an Armen und Beinen, hoben ihn hoch über ihre Köpfe und trugen ihn zu einem Behälter, der am andern Ende des Raumes stand. Sie warfen ihn hinein, daß das Wasser nur so aufspritzte.

Die Kiemen des Knaben öffneten sich sofort, in schneller Folge sich zusammenziehend und ausdehnend pumpten sie Wasser hindurch, wobei der lebenswichtige Sauerstoff aufgenommen wurde. Er schoß in seinem Behälter hin und her, überglücklich, wieder in seinem Element zu sein.

»Mischa, Mischa«, sagte Vladimiroff, der sich gegen die Glaswand des Behälters gelehnt hatte. »Es tut mir leid, es tut mir so leid . . .«

»Glauben Sie, daß es mir Spaß macht, den Jungen zu foltern?« fragte der Mann mit dem ungerührten Gesicht. »Ich habe keine Wahl, Genosse. Wir wissen nicht, wie lange er außerhalb des Wassers sein wird. Falls dann entdeckt wird, daß seine Lungen praktisch verkümmert sind, sind wir verloren.«

»Ich verfluche den Tag, an dem ich Sie zu Gesicht bekommen habe«, sagte der Trainer heftig. »Sie haben kein Herz.«

»Ein Herz kann ich mir nicht leisten, Genosse«, antwortete der Mann mit dem ungerührten Gesicht. Das ist heutzutage zu kostspielig. Ich werde Ihren kleinen Ausbruch übersehen, weil ich verstehe, was Sie für den Jungen empfinden müssen. Aber Sie müssen auch wissen, daß dies nicht der Zeitpunkt ist, gefühlsselig zu werden. Zuviel steht auf dem Spiel.«

»Ja, tatsächlich«, erwiderte Vladimiroff, »zuviel.«

»Dann werden wir es morgen wieder versuchen«, sagte Volkov. »Wir müssen seine Fähigkeit, an der Luft zu bleiben, aufbauen. Es würde sich schlecht machen, wenn er auf dem Ehrenpodest zusammenklappte, während unsere Nationalhymne gespielt wird.«

Beim Gehen wandte sich Volkov dem dritten Mann zu, dem Mann mit der Digitaluhr. »Halten Sie ihn unter strenger Bewachung. Wir sind jetzt an einem Punkt angelangt, wo wir es nicht mehr darauf ankommen lassen können.«

Der dritte Mann nickte unwirsch.

»Woher haben Sie das?«, stieß Banyon hervor.

Wallford stand vor ihm. Banyons Pult wirkte im Vergleich zu Wallfords Masse wie ein Kindertischchen. Unbehaglich verlagerte Wallford sein ungeheures Gewicht von dem einen elefantenhaften Fuß auf den andern. »Igor gab es mir. (Keuchen, Keuchen) Wir hatten beide unsere ersten Übungen gemacht«, keuchte er, »und wie ich zu ihm hinüberging, um ihm die Hand zu schütteln, preßte er es mir (Keuchen, Keuchen) zusammengefaltet in meine Hand.«

»Hat es jemand gesehen?«

»Nein, Herr Banyon.« Tom Wallford schnappte nach Luft. »Ich tat nicht dergleichen. Wissen Sie, während der letzten Spiele in München (Keuchen, Keuchen) wollten Sie uns kaum miteinander reden lassen. So gewöhnten wir uns daran (Keuchen, Keuchen), Zettelchen auszutauschen, das war dann unsere Art von Privatgespräch.«

»Meinen Sie, daß das eine Falle seine könnte?«, fragte Banyon den Mann, der neben ihm stand.

»Bestimmt nicht«, antwortete Wallford, bevor der andere etwas sagen konnte. »Igor würde so etwas nie tun.« Er atmete schwer. »Ich weiß nur, daß er das nicht tun würde. Er ist ein richtig anständiger Kerl.«

Der Mann, der keine Gelegenheit zu antworten gehabt hatte, nickte schweigend.

»Gut, Tom«, sagte Banyon. »Wir werden diese Angelegenheit vertraulich behandeln. Soviel für jetzt. Aber wenn es durchsickert, stecken wir hüfttief drin, verstehen Sie mich?«

Wallford nickte.

»Kein Zettel-Austausch mehr. Wir können es nicht riskieren, daß sie Wind davon bekommen. Falls Alexandrov sie fragend anschaut, nicken Sie ihm nur zu. Er wird die Bedeutung verstehen. Hoffe ich. Verdammt nochmal, wenn wir das schaffen . . . Das ist im Augenblick alles, Tom, Sie können gehen. Und hören Sie . . ., was Sie betrifft, Sie wissen von nichts. Verstanden?«

»Jawohl, Herr Banyon.«

»Gut. Holen Sie Landry! Sagen Sie ihm nichts, nur, ich wolle ihn sofort sprechen. Es spielt dabei keine Rolle, ob er trainiert oder nicht. Holen Sie ihn und bringen Sie ihn auf der Stelle her!«

»Wird gemacht, Mr. Banyon.« Er watschelte davon und zwängte sich mit Mühe seitlich durch die Tür.

Banyon wandte sich dem CIA-Mann zu, der neben ihm stand. »Haben Sie schon eine Vorstellung, wie wir das anpacken?«

»Noch nicht«, antwortete er. »Aber bis Landry hier ist, wird mir etwas einfallen.«

»Vladimiroff will abspringen«, sagte Banyon.

»Heilige Scheiße.«

»Und er will Mikhailov mitbringen.«

»Das Rätsel-Kind. Das haut hin. Der Junge muß die Ursache sein. Sie haben ihn offenbar zu weit getrieben.«

Landry erinnerte sich daran, mit welcher Herzlichkeit die sowjetischen Athleten von dem freundlichen väterlichen Russen gesprochen hatten.

»Haben Sie eine Ahnung, warum wir Mikhailov bisher nicht zu Gesicht bekommen haben?« fragte Banyon.

»Ich dachte erst, es könnte eine Masche sein, um mich psychisch fertig zu machen. Aber ich habe diesen Gedanken fallen lassen. Ich bin hier, um zu gewinnen. Was hat er Besonderes, Kiemen oder so etwas?«

Banyon schaute ihn wortlos an.

Das Lächeln auf Landrys Gesicht erstarb. »Mein Gott, Sie machen Witze.«

»Schön wäre es, Brian.« Banyon nannte die Athleten nie beim Vornamen. Die Bedeutung dessen, daß er es jetzt tat, entging dem Schwimmer nicht. »Das ist das heiße Eisen. Mikhailov ist kein Luft-Atmer.«

»Ich glaube, ich muß mich setzen«, sagte Landry mit tonloser Stimme.

»Tun Sie das, mein Junge. Ich kann es Ihnen nicht verargen.« Er wartete, bis sich der Schwimmer in den Sessel neben dem Pult gesetzt hatte, und sagte dann zu dem CIA-Mann: »Geben Sie ihm einen Drink.«

»Ich bin im Training . . .«

»Medizinische Gründe«, gab Banyon zurück. »Im übrigen ist Ihr Training nicht mehr wichtig.«

»Was sagen Sie da?«

Der Geheimdienstmann reichte ihm einen Brandy, und Landry nippte zögernd daran.

»Wir müssen den Tatsachen ins Gesicht sehen, Brian. Ich habe so etwas schon längere Zeit vermutet. Sie haben gegen Mikhailov nicht die geringste Chance. Technisch gesprochen, ist der Junge nicht einmal menschlich. Aber das ist nicht so wichtig. Wir werden das nicht ausschlachten. Erst wenn er gewinnt, und dann werden wir es zur Einnebelung verwenden. Wir werden ihnen beim Absprung behilflich sein. Und der Coup wird den Russen um so ungelegener sein, wenn es ein Goldmedaillengewinner ist, der abspringt.«

»Mit andern Worten, Sie verlangen von mir, daß ich ihn gewinnen lasse?« fragte Landry schockiert.

»Das paßt Ihnen nicht? Gut, Landry. Schlagen Sie ihn, wenn Sie können! Aber ich mache jede Wette, er wird Sie so schnell hinter sich lassen, daß Ihnen schwindlig wird.«

»Die Wette nehme ich an.«

»Gut, Sie Großmaul. Den Einsatz bestimme ich, wenn Sie verloren haben.«

»Darauf gehe ich ein.«

Banyon nickte. »Wir haben Sie gut trainiert, um soviel zu sagen. Vielleicht zu gut. Wir werden sehen. Können wir nun, nachdem Ihre Eitelkeit befriedigt ist, zur Sache kommen? Wenn wir diese Geschichte schaffen wollen, werden wir Ihre Hilfe brauchen. Und *darüber* wird in der Öffentlichkeit nicht gesprochen.«

Die sorgfältige Abschirmung Mikhailovs und all die Vermutungen, die über ihn angestellt wurden, gaben seinem ersten Auftritt ein Aufsehen unglaublichen Ausmaßes. Frankreich, Großbritannien, Japan und Deutschland (die Bundesrepublik natürlich) erhoben sofort Protest. Die Sowjetunion, die DDR, Kuba und andere erhoben Gegenprotest. Die Vereinigten Staaten blieben eigentümlich neutral. Am wortreichsten zur ganzen Angelegenheit tat sich Landry hervor.

»Man kann über Mikhailov sagen, was man will«, erklärte er vor der Presse. »Ich will eine Chance haben, mich mit ihm zu messen. Ich weiß, ich kann ihn schlagen, und ich will der Welt zeigen, daß ich ihn schlagen kann. Er soll also Kiemen haben? Ja und? Sind Sie der Ansicht, daß wir andern nicht genetisch konstruiert worden sind? Was, glauben Sie, ist *das*?« fragte er und hielt seine Hände in die Höhe.

»Aber denken Sie nicht, daß es hier wirklich um die Frage einer unfairen Bevorteilung geht, Brian?« fragte ihn ein bekannter amerikanischer Fernsehreporter. »Die gegenwärtige Situation erinnert an die Geschlechts-Skandale des zwanzigsten Jahrhunderts, woran die gleichen Leute beteiligt waren, möchte ich noch hinzufügen.«

»Es kommt ganz darauf an, was Sie unter unfairer Bevorteilung verstehen«, entgegnete Landry. »Wir alle wissen, wie viele Male das Komitee seit damals seine Normen hat neu festlegen müssen. Eine entsprechende Situation mit John St. Peters als beherrschender König des Barrens und Judy Yoshima als Nummer-Eins-Bewerberin für das Gold bei den Ringen wäre heute völlig lächerlich. Es bleibt die Tatsache, daß ich hierher kam, um zu beweisen, daß ich der Beste bin, und das heißt: gegen Mikhailov antreten und ihn schlagen. Es wäre eine Schande, wenn man mir die Chance, mich zu beweisen, nehmen würde, nur wegen ein paar technischer Kleinigkeiten.«

Während all dessen verhielt sich Mikhailov kindlich unbesorgt. Während die andern Wettschwimmer wieder ihre Wärmeanzüge überzogen, plätscherte Mischa spielerisch im Becken und winkte den Presseleuten, den Kameras und den Zuschauern zu. Es dauerte nicht lange, bis er alle für sich gewonnen hatte. Schließlich wurde entschieden, daß Mikhailov sich einer ärztlichen Begutachtung unterziehen müßte.

Dessen ungeachtet würden die Wettkämpfe programmgemäß weitergehen, da in einem solchen Fall keiner der Ärzte sich mit dem Befund allzusehr beeilen würde, besonders nachdem es keinen Präzedenzfall gab, auf Grund dessen man ein Gutachten über einen Mann, der sowohl Kiemen wie auch Lungen hatte, abgeben konnte. Die Untersuchung würde nachher durchgeführt werden, worauf dann entschieden würde, ob der junge Russe zu disqualifizieren sei oder nicht. Alle Betroffenen schienen mit dem Vorgehen einverstanden zu sein. Niemand beneidete die Ärzte um Ihre Aufgabe.

Landry mußte zugeben, daß Mikhailov ein einmaliges Beispiel genetischer Veränderung war. Er war geschmeidig und stromlinienförmig, und seine Haut war von einem matten Glanz wie die eines Hais. Seine Hände und Füße hatten Schwimmhäute wie die Landrys auch, aber sie waren größer, und seine Muskeln waren lang und streifenförmig ausgebildet. Sein Brustkasten wirkte gewaltig. Auffallendstes Merkmal waren natürlich die Kiemen, die in seinen Seiten saßen, gerade vor den manta-förmigen latissimus-dorsi-Muskeln. Mit ihren schönen kräuselnden Bewegungen schienen sie ein eigenständiges Leben zu führen.

Der erste Wettkampf war im Brustschwimmen. Landry verlor. Er konnte es nicht glauben. Ohne sich anzustrengen, führte Mikhailov vom Startschuß an und gewann immer mehr Vorsprung. Tatsächlich schien es sogar, daß er sich zurückhielt. Und dann, nachdem der Wettlauf vorbei war, schwamm Mischa zu ihm herüber und umarmte ihn kameradschaftlich. Und dabei flüsterte er ihm mit unbeholfenem Englisch ins Ohr: »Du wirst mir helfen, nicht wahr, Brian? Bitte! Du wirst mir helfen, frei zu werden?«

»Natürlich helfe ich dir, Mischa. Ich verspreche dir, du wirst frei sein.«

Stück für Stück, in kurzen Gesprächsfetzen, reichte er Mischa die Anweisungen, die er erhielt, weiter. Er verlor auch im Rückenschwimmen, im Butterfly und im 600-Meter-Relay. Schließlich kam der große, entscheidende Augenblick, auf den alle gewartet hatten, der strapaziöse Freistil-Marathon.

Landry hatte bei jedem Wettkampf bisher die Silbermedaille gewonnen. Das Gold gehörte unbestritten Mischa. In jeder Disziplin hatte er überlegen gewonnen, mit gerade soviel Vorsprung, daß sein Sieg feststand, aber nie soviel, daß seine Konkurrenten das Gesicht verloren hätten. Er war nie mehr als eine Dreiviertellänge vor Landry. Mit gerade soviel Geschwindigkeit, daß alle bisherigen Rekorde gebrochen wurden, aber ganz knapp. Der Junge versuchte gar nicht mehr.

Es war typisch russische Strategie, mit der vor Jahren der Gewichtheber Alexejew begonnen hatte, der den Rekord jeweils um ein Pfund brach, sodaß er seinen eigenen Rekord schrittweise bei jeder Meisterschaft brechen konnte. Mischa allerdings würde keine Rekorde mehr für die Russen brechen. Nicht, wenn Landry etwas dazu zu sagen hatte.

Der Freistil war schon ganz zu Beginn ein Rennen zwischen Landry und Mikhailov. Mit Leichtigkeit ließen sie alle andern Schwimmer hinter sich zurück. Nach fünfhundert Metern waren sie den andern wenigstens drei Runden voraus. Sie schwammen in nebeneinanderliegenden Bahnen und schossen wie zwei Torpedos durch das Wasser. Auch wenn seine Lungen beinahe barsten, zwang Landry seinen Körper zum Äußersten. Nach der dreizehnten Runde begann er zu halluzinieren.

Das Geschrei der Zuschauer, das die Halle füllte, hörte er nicht mehr länger. Er war nur noch ein zischendes Geräusch, das sich zwang, schneller und schneller zu schwimmen. Und alles um ihn verschwand. Den glitzernden Körper Mikhailovs, der eine Kopflänge vor ihm durch das Wasser pfeilte, konnte er nicht mehr ausmachen. Stattdessen sah er die grauen Flanken Georges vor sich, sah, wie der Delphin sich auf seinem Schwanz hochstemmte und spöttisch in seiner Richtung plapperte. Jede Muskelfaser schmerzte brennend vor Überanstrengung, aber Landry zwang sich, den Schmerz zu ignorieren. Und er begann aufzuholen.

Sie brachten die fünfundvierzigste Runde hinter sich und machten den flip-turn gemeinsam und im gleichen Augenblick. Das Publikum tobte vor Begeisterung. Die beiden Schwimmer schossen wie Tümmler-Zwillinge Seite an Seite durch das Wasser.

»Was ist los mit ihm?« zischte Volkov. »Warum zieht er nicht los?«

»Der Amerikaner schwimmt wie ein Verrückter«, antwortete Vladimiroff, der Trainer. »Ich hätte ihn nie einer solchen Leistung für fähig gehalten. Er gibt das Äußerste her. Ich fürchte, sein Herz wird nicht mitmachen.«

»Es bleibt nur noch eine einzige Beckenlänge!« sagte Volkov und packte den Trainer am Arm. »Und sie sind Kopf an Kopf!«

»Wir haben einen wahren Champion vor uns«, sagte Vladimiroff bewundernd. »Zum erstenmal in seinem Leben hat Mischa einen Wettkampf vor sich.«

»Wenn er diesen Wettlauf nicht gewinnt«, knurrte Volkov, »werden wir teuer bezahlen«.

Ein Mann verfolgte den Wettkampf nicht. Während jedermann auf das Schwimmbecken starrte, behielt er den Mann mit dem harten Gesicht in den Augen, der neben Vladimiroff stand. Der CIA-Agent schob die Hand in seine Jacke und holte die kleine Luftpistole aus der Geheimtasche. Er lud sie mit dem Flüssigkristall-Pfeil, der beim Aufschlag schmelzen und keine Spuren des Betäubungsmittels hinterlassen würde.

Vor dem Stadion wartete ein großer Kastenwagen mit laufendem Motor. Drei Männer mit verschlossenen Gesichtern saßen in dem Wagen, einer hielt einen kleinen Empfänger gegen sein Ohr und lauschte aufmerksam. Er gab ein Zeichen mit dem Kopf, und die andern beiden stiegen aus und gingen um den Wagen herum. Sie öffneten die Hecktüren und warteten gespannt. Im Laderaum des Wagens stand ein großer wassergefüllter Tank mit durchsichtigen Wänden. Das Wasser sprudelte, da es fortlaufend durch eine Filteranlage gepumpt und erneuert wurde.

Landry sah die gegenüberliegende Wand des Schwimmbeckens näher und näher kommen. Er hatte es längst aufgegeben, auf den schreienden Protest seiner Muskeln zu hören. Er achtete nicht auf das Hämmern und den zunehmenden Druck in seiner Brust. Nur noch ein bißchen weiter . . . nur noch ein bißchen weiter . . .

Der Mann mit der Pfeilpistole sprach leise in sein Kehlkopfmikrophon. »Jetzt«, sagte er und drückte ab.

Volkov schlug sich mit der Hand an die Schläfe. Gerade bevor er das Bewußtsein verlor, wurde er gewahr, was geschah, und griff nach Vladimiroff, aber es war zu spät. Vladimiroff rannte wie ein Besessener zum Ausgang.

Hände zogen Landry aus dem Becken. Die Menge wogte nach vorn und schob die Sicherheitsposten beiseite. Landry hatte keine Kraft mehr zum Stehen. Alles um ihn herum war eine Kakophonie.

Er sah, wie Mischa tropfnaß auf Schultern gehoben wurde, und dann geschah alles auf einmal. Mit einem kräftigen Stoß machte sich Mikhailov von den Schultern, auf denen er saß, los und hechtete über die Köpfe der Leute, die sich am Becken drängten, hinweg in die wartenden Arme der Amerikaner.

»Asyl!« schrie er. »Ich bitte um Asyl!«

Sie hoben ihn wie eine biegsame Puppe über ihre Köpfe und reichten ihn an zwei wartende Wettkampfläufer weiter. Die beiden Athleten trugen ihn zwischen sich und rannten auf Leben und Tod. Ihre langen kräftigen Beine, die an die von Straußen erinnerten, machten Riesenschritte, während sie Mikhailov zum Wagen, zum Wasser und in Sicherheit brachten. Das war das letzte, was Landry sah, bevor er ohnmächtig zusammenbrach.

»Guten Morgen«, sagte Banyon mit einem schwachen Lächeln.
»Ist Mischa . . .«

»Er ist in Sicherheit. Es ging alles wie am Schnürchen. Die Russen brüllten Mord und Totschlag. Sie versuchten zu behaupten, wir hätten den Jungen entführt, aber glücklicherweise haben genügend Leute ihn nach Asyl schreien hören, sodaß diese Masche nicht zieht. Die Reporter haben heute einen großen Tag.«

»Wo ist er?« fragte Landry und stützte sich im Bett auf.

»Auf dem Weg nach Washington. Und von dort nach Bethesda. Das dürfte dann für eine Weile seine Bleibe sein. Er wird dort für unbestimmte Zeit zur Beobachtung bleiben. Wenn es dann soweit ist, sind Operationen aus Forschungsgründen vorgesehen.«

»*Operationen aus Forschungsgründen? Wozu das?*«

»Wir wollen sehen, ob wir herausfinden können, wie er funktioniert. Sie haben irgendwelche Veränderungen mit ihm gemacht. Wir wollen uns ein paar eigene Mikhailovs konstruieren. Könnte nur nützlich sein. Die ganze Affäre wird mir die Haut retten, nachdem uns das mit Wallford passiert ist.«

»Hat er verloren?«

»Ja, hmm, man könnte so sagen. Er hatte eine Herzattacke. Infarkt . . . Ich befürchte, er hat es nicht geschafft.«

Landry sank in die Kissen zurück. Er starrte an die Decke und dachte an den freundlichen Giganten mit dem langsamen Verstand, und Tränen kamen ihm in die Augen.

»Oh, ich habe ganz vergessen, es Ihnen zu sagen«, bemerkte Banyon, »Mikhailoy ist als nichtmenschlich befunden worden. Wir haben dem Komitee Dokumente vorlegen können, die beweisen, daß es kein Luft-Atmer ist.« Er zog etwas aus der Tasche und warf es auf das Bett. Es schimmerte golden auf. »Sie haben gewonnen. Meine Glückwünsche.«

»Verschwinden Sie!« sagte Landry mit dumpfer Stimme.

»Wird sofort gemacht, Brian. Ganz wie Sie wollen. Aber bevor Sie sich allzu edlen Gefühlen überlassen, sollten Sie sich daran erinnern, was Sie vor den Reportern ausgespuckt haben. Ihre eigenen Worte. ›Gewinnen ist das Wichtigste.‹ Das haben Sie doch zu Wallford gesagt, oder etwa nicht?«

»Ja. Das habe ich zu Wallford gesagt.« Tränen rannen ihm über die Wangen. »Und das erinnert mich, daß wir eine Wette abgeschlossen haben, erinnern Sie sich?«

»Ich erinnere mich.«

»Nun gut. Ich habe gewonnen, und Sie können mich von der Liste streichen. Ich steige aus.«

»Einverstanden. Wenn Sie wirklich wollen. Aber an Ihrer Stelle würde ich mir das noch einmal überlegen. Mischa ist im Augenblick schrecklich allein. Er könnte einen Freund brauchen. Sie benötigen wir eigentlich nicht mehr, wissen Sie. Wir haben Mikhailov. Überschlafen Sie das mal!« Und damit ging er.

Landry lag lang wach und starrte zur Decke empor. Der Schlaf wollte nicht kommen.

Aus dem Amerikanischen übersetzt von Peter Indermaur

Jack C. Haldeman II

Frühlingsfieber

Baxter Simms lebte in Twin Forks, Süd-Carolina, einem kleinen Küstenort, der sich kaum von tausend anderen unterschied. Seine Familie hatte schon immer dort gelebt, was etwas ungewöhnlich war. Es schien nämlich, daß die meisten Leute von irgendwoher zugezogen waren. Woher sie gekommen waren, konnte Baxter nicht ausmachen, aber es waren bestimmt eine Menge.

Als Baxter geboren wurde, hatte der Ort weniger als 2000 Einwohner, die Hühner nicht mitgezählt. Jetzt waren es mehr als 30000. Und Hühner gab es keine mehr. Der Fortschritt hatte sie aus dem Wege geräumt.

Für Baxters Geschmack war der Ort etwas übervoll geworden. Als man vor ein paar Jahren das große Condominium am Strand errichtete, hatte er daran gedacht wegzuziehen. Aber je mehr er sich das überlegte, desto mehr rechnete er sich aus, daß das eigentlich keine so gute Idee war. Es war ja so ziemlich überall dasselbe. Selbst in Hog Gap unten waren sie jetzt schon 50000, und die wirklich großen Städte waren unmöglich geworden.

Es war ein schöner Tag, sonnig und warm. Baxter trank seine Tasse Kaffee aus und legte die Morgenzeitung weg. Samstag. Nicht viel zu tun. Er zündete eine Zigarette an. Er könnte sich einen Film ansehen, aber den im kleinen Kino hatte er schon gesehen, und das Super-Kino im Einkaufszentrum drüben behagte ihm einfach nicht. Und der Streifen war ohnehin nicht gut. Es war die flaue Zeit zwischen Football und Baseball. Das Frühlings-Training hatte begonnen, aber in den Nachmittags-Sportsendungen war nichts außer Golf und Ramsch – Fernsehstars, die Seilziehen machten und ähnliches blödes Zeug. Schade um die Zeit. Er könnte auch mal zur Bibliothek gehen und sich ein Buch holen. Das war ein guter Gedanke; er hatte schon lange kein Buch mehr gelesen. Die hatten vielleicht eine ganze Menge in der Bibliothek. Er fütterte die Katze und zog los.

Er war froh, daß die Bibliothek nah war, es gab eine ganze Menge Verkehr an diesem Morgen. Autos überall, die Gehsteige überfüllt. Baxter fragte sich, ob das jeden Samstag so sein mochte. Längs der Straße waren die Autos doppelt geparkt, die Fahrer stiegen aus und gingen zu Fuß weiter. Schienen eine ganze Menge Leute unterwegs zu sein. Mußte wohl das herrliche Frühlingswetter sein. Baxter sah Henry Davis, Nachbar und Freund seit Kindesbeinen.

»Was sagst du dazu, Henry?« fragte Baxter.

»Nicht viel«, sagte Henry. »Geh mal eben zur Bibliothek. Sehen, ob sie für mich ein Buch haben.«

»Ich auch«, sagte Baxter und hielt Schritt mit Henry. »Ist ein guter Tag dafür.«

Henry nickte. Baxter war gelinde erstaunt, daß Henry zur Bibliothek wollte. Das Literarischste, was er Henry je hatte lesen sehen, war das Etikett auf einer Flasche Budweiser. Sie bogen um die Ecke zur Bibliothek. Es war eine Massenszene. Eine Menschenmenge zwanzig oder dreißig Köpfe hintereinander um das niedere Backsteingebäude gedrängt. Ständig kamen mehr dazu. Es schien irgendeine Reihenfolge zu geben, Baxter und Henry schlossen sich an und schwammen mit der Flut.

Die Leute in der Schlange waren nicht feindselig, und sie brauchten nur ein paar Stunden bis zum Eingang. Die Bibliotheksangestellten sahen etwas gequält aus, aber inzwischen hatten sie ein System ausgeklügelt.

Sie hatten die Tür mit einem Tisch versperrt und händigten Bücher aus, jedem in der vorbeiziehenden Reihe eines. Baxter bekam die *Neue Welt Enzyklopädie*, Band 14, Lappen bis Manatee. Henry bekam George Alecs *Baseball in Zahlen*. Dem Mann vor ihnen hatte man *Love Story* gegeben. Hatte verdammt Glück.

»Ich weiß nicht viel über Lappen«, sagte Baxter, »und Manatees sollten auch recht interessant sein.«

»Neben Football und Korbball ist Baseball eigentlich fast mein Lieblingssport«, sagte Henry und drehte das Buch in den Händen. »Weißt du, man könnte eine Menge lernen, wenn man hie und da mal in ein Buch schaute«.

»Scheint mir ein guter Gedanke zu sein«, sagte Baxter, und sie machten sich auf den Heimweg.

Es schien einer ganzen Menge von Leuten ein guter Gedanke gewesen zu sein. Kanal 13 brachte in den Lokalnachrichten um elf einen Fünf-Minuten-Film darüber. Die Bibliothek hatte an diesem Tag 31245 Bücher ausgegeben – eines an jeden Mann, jede Frau und jedes Kind in Twin Forks, Süd-Carolina. Es war der beste Tag in der Geschichte der Bibliothek, nur 243 Bücher waren in den Regalen übrig geblieben.

Baxter verpaßte die Sendung. Er war damit beschäftigt, über *Leber* zu lesen und sich in Richtung *Levitation* und *Levulose* vorwärtszuarbeiten. Er hatte die Röhre den ganzen Tag nicht eingeschaltet.

Auch Henry verpaßte die Sendung. Er arbeitete sich durch die 1947er Wettkämpfe.

Sonntag war ein schöner Tag, noch schöner als der Samstag gewesen war. Baxter war mit Band 14 fertig. Er nahm die Zeitung zur Hand und schaute sie rasch durch. Zu schöner Tag, um drin zu bleiben. Er wandte sich dem Sportteil zu. Die Saison der Regionalliga wurde an diesem Nachmittag eröffnet. Sah nach einem guten Spiel aus. Nachher würden die Helferinnen der Freiwilligen Feuerwehr einen ›Glückstopf‹ organisieren, einen Imbiß, zu dem jedermann irgendetwas beisteuern konnte. Könnte unterhaltend sein. Jedenfalls gut, aus dem Haus zu kommen. Er begann, einen Bohnensalat zu machen. Kurz nach eins ging er.

Das Spiel sollte im Stadion der Sekundarschule von Twin Forks stattfinden, aber lange bevor Baxter hinkam, sah er Tafeln, die den Verkehr zum Baseball Platz im Gemeindepark außerhalb der Stadt umlenkten. Auch gut so. Schienen viele Leute zum Spiel zu kommen. Das Sekundarschul-Stadion hätte das viele Volk nicht aufnehmen können.

Stoßstange an Stoßstange krochen die Autos vorwärts, aber recht geordnet. Ein Polizist dirigierte den Verkehr zu einem Behelfsparkplatz.

»Sollte ein gutes Spiel werden«, sagte er, als er Baxter in das mit Wagen vollgepackte Feld winkte.

»Schöner Tag dafür«, sagte Baxter und folgte dem Wagen vor ihm auf den Abstellplatz.

Aus dem Kofferraum holte er seine Strandmatte und den Bohnensalat. Er folgte der Menge zum Baseballfeld. Frühling war wirklich eine schöne Zeit für Baseball, nicht wie das Ende der Saison, wo sich jeder erkältete. Eine Menge Leute profitierte vom Wetter. Er sah Henry im Gedränge, und sie legten ihre Matten nebeneinander auf der kleinen Erhebung aus, die den Platz überragte.

»Ein Neffe von mir spielt heute«, sagte Henry. »Spielt meistens im Mittelfeld. Heißt John. Trifft den Ball immer.«

»Hoffe, er wird nicht nervös«, sagte Baxter, »mit all den vielen Leute, die zusehen.«

»Überhaupt nicht«, sagte Henry, »je mehr kommen, desto sicherer ist er. Traf 407 letztes Jahr.«

»Ist das gut?« fragte Baxter.

»Ich sage, es ist. Zweitbester im Land, wäre guter Durchschnitt selbst für einen Profi. George Sisler führte 1920 die Amerikanische Liga mit 407. Rogers Hornsby traf nur 370 in dem Jahr, und er führte in der Nationalliga. Sie waren beide aus dem Westen, St. Louis oder so. Hornsby führte dann natürlich die Liga für eine ganze Weile an, bis 1925. St. Louis gewann in all den Jahren, wo er die Liga anführte, keinen einzigen Wimpel. 1926 verlor er gegen einen gewissen Hargrave, und dann war St. Louis dran und gewann den Wimpel. Schlug auch New York.«

»Hast offenbar dein Buch gelesen«, sagte Baxter.

Henry schaute verlegen drein. »Wird wohl recht sein«, meinte er, »ganze Menge gutes Zeug in dem Buch. Wie war deines?«

»Recht gut«, sagte Baxter, »nicht gerade viel Handlung, aber 'ne Menge Wörter, die mit L beginnen und manchmal mit M. Kann einer 'ne Menge Dinge lernen von einem guten Buch.«

»Das meine ich auch«, sagte Henry. »Hornsby war der Trainer, als sie 1927 New York schlugen. St. Louis gewann den Wimpel in jenem Jahr, aber im Finale verloren sie gegen New York. Wette, sie vermißten den alten Hornsby.«

»Zweifellos«, sagte Baxter, »weißt du, daß eine *Ligula* ein dünner häutchenartiger Auswuchs der Blattscheidenbasis der meisten Gräser ist?«

»Mach Witze.«

»Du kannst es glauben oder nicht. Es gibt eine ganze Menge von interessanten Sachen zu wissen, die mit L beginnen und manchmal mit M.«

»Das glaube ich«, sagte Henry. »Ganz bestimmt.« Er schaute über das Gedränge. »Mächtig viel Leute hier«, sagte er.

»Sieht aus, als wäre so ziemlich alles von Twin Forks und Hog Gap hier versammelt«, sagte Baxter. »Natürlich, es *ist* ein schöner Tag dafür.«

»Ich habe einen Mordshunger«, sagte Henry, »was hast du für den Glückstopf-Imbiß mitgebracht?«

»Bohnensalat«, sagte Baxter.

»Ich auch«, sagte Henry.

Es kam heraus, es *waren* eine Menge Leute beim Spiel – 83429, um genau zu sein. Die gesamte Bevölkerung von Twin Forks und Hog Gap zusammen, dazu noch ein paar Auswärtige als Draufgabe. Der Glückstopf war ein Riesenerfolg – 27365 Schalen Bohnensalat. Jedermann hatte eine Menge zu essen und ging voll Hochgefühl nach Hause.

Twin Forks gewann das Spiel 7 zu 6. Es war ein starkes Spiel und gut gespielt. Es gab keine Fehler, und selbst die Leute von Hog Gap waren recht zufrieden damit.

Der nächste Tag war Montag, und Baxter stand mit der ehrlichen Absicht, arbeiten zu gehen, auf. Es war eine vornehme Absicht, aber sie dauerte nicht lang. Es war ein zu schöner Tag, um zu arbeiten. Es war einer jener vollendeten Tage, an denen man nur eines tun konnte: Picknick am Strand und zum ersten Mal schwimmen im Jahr. Er packte ein paar belegte Brote und Bier in seinen Korb und zog die Badehose an. Könnte geradesogut zu Fuß gehen, ist ja nur eine Meile oder so zum Strand. Er war gar nicht überrascht, daß er vor dem Haus auf Henry stieß. Auch er war in Badehosen und hatte eine Decke und einen Picknick-Korb dabei.

»Hallo Henry«, sagte er. »Gehst du schwimmen?«

»Jawohl. Und Picknick auch. Sieht aus, als ob du an das gleiche denkst.«

»Eine Art von Zufall«, sagte Baxter. »Aber es scheint ein schöner Tag dafür zu sein.«

»Zufälle erinnern mich an 1949«, sagte Henry. »Vern Stephen und Ted Williams wurden beide bei den Ausscheidungsspielen in 159 Runden geschlagen. Alle diese Spiele in einer Saison, und beide bei den Ausscheidungsspielen in der gleichen Anzahl Runden geschlagen.«

»Das hört sich wirklich recht seltsam an, da hast du recht«, sagte Baxter, und beide marschierten sie die Straße zum Strand hinunter.

»Im Jahr darauf wurde dieser gleiche Vern Stephens in 144 Runden geschlagen. Ebenfalls Walt Dropo. Und wieder bei den Ausscheidungsspielen.«

»Was meinst du dazu?« fragte Baxter, als sie sich durch die Leute schlängelten, die alle mit einem Korb in der Hand in Richtung Wasser unterwegs waren.

»Seltsam ist auch, daß Stephens, Williams und Dropo, alle drei für Boston spielten«

»Tatsächlich? Hört sich an wie einer dieser Zufälle.«

»Habe gestern abend auch noch etwas in meinem Buch gelesen«, sagte Baxter und machte einen Schritt zur Seite, um einem kleinem Kind mit einem kleinen Picknick-Korb auszuweichen. »Hast du gewußt, daß einer namens Thomas Robert Malthus sagte, das Bevölkerungswachstum verlaufe geometrisch, während die Mittel für den Lebensunterhalt nur arithmetisch zunehmen?«

»Das habe ich nicht gewußt. Was heißt das?«

»Das heißt, sagt er, daß wir bald zu viele Leute und nicht genügend zu essen haben, es sei denn, es passiert etwas, das die Bevölkerung vermindert.«

»Ich habe Leuten mit zwei Vornamen nie getraut«, sagte Henry. »Aber ich möchte wetten, da kannst heute im ganzen Bezirk keine einzige Bohne mehr finden.«

»Ich habe in der Zeitung gelesen, daß New York jetzt 35 Millionen Einwohner hat.«

»Das besagt gar nichts«, sagte Henry. Das ist ja von hier ein ganzes Stück entfernt im Norden oben.« Er kurvte um eine dicke Frau, die zwei Körbe trug. »Jedenfalls faßt das Yankee-Stadion annähernd 60000.«

»Habe auch über Lemminge gelesen. Die waren auch in diesem Buch mit all den andern Ls.«

»Lemminge sind so eine Art Mäuse, oder nicht?« fragte Henry.

»So eine Art. Aber sie haben ein paar seltsame Angewohnheiten.«

»Das besagt nicht viel«, sagte Henry. »Habe selber ein paar seltsame Angewohnheiten.« Er bog um eine Ecke und blieb stehen. »Da wären wir«, sagte er.

»Schau dir all diese Leute an«, sagte Baxter. »Ich hätte nie gedacht, daß es soviele im ganzen Bezirk gibt.«

»Sieht aus, als genössen sie es«, sagte Henry, »die meisten sind im Wasser.«

»Ist ja auch ein schöner Tag dafür«, sagte Baxter.

»Einige schwimmen weit hinaus«, sagte Henry, »das muß wirklich Klasse sein an einem Tag wie heute.« Er setzte seinen Korb ab. »Ich glaube, vor dem Essen gehe ich ein wenig ins Wasser. Wie steht es mit dir?«

»Scheint mir ein guter Gedanke zu sein«, sagte Baxter, während sie sich mit den Ellbogen bereits durch die wogende Masse von Menschheit zum Ufer des Ozeans vorkämpften.

Aus dem Amerikanischen übersetzt von Peter Indermaur

Susan C. Petrey

Das Lied der Spinne

Brenneker, die Spinne, lebte in einer Laute, einem mittelalterlichen Instrument, das einer birnenförmigen Gitarre ähnelt. Die Laute war eine billige Kopie jener eines alten Meisters und bestand aus Rosenholz und einem Klangkörper aus Fichte. Das Zuhause der Spinne war recht spartanisch eingerichtet – rohe Holzoberflächen, ringsum einige Stimmwirbel, die wie griechische Säulen vom Boden bis an die Decke reichten, und in einer Ecke, nahe des Schalloches, spannte sich Brennekers Netz – ein Phantasiegebilde aus stählern-seidenen Fäden. Brennekers Zuhause war ein ungewöhnliches Heim für eine Lyraspinne. Die meisten von ihnen spannen ihre Netze in den hohlen, bambusartigen Ästen des Pfeifenholzes, die unter den Klängen dieser winzigen Feenharfen vibrieren; doch diese Musik dringt selten an das Ohr eines Menschen. Lyraspinnen spielen miteinander Duette, manchmal zweistimmig, manchmal in einem Wechselspiel von Melodien über die Lichtungen zwischen den Pfeifenhölzern hinweg. Sie spielen auf ihren Netzen, um Beutetiere anzulocken, um einen Gefährten zu bezaubern oder einfach aus reiner Liebe zur Musik. Sie leben allein – wenn man die paar Wochen in Mutters seidigem Eierbeutel außer acht läßt und den einen Tag, an dem die kleinen Spinnlein den langen Ast hinaufkrabbeln, um ihre Fäden in den Wind zu werfen um wegzufliegen. Wenn sie sich paaren, dauert die Umarmung nur einige Augenblicke. Dann frißt das Weibchen das Männchen, das sich hocherfreut dieser tiefsten Vereinigung zweier Seelen hingibt.

Ursprünglich hatte Brenneker im Wald gelebt, umgeben von der Musik ihrer Artgenossen. Obwohl sie allein lebte, fühlte sie sich nie einsam, denn sie konnte die Mandolinenklänge ihres nächsten Nachbarn, Twinklebright, hören, die tiefen, summenden Akkorde vom alten Birdslayer und gelegentlich die Harfentöne des Klaviers, die die Brise herübertrug.

Eines heißen Nachmittags, als Brenneker mit übermäßigen Quintakkorden experimentierte, bemerkte sie, daß einige ihrer Nachbarn mitten in der Melodie innegehalten hatten. Mit einemmal wurde sie sich bewußt, daß sie die einzige war, die noch spielte, und sie unterbrach ihr Lied abrupt, wobei ein hoher Ton in der Luft schweben blieb wie ein unvollendeter Satz.

»Diese hier müßten genügen«, hörte sie eine Männerstimme sagen. Ein heftiger Schlag traf den Stamm ihres Pfeifenholzes. Sie spürte, wie sie fiel, als ihr Heim unten abbrach und sie auf den Boden der Lichtung schleuderte. Angeschlagen und verängstigt floh sie eilig zurück in ihre Wohnung im hohlen Ast und klammerte sich an ihr stilles, zerrissenes Netz. Sie fühlte sich aufgehoben und wieder fallengelassen, als das Pfeifenholz auf einen Wagen geworfen wurde.

Nach vielen Stunden Gerumpel und Geratter schlief sie ein, und als sie wieder erwachte, war es ruhig und dunkel rundum. Sie kletterte aus ihrer Wohnung und begann die neue Umgebung zu erforschen – eine Werkbank, auf der viele hohle hölzerne Dinger herumlagen. Obwohl sie noch nie ein Musikinstrument von Menschenhand gesehen hatte, erkannte sie mit dem geübten Auge des Musikers, daß sie von der Form her dazu bestimmt waren, Klänge von sich zu geben. Sie wählte eine Laute und zwängte ihren drallen Körper durch die Vergitterung über dem Schalloch, wobei sie sich sagte: »Sicherlich liefert das hier kräftigere Töne als mein altes Heim.« Und sie begann, ihr Netz zu knüpfen.

Nachts erklang keine Musik in der Werkstatt des Instrumentenmachers, und sie fühlte sich einsam ohne die aufmunternden Lieder ihrer Freunde. Da sie außerdem hungrig war, spielte sie ihr Hungerlied, und eine fette, dumme Motte, die danach lechzte, gefressen zu werden, kam herbei. Als Brenneker fertig war mit ihr, warf sie ihre pudrigen Flügel durch das Schalloch hinaus.

Am Morgen kam Sanger, der alte Instrumentenbauer, und sperrte seine Werkstatt auf. Er blieb in der Tür stehen und rasselte mit den Schlüsseln. Dann schaltete er das Licht ein. Brenneker beobachtete ihn durch die Gitter des Schallochs ihres neuen Zuhauses, als er sich mit seiner faltigen Hand durch das schüttere graue Haar fuhr, die Schlüssel in den Hosensack zurücksteckte und eine Viola von der Wand nahm. Sorgfältig stimmte er die Saiten, dann griff er nach dem Bogen, spielte eine kurze, fröhliche Melodie und hängte das Instrument wieder an den Haken. Er ging die Wand entlang von einem Instrument zum anderen und kontrollierte bei jedem die Stimmung. Als er zu Brennekers Laute kam, machte er das gleiche, spannte die

Saiten etwas nach und spielte ein paar Takte. Brenneker spürte, wie ihre ganze Umgebung unter den Klängen vibrierte und ihr Netz mitschwang. Schüchtern summte sie einige Noten des Liedes mit.

»Seltsam«, sagte Sanger, »ich habe noch nie bemerkt, daß sie so hübsche Obertöne hat. Schade, daß ich so billiges Material dafür verwenden mußte.« Er hängte die Laute an die Wand zurück und war gerade dabei, eine Zither in die Hand zu nehmen, als die Glocke über der Tür klingelte und ankündigte, daß jemand eingetreten war.

Ein kleines Mädchen und ihr Vater kamen zur Tür herein und blieben bei den Violinen stehen.

»Aber ich mag nicht Violine spielen«, sagte das Mädchen, das etwa zehn Jahre alt war. »Alle spielen Violine. Ich möchte etwas anderes.«

»Na gut, wie wär's mit einer Gitarre?« fragte der Vater. »Deine Freundin Marabeth spielt so gut Gitarre! Ich finde, daß es ein Instrument ist, das recht hübsch für eine junge Dame paßt.«

»Aber das ist es ja gerade!« entgegnete das Mädchen, dessen Name, wie Brenneker später herausfand, Laurel war. »Ich mag niemanden nachäffen. Ich will ein Instrument, das nicht von jedem x-beliebigen gespielt wird. Ich will etwas ganz Besonderes.«

Sanger unterbrach den Dialog und sagte: »Haben Sie schon an eine Laute gedacht?« Er nahm Brennekers Heim von der Wand und zupfte eine Saite. Das Vibrieren des Netzes kitzelte Brenneker an den Füßen, als sie denselben Ton eine Oktave höher anschlug.

»Was für ein hübscher Klang«, sagte Laurel, berührte die Saiten und zupfte eine nach der anderen.

»Vorsicht, das ist eine Antiquität«, mahnte ihr Vater.

»Nein, nein«, beruhigte Sanger ihn. »Nur eine Kopie. Habe ich selbst angefertigt. Und zwar zu dem Zweck, daß man sie spielt, nicht nur ansieht wie ein staubiges, altes Museumstück.«

»Darf ich mal versuchen?« fragte das Mädchen. Sanger reichte ihr das Instrument, und sie setzte sich auf einen Stuhl und legte die Laute in ihren Schoß. Sie klimperte eine Dissonanz, worauf Brenneker zusammenzuckte und ihre Fäden festhielt, damit sie nicht mitklangen.

»Ich werde es dir zeigen«, sagte der Instrumentenmacher.

»Leg deinen Daumen auf diese Griffleiste und den Mittelfinger hierher, so . . .« Er zeigte ihr die Stelle, wo die Finger die Saiten berühren sollten, um einen Ton zustandezubringen. Laurel zupfte die Saiten; es klang blechern, aber richtig. Beim nächsten Mal zupfte Brenneker ihr eigenes Instrument dazu, und volle, goldene Töne drangen aus der Laute.

»Vater, das ist das Richtige für mich!« sagte Laurel.

»Aber wer wird dich im Spielen unterrichten – auf so einem alten Instrument?«

»Es wäre mir ein Vergnügen«, sagte Sanger. »Ich habe mittelalterliche und Renaissancemusik studiert, und es würde mir Freude machen, mein Wissen einem interessierten Schüler mitzuteilen.«

»Bitte, Vater!«

»Nun, vielleicht . . . Aber es ist auch eine Frage des Preises. Ein sehr teures Instrument kann ich mir nicht leisten«, sagte der Vater.

»Obwohl die Laute mit viel Liebe und Können hergestellt ist«, erklärte Sanger, »besteht sie aus billigem Holz, und aus diesem Grund kostet sie recht wenig.«

Sanger und Laurels Vater wurden handelseins über die Laute und die Kosten für die Unterrichtsstunden, und so nahm Laurel an diesem Morgen die Laute zusammen mit Brenneker nach Hause mit.

Die ersten Wochen waren die reinste Marter für Brenneker, die zusammengekrümmt dasaß, die Fäden des Netzes an ihren Körper gedrückt, um sie zu dämpfen. Aber als Laurel Fortschritte machte, belohnte Brenneker sie, indem sie mit ihr unisono spielte. Das war ein großer Ansporn für das Mädchen, das nicht bemerkte, daß es nur zum Teil die Urheberin der lieblichen Musik war. Auch Sanger konnte sich nicht erklären, wie ein Instrument aus so billigem Material einen derart schönen Klang entwickelte. Er hielt es nicht seiner Qualitätsarbeit zugute, sondern erzählte Laurel, daß die Laute von einer Harfenfee verzaubert sei, und gab ihr den Rat, das Fenster nachts einen Spalt offen zu lassen und ein Schüsselchen mit Milch und Honig hinauszustellen, bevor sie zu Bett ging. Vielleicht war er selbst einmal Nutznießer einer solchen Fee gewesen, denn Brenneker fand heraus, daß die Milch und das offene Fenster sie mit einem reichlichen Nachschub an Fliegen und anderen Insekten versorgte, die sie mit ihren Liedern durch das Schalloch der Laute hereinlockte, damit sie ihr ein schmackhaftes Abendessen abgaben.

Sanger hielt die Kunst des Zusammenspielens sehr hoch. »Denn die Fähigkeit, mit einem anderen im Duett zu verschmelzen, ist ein Merkmal der Reife des wahren Musikers«, sagte er stets. »Die Harmonie zwischen zwei Spielern fängt uns für kurze Zeit die Stimmung ein, als das Universum noch jung war, und die Morgensterne zusammen sangen.«

Allein spielte Brenneker nie – außer sie war ganz sicher, daß niemand da war. Sie spielte, wenn Laurel spielte, oder in der Nacht, wenn alle schliefen. Als es Frühling wurde in diesem Jahr, spielte sie die Paarungsmelodie und wartete. Aber kein Liebhaber zeigte sich. In der nächsten Nacht versuchte sie es wieder, diesmal mit leichten Modulationen und zusätzlichen Trillern, aber es kam keiner. Brenneker versuchte es noch einige Nächte, bis sie schließlich einsah, daß die Schuld nicht bei ihrem Lied lag, sondern daß keiner ihrer Artgenossen in diesem fernen Land lebte, und somit auch niemand ihrer Musik Folge leisten konnte. Aber diese Schlußfolgerung machte sie unglücklich, und sie zog es vor, einer Unvollkommenheit ihres Liedes die Schuld zu geben, die durch eifriges Üben ausgemerzt werden konnte.

Als Laurel älter wurde, bemerkte Brenneker, daß die Art ihrer Musik sich änderte. Während sie früher flotte Tanzmelodien geliebt hatte, interessierte Laurel sich jetzt mehr für alte Balladen und sang zur Musik der Laute. Eines ihrer Lieblingslieder war ›Barbara Allen‹, ein anderes ›The Wife of Ushers Well‹.

Oft wurde sie gebeten, auf Hochzeiten oder Gesellschaften zu spielen. Sie traf auf andere Liebhaber alter Volksmusik und kam sogar mit Lautenspielern zusammen. Manchmal erlaubte Laurel anderen, auf ihrem Instrument zu spielen, was recht gemischte Reaktionen hervorrief. Wenn Brenneker das Stück des fremden Künstlers kannte, zupfte sie mit, wenn nicht, hielt sie ihre Fäden ruhig, worauf die anderen sich fragten, wie Laurel dem Instrument so abgerundete Klänge entlockte, während sie selbst nur matte, blecherne Töne hervorbrachten.

An einem Sommerabend nahm Laurel eine Decke, die Laute und Brenneker und ließ sich an einem einsamen, waldigen Plätzchen nieder, um zu spielen. Viele der alten Balladen sang sie, und dann saß sie eine Weile da und horchte in die Stille. Danach spielte sie ein anderes Lied. Brenneker wunderte sich über das seltsame Betragen Laurels, bis sie aus einem nahen Gehölz eine Antwortmelodie hörte, die von einer Blockflöte kam. Die beiden Instrumente spielten im Duett, mit einer gelegentlichen Kontrapunktsequenz, bis der Flötenspieler näherkam. Brenneker sah, daß es ein junger Mann war.

Aha, dachte sie. Laurel spielt, um ein Männchen anzulocken.

Der junge Mann setzte sich neben Laurel ins Gras.

»Ich habe gewußt, daß du kommen würdest«, sagte er zu ihr.

Sie rückte zu ihm, und er legte einen Arm um ihre Taille und küßte sie.

Das ging einige Zeit so weiter. Nach einer Weile verabschiedeten sich die beiden. Laurel faltete ihre Decke zusammen und trottete nach Hause, während ihr Liebster in die andere Richtung ging.

Seltsam, dachte Brenneker. Sie hat ihn gar nicht gefressen. Das beschäftigte die Lyraspinne, bis sie eine Erklärung fand: Auch Vögel fressen ihre Männchen nicht auf. Vielleicht sind die Menschen den Vögeln ähnlich, aber ich hatte sie immer für intelligenter gehalten.

Einige Abende später nahm Laurel wieder ihre Decke und ging in das Wäldchen. Der junge Mann, dessen Name Thomas war, wartete bereits auf sie. Sie spielten einige Lieder, und dann liebten sie sich. Auf dem Heimweg sang Laurel ›Barbara Allen‹.

Und noch immer frißt sie ihn nicht, dachte Brenneker. Sie machen das anders als wir. Aber ich bin überzeugt davon, es bedeutet ihnen ebensoviel wie uns. Dennoch ist die Sache so unvollendet. Nicht von Dauer.

Die Anwesenheit der menschlichen Liebenden brachte Brenneker ihre eigene Einsamkeit noch mehr zu Bewußtsein. Wenn ich mich paaren könnte, dachte sie, würde ich den allerschönsten Eiersack, ganz aus Seide, machen, und meine Eier würden sich zur Musik der Laute wiegen, bis die Jungen ausschlüpfen. Dann würden sie zu den Bäumen in der Umgebung fliegen und ihre eigenen Harfen bauen; sie würden für mich spielen, und ich wäre nicht mehr allein. Aber kein Liebhaber kam, wenn sie nachts leise ihre Liebeslieder spielte. Sie war bereits gewöhnt daran, gab aber die Hoffnung nicht auf.

Eines Abends hatten die beiden Liebenden einen Streit.

»In diesem Herbst mußt du mich heiraten«, beharrte Thomas.

»Aber wir haben kein Geld«, widersprach Laurel. »Du bist noch ein Lehrling, und es wird noch lange dauern, bis du den

Lohn eines Gesellen nach Hause bringst. Ich könnte nicht auf die Universität gehen, um Musik zu studieren.«

»Wir würden es schon irgendwie schaffen«, sagte Thomas. »Du könntest Musikstunden geben. Wir müßten eben hin und wieder auf Gesellschaften spielen und damit ein bißchen Geld verdienen.«

»Aber ich möchte so gern auf die Universität gehen«, beharrte Laurel. »Wenn wir beide in die Stadt gehen und dort Stellen annehmen, könnten wir zusammen sein, und ich hätte die Möglichkeit, nebenher für mein Diplom zu studieren.«

»In der Stadt kann ich keinen so guten Job bekommen wie hier«, widersprach Thomas. »Und außerdem würdest du nicht genug verdienen, um davon zu leben und das Studiengeld zu bezahlen. Also kannst du genauso gut hier bei mir bleiben.«

»Es muß eine Möglichkeit geben, daß ich mein Musikstudium fortsetzen kann«, sagte Laurel. »Und ich habe vor, sie zu finden.«

Als Thomas ging, gab er Laurel keinen Abschiedskuß.

In Gedanken versunken und besorgt legte Laurel die Laute zur Seite und ging früh zu Bett. Trotzdem vergaß sie nicht, das Fenster offenzulassen und Milch für die Fee hinauszustellen. Brenneker überdachte das Dilemma der Liebenden, sah aber keine Lösung. Während sie noch über dem Problem brütete, hörte sie das unmißverständliche Geräusch einer Lyraspinne, die ihr Instrument stimmte, und sie lauschte konzentriert. Ein merkwürdiges Lied erklang, ein Lied, das beinahe beklemmend wirkte in seiner Andeutung von Moll . . . aber doch nicht ganz. Dieses Lied stammte nicht aus dem Melodienschatz von Spinnen, dessen war Brenneker sich sicher, aber es wurde zweifellos von einem ihrer Artgenossen gespielt. Als Antwort schlug sie einen Akkord an, und der andere Spieler hielt mitten in der Phrase überrascht inne. Brenneker spielte einige Takte eines alten Liedes, das sie oft daheim gespielt hatte. Der andere antwortete mit dem Refrain des Liedes, und so spielten sie eine Weile hin und her, bis der andere aufhörte. Brenneker war enttäuscht, daß das Lied zu Ende war, aber einige Sekunden später erkannte sie, weshalb. Ein leises Klopfen auf dem Resonanzkasten erweckte ihre Aufmerksamkeit, und sie begab sich zum Schalloch, um hinauszuspähen. Die andere Spinne, ein Männchen, war ihrer Melodie gefolgt und gekommen, um Nachschau zu halten. Es erklomm mühsam die Rundung des Instruments und kam zu ihrem Guckloch.

»Wie wunderbar«, sagte er, »wenn man die Lieder aus der Heimat in einem fremden Land wiederhört. Sagen Sie mir, meine Dame, wie kamen Sie hierher?«

»Die Menschen brauchten Pfeifenholz, und ich kam mit auf die Reise«, sagte Brenneker. »Reiner Zufall. Aber bis jetzt habe ich hier noch keinen unserer Artgenossen zu Gesicht bekommen.«

»So ähnlich ist es mir auch ergangen«, sagte das Männchen. »Meine Name ist Wisterness, und ich dachte bisher, ich wäre der einzige von uns, den es so weit in die Ferne verschlagen hat.«

»Was war das für ein seltsames Lied, das Sie spielten? Ist es in Moll? Ich habe etwas Derartiges noch nie gehört!« erkundigte sich Brenneker.

»Es ist weder in Dur noch in Moll«, erklärte Wisterness. »Es basiert auf einer modalen Tonleiter, wie manche der Renaissancestücke, die ich Sie spielen hörte. Ich habe bemerkt, daß Sie manchmal in der dorischen Tonart spielen, die entfernte Ähnlichkeit damit hat. Das Stück, das ich spielte, heißt ›June Apple‹ und ist ein Lied aus den Bergen im Süden. Die Tonart nennt sich ›Berg-Moll‹ oder einfach ›A bis G‹; aber eigentlich ist es die ältere, auf doppeltem Grundton basierende Tonleiter, die auf den Dudelsack zurückgeht oder, nach anderen Quellen, auf die Irische Harfe.«

»Meine Güte«, sagte Brenneker. »Sie haben aber wirklich ein umfangreiches musikalisches Wissen. Ich habe die Hälfte der Worte überhaupt noch nie gehört. Ich erinnere mich, daß ich ›Scarborough Fair‹ schon in der dorischen Tonart gespielt habe, aber das ist so ziemlich alles, was ich über Musiktheorie weiß.«

»Ich mag zwar mehr über Theorie wissen, aber Ihr Spiel ist weitaus geläufiger, meine Dame. Kaum habe ich ein Stück gelernt, gehe ich schon zu einem neuen über. In der Folge mangelt es meinem Spiel an Vollkommenheit. Ich habe bereits etliche Abende Ihren Liedern zugehört, bevor ich heute meinen Mut zusammennahm und Ihnen antwortete.«

»Ich finde Ihr Spiel tadellos«, sagte Brenneker. »Das Lied war wirklich schön. Aber etwas macht mich neugierig: Ihr Alter. Ich wußte nicht, daß Spinnenmänner länger als höchstens einige Jahre leben. Sie aber machen einen weitaus reiferen und vor allem sehr belesenen Eindruck auf mich. Haben Sie sich noch niemals gepaart?«

Wisterness scharrte mit den Füßen und schien leicht verlegen. »Nein, noch nie«, sagte er. »Einst, in meiner Jugend, gab es eine, für die ich mich interessierte, aber sie zog es vor, einen anderen zu verzehren. Dann folgte ich eines Tages einem Holzfäller, um seinem Lied zuzuhören, und wurde mit einer Ladung Holz abtransportiert. Daraufhin kam ich hierher. Seit damals widme ich mich dem Studium der Menschen und ihrer Musik, aber zuweilen ist es recht einsam.«

Da nicht Paarungszeit war, ging Wisterness nach einer Weile und zog sich wieder in sein Harfennetz zurück, das in einem hohlen Baum, nicht weit weg vom Fenster, ausgespannt war, und er und Brenneker spielten fast die ganze Nacht lang im Duett. Doch hin und wieder hielt sie inne und lauschte der eindringlichen Süße von Wisterness' Spiel, als er mit verschiedenen Tonarten aus den einsamen Bergen im Süden experimentierte.

Am nächsten Morgen widmete sich Laurel nicht wie gewohnt der Musik, sondern nahm ihren Mantel und ging mit einem entschlossenen Ausdruck auf dem Gesicht aus dem Haus.

Am Tag darauf, zur Übungsstunde, kam ein Mädchen mit einer Laute unter dem Arm zu Laurel, und sie gab ihr eine Unterrichtsstunde. Sie spielten ›Greensleeves‹, ein Lieblingsstück Brennekers, und anfangs spielte sie mit, aber das Mädchen hatte Schwierigkeiten, und sie unterbrachen das Lied immer wieder und fingen von vorne an, bis Brenneker einsah, daß es mehr Leid als Freud war und aufgab. Als das Mädchen ging, zählte es einen kleinen Betrag auf den Tisch, den Laurel in einen großen Krug auf ihrer Kommode tat. Brenneker erfuhr, daß dieses Geld für Laurels Universitätsstudium bestimmt war.

Die Wochen vergingen, und mehr Schüler fanden sich, bis Laurel fünf Anfänger zu unterrichten hatte. Einer davon kam zweimal pro Woche aus einer entfernten Stadt. Sanger, der alte Instrumentenbauer, schaute hin und wieder vorbei und lehrte Laurel eine neue Melodie, aber sie hatte ihn an Kunstfertigkeit bereits weit übertroffen, und er berechnete für seine ›Unterrichtsstunden‹ nichts mehr. Die Arthritis hatte seine Finger versteift, und er spielte nicht so gut wie früher einmal. Er nahm keine Schüler mehr, und damit war Laurel eine der wenigen, die in diesem Teil des Landes das Lautenspiel unterrichten konnten. Langsam wuchs der Geldberg im Krug, aber er reichte bei weitem noch nicht, und manchmal hörte Brenneker Laurel und ihren Vater abends über ihren Plan, an der Universität zu studieren, diskutieren.

»Selbst wenn du es bis zu einem Diplom in Musik bringst«, sagte er dann, »garantiert dir das noch nicht, daß du dir damit deinen Lebensunterhalt verdienen kannst. Warum suchst du dir nicht ein praxisbezogeneres Studium aus, mit dem du dann eine gute Stellung findest?«

Laurel versprach, Kurse in Kunsthandwerk zu besuchen und sich nebenher zur Hebamme ausbilden zu lassen – zur Beruhigung für ihren Vater, von dem sie finanziell noch abhängig war; aber ihr Herz gehörte der Musik, und sie weigerte sich, ihre Pläne für ein Universitätsstudium aufzugeben.

Wenn sie jetzt mit Thomas zusammentraf, vermieden es beide, Zukunftspläne zu machen, da dieses Thema stets zu Streitigkeiten führte. Außerdem kam er nicht mehr so oft zu Besuch. Brenneker machte sich deswegen Sorgen, weil sie sah, wie Laurel still litt. Wenn Laurel spielte, verwebte Brenneker manchmal ihr Paarungslied in das Netz der Töne und hoffte, daß Thomas es vernehmen und zurückkommen würde, um ihre Liebe wieder neu erstehen zu lassen. Aber er hörte es nicht, und falls er es hörte, kam er nicht.

In einer warmen Frühlingsnacht spielte Brenneker hoffnungsvoll ihre Liebeslieder zum offenen Fenster hin, und nach kurzer Zeit kam Wisterness und klopfte schüchtern an den Resonanzkasten, um sein Kommen anzukündigen.

»Du mußt herauskommen«, sagte er, »denn die Öffnungen in den Gittern über dem Schalloch sind für mich zu eng.«

Brenneker hatte noch gar nicht bemerkt, in welch mißlicher Lage sie sich befand. Als junge Spinne war sie leicht durch das Gitter hereingeschlüpft, aber nun war sie gewachsen und saß gefangen in der Laute.

Sie zwängte ihre Beine durch die Öffnungen nach oben und spürte die aufreizende Nähe seines Bauchpelzes, aber so sehr sie sich auch bemühten, die hölzerne Barriere konnten sie nicht überwinden.

Schließlich sagte er: »Brenneker, ich fürchte, unsere Liebe muß unerfüllt bleiben, denn du kannst nicht heraus, und ich kann nicht hinein. Und selbst wenn es uns gelänge, uns trotzdem zu paaren, kämen wir nicht in den Genuß der allerhöchsten Verschmelzung danach, mit dir da drinnen und mir hier heraußen.«

Und so ging er traurig. Tagelang hörte sie keine Lieder von ihm, und dann trug einmal der Wind die entfernte Melodie von ›Billy in the Lowground‹ an ihr Fenster. Die wehmütige irische Tonart in der Weise aus den einsamen Bergen verriet ihr, daß Wisterness sein Instrument weiter weg gebracht hatte, um ihnen beiden den Schmerz ihrer unerfüllten Sehnsüchte zu ersparen. Er war zu weit entfernt, um ihre musikalischen Fragen zu beantworten oder mit ihr im Kontrapunkt zu spielen.

Eines Tages lud Laurel Thomas zu sich ein. Sie brannte darauf, ihm eine Neuigkeit mitzuteilen.

»Die Universität schreibt ein Stipendium aus«, sagte sie. »Es wird ein Wettbewerb veranstaltet, und ich möchte daran teilnehmen. Wenn ich ihn gewinne, brauche ich kein Studiengeld zu zahlen, und wenn wir beide Jobs finden, könnten wir zusammen sein, und ich könnte in der Stadt studieren.«

Thomas dachte eine Weile nach, bevor er antwortete. »Es ist nicht das Geld, das mir wirklich Sorgen macht. Es ist deine Einstellung. Ich habe das Gefühl, daß ich dir nicht so wichtig bin wie die Musik. Ich möchte, daß du glücklich bist, aber ich will nicht die zweite Geige spielen – hinter einer Laute.«

»Meine Arbeit ist mir ebenso wichtig wie dir die deine«, erklärte Laurel. »In Wahrheit will keiner von uns beiden auf seine Karriere verzichten, nur um mit dem anderen zusammen sein zu können!«

»Ich hatte gehofft, daß dir unsere Liebe wichtiger ist, als die Musik«, meinte Thomas. »Aber ich sehe ein, daß ich mich geirrt habe.«

»Sie bedeutet mir genauso viel«, sagte Laurel. »Nur sehe ich nicht ein, daß unbedingt ich diejenige sein soll, die ihre Karriere opfert. Es gibt keinen Grund, warum du dir nicht eine Anstellung in der Stadt suchen könntest. Es wäre ja nicht für immer, bloß für einige Jahre. Dann würden wir hierher zurückkommen, und du könntest dort weitermachen, wo du jetzt aufhörst.«

»So einfach ist es nicht«, entgegnete Thomas. »In einigen Jahren wäre ich mit meiner Ausbildung hoffnungslos im Rückstand, und ich müßte mich gegen jüngere Männer behaupten, die weniger bezahlt bekommen. Wenn ich hierbleibe, habe ich in einigen Jahren schon Aufstiegsmöglichkeiten.«

»So müssen sich unsere Wege also trennen, wenn der Sommer vorbei ist«, sagte Laurel. »Du wirst mir sehr fehlen, aber es geht offenbar nicht anders. Eine letzte Bitte habe ich noch: Würdest du meinen Vortrag begleiten, wenn ich bei dem Wettbewerb antrete?«

»Nein, das will ich nicht«, sagte er. »Es wäre wirklich zuviel verlangt, wenn ich mich an genau der Sache beteiligen sollte, die dich von mir wegtreibt.«

Nachdem Thomas gegangen war, weinte Laurel. Sie ging früh zu Bett und vergaß sogar auf die Milch für die Fee. Aber das machte Brenneker nicht viel aus, da ihr beim Zuhören der Appetit vergangen war. Sie grübelte über Laurels Problem nach (sie fand es seltsam, daß Menschen kompliziertere Barrieren in der Liebe zu kennen schienen, als es ihr hölzernes Gefängnis war), als sie ein merkwürdiges, knirschendes Geräusch hörte, wie von einem kleinen Bohrer verursacht, das aus einer Ecke der Laute kam. Sie hastete zu der Stelle, von der das Geräusch herzurühren schien, und beobachtete die unbearbeitete Holzoberfläche, während es näherkam. Plötzlich erschien eine kleine Ausbuchtung, die sich in Holzmehl auflöste; ein häßliches, kleines Köpfchen streckte sich aus dem neugeformten Loch. Brenneker stürzte sich auf den Holzwurm, verfehlte ihn aber, als er sich schnell in seinen Tunnel zurückzog. Frustriert stand sie da und klopfte mit den Vorderbeinen gegen das Loch, während sich der Wurm weiter zurückzog und in einer anderen Richtung zu bohren begann.

»Du kannst hier nicht bleiben«, sagte Brenneker zum Wurm. »Du zerstörst meine Wohnung und Laurels Laute.«

»Hier gibt's genug Holz für uns beide«, lautete die gedämpfte Antwort des Holzwurms. »Du kannst das Rosenholz haben, ich esse nur Fichte.«

»Ich esse überhaupt kein Holz«, sagte Brenneker verächtlich. »Und du solltest auch aufhören, an dieser Laute herumzunagen. Es gibt genug anderes Holz für dich. Laß mein Heim in Ruhe! Du zerstörst ein Musikinstrument. Liebst du denn Musik nicht?«

»Hmmm . . . Musik, ja . . .«, sagte der Wurm, dessen Name Turkawee war. »Ich habe mir nie etwas aus diesen komischen Geräuschen gemacht. Musik ist was für die Katzen, sage ich immer.«

»Du unkultivierter Barbar!« rief Brenneker.

»Ich halte Spinnen für unkultivierter als unsereinen«, meinte

Turkawee, »denn Spinnen essen ihre Vettern, die Insekten, und sogar ihre eigenen Ehepartner. Du solltest dich davor hüten, andere ›Barbaren‹ zu nennen!«

»Dann eben ›Banause‹!« rief Brenneker abfällig. »Offensichtlich hast du keine Vorstellung von einer höheren Kulturstufe als deiner eigenen.«

»›Kultur‹ sagst du?« fragte Turkawee. »Diesen Ausdruck hat meine hochnäsige Tante Borkenkäfer stets verwendet. Immer war sie ganz hingerissen von den Flügeln der Schmetterlinge! Sie kannte einen Künstler, der aus den Flügeln Bilder machte. Sie endete aufgespießt auf einer Nadel, weil ihr großes Interesse an Kultur dazu führte, daß sie einem Schmetterling ins Netz folgte. Kultur ist auch für die Katz', sage ich.«

Brenneker wußte darauf keine Antwort; also zog sie sich in ihr Netz zurück und spielte das böseste Lied, das ihr einfiel. Es war ein Militärmarsch. Der Wurm ignorierte sie und mampfte weiter das Holz der Laute.

Zwei Tage später inspizierte Brenneker den Schaden, den Turkawee bereits angerichtet hatte. Entsetzt stellte sie fest, daß ein Teil des Resonanzkastens übersät von Löchern war und machte sich daran, sie zu flicken, indem sie das verbliebene Holzmehl mit dem stahlharten Faden verband, der aus ihren Spinndrüsen kam. Die Flickstellen waren sehr fest, fester vielleicht, als das Holz, das sie umgab. Aber die Verschiedenartigkeit der beiden Materialien schwächte die Struktur der Laute. Die Spannung der Saiten konnte bereits genügen, um das Instrument zu zerbrechen, wenn die verkitteten Stellen nicht hielten.

Brenneker kehrte zu ihrem Netz zurück und schlief sofort ein. Sie war es nicht gewöhnt, so viel neuen Faden zu erzeugen, und die Anstrengung hatte sie viel Kraft gekostet. Als sie nachts aufwachte, rief sie mit ihren Liedern eine Menge Insekten für das Abendessen herbei, denn sie verspürte einen Bärenhunger. Am Tag darauf, als Laurel die Laute stimmte, bevor sie bei einer Hochzeit aufspielte, bemerkte Brenneker mit tiefster Befriedigung, daß die Flickstellen hielten. Aber die Verwüstungen durch den Holzwurm gingen weiter.

Sanger, der alte Instrumentenmacher, kam vorbei, um ihr beratend zur Seite zu stehen, als er hörte, daß Laurel an dem Wettbewerb um das Stipendium teilnehmen wollte. Er hatte früher auch an Wettbewerben teilgenommen und wußte, welcher Art die künstlerische Leistung sein mußte, um die Aufmerksamkeit der Preisrichter zu erregen, und welche Art Fingerfertigkeit besonderen Eindruck machte.

»Es ist immer gut, einige Stücke ins Repertoire zu nehmen, die ziemlich unbekannt sind und nicht von jedermann gespielt werden. Und bei bekannten Liedern bemühe dich um eine neuartige Interpretation oder um seltene Harmonien. Einige klassische Stücke können nicht schaden, und äußerst wichtig wäre ein Duett oder zumindest ein Stück mit Begleitung. Also verzichte keinesfalls auf dein Arrangement von ›Ash Grove‹, zusammen mit diesem jungen Mann. Deine Kontrapunkt-Harmonien passen sehr gut zu seiner Blockflöte, und solch ein Vortrag wird die Juroren sicher beeindrucken. Sie werden diesen ganz besonderen Wohlklang hören wollen, der nicht nur dein Gefühl für Harmonie mit deinem Partner, sondern auch mit dem gesamten Kosmos beweist.«

Arme Laurel, dachte Brenneker. Was wird sie ohne Thomas' Begleitung anfangen?

Laurel erzählte Sanger nichts von dem Bruch zwischen ihr und Thomas, und nachdem er gegangen war, übte sie ›Ash Grove‹ ohne Begleitung und versuchte, zu dem alten Thema einige neue Variationen zu entwickeln. Es reizte Brenneker, den Flötenpart zu spielen, aber da sie damit ihre Anwesenheit verraten hätte, begnügte sie sich mit der üblichen Begleitung unisono oder eine Oktave höher als die Melodie.

An diesem Abend machte Brenneker einen Rundgang durch ihre Behausung und entdeckte, daß der Holzwurm die Stelle beschädigt hatte, wo der Lautenhals an den Instrumentenkörper stieß. Sie machte sich sofort daran, den Schaden zu beheben, so gut es ging. Sie verstopfte die Löcher mit Spinnseide und verband die Nahtstelle mit langen, starken Strähnen. Es war harte Arbeit und kostete sie viel Kraft. Sie schaffte es kaum, so lange wach zu bleiben, bis sie die Grille gegessen hatte, die zirpend herbeigeeilt war, um Brennekers Musik zuzuhören.

Endlich kam der ersehnte Tag, und Laurel bestieg den Autobus in die große Stadt, wo der Wettbewerb stattfinden sollte. Sie weigerte sich, ihre Laute ins Gepäcknetz zu legen und hielt sie auf dem Schoß, was unter den anderen Passagieren einiges Aufsehen erregte.

»Was ist das für ein seltsames Instrument?« fragten sie. Oder sie baten: »Spielen Sie uns doch etwas vor!«

Laurel willigte ein und erfüllte den Autobus mit der einschmeichelnden Melodie von ›Scarborough Fair‹.

In der Stadt angekommen, gab Laurel einen Teil ihres sauer verdienten Geldes für ein Zimmer in einem Gasthaus aus. An diesem Abend, als Laurel schlief, fand Brenneker noch mehr Löcher, die auszubessern waren. Eine der inneren Streben am Rahmen hatte Turkawee fast zerstört. Nicht nur das – er hatte das Material unter dem Saitenhalter beinahe völlig aufgefressen. Und wenn diese Stelle nachgab, wären die Saiten nicht mehr gespannt und das Instrument damit unspielbar. Brenneker arbeitete bis tief in die Nacht und verband die lockeren Stellen mit ihrem Faden. Bisher hatten ihre seidigen Fäden, die gleichdicken Stahldrähten an Zugfestigkeit überlegen waren, die Laute zusammengehalten. Aber Brenneker fürchtete, daß die Schäden bereits zu weit gingen. Das Innere der Laute war rundum mit Spinnwebflicken bedeckt, und sie wußte, ihr Werk würde nicht ewig halten. In dieser Nacht gab es nur ein karges Mahl aus den wenigen Insekten, die das Gasthaus bewohnten, und Brenneker zwang ihren Körper, mehr Fäden zu produzieren, und die Reparaturarbeiten fortzusetzen. Bei Tagesanbruch war sie am Rand der Erschöpfung. Sie versuchte, etwas zu schlafen, aber durch ihre Nervosität vor dem Wettbewerb erwachte Laurel zeitig und übte die Stücke, die sie spielen wollte. So bekam Brenneker überhaupt keinen Schlaf.

Sie döste im Wagen, als sie zur Universität fuhren, erwachte aber zeitgerecht, um noch ihr musikalisches Netz zu stimmen, bevor der Wettbewerb begann.

Sowohl Brenneker als auch Laurel warteten zappelig auf ihren Auftritt. Es gab viele Teilnehmer, darunter auch etliche Lautenspieler. Ein junger Mann hielt das antike Original von Laurels Kopie in den Händen. Er erlaubte ihr, einmal in die Saiten zu greifen, um die Überlegenheit des Klanges zu beweisen. Aber dann war er ziemlich beeindruckt, als Laurel einige Takte auf ihrem eigenen Instrument mit Brenneker im Duett spielte. »Das verstehe ich nicht«, sagte er. »Ihr billiges, modernes Instrument klingt beinahe so gut wie meines.«

Sogar besser, dachte Brenneker selbstgefällig, doch dann erinnerte sie sich an den Saitenhalter und hoffte, die Flicken würden die Belastung aushalten. Müde raffte sie sich auf und füllte ein paar neu hinzugekommene Löcher mit ihrer Seide.

Laurels Auftritt kam, und sie setzte sich auf einen Stuhl am

Rand der Bühne. Brenneker lugte aus dem Schalloch und sah eine riesige Zuschauermenge. Als Laurel die Laute stimmte, hörte Brenneker ein entmutigendes ›Krk‹, als das Holz unter der Halterung der Saiten etwas nachgab. Zu ihrem Entsetzen sah sie das helle Tageslicht zwischen dem Saitenhalter und dem Klangkörper. Sie sprang an die Decke ihres Heimes, verband schnell den Spalt und betete, daß ihr Werk der Belastung widerstand. Ihre Spinndrüsen schmerzten vor der Anstrengung der übermäßigen Fädenproduktion, und sie war sehr müde, zwang sich aber dazu, selbst in die Saiten zu greifen, als Laurel mit einer lebhaften Tanzweise begann. Offensichtlich gefiel den Preisrichtern die liebliche Klang ihres Instrumentes, denn Laurel durfte als eine von wenigen an der Endausscheidung teilnehmen.

Auch der junge Mann mit der antiken Laute gehörte zu den Finalisten, und er trat zu Laurel, um ihr viel Glück zu wünschen. Sie fragte ihn, ob er sie bei ›Ash Grove‹ begleiten würde, aber er lehnte mit der Begründung ab, daß die Zeit zu kurz sei, um die komplizierte Kontrapunktmelodie zu lernen. Außerdem prophezeite er ihr, daß sie ohne ein Duett absolut keine Chancen hätte, den Bewerb zu gewinnen.

Das wunderhübsche Duett, das ebendieser junge Mann zusammen mit einem Mädchen spielte, das ihn auf dem Hackbrett begleitete, und für das sie vom Publikum stehende Ovationen und von der Jury hohe Benotungen bekamen, unterstrich diese Prognose nur.

Mein Gott, dachte Brenneker. Jetzt kann Laurel den Wettbewerb nicht mehr gewinnen, und Spinnentränen blitzten auf den Seidenfäden ihres Netzes.

»He! Es regnet auf mein Picknick!« sagte ein Stimmchen neben ihr.

Sie sah hin und bemerkte Turkawee, der zufrieden an einem Stückchen Fichte kaute.

Ohne auch nur zu denken, stieß Brenneker vor und biß mit gerade so viel Gift zu, daß der Holzwurm betäubt wurde.

»So, jetzt kannst du keinen Schaden mehr anrichten«, fuhr sie ihn an. Aber der Schaden war bereits angerichtet. Einer der Klangwirbel sah aus, als würde er jeden Augenblick zu Staub zerfallen. Unter ihren Füßen spürte Brenneker die verdächtigen Vibrationen, als die gespannten Saiten an dem brüchigen Holz zerrten.

Endlich war die Reihe wieder an Laurel. Sie spielte einige

klassische Stücke, ein Rondo und sang ›The Wife of Ushers Well‹, zu dem sie sich mit einem schwierigen Rhythmus, den sie selbst ausgearbeitet hatte, begleitete. Als letztes Lied brachte sie ›Ash Grove‹. Die erste Variation war ordentlich durchkomponiert, aber Brenneker hatte den Eindruck, als mangelte es ihr an der klugen Harmonie des Duetts, das sie vorher gehört hatten. Die nächsten Variationen klangen recht einsam ohne Begleitung, und das bewog Brenneker dazu, etwas zu versuchen, das sie noch nie getan hatte. Bei der dritten Strophe zupfte sie erst ihr Netz in derselben Kontrapunktmelodie, die Thomas immer auf der Blockflöte gespielt hatte. Laurel hielt kurz inne, aber dann begann sie, routiniert, wie sie war, die Melodie in klaren, kühnen Tönen fortzuführen, die Brennekers Gegenstimme betonten. Laurel spielte alle Variationen durch – Brenneker kannte sie alle und reagierte prompt. Das Publikum war erstaunt, daß jemand auf einem Instrument zwei Stimmen spielen konnte. Es war das schönste Duettarrangement von ›Ash Grove‹, das die Preisrichter je gehört hatten.

»Das ist das erste Mal, daß ich jemanden allein ein Duett spielen gehört habe«, sagte der junge Mann mit der Laute, als sie von der Bühne herabkam. »Ihre Harmonien klangen besser, als jedes Duett, das ich je gehört habe. Wie haben Sie das nur zustandegebracht?«

Verwirrt antwortete Laurel: »Ich weiß es nicht. Ich denke, manchmal muß man wirklich allein sein, um die Harmonie mit sich selbst zu finden.«

Einige Bewerber betraten noch die Bühne, aber sie spielten halbherzig und entmutigt. Der Preis ging natürlich an Laurel, die ihrer Musik fast ebenso verblüfft gegenüberstand wie alle anderen. Als sie auf die Bühne kam, um das Stipendium in Empfang zu nehmen, schrie das Publikum vor Begeisterung und forderte eine Dreingabe.

Laurel setzte sich hin und bereitete sich auf ihr Spiel vor, aber just in diesem Augenblick kam ein gräßliches, scharfes Geräusch, und ein lauter Knacks folgte. Brenneker sah das Dach ihres Zuhauses davonfliegen und einen dichten Vorhang von Spinnweben nach sich ziehen. Sie kauerte sich schwach und verängstigt hinter die Klangwirbel und blickte in Laurels Gesicht, die sie anstarrte. Zaghaft erhob sie ein Bein und schlug einen Akkord auf ihrem Netz an; sie glaubte, Erkenntnis in Laurels Augen zu bemerken.

Einer der Preisrichter betrat die Bühne, um Laurel zu helfen, die Trümmer aufzuheben. Als er die große Spinne sah, sagte er: »Wie häßlich! Ich werde sie gleich zertreten.«

»Nein!« sagte Laurel. »Das ist die Fee, von der Sanger gesprochen hat. Sehen Sie, sie spielt auf ihrem Netz wie auf einer Harfe. In all den Jahren ist sie meine heimliche Freundin gewesen.«

Weil Brenneker in sehr geschwächtem Zustand und dem Tode nahe zu sein schien, hielt Laurel sie einige Tage lang in einem Gurkenglas und fütterte sie mit allen Grillen, derer sie habhaft werden konnte. Dann, als alle Anzeichen dafür sprachen, daß die Spinne überleben würde, nahm sie sie mit zurück in die kleine Stadt und ließ sie im Wald frei.

Es war nicht der Wald ihrer Heimat, aber Brenneker fand einen hohlen Baum, in dem sie ihre Harfe aufspannen konnte und war ganz zufrieden damit, ihre Lieder eine Zeitlang nur für sich selbst zu musizieren, obwohl sie Laurels Musik sehr vermißte. Als der nächste Frühling kam, spielte sie ihre Liebeslieder draußen, und es war Wisterness, der sich einfand und schüchtern an ihr Netz rührte, um sie auf sich aufmerksam zu machen.

»Ich habe deine Lieder immer gemocht«, sagte sie. »Ich hatte gehofft, du würdest kommen.«

»Ab jetzt wirst du meine Lieder spielen«, sagte er und opferte sich den Erfordernissen des Spinnenlebens.

Wochen später sah Brenneker zu, wie ihre kleinen Spinnlein auf ihren Fäden davontrieben, und sie wußte, daß sie nie mehr allein spielen mußte. Da fühlte sie die tiefe Harmonie des Kosmos in ihrer Seele, änderte ihr Instrument auf die dorische Tonart um und spielte die sanft rhythmische Traurigkeit, die Wisterness nun war.

Aus dem Amerikanischen übersetzt von Biggy Winter

William Rotsler

Väterliche Führung gesucht

Norman hockte, eine Dose Bier in der Hand, auf dem verschlissenen Sofa und sah seinem verstorbenen Vater auf dem Bildschirm zu. Es lief ein alter Schwarzweißfilm der Warner Brothers, eine null-acht-fünfzehn Produktion aus der Mitte der dreißiger Jahre, und Normans Vater, Norman Manford Senior, spielte einen von Edward G. Robinsons schweren Jungs. Es war Seniors dritter Film, sein zweiter als Gangster, eine Rolle, die er noch oft spielen sollte. Er hielt gerade den ›Helden‹ fest, den ›Guten‹ der Geschichte, half mit, ihn zusammenzuschlagen, und sein Text erschöpfte sich in Satzbrocken wie ›Klar, Boß‹ und ›Polente!‹.

Es war 2.30 Uhr morgens, und die einzige Lichtquelle war der bläulich flimmernde Bildschirm. Sechs Tage hatte Norman auf diesen Film gewartet, seit dem Durchstöbern des ›TV-Führers‹, für ihn immer eine rituelle Handlung. Er hatte *The Last Gangster* früher schon mal gesehen, aber das lag ziemlich lange zurück. Es war der Film, in dem der Regisseur seinem Vater erlaubt hatte – sehr selten für Schauspieler in kleinen Nebenrollen – sich für die Szene, in der er erschossen wird, etwas Besonderes auszudenken, etwas anderes als das übliche Umgelegtwerden. Norman beobachtete seinen Vater genau, kritisch, so als suche er was, irgendeinen Hinweis.

Sein Vater war damals noch jung, jünger als Junior heute, aber selbst da hatte er schon das gewisse, unerklärliche Etwas, das man ›Star-Qualität‹ nennt. Es packte die Leute – packte sie noch immer.

Junior stutzte plötzlich. Etwas in der Szene – zwischen Allen Jenkins und seinem Vater – war irgendwie anders oder neu. So hatte er sie nicht im Gedächtnis. Er biß sich auf die Lippe. Er konnte nicht genau sagen, was es war; ein Satz, der nicht hierher gehörte, soweit er sich erinnerte, eine Bemerkung, die ihm unbekannt vorkam. Er schüttelte den Kopf, nahm einen Schluck lauwarmes Bier, grübelte weiter.

Norman Manford Senior war an – wie man es vorsichtig nannte – ›gewissen Komplikationen‹ gestorben, am 19. September 1948, genau neun Tage vor der Geburt seines ersten und einzigen Kindes. Wie ein paar Jahre später Clark Gable, sollte auch er seinen voll Sehnsucht erwarteten kleinen Sohn niemals sehen, und der Sohn kannte den Vater nicht, außer als flimmerndes, zweidimensionales Abbild auf einer Filmleinwand oder am Bildschirm des Fernsehers. Im Gegensatz zu anderen Jungen, die ihre Väter oder zumindest starke Vaterfiguren kannten, wuchs Junior bei einem schwachen Onkel und einer herrischen Tante auf, mit nichts als dem geisterhaften Abbild eines Vaters und dem, was er über ihn aus Filmen und Büchern zusammentragen konnte. Es war eine armselige Quelle, unzuverlässig und ungenau; sein Vater schien so viele verschiedene Männer gewesen zu sein. Und alle Freunde seines Vaters sagten, er hätte große Pläne für seinen Sohn gehabt – aber Junior wußte nicht, was für welche.

Norman kniff die Augen zusammen. Senior hatte gerade zu Edward Brophy bemerkt: »Es stimmt schon: Was ein Vater seinen Kindern sagt, wird von der Welt nicht gehört . . . aber seine Nachkommen werden es hören.«

Der Charakterdarsteller mit der Melone nahm seine Zigarre aus dem Mund und meinte spöttisch: »Ach ne? Kennst wohl wat Besseres für die Blagen als Eltern, wie?«

»Nein«, sagte Junior laut. Das kam bestimmt nicht in dem Film vor. Nicht einmal annähernd sowas. Er wußte genau, daß er sich nicht täuschte. Sein Vater spielte Blackie Marston, zu dem eine solche tiefschürfende Redeweise einfach nicht paßte. Norman starrte auf den Bildschirm und konzentrierte sich auf das Geschehen, doch Joseph Calleia, Eddi G.'s Gegenspieler, finster und unheimlich trotz seiner Höflichkeit, betrat die Szene, und die Geschichte ging weiter und ließ Junior verwirrt und beunruhigt zurück. Die junge Hauptdarstellerin erinnerte ihn an seine Mutter, aber das taten ja viele Schauspielerinnen jener Zeit.

Junior konnte sich kaum an seine Mutter erinnern. Sie starb, als er fünf Jahre alt war, ein gescheitertes Starlet, das es nicht geschafft hatte, nicht einmal mit Seniors Hilfe. Ihre Karriere brach bei seinem Tod zusammen, sie machte Trinken zu ihrem ganz speziellen Hobby und ließ ihren Sohn bei ihrer Schwester aufwachsen. Es fiel Junior schwer, sie sich vorzustellen. Sie ähnelte zu sehr all den anderen jungen Schauspielerinnen der späten dreißiger und frühen vierziger Jahre, alle mit ebenmäßigen, sanften Gesichtern, wie man sie leicht vergißt, das Haar immer nach dem gleichen Stil frisiert und breite Schultern à la Joan Crawford in die Kleider eingearbeitet. Sie hatten alle schöne Wangenknochen und perfekte Zähne; sogar ihre Stimmen waren gleich. Seine Mutter spielte in einigen der späteren Filme seines Vaters mit, jenen, als er ganz oben war und das meiste Geld machte, und ein paar der letzten, als die Trinkerei seinen Abstieg beschleunigte. Aber sie war nie über die zweite Hauptdarstellerin hinausgekommen, immer war sie ›die andere Frau‹ oder sie spielte Charaktere, die einen Hauch Dirne an sich hatten. Sie starb – wie er als Erwachsener erfuhr – an Tabletten und Alkohol. Seine Erinnerung an sie bestand aus 8×10 Zoll großen Rechtecken, Hochglanz schwarzweiß, mit ihrem Namen in der einen und dem Namen eines Agenten in der anderen Ecke.

Nur sein Vater hatte eine gewisse Realität für ihn und auch er nicht sehr viel. Norman hungerte nach etwas Wirklichem, Persönlichem. Er konnte sich nicht sattsehen an den alten Spielfilmen; er durchkämmte die Biographien von Stars und Regisseuren, er sammelte Erinnerungsstücke.

»Sie sehen genauso aus wie er«, sagten die Leute immer. Sie sagten es stets und immer etwas herablassend, mit einem Hauch von Mitleid und Neugier, wie man sie Doppelgängern und Ebenbildern entgegenbringt. Junior war auch Schauspieler oder zumindest glaubte er, einer zu sein, aber der Manford-Typ und sein Aussehen waren aus der Mode gekommen.

Edward G. Robinson spielte gerade eine Szene mit Jimmy Gleason, Roman Bohnen als Priester und Priscilla Lane als Naiver. Norman wartete. Gleich würde der Verrat kommen. Eddie G. erklärte, was sein Name – der Name des Typen, den er spielte – bedeutete. Das ließ Junior wieder überlegen, ob er seinen eigenen nicht ändern sollte. Der Sohn eines bekannten Schauspielers zu sein und den gleichen Namen zu tragen, öffnete manche Türen, sowohl bei den Vertretern des alten Hollywood als auch bei einigen der neugierigen Anfänger. Aber die alten Filmleute starben einer nach dem anderen oder verließen das Geschäft, um jetzt von Geldmännern der Gulf and Western oder großen Tieren anderer Firmenzusammenschlüsse ersetzt zu werden. Sie verstanden nichts oder nur wenig vom Filmen, vom Spaß daran – und schon gar nichts vom Geheimnis des Films. Für sie bedeutete alles nur Geschäft oder höchstens eine Quelle attraktiver Frauen. Ihre Vorstellung von Schönheit war eine günstige Gewinn- und Verlustrechnung, Kunst lediglich ein Posten im Kostenvoranschlag. Sie konnten ein Out-take oder ein Snoot nicht von einer Arriflex 35 BL oder einem Flatbed editor unterscheiden.

»Ihm wie aus dem Gesicht geschnitten, wirklich,« sagte der alte Wachmann bei MGM immer und grinste. »Ich hab' Ihren alten Herrn gekannt, Junior – ganz große Klasse war der. Nicht wie gewisse andere, die hier hin und wieder durchkommen. Er hat nie vergessen zu grüßen. Sogar hereingekommen ist er manchmal und hat gewartet, daß der Regen aufhörte.« Ein Seufzer folgte, ein mattes Lächeln. »Der erlebte seine Abenteuer nicht nur vor der Kamera, mein Junge, nein, nein.« Ein Augenzwinkern. »Mittelamerika, wissen Sie, vor dem Krieg Shanghai, der ganze Orient. Wär' nicht überrascht, wenn er auch Waffenschmuggel und so was gemacht hätte, nein bestimmt nicht.« Wieder ein Zwinkern, wieder ein Seufzer. »Solche Männer gibt's heutzutage nicht mehr. Also, Junge, zu wem wollen Sie heute?«

Auf dem Bildschirm rückten die Beamten des FBI dichter auf, ein Kugelhagel, und Eddie G. war am Oberarm getroffen. George Tobias lag tot am Boden. Senior wollte aufgeben, aus dem Schutz der großen schwarzen Wagen heraus Warren Douglas und Dick Lane die Waffen zuwerfen. Aber Eddie G. wollte davon nichts hören und setzte Seniors Rolle mit einer Kugel aus seiner kurzen 38er ein Ende. Normans Vater taumelte gegen die Wand, nahm sich viel Zeit zum Sterben und stürzte dann zu Boden, wobei der Geldkoffer aufsprang und die Scheine herausfielen. Norman erhob sich und schaltete den Fernseher mitten in Robinsons wütender Beschimpfung der Polizisten draußen ab.

Tot und doch nicht tot. Voller Leben, aber nicht lebendig.

Junior zielte mit der Bierdose auf den Papierkorb, verfehlte ihn und ging dann durch den dunklen Raum in das kleine Schlafzimmer nebenan. Von irgendwoher ertönte eine Sirene, ein sich hebendes und wieder sinkendes Geheul. Er konnte den Straßenverkehrslärm vom Sunset Boulevard hören und ganz fern ein dumpfes Donnern von der Autobahn her. Er machte die Lampe an und klappte sein Murphy-Bett auf. Das Licht fiel auf die Filmplakate überall an den Wänden. Einige hatte Norman in alten Lagerbeständen aufgetrieben, die meisten aber gekauft und teuer bezahlt bei Collector's Books am Hollywood Boulevard, ein paar Blocks östlich vom Chinesischen Theater.

Auf einigen Postern stand der Name seines Vaters direkt unter dem Titel an der Spitze der Nebenrollen, bei anderen hieß es an gleicher Stelle ›In der Hauptrolle: Norman Manford‹ manchmal mit einem Namen vor seinem. Einige wenige, ganz kostbare zeigten den Namen über dem Titel: »Norman Manford in . . .«. Das waren die bedeutendsten, die unvergessenen Mantel- und Degenfilme und die ›von Kugeln durchsiebten‹ Gangster-Epen. Junior besaß kein Plakat mit dem Aufdruck ». . . und Norman Manford«, denn die Filme haßte er. Sein Vater sah vom vielen Trinken aufgedunsen aus und absolvierte seine Rollen mit Verachtung oder schlimmer noch – mit völliger Gleichgültigkeit. Es waren die Filme aus den Jahren seines Abstiegs, und so wollte Junior seinen Vater nicht in Erinnerung behalten.

Er zog sich aus und legte sich aufs Bett. Diese zusätzlichen Textzeilen in *The Last Gangster* machten ihm zu schaffen, aber über ein anderes Problem, das ihn sein Leben lang bedrückt hatte, grübelte er mehr nach – nämlich, mit dem Namen und dem Gesicht eines anderen Mannes leben zu müssen – selbst wenn es der Name und das Gesicht des eigenen Vaters waren. Immer wurde er mit ihm verglichen, nach ihm eingeschätzt, immer hieß es ›besser als . . .‹ oder öfter noch ›nicht so gut wie . . .‹. Die Leute verglichen ihn nur mit dem Image seines Vaters, der Legende, sie sahen nicht die Wirklichkeit. Norman hielt sich für einen genauso guten Schauspieler wie sein Vater, vielleicht war er sogar besser; aber ihm schien einfach die gewisse Ausstrahlung zu fehlen. Und falls er sie besaß, so hielt man es für Imitation.

Junior beneidete seinen Freund Tony Haze, nicht nur, weil dessen Vater lebte und ihm oft half, sondern weil er einen anderen Namen als sein Vater hatte. Er war auch nicht der Sohn eines Stars, sondern eines Charakterschauspielers mit einem ganz alltäglichen Gesicht – einer jener Schauspieler, die niemand außerhalb der Filmbranche kennt, die aber immer Arbeit haben. Nicht weil er besonders gut war, sondern einfach, weil man sich auf ihn verlassen konnte, weil er immer pünktlich kam, seinen Text wußte, selten ›den Kram hinschmiß‹ und niemals wirklich schlecht war. Er hatte mit Senior zusammen gefilmt und kannte die tollsten Geschichten von Verabredungen in den Garderoben schöner Schauspielerinnen, von Albereien in den Studios und Späßen bei den Außenaufnahmen. Er war auch derjenige, der Junior geholfen hatte, in den Gesellschaftskreisen von Hollywood bekannt zu werden.

Das *Norman Manford Film Festival* war eine von zahlreichen Veranstaltungen, die von einer Gruppe Filmexperten zu Ehren der Stars und Regisseure von Gestern gehalten wurde. Junior hatte das Ganze gehaßt, er hatte es gehaßt, dort hingehen zu müssen, sich Fragen stellen zu lassen, neugierig und vergleichend angestarrt zu werden. Aber er brauchte das Geld, das man ihm anbot. Es war schön, gute Filmkopien von *Captain Danger* und *The Pirates of Tortuga* sehen zu können, aber die Fragen hatten ihn weit mehr bedrückt, als er zugeben wollte.

»Stimmt es, daß Ihr Vater an Trunksucht starb?«

»Ja«, hatte Junior mit einem eingeübten Lächeln geantwortet. »Er ist ausgerutscht und in einen Martini gefallen, und es war keine Olive drin, an der er sich hätte festhalten können. Noch eine Frage?«

Die erwartete, gefürchtete Frage und die vorbereitete Antwort, die wie zufällig klingen sollte. Dann die üblichen Fragen nach den drei Frauen, der Forrest-Tucker-Affäre, nach dem Grund für die Sache in *Ganglord*, die Freudschen Fragen nach Schußwaffen – alles wie erwartet. Die Antworten gingen ihm glatt, leicht, schlagfertig von der Zunge. Aber all die Menschen, die nach Autogrammen fragten, waren nicht die Filmexperten, sondern die Fans, die alle nach irgendeinem Zeichen auf einem Stück Papier lechzten, um so irgendeine, wenn auch schwache Verbindung zu einem Star zu bekommen – ganz gleich welchem Star.

Er hatte seinen Onkel Ted, der ihn erzogen hatte, gefragt: »Wie war mein Vater?« Mit fünfzehn hatte er zum erstenmal gefragt, dann später noch oft, immer in der Hoffnung auf einen Hinweis, eine andere Antwort.

Aber immer hörte er nur eine Variation von ›Genauso wie du ihn vom Fernsehen kennst, Norman, immer charmant und sehr, sehr mutig‹. Seine Tante Connie jedoch machte ein paar andere Bemerkungen. Sie war die Schwester von Normans Mutter, und ihrer Meinung nach hätte Senior mehr für seine Frau tun können. »Er war ein Taugenichts, Norm, aber ein charmanter Taugenichts, das muß man ihm lassen. Er hat sich wirklich darauf gefreut, einen Sohn zu bekommen, weißt du. Wollte immer einen Jungen haben. Hatte Pläne, wirklich, alle möglichen Pläne hatte er für dich. Wollte sein Leben ändern, aber . . . nun, es war zu spät, das ist alles. Brachte auch deine Mutter ans Trinken. Aber es ist unnütz, darüber zu reden, nicht? Es ist alles vorbei.«

Er hatte auch die ›Alten‹ in den Studios gefragt, die Regisseure und Packer, die Requisiteure und Bühnenarbeiter, die festangestellten Techniker. Und sogar einige der Schauspielerinnen, die jetzt meist Charakterrollen spielten, aber einst die jungen, schönen Heldinnen oder die Naiven in den Filmen verkörperten. »Oh, dein alter Herr, das war schon einer,« sagte eine von ihnen. Sie lächelte voll zärtlicher Erinnerung und schüttelte den Kopf. »Ach, was könnte ich dir für Geschichten erzählen, Junge!« Aber sie hatte nichts erzählt, und Junior war fortgegangen mit dem Gefühl, daß Senior ihr Geliebter gewesen sei. Wie einige andere.

Norman hatte sogar die Mikrofilme der *Los Angeles Times* nach alten *Hedda-Hopper-Artikeln* durchstöbert, um dort Hinweise zu finden. Er plante auch den *Examiner* durchzusehen und alles auszugraben, was Louella Parsons gesagt hatte, aber er schien nie Zeit dafür zu finden. Das waren die Jahre der Büros von Hays und Breen, der Moralgesetze und jungfräulichen Schauspielerinnen, als ein fleckenloser Ruf und möglichst wenig Aufsehen in der Öffentlichkeit sehr wichtig waren. Barrymore, Flynn und Mitchum hatten Skandale überlebt, doch Norman Manford erreichte diese privilegierte Klasse nicht ganz. Er mußte den Gesetzen des Anstellungsbüros gehorchen, den alten Hexen Hedda und Louella, den Banken im Osten und den amerikanischen Frauenverbänden. Junior lächelte im Dunkeln. Der heutige Moralkodex hätte ihm sicher besser gefallen, dachte Junior und schlief ein.

Ein Telefonanruf von Amanda weckte ihn auf. Sie machte ihm das Leben schwer, wahrscheinlich weit schwerer als sie es wert war. Er hatte mehrmals mit ihr Schluß gemacht, aber irgendwie fing es immer wieder von vorne an. Sie sagte, daß sie ihn liebe, aber keinen Mann heiraten könne, der es nicht fertigbrächte, sie so zu versorgen, wie sie es sich wünschte. Junior konnte sich nicht erinnern, sie überhaupt gefragt zu haben, aber er wußte, daß Frauen auch bei mündlichen Abmachungen zwischen den Zeilen lesen können. Es stimmte, daß er ihr nichts bieten konnte, jetzt nicht und vielleicht auch später nicht. Er besaß einfach nicht den Ehrgeiz, reich zu werden, oder berühmt zu werden und dadurch reich. Es lag ihm einfach nichts daran.

Aber Amanda lag sehr viel daran. Sie war kein ›Hollywood Kind‹ wie er; sie war in South Gate aufgewachsen, einem Vorort von Los Angeles, und sah für ein hübsches Mädchen wie sie in dem Versuch, Schauspielerin zu werden, nur eine Beschäftigung, bis es ›unter die Haube‹ kam. Schauspielerin sein gab ihr ein gewisses Ansehen, prägte sie irgendwie. Fragen der Frauenbewegung interessierten sie nicht. Das erforderte zuviel Arbeit und Verantwortung. Sie wartete heimlich auf irgendeinen Produzenten oder großen Star, der sie entdeckte, der ihr das große Haus, das große Auto, die Kreditkarten und Berühmtheit schenkte. Ohne Arbeit, ohne Talent, ohne Mühe, ohne irgendwas. Sowas kam vor, sagte sie. Oft. Sie war schön, oder? Genügte das nicht? »Man muß lediglich zur rechten Zeit am rechten Ort sein«, sagte sie oft selbstgefällig. Sie verbrachte ihre Zeit in Lokalen, die gerade als besonders ›in‹ galten, bekam von Daddy ihre Schecks und benutzte Norman, so wie er sie benutzte – als Annehmlichkeit.

Aber sie konnte einfach nicht glauben, daß das große Haus am Mulholland Drive, der spezialangefertigte Rolls-Royce, die Jacht, die Juwelen, einfach alles draufgegangen war durch Steuern, unkluge Spekulationen, Alimente, Luxusleben und Krankenhausrechnungen. Dauernd redete sie von Mary Pickford, Corinne Griffith, Harold Lloyd, Chaplin und Swanson und den anderen Stars von früher, denen es doch sehr gut ging. Sie hörte einfach nicht zu, wenn Junior ihr erklärte, das sei gewesen, ›bevor die Steuern kamen‹, oder ›sein Vater habe keinen ehrlichen Manager gehabt‹. Übrig geblieben waren nur ein winziges Treuhandvermögen, ein paar Alben mit Zeitungsausschnitten und vergilbten, brüchigen Klebestreifen, einige unbedeutende Auszeichnungen, ein echter Degen und eine Menge geknickter Fotos. Das war alles.

Aber von irgendwoher hatte Amanda Starling, geborene Doreen June Dahlke, es sich in den Kopf setzen lassen, daß Junior in einem Film über das Leben seines Vaters die Hauptrolle spielen sollte – natürlich mit ihr als weiblichem Star – und sie gab die Idee einfach nicht auf. Sie versuchte es immer wieder, und auch heute morgen war es nicht anders.

»Hab' da diesen Schriftsteller bei Pip's kennengelernt, Normie. Ein wirklich interessanter Mann, weißt du. Wird von allen Seiten gelobt. Will sich mit mir treffen, um über eine Biographie zu reden. Ich arrangiere es für . . .«

»Nein, Amanda. Der redet dir doch nur was ein, um dich ins Bett zu bekommen. Begreifst du das denn immer noch nicht?«

»Darling, *jeder* will mit mir ins Bett! Wenn ich mich nur danach richten würde! Nun paß mal auf . . .«

Junior hielt den Hörer vom Ohr ab und schaute ihn an. Dann klemmte er ihn zwischen Kopf und Schulter, nahm den ›TV-Führer‹ und sah auf die Uhr. Gleich fing das Programm an.

»Nein, Amanda.«
»Vergiß es, Amanda!«
»Wiedersehen, Amanda!«

Er erhob sich, setzte drei Eier auf und ging in das winzige Badezimmer hinüer. Zähneputzend kam er heraus und knipste den Fernseher an. Es gab Norman Manford in *The Sea Warriors*. Wirklich, eine außergewöhnliche Woche. Während der Reklame spülte er seinen Mund, schreckte die Eier ab und pellte sie, goß heißes Wasser in eine Tasse mit Pulverkaffee. Er schaffte es gerade, wieder am Fernseher zu sein, bevor das Programm anfing. Er hatte *The Sea Warriors* mindestens schon fünfmal gesehen, aber ihm machte es nichts aus, wie oft er einen Film sah, es hielt ihn nie davon ab, ihn sich nochmal anzuschauen, auch an diesem Morgen nicht.

Es war einer von Seniors bedeutenden Filmen, ein Piratenfilm im Errol-Flynn-Stil, Degen und Schiffe und Männer, die sich an Seilen schwingen. Einfach toll. Völlig unkompliziert, die Art Film, die Kritikern Schauder über den Rücken jagt. Es war der Film, in dem Maureen O'Hara nicht mitspielen konnte, was Norman noch immer bedauerte. Sie wäre bei weitem besser gewesen als das milchgesichtige Püppchen, das ihre Rolle bekam, bloß weil der Studioleiter mal wieder Appetit auf was ›Neues‹ hatte. Während der Szene, in der ein eleganter Joseph Schildkraut und ein gemeiner Akim Tamiroff über den Bildschirm flimmerten, brachte Norman das Geschirr hinaus und holte sich ein Glas Orangensaft. Er ließ sich aufs Sofa fallen, wobei er merkte, daß sich an der Stelle, wo er meistens saß, eine deutliche Vertiefung zeigte.

Senior war jetzt auf dem Bildschirm, in einem weißen Fechthemd, lächelnd. Er trat mit dem Schiffsjungen an die Reling und klärte ihn auf über die Frauen. »Frauen sind weisere Geschöpfe als Männer, Jamie, weil sie weniger wissen und mehr verstehen.« Jamie lauschte voller Bewunderung, während Senior ihn wie seinesgleichen behandelte.

»Nein, Sir,« platzte er dann heraus, »sie will, daß ich reich werde! Und ich will nichts anderes, Sir, als mit Ihnen die Meere befahren und Abenteuer suchen . . .«

Senior nickte, und in seiner gewohnten, entgegenkommenden Art und mit dem Ausdruck eines, der viel von der Welt gesehen hat, ließ er sein Gegenüber fühlen, daß er ihn als Freund betrachte und sich mit ihm auf gleiche Stufe stellte. »Aye, Junge, das ist, was ein Mann sich wünscht, obgleich das meiste, was Männer Abenteuer nennen, in Wirklichkeit nichts als Schwierigkeiten bereitet, und Abenteuer nennt man es erst später. Wenn es ein Später gibt. Aber denk' dran, Junge, wenn ein Mann endlich eine wirklich faszinierende Frau trifft, dann ist es eine, die so viel erlebt hat, daß die meisten Männer sich fürchten, ein Risiko einzugehen. Mach' du es nicht so, mein Sohn – warte auf die Richtige, sei deiner Gefühle erst sicher, und dann *handle!*« Er schüttelte warnend den Kopf. »Aber mach' dich auch nie zum Sklaven einer Frau, Junge. Das mögen die wenigsten von ihnen.«

In dem Augenblick kam eine Breitseite von Schildkrauts Schiff, und die Schlacht begann. Junior kratzte sein unrasiertes Kinn und nippte an seinem Orangensaft. Man mußte diese Szene anscheinend bei all den früheren Vorführungen herausgeschnitten haben, wahrscheinlich, um Zeit zu sparen. Er hatte sie nie zuvor gesehen und fand sie interessant. Aber dann wurde er von der Art, wie man die schwierige Kampfszene gefilmt hatte, gefesselt. Man hatte dazu Aufnahmen aus irgendeinem anderen Film benutzt – wahrscheinlich aus *The Black Swan**, da es sich um einen Twentieth-Century-Fox-Film handelte – und Norman vergaß darüber die neu eingefügte Szene. Bei Filmende war ihm jedoch das, was Amanda sich in den Kopf gesetzt hatte, völlig egal.

Sie wartete auf ihn, als er von einem Bummel zu Schwab's zurückkehrte, wo er sich den *Hollywood Reporter* geholt hatte. Sofort ging sie zum Angriff über und redete schon auf ihn ein, als er den Bürgersteig entlang auf das Apartmenthaus zukam. Er schüttelte nur immer wieder den Kopf. »Nein, Amanda, es ist eine idiotische, dumme, dumme Idee. Ich werde *nicht* sagen, daß ich dafür bin. Die würden mich im Büro glatt auslachen. Du solltest besser einen biographischen Film über Sonny Tufts oder Donald Meek machen.«

---

* 1942; deutsch: *Der Seeräuber*.

Jetzt fing der Streit erst richtig an und erreichte seine zweite Angriffsphase, während sie sich für eine schnelle Matinee auszogen. Norman mußte über ihre ›Vor-dem-Sex‹-Taktik lächeln. Schließlich gab sie nach, beide krochen ins Bett, absolvierten ihre Orgasmus-Standardquote und gingen zur nächsten Schlacht über.

»Du betest deinen Vater doch an, Norman; wie kannst du dich da einem Projekt widersetzen, das ihn so verherrlichen soll?«

»Männliche Dummheit, Amanda, wenn du willst. Du bemühst dich umsonst.«

Der Streit steigerte sich zum Krieg, der in einem Klasse-II-Schmollen und einem starrköpfigen Klasse-I-Rückzug, glücklicherweise ohne Tränen, endete. Junior seufzte und schaltete das Programm auf Kanal 13 ein. Die frühe Filmshow brachte *Ganglord*, und er hatte diesen Film schon ein paar Jahre nicht mehr gesehen.

Senior befand sich in einer Schießerei mit der Eduardo-Cianelli-Bande und hielt gerade inne, um seine Kanone neu zu laden. Claire Trevor kauerte in einer Ecke. »Was mir an dir nicht gefällt, Schätzchen«, sagte Senior mit verkniffenen Lippen, »ist, daß du einen Mann immerzu antreibst. Heirate, sei ehrgeiziger, sei dies, sei das! Es gibt Männer, die sowas einfach noch nicht wollen.« Seine Augen in Großaufnahme, hart und dunkel, eine Zigarette, die in seinem Mundwinkel hing. »Kein weinumranktes Häuschen für Nick, kapierst du das nicht? Ich hab' was anderes zu tun, sieh doch!«

Von irgendwo außerhalb der Szene hörte man das Hämmern von Schüssen, und Nat Pandleton taumelte gegen die Wand, stammelte eine Phrase von vorher, die jetzt von Pathos triefte, und starb. Claire schrie beim erneuten Geknatter von Maschinenpistolen auf und hielt sich die Ohren zu. Norman lachte böse, zerschlug mit dem Lauf seiner Thomson die Fensterscheiben und sprang zur Seite, als die Antwort kam. Verschwitzt, mit kunstvoll zerzaustem Haar, lehnte er an der Wand und sprach mit Claire. »Es gibt keine Frau, die stocktaub ist, Sweetheart. Diamanten kann jede von ihnen immer hören.« Er schickte einen Feuerstoß zur rivalisierenden Bande hinüber, verwundete Eddie Norris und setzte der Nebenrolle eines anderen Schauspielers ein Ende. Ganz kurz eine Großaufnahme von Cianelli wie er abdrückte, dann von Senior wie er getroffen wurde. Er prallte zurück und stürzte zu Boden. Blut war so gut wie nicht zu sehen. Claire kroch auf ihn zu, drückte ihn an ihre Brust.

»Nick! Nick, Liebling!«

»Es hat keinen Zweck mehr, Sweetheart, es ist aus. Vergiß nur nicht . . .« Er hustete. »Such dir einen anderen, einen Mann, dem es Spaß macht, Rosen zu züchten.« Er hustete wieder, und aus seinem Mundwinkel begann Blut zu fließen. »Es wär' großartig gewesen, die Kinder zu haben, von denen du gesprochen hast, Baby. Ich hätt' ihnen eine kleine Maschinenpistole machen lassen, genau für ihre Größe.« Wieder ein Husten. Er lächelte matt und streichelte ihr Kinn. »Mach's gut, Sweetheart. Lebwohl. Nimm nicht irgend so einen sturen . . .« Sein Kopf fiel zurück, und er starb.

Junior starrte völlig verwirrt auf den Bildschirm. Dies war ein gänzlich neuer Schluß, das wußte er genau. Er wußte hundertprozentig, daß der Film ursprünglich damit endete, daß Elisha Cook – ein Junior wie er selbst – eine Schießerei mit seinem Vater hatte, wobei Cook einen großen 45-iger Colt benutzte. Er verlor aber. *Danach* erschießt Senior Cianelli und die Polizisten stürmen herein und erledigen ihn. In jenen Tagen mußten Gangster im Film, selbst die ›guten‹ Gangster, für ihre Vergehen bezahlen. Die einfachste, schnellste, dramatischste Art war mit einer Kugel, nicht mit Gefängnis.

Es störte ihn, dieses neue Ende, und er suchte nach einem Grund dafür. Am liebsten hätte er geglaubt, sein Gedächtnis spiele ihm einen Streich. Er kramte sein Adreßbuch unter einem Stapel Magazine hervor und rief Warren bei der Filmgesellschaft an. Er war ein Experte in Sachen Film und würde es wissen. Aber niemand antwortete. Junior kratzte sich am Kopf und wählte die Nummer seines Agenten Stanley.

»Tut mir leid, Junge, du hast die Rolle an den neuen Sprinter in Morries Stall verloren. Zum Teufel, Norm, es war sowieso nur eine Produktion fürs Fernsehen! Ich spare dich für was Besonderes auf – die große Leinwand. Mann – den ganz großen Erfolg. Ich habe da schon was laufen; kann dir jetzt noch nichts Genaueres sagen, aber . . .«

Blahblah, blahblah. Junior legte schlecht gelaunt auf und nahm eine Tablette gegen sein Sodbrennen, dann einen Schluck Bier, um sie hinunterzuspülen. Er ließ sich wieder aufs Sofa fallen und las das Etikett auf der Bierdose; Bier, vom Geld der

Arbeitslosenunterstützung bezahlt. Er überlegte, ob er nach Schwab's hinunterschlendern und mit anderen arbeitslosen Schauspielern Lügen und Hoffnungen austauschen sollte, aber es schien ihm nicht der Mühe wert. Er sah sich die letzte billige TV-Serie des Tagesprogramms an und überlegte gerade, was er als nächstes tun könne – als die Filmvorschau für das Abendprogramm auf Kanal 5 kam. Anstatt der im ›TV-Führer‹ angekündigten Dennis-O'Keefe-Komödie brachte man einen Norman-Manford-Western, *Gunfighters West*, einen Film aus der Mitte der vierziger Jahre, der besser war als die meisten seiner Art.

Beinahe direkt stieß er auf eine Szene, die man in den früheren Vorführungen, welche er gesehen, geschnitten und in diese Fassung wieder eingefügt hatte. Zumindest dachte er das. Vielleicht schaute er sich die Filme seines Vaters zu oft an, aber es war wie eine Sucht bei ihm. Norman beugte sich vor und legte die Ellbogen auf die Knie, wobei er die Bierdose zwischen seinen Handflächen hin und her rollte.

Sein Vater erzählte gerade dem jungen Sohn eines ihm befreundeten Ranchers, daß das Leben eines Revolverhelden nicht nur Glanz und großes Abenteuer sei.

»Die meisten Menschen müssen, wenn sie arbeiten, das tun, was sie zufällig gelernt haben und können«, sagte Senior, »nicht das, was sie gerne können möchten. Es sind die grüneren Wiesen, Junge, um die wir einen anderen Mann beneiden und die seine Arbeit anziehender scheinen lassen. Dein Paps zeigt mehr Mut, wenn er hier auf seiner Farm sitzt und sich abmüht, um für dich und deine Mam den Lebensunterhalt zu schaffen, als ich, wenn ich herumziehe und dem Ruf meines Revolvers folge.«

Der Junge protestierte, doch Senior fuhr sogleich fort: »Du mußt tun, was du tun mußt, mein Sohn, aber laß nie zu, daß jemand anders dir deine Aufgabe aussucht.« Der Junge nickte widerstrebend, und Junior auch, während er völlig gebannt dasaß und sein Bier warm wurde.

Obgleich er dem Rest des Films äußerste Aufmerksamkeit schenkte, fiel ihm nichts mehr auf, das nicht hineingehörte. Er schaltete den Fernseher ab, hockte aber noch lange da und dachte nach.

Er war Schauspieler geworden, weil er wie sein Vater sein, ihn nachmachen wollte, teilhaben wollte an solchen tatsächlichen oder erfundenen Abenteuern, wie er sie immer erlebte, und weil dies von mehreren Wegen, die sich ihm boten, der leichteste war. Als Kind hatte er ein bißchen gearbeitet, war hin und wieder aufgetreten, meistens in Life-Shows beim Fernsehen; als Teenager spielte er oft ein Bandenmitglied oder einen adligen Jungen auf einer Schule im Osten der Staaten. Die Arbeit war leicht und interessant, die Bezahlung gut, aber unregelmäßig, und bevor er erwachsen war, hatten sich dem Manford-Namen noch immer eine Menge Türen geöffnet. Einige Jobs bekam er um alter Freundschaften willen, andere waren lächerliche Nebenrollen in Filmen, die ein bißchen zusätzliche Publicity brauchten, einige – einige wenige – wurden ihm tatsächlich seines Talents wegen gegeben.

Aber war die Schauspielerei das, was er wirklich wollte? Es gab eine Menge hübscher Mädchen im Film und beim Film, und obgleich Schauspieler in gewissen Kreisen ständig auf Vorurteile stießen, riß man sich in anderen um sie. Schauspieler zu sein, bot eine prima Entschuldigung, um lange schlafen zu können, sagten viele Leute. Aber selbst nach all diesen Jahren wußte Norman nicht die Antwort auf jene Frage, die er sich immer wieder stellte: *Ist dies das, was ich wirklich tun möchte?* Was er wirklich gern getan hätte, wußte er genau – echte Abenteuer wie sein Vater erleben oder zumindest Leinwandabenteuer, sowas wie in *A Prince of Arabia* oder einem dieser Piratenfilme. Vielleicht war Schauspielern überhaupt nicht das Richtige für ihn, dachte er müde. Vielleicht, wenn ich . . . vielleicht sollte ich . . .

Kurz nach Mitternacht wachte er plötzlich auf mit einem Gefühl im Mund, als habe ein Sadist darin Vogelkäfige gereinigt. Er taumelte auf die Beine und stieß dabei den Stapel Bierdosen neben der Couch um. Er schluckte ein paar Aspirin und stellte fest, daß kein Bier mehr im Kühlschrank war. Mit einer Art Reflexbewegung schaltete er das Fernsehen ein.

»Das gibt's doch wohl nicht«, sagte er laut. *Footlight Frolics* lief in der zweiten Spätshow. Er hatte gedacht, der Film läge noch immer bei dem Packen unverkaufter Goldwyn-Produktionen. Norman machte es sich bequem, um ihn zu genießen, wenn auch ein bißchen beunruhigt, weil er sich fragte, ob diese plötzliche Anhäufung von Manford-Filmen nicht schlecht für den Markt werden könne. Er hatte *Footlight Frolics* nur einmal vorher gesehen, in Virginia Mayos Haus, als er noch ein Teenager war.

Es gab die üblichen Verwicklungen hinter der Bühne, witzige Bemerkungen, musikalische Einlagen, Mißverständnisse und krampfhafte Versuche, alles wieder ins rechte Lot zu bringen. Iris Adrian und Phil Silvers, Barbara Nichols und Jerome Cowan. Sein Vater spielte die Hauptrolle als ein schnell sprechender Sänger und Tänzer, der dauernd in Schwierigkeiten geriet mit Buchmachern und Frauen. Am Anfang des Films gab es eine kurze ernsthafte Szene zwischen Senior und einem jungen Schauspieler, den Junior nicht identifizieren konnte, während Virginia Mayo gerade einen Bühnenauftritt hatte mit viel Federn und Straß.

»Ein Schauspieler«, sagte Senior, »scheint in seinem Leben etwas zu brauchen, das seine Persönlichkeit festigt, etwas, das ihn zu dem macht, was er wirklich ist, nicht, was er dauernd vorgibt zu sein.«

Der gutaussehende junge Schauspieler nickte, wandte aber ein, daß es ihm vielleicht besser ginge, wenn er Architekt wäre wie sein Vater, in einem soliden, sicheren Beruf. Senior lächelte. »Mein Sohn, vielleicht glaubst du, Schauspielern sei eine veredelte Form der Lüge. Das tun viele Leute. Aber es ist ernsthafte Arbeit, nichts für Amateure. Sei ein Profi oder hör' auf!« Er applaudierte, weil Virginia gerade von der Bühne kam, und warf dem jungen Mann zu: »Manche haben das nötige Talent und manche nicht.«

Während der Reklame saß Junior regungslos, starrte vor sich hin, wartete. Etwas sehr Merkwürdiges ging vor. Es stimmte nicht, was da geschah, es war etwas, von dem er nicht sagen konnte, ob er wollte, daß es geschah oder nicht. Es war aufregend, aber es störte wie ein unbekanntes Geräusch in der Nacht. Als die Reklame vorbei war, trat Miss Mayo nach vorn und verneigte sich nochmal. Man applaudierte um eine Zugabe. Senior wandte sich an den Jungen. »Verwechsle ja nicht Realität mit wirklichem Leben, Sohn!« Virginia beendete ihr Lied und winkte Senior zu, er solle auf die Bühne kommen. Er lächelte über das ganze Gesicht, ging zu ihr, und sie traten zusammen in einer Nummer auf.

Junior saß den Rest des Films hindurch wie betäubt. Irgendetwas war *definitiv* falsch. Er wußte ganz sicher, jene Szenen existierten nicht. Er besaß das gebundene Textbuch seines Vaters zu dem Film. Es konnte sich nicht um Szenen handeln, die man gedreht, dann aus der Kinoversion herausgenommen und dann fürs Fernsehen wieder eingefügt hatte. Sowas wurde nie gemacht, nicht beim Fernsehen, denn die Kosten für eine völlige

Re-Edition und Re-Synchronisation waren zu hoch. Nur Coppola und der *Godfather** hatten das fertiggebracht. Aber es *mußte* eine Erklärung geben: eine Lücke in seiner Erinnerung? Abweichende Einstellungen für die Fernsehfassung? Irgendwelche Probeaufnahmen? Oder .. ? Keine dieser Antworten befriedigte ihn auch nur annähernd.

Lange, nachdem der Film aus war, nach einer Reklame für ein Hundehalsband gegen Flöhe und eine Dusche mit intimem Hauch, saß Junior noch immer und schaute mit leerem Blick auf den Bildschirm, starrte und dachte nur nach. Er wußte keine Antwort. Schließlich überwältigte ihn die Müdigkeit, und er schlief ein.

Das Telefon weckte ihn auf. Stan war dran. Er kam gerade von einer Besprechung bei Universal und sprudelte fast über. »Wir haben es geschafft, Norm, geschafft! Es ist phantastisch – phan-phantastisch! Ich hab' die tollste Rolle der Stadt für dich, Baby, das Warten hat sich bezahlt gemacht . . .! Blut hab' ich dafür geschwitzt, Mann, sag' ich dir!«

»Stan . . . was ist es?«

»O Mann, o Mann . . . es ist die Hauptrolle, hörst du, die Hauptrolle in *Chicago Hard Guy*, nur werden sie es heute *Bullets and Ballerinas* nennen.«

»Die Rolle hat mein Vater gespielt.«

»Klar doch, ja, ist das nicht großartig, was? Wie der Vater so der Sohn. Universal wird den Film produzieren und den Verleih machen; Glen Larson ist Produzent; Regisseur wird entweder John Frankenheimer oder Peter Yates sein! Wie gefällt dir *das*, na? Ist Nostalgie heute in oder nicht – was? Sie haben Jacqueline Bisset schon für die weibliche Hauptrolle vorgesehen und . . .«

»Vergiß es, Stan!«

»Was? Norm, Junge, was hast du schon gedreht? Dies ist die Aschenputtel-Geschichte des Jahres, Kleiner. Okay, wir haben heute die Zeit der Neuverfilmungen, was macht das schon? Sieh dir doch *King Kong* an, *Hurricane*, *A Star is Born* und . . .«

»Die Rolle muß von einem erfahrenen, völlig selbstsicheren Mann gespielt werden, dem die Leute eine lange, harte Geschichte abnehmen.«

»Nein, Kleiner, nein! Die Rolle erfordert nur einen Schauspieler, der so tun und aussehen kann, als sei er selbstsicher und all

---

* 1971; deutsch: Der Pate.

das andere Zeug. Du kannst das. Das Schlimmste, was dir passieren könnte, wäre, daß sie dich prüfen und Probeaufnahmen machen wollen. Sie haben zugesagt. Du bist das völlige Ebenbild deines alten Herrn. Die planen da eine Menge Geld rauszuholen. Wenn das hinhaut – wollen sie dir einen langen Festvertrag geben und alle Stücke deines alten Herrn neu verfilmen! Du wirst ein Star sein, reich und . . .«

»Stan . . .«

»Ist es das Geld? Sie reden nur von zweiundvierzigfünf für diesen ersten Film, Junge – und ich habe sie von achtundzwanzig hochgetrieben – aber sie werden höher gehen, sehr viel höher für den Rest der Streifen, Kleiner, und . . .«

»Nein, Stan.«

»Junge, ich garantiere dir eine halbe Million in einem Jahr – mein Wort drauf – wenn alles nach Plan läuft.«

»Vergiß es! Ich werde mich nicht als Ersatz für meinen Vater hergeben.«

»Wie? Hör' zu, sie planen eine Premiere im Chinesischen Theater, ganz groß, genau wie bei dem alten Film, Norm. Dieser Rolls deines Vaters gehört heute entweder Liberace oder Harrah, kann mich nicht erinnern, wem von beiden; den besorgen sie für die Erstaufführung. Die werden ganz groß in Nostalgie machen, sag' ich dir. Der Kostenvoranschlag für diesen Film beträgt . . .«

»Ich bin ich, Stan, nicht mein Vater.«

»Junge, dies ist die Chance, auf die wir beide gewartet haben! Ich will mich nicht zu sehr loben, Junge, aber eins sag' ich dir, ich hab' mich für diese Sache abgeschunden.«

»Bis später, Stan.«

»Norm, ich komm' rüber . . .«

Junior legte auf und seufzte tief. Er taumelte in die Küche und stellte fest, daß er keinen Orangensaft mehr hatte. Er öffnete eine Dose Tomatensaft und goß ihn über Eis. Er brauchte Ablenkung, etwas, das ihn davon abhielt, über das Universal-Geschäft nachzudenken. Warum wehrte er sich dagegen? Er wollte doch Abenteuer erleben wie sein Vater, oder nicht? War dies nicht die Gelegenheit, genau das zu tun? Aber er wollte nicht sein Vater *sein* . . .

Er schaltete den Fernseher ein, ließ sich auf die Couch fallen und spülte den Geschmack im Mund mit Tomatensaft hinunter, der heute morgen fahl wie flüssiger Flanell schmeckte. Er blinzelte, als der Sprecher den Morgenfilm ansagte.

Plainclothes Killer. Einer dieser drittklassigen Filme, die Senior während seines Abstiegs gemacht hatte, eine schwarz-weiße Billigproduktion der späten vierziger Jahre, deren einziger Wert darin lag, daß sie den ›Neorealismus‹ im Kriminalfilm jener Zeit zeigte. Obgleich Junior sich daran erinnerte, daß es in der Geschichte um einen Polizisten ging, der vor Gericht freigesprochene Rauschgifthändler und Männer, die Frauen vergewaltigt hatten, tötete, schien der Film jetzt von einem Polizisten zu handeln, der einen Mord auf einem Filmgelände untersuchte. Regis Toomey hatte den Mörder gespielt, den Polizisten, der Seniors Gegenspieler war, aber jetzt hielt er sich im Hintergrund, rauchte seine Pfeife und sah aus, als sei er auf der Hut. Im Laufe der Ermittlungen auf dem Gelände sagte Raymond Walburn: »Ein Schauspieler ist weit besser dran als ein gewöhnlicher Sterblicher, Inspektor. Er braucht nicht der alltägliche Mensch zu bleiben, der er wirklich ist.«

Sein Vater, das Gesicht vom Trinken erst wenig gezeichnet, schob einen breitkrempigen Hut in den Nacken, fuhr mit dem Finger über den schmalen Lee-Bowman-Schnurrbart, den er sich für den Film hatte wachsen lassen müssen, und sagte: »Der einzige Weg, um mit Schauspielern fertig zu werden, ist, sie ohne Applaus zu Bett zu schicken.« Der Film ging weiter, von gierigen Fernsehanstalten in fünfminutenlange Brocken zerschnitten, bis zu dem Augenblick am Ende, da Senior alle im Studio versammelte – Junior hatte eine Hotelhalle in Erinnerung – und ihnen sagte, wer der Mörder sei. Toomey versuchte auszubrechen, es gab eine kurze Schießerei, und der Gerechtigkeit war Genüge getan.

Senior stand unter einem einzigen Scheinwerfer, und die Kamera fuhr langsam von einer hohen Kranaufnahme zur Großaufnahme herunter, bis Senior sich allein vom schwarzen Hintergrund abhob. »Wenn du nicht mehr sein kannst, als du bist, dann sieh zu, daß du alles bist, was du sein kannst«, sagte er und schaute in die Linse. »Wenn ich einen Sohn hätte, würde ich ihm dies sagen. Ich würde ihm raten, nie in einem Lokal zu essen, das ›Bei Mutter‹ heißt, oder mit jemandem Karten zu spielen, dessen Name Doc oder Slick ist. Ich würde ihm raten, nie mit einer Frau zu schlafen, deren Schwierigkeiten größer als seine eigenen sind, sich in acht zu nehmen vor Fremden, die ihn ›Freund‹ nennen, oder Leuten, die zu viel oder zu wenig lächeln. Ich würde ihm sagen, daß die Dinge, die man als

Selbstverständlichstes ansieht, am meisten angezweifelt werden sollten. Ich würde ihm raten, nur das zu tun, was er wirklich tun will, und das, was richtig ist, und wenn er es tut, dann so gut, wie er kann.«

Die Schlußmusik erklang, und Norman Manford Senior schaute vom Bildschirm her Norman Manford Junior direkt an. Er lächelte und zwinkerte ihm zu. »Ich seh' dich an, Junge.« Dann wandte er sich um und trat aus dem Lichtkegel, und die Namen von Spielern und Mitwirkenden rollten auf dem Bildschirm ab.

Es folgte eine Deodorant-Reklame, die behauptete, daß sich keiner in jemanden verlieben oder selbst geliebt würde, es sei denn die Achselhöhlen des Betreffenden seien damit eingesprüht. Morris zeigte sich grinsend und affektiert. Die Nachrichten. Die Vorschau auf einen Film, der in Kürze kam. Stanley, der gegen die Wohnungstür hämmerte.

Junior stand nicht auf. Er war müde und nicht zum Reden aufgelegt. Nach einiger Zeit ging Stan wieder, aber nicht ohne vorher zu betteln und zu fluchen. – Versuchen Sie dieses sanfte Abführmittel! Diese Seife! Diese Rasierklinge macht Ihr Kinn so zart wie einen Kinderpopo! – Der Tag ging weiter. Junior schaltete von Programm zu Programm, rastlos, nervös. Er wartete darauf, daß der andere Schuh herabfiele. Es mußte einen anderen Schuh geben. Er fühlte sich unfertig, in der Schwebe gehalten, so, als bestände er nur aus einer Hälfte.

Die Frühnachrichten, die Reklamesendungen, die Polizeifilme mit Polizisten, wie Junior noch nie welchen begegnet war, die Spätnachrichten. Johnny Carson.

Nur, Johnny würde heute abend nicht gesendet. Statt dessen brächte man ein NBC-Sonderprogramm. Tusch! Norman Manford in *Buccaneers of the Crimson Sea.* Junior seufzte tief und lehnte sich zurück, während die Spannung in ihm langsam verebbte. Er saß da und sah auf den Bildschirm, zunächst voller Ungeduld während der einleitenden Reklamen, dann, als der Filmtitel und die Namen der Mitwirkenden abrollten, leckte er sich genußvoll die Lippen. Er war nicht länger überrascht oder verwirrt; alles schien völlig richtig zu sein.

Scheinwerfer fuhren über die Twentieth-Century-Fox-Gordon-Szenerie. Blutrote Buchstaben wie hingespritzt, altes Pergament als Hintergrund. Norman Manford, Maureen O'Hara, Claude Rains, Fay Bainter, Reginald Denny, J. Carroll Naish,

Patric Knowles, Arthur Shields, Andre Morell, Anthony Quinn in einer winzigen Nebenrolle. Regie William Wyler, nach einem Buch von Leigh Brackett. Ein Dreimaster hebt sich von der weiten blauen See ab. Weiße Wolken. Senior an Deck, Arthur Shields am Ruder. Naish zeigt gerade zur spanischen Flotte hinüber. Schnitt. Dann Claude Rains mit schwarzem Spitzbart und in spanischer Uniform, wie er den Befehl gibt, auf das Piratenpack zu feuern. Rauch, gute Trickaufnahmen mit Miniaturschiffen, der zertrümmerte Hauptmast, ein Riß in Seniors weißem Fechthemd. Mit weniger Kanonen und weniger Besatzung als die Flotte der spanischen Piratenjäger wird Seniors Schiff praktisch unter ihm zusammengeschossen. Nur ein plötzlich aufkommender Sturm rettet ihn und seine Anführer davor, gefangengenommen zu werden. Auf einem Gewirr von Wrackteilen gelingt ihnen die Flucht. Abblende.

Junior starrte, atmete in kurzen, schnellen Stößen. So war der Film auf gar keinen Fall gewesen! Maureen O'Hara, Fay Bainter als ihre Duenna, und Reginald Denny, ihr wütender Vater, waren gefangengenommen worden. Während der Lösegeldverhandlungen hatte man sie betrogen und – Junior schüttelte den Kopf, blinzelte. Doch der kleine Bildschirm war wie Panavision, wie eine Breitleinwand, Cinerama. Es war, als ob er selbst dort wäre.

Überblende. Senior liegt bewußtlos an einem weißen Strand, von Wellen umspült. Sich wiegende grüne Baumwipfel, Max-Steiner-Musik, Tropenwind, fremde Düfte. Senior bewegt sich, erwacht, sieht um sich, direkt in die Kamera.

»Auch überlebt, Junge, was?«

»Ja, Vater.«

»Dann komm!« Er steht auf, der Wind zerwühlt sein dunkles Haar. »Wir müssen wohl ganz von vorn anfangen, wie? Das ist Quinn . . . und Pat! Hallo! Ihr da drüben!«

Durchnäßte, verdreckte Männer sammeln sich um sie. »Wer ist denn der Kleine?« fragt Quinn und wringt das Wasser aus seinem dunkelgestreiften Jersey.

»Ein kräftiger Bursche, der Spanien noch Ärger machen wird«, sagt Senior. »Kommt, Männer! Dort hinter der Landzunge liegt ein Dorf. Wir wollen uns ein Beiboot besorgen und uns auf den Weg nach Hause machen. Dann gibt's wieder ein neues Schiff, einen neuen Tag, und die Piraten segeln wieder in die Freiheit!«

Ein Hurra erklang, und Naish ließ eine Flasche Rum kreisen, die er aus den angespülten Wracktrümmern am Strand geborgen hatte. Der Schluck rann Junior heiß die Kehle hinunter, er war heißer als der Sand, der unter Juniors Füßen brannte. Er schleuderte seine leere Bierdose in die Brandung und sah zu, wie sie immer wieder auftauchte, sich langsam füllte und versank.

»Komm' schon, Junge – bleib' nicht zurück!«

»Ja, Vater – ich komme!«

Er schaute zurück bis da, wo seine Fußabdrücke in dem feinen Sand der Bucht begannen. Er erkannte gerade noch ein verblassendes Rechteck, etwas Glühendes, aber es schrumpfte zu einem Punkt zusammen und verschwand. Eine Täuschung, eine Fata Morgana.

Junior begann, durch den Sand auf seinen Vater zuzustapfen. Er hoffte, er würde keinen zu starken Sonnenbrand bekommen oder seekrank werden. Er wollte seinem Vater keine Schande machen. Jetzt nicht und auch später niemals. Er holte ihn ein, paßte sich seinem Schritt an, scheute sich fast, zu ihm aufzusehen.

»Aye, Jungs, der wird mal ein guter Schiffsmaat!« erklärte Senior und versetzte Junior einen kräftigen Schlag auf die Schulter. Junior grinste, richtete sich auf und nahm die Schultern zurück und ging stolz weiter, wobei er seine Arme schwang und mit den Beinen munter ausschritt.

Einen Augenblick lang glaubte er, durch die Brandung Musik zu hören, aber er war sich nicht sicher. Korngold vielleicht oder Alfred Newman. Es war unwichtig. Immer würde es Musik geben. Und Abenteuer.

Aus dem Amerikanischen übersetzt von Irmtraud Kremp

Marta Randall

Gefährliche Spiele

> Will he never come back from Barnegat,
> With thunder in his eyes,
> Treading as soft as a tiger cat,
> To tell me terrible lies?*
>
> Elinor Wylie,
> *The Puritan Ballad*

Das Loslösen der Bleiplatte des vierten Quadrantenstabilisators war mehr eine Störung als eine Krise, doch konnte sie im tau nicht wieder befestigt werden. EVA,** in der fremdartigen Umwelt des tauRaumes, war im günstigsten Fall gefährlich und nur im Falle einer Katastrophe zu erwägen: Sicher war der Ausfall der Bleiplatte nicht als solche anzusehen. Der rückwärtige Stabilisator, der protestierend aufheulte, verbrauchte die meiste Spannung. Jes brachte einen provisorischen Notbehelf neben der losen Platte auf dem inneren Rumpf an, magnetisierte ihn, befestigte ihn so, daß er die Platte fest an den Rumpf drückte, und instruierte den Navigationscomputer fluchend, die nächste Grabstation ausfindig zu machen. Und so brachte tauKapitän Jes Kennerin, zwei Wochen von Estremadura entfernt, auf einem Alleinflug nach MarktHafen, wo sein Schiff auf ihn wartete, seine angeschlagene Korvette zur Priory Hauptgrabstation und bat dort um Landeerlaubnis.

Der Grabmeister selbst, vor Erwartung und Verzückung blinzelnd, erschien auf dem Komschirm und frohlockte glücklich, als Jes ihm sein Problem auseinandersetzte. Winzige Juwelen tänzelten neben den plumpen Wangen des 'Meisters. Er streifte die Kleinodien, die vor seinen Augen baumelten, weg, während er Jes fröhlich mitteilte, daß diese Station keine Möglichkeit besaß, Reparaturen auszuführen, die Reparaturdocks schon geschlossen hätten und auch nicht wegen Jes' Anliegen nochmals

---

* Wird er nie von Barnegat zurückkehren, mit Donner in den Augen, mit dem sanften Gang eines Tigers, um mir schreckliche Lügen zu erzählen?
** EVA = Extra Vehicular Activities. Tätigkeiten außerhalb des Raumschiffs, auch ›Weltraumspaziergang‹ genannt.

öffnen würden. Und als Jes zornige Worte über hinterwäldlerische Außenposten fallen ließ, die zudem noch von unfähigen Dummköpfen geleitet wurden und so das wertvolle Vakuum füllten, das man besser für etwas Sinnvolleres genutzt hätte, da starrte der Grabmeister ihn mit trockenem, gekünsteltem Unmut an.

»Wir«, sagte er bedeutungsvoll, »sind eine vollständige Grabstation der Alpha-Klasse mit allen Möglichkeiten. Wir sind die Hauptstation des größten Sektors der Föderation, wie Sie hoffentlich wissen. Wir sind nicht operationsfähig, mein lieber Junge, aber das tut unseren Angelegenheiten keinen Abbruch.« Der 'Meister grinste zweideutig. »Habe ich das für dein Auffassungsvermögen einfach genug ausgedrückt?«

Jes stützte den Kopf auf die Hände und spielte mit den Fingern in seinem schwarzen Haar. »Begeifen Sie doch«, sagte er, »alles, was ich möchte, ist Raum, um meine Korvette in Ordnung zu bringen. Oder ist Ihr Freiraum auch nicht funktionsfähig?«

»Sicher nicht«, antwortete der 'Meister und machte sich an der Kontrolltafel zu schaffen. »Da hast du es, mein Junge. Die Hauptstation wärmt sich auf, um deinem süßen Anliegen gerecht zu werden.« Der Grabmeister grinste durch sein Juwelengehänge und verschwand vom Schirm.

Jes blickte zur Kontrolltafel. Die Grabspulen konnte er nah und deutlich auf dem Bildschirm erkennen. Der Bordcomputer war mit dem Netz der Grabstation verbunden und dirigierte das Schiff durch tau und in die Krümmung der Zeitspule. Sie war enorm größer als die Verladespulen außerhalb von MarktHafen, aber innerhalb der mächtigen Bänder schien die tauKorvette nicht größer als eine Mücke in einem Weinfaß zu sein. Die Spulen glühten schwach, ohne große Hast warteten sie darauf, sein Schiff mit voller Kraft packen zu können. Jes beobachtete sie ungeduldig, schaltete den Eingabebildschirm ein und bat um alle Informationen, die dem Schiffscomputer über den Priory Sektor zugänglich waren.

Das allgemeine Informationslog in der tauSchleife war präzise, wenn auch nicht sehr umfangreich. Es enthielt die tau- und Realraumkoordinaten für Priory Sektor, erwähnte die Namen der Hauptplaneten und die dazugehörigen Intrasektor-Koordinaten, zählte die Daten der Kolonisation auf und das Datum des Beitritts zur Förderation. Das war alles.

Gedankenverloren drückte Jes erneut den Schirm und verlangte eine Liste von Besitztümern und Planeten, die gegenwärtig dem Parallaxenkombinat angehörten, der großen, unerfreulichen Gesellschaft, die schon vor Jahren versucht hatte, seinen Heimatplaneten zu unterjochen, und es jetzt, laut Aussage seiner Familie, wieder versuchte. Die Liste war lang, er überflog sie hastig. Weder der Name Priory noch irgendein anderer Planet, der zur Parallaxe gehörte und im Priory Sektor zu finden sein müßte, tauchte auf der Liste auf. Jes schaltete den Schirm aus und ärgerte sich über seine Beunruhigung. Vor zwei Jahren hatte er sich entschlossen, sich nach einer Reihe schmerzlicher Zwischenfälle und emotionsgeladener Auseinandersetzungen mit seiner Familie zu überwerfen. Er glaubte, sich von ihren Angelegenheiten und Problemen schon längst gelöst zu haben, doch fand er jetzt heraus, daß er unwillkürlich ihre Sorgen teilte, ihren dauernden Vorschlägen folgte und Trost und Unterstützung dort suchte, obwohl er sich ständig bemühte, die Distanz zu wahren. Er sah dies als Zeichen seiner eigenen Schwäche, und deshalb betrachtete er nicht ohne eine Spur von Zorn die schimmernden Spulen und das durch die Zeit schnellende Schiff. Er leitete die Korvette aus den Spulen heraus ins stabile Licht des Realraumes.

»Gut«, sagte der Grabmeister, der wieder auf dem Bildschirm erschien. »Was machen wir nun mit dir?« Die Juwelen glitzerten vor seinen Augen, er schob sie beiseite.

Jes blickte vom Gesicht des Grabmeisters zu dem Bild, das der Schirm ihm zeigte. Die Priory Hauptgrabstation hing im Raum, ein gigantischer, goldener Komplex aus Streben, Querbalken und Ringen, die durch ein wunderschönes Netz aus Licht mit den Grabspulen verbunden waren.

»Das verstehe ich nicht«, sagte Jes. »Das soll eine Grabstation der Alpha-Klasse sein, aber . . .«

»Oh, das ist sehr einfach«, antwortete der Grabmeister. Die Juwelen tänzelten in seinem sorgfältig gelockten Haar. »Der Priory Sektor ist der zweitgrößte Sektor der Föderation, auch ohne diese lächerliche Station. Sie ist wahrscheinlich nicht nötig – Priory ist so mächtig, daß es auf Handel außerhalb nicht angewiesen ist und auch keinen haben will, vielen Dank. Wie du weißt, hat es drei separate Systeme und das Zehnfache an unbewohnbaren Planeten, das Labyrinth nicht eingerechnet, das sowieso keiner berücksichtigt.« Der 'Meister machte eine bedeutungsvolle Geste und wischte sich die Juwelen aus dem

Gesicht. Seine Locken sprangen in ihre ursprüngliche Stellung zurück. Die Juwelen reichten ihm bis zum Kragen, abgesehen von einem kleinen blauen Edelstein, der ihm über der linken Augenbraue hängengeblieben war. Jes starrte ihn an.

»So herrscht um die Station meistens kein Verkehr«, fuhr der 'Meister fort. »Und ich sterbe fast vor Langeweile. Aber das interessiert dich natürlich kein bißchen, keinen von euch Jüngelchen interessiert das. Nun, Süßer, hau den Antrieb rein! Feld zwanzig, Kreuzung vier. Du kannst hübsch und bequem dasitzen, während du mit deinem . . . kleinen Schiff spielst.« Der Grabmeister verschwand aufs Neue.

Jes zuckte die Achseln. Im Raumtunnel war er schon auf merkwürdigere Menschen getroffen. Und der Grabmeister von Priory eignete sich prächtig für einen Lachschlager bei ein paar Gläsern Bier im Saloon von MarktHafen. Seine Finger glitten über die Kontrolltafel, drückten die Koordinaten und betätigten die vorderen Schubdüsen. Als die Korvette die neue Richtung einschlug, wurden die Kontrollen des Heckstabilisators rot, ein Zittern durchlief das Schiff, begleitet vom Aufheulen gequälten Metalls, die unversehrte Bleiplatte des vierten Quadrantenstabilisators löste sich vom Rumpf und segelte majestätisch und unwiederbringlich durch die noch immer schimmernden Spulen des Grab. Die Platte flackerte einmal und verschwand aus dem Realraum.

Jes rannte zu dem zerstörten Rumpf. Die Hülle beulte sich unter der verlorenen Platte aus, Risse zeigten sich in dem überlasteten Metall. Er befestigte ein Notsiegel über der Schadstelle, trat gegen den defekten Heckstabilisator und zog sich zum Eingang zurück, dessen Luke er doppelt hinter sich versperrte. Das Schiff mußte unbedingt zu einem Reparaturdock, denn während die gelockerte Bleiplatte nur eine Kleinigkeit gewesen war, stellten die Spannungen in der Hülle einen echten Notfall dar. Mit neu entfachtem Zorn trat Jes an den Kommitter und brüllte solange, bis das sanfte Gesicht des Grabmeisters wieder auf dem Bildschirm erschien.

Der Grabmeister bedauerte den Unfall, drückte sein Beileid darüber aus und weigerte sich weiterhin standhaft, eines der Reparaturdocks zu öffnen, und auch dann noch, als Jes mit einer Anzeige bei der Förderation drohte. Er lächelte, zuckte die Achseln und deutete an, daß ein Öffnen der Docks ohnehin nichts nützen würde, da keine Werkzeuge und keine Ersatzbleiplatten oder Stabilisatoren vorhanden waren und kein noch so zorniges Geschrei von Jes würde diese Gegenstände herbeischaffen können. Doch schließlich gab der 'Meister widerstrebend zu bedenken, daß Jes ja die Docks der Gensko-Station benutzen konnte, vorausgesetzt Gensko würde sich damit einverstanden erklären. Jes sammelte die letzten Reste seiner Geduld zusammen und lockte schließlich das Geständnis aus dem 'Meister heraus, daß die Gensko-Station das Hauptquartier von Priorys Haupttransportagentur war, das man durch die konstante Krümmung um den Priory Sektor herum schnell und einfach erreichen konnte, und man Jes dort gerne bereitwillig mit allen Ersatzteilen versorgen, ihm ein Reparaturdock und dazu noch einen Mechaniker zur Verfügung stellen würde, der ihm bei der Reparatur helfen konnte. Natürlich nur gegen Bezahlung. Der 'Meister gab schließlich die augenblicklichen Koordinaten von Gensko durch und deutete mit einem manikürten Finger auf den Schirm, als versuchte er ihn direkt durch den Raum zu stoßen, mitten in das dunkle, ungeduldige Gesicht von Jes.

»Aber nicht vergessen«, sagte der 'Meister. »Ich kann dir nicht versprechen, daß Gensko auch nur einen Finger für dich rührt. Das ist ein sonderbarer Haufen dort. Gebrauche deinen lieblichen Verstand und sei um Himmels willen freundlich. Auf Priory sind sie den Fremden gegenüber nicht sehr zuvorkommend, mein Süßer. Noch nicht einmal zu denen, die Hilfe brauchen.« Der Grabmeister unterbrach den Kontakt zum letztenmal.

Jes programmierte sein Schiff auf die Koordinaten, die ihm der Grabmeister von Priory Haupt gegeben hatte. Seine Hände huschten zwischen den Druckdämpfern und den Korrekturschlüsseln, seine Augen zwischen den Sensoren und den Richtungsschirmen und sein Verstand zwischen Flüchen und Berechnungen hin und her, während er über die merkwürdige Person des Grabmeisters von Priory nachdachte. Die versteckte Warnung des 'Meisters bezüglich Gensko bereitete ihm dagegen überhaupt kein Kopfzerbrechen. Jede Station würde einem Schiff in Not helfen. Es war undenkbar, daß es anders sein könnte.

In der Gensko-Peripherstation wollte man Jes nicht glauben, daß er der war, für den er sich ausgab. Er hielt sein zitterndes Schiff konstant über dem bewölkten Himmel und betete, daß ihn niemand rammen würde. Die akzentuierte Stimme aus dem Kommitter, bald ärgerlich, dann wieder entrüstet, ließ schließlich Jes' Schiff abtasten, worauf sie sofort abschaltete und Jes vergeblich in ein totes Mikrofon brüllen ließ. Seine Augen schmerzten. Er rieb sie mit seinen Daumenballen und verwünschte den Priory Sektor und jeden, der darin lebte.

»Das reicht«, sagte der Kommiter mit einem leicht verwischten Prioryakzent. Das Bild flimmerte, wurde deutlich und zeigte eine dicke Frau mit stechendem Blick, die Jes mißbilligend ansah. Alle Linien ihres Gesichtes endeten in der exzessiven Masse ihres Doppelkinns. Ihr fülliges, rostrotes Haar wellte sich über Augenbrauen und Wangen; Jes überlegte, ob diese roten und goldenen Schattierungen natürlich waren. Sein eigenes dichtes, schwarzes Haar fühlte sich schmutzig und stumpf an, und er widerstand dem Wunsch, es zurückzukämmen.

»Es tut mit leid«, sagte er. »Ich bin es nicht gewöhnt, als Pirat behandelt zu werden.« Sie erwiderte sein Lächeln nicht. »Mein Schiff ist defekt. Ich brauche ein Reparaturdock und einen guten Mechaniker und selbstverständlich zahle ich alle anfallenden Reparaturkosten, Mieten, Ersatzteile und alles andere. Ich sendete Ihnen meinen Identifikationskode . . .«

»Kodes kann man fälschen, Menet . . .« – sie machte eine Pause und blickte nach unten – ». . . Kennerin. Wir haben unsere eigenen Sicherheitsvorkehrungen für solche Fälle. Und wir sind eine sehr beschäftigte Station, die nicht jedem Dahergelaufenen mit einem defekten Schiff eine Aufenthaltsfrist genehmigen kann.«

»Ich glaube, Sie können mich nicht abweisen«, erwiderte er scharf. »Gemäß den Bestimmungen der Förderation, Paragraph und Abschnitt kann ich Ihnen auf Verlangen nennen, ist es ein Hauptvergehen, einem Schiff im All Hilfe zu verweigern.« Die Frau öffnete den Mund, doch Jes schnitt ihr das Wort ab. »Ich glaube nicht, daß Sie eine andere Wahl haben, Quia. Verweigern Sie mir die nötige Hilfe, werde ich eine Prioritätsklage nach Priory Haupt senden. Und sogar Ihr zahmer Affe dort unten wird sich hüten, die Klage zu ignorieren.«

Die Frau blickte nun noch säuerlicher drein. »Sie, Menet

Kennerin, sind ein gutes Beispiel dafür, warum wir hier keine Fremden mögen.«

»Quia, wenn Sie mir nicht verdammt schnell Dockzeit geben, dann werden Sie bald mehr Fremde in Ihrem System finden, als Sie jemals vorher gesehen haben. Ich werde euch jeden Agenten und Investigator der Förderation auf den Hals hetzen.«

Die Frau preßte ihre Lippen zusammen und verschwand. Jes untersuchte die Drucksensoren. Die Versiegelung hielt nur noch mit knapper Not.

Die Frau erschien wieder. »Wir haben eine Pilotdrohne losgeschickt, die Sie zu einem Reparaturdock geleiten wird. Sie werden einen Besucherausweis erhalten, den Sie immer bei sich tragen müssen, und wir erwarten, daß Sie uns verlassen, sobald die Reparaturarbeiten abgeschlossen sind. Für alles, auch für Zimmer und Verpflegung, erhalten Sie eine Rechnung. Wir wollen Bezahlung in Freimark, bevor wir Ihnen Starterlaubnis erteilen.«

»Ihre Wohltätigkeit sollte das Thema für tausend Lieder werden«, antwortete Jes. Das Gesicht der Frau verzog sich mißbilligend und verschwand.

Die Pilotdrohne hakte sich im Steuersystem der Korvette fest, die Flugkontrollen erloschen. Jes lehnte sich zurück, seine Finger ruhten auf den Druckkontrollen, er beobachtete die Bildschirme.

Die Gensko-Station war sphärisch, eine enorme, silberne Orange, deren Außenhülle ein Labyrinth aus Metalltälern und viereckigen Metallbergen war, das mit den Pfeilen und Richtungsanzeigern der Flugrichtgeräte überzogen war. Im umliegenden Raum herrschte rege Handelsaktivität. Kleine, schubstarke Frachtkähne verluden Stapel um Stapel der verschiedensten Güter, ein dickbauchiger, seltsam geformter Raumbus glitt über ihnen dahin; unzählige kleine Schiffe schossen zwischen den größeren Schiffen und den weitverstreuten Hilfssatelliten umher. Jes beobachtete Weltraum und Kontrollen und wurde nervös. Die Drohne drehte die Korvette entgegen der Rotation der Station und manövrierte dann nordwärts, bevor sie das Landemanöver begann. Eine Öffnung wurde in der Oberfläche der Station sichtbar, auf die die Drohne direkt zuhielt. Jes konzentrierte sich darauf, den Druck in der Einstiegsluke dem wechselnden Außendruck der verschiedenen Luftschleusen anzupassen. Die Drohne geleitete das Schiff zu einem Landeplatz in einer großen, schwach erleuchteten Nische und glitt durch die Schleuse wieder zurück. Jes öffnete die Einstiegsluke und streckte die Nase zur Tür hinaus in die Nische.

Zu seiner Linken lag das Skelett eines kleinen Frachtschiffes, die geschwungenen Verstrebungen waren oxidiert und rostig. Auf der rechten Seite sah er ein ausgeräumtes Förderschiff; ein langer, tiefer Riß verlief um die Außenhülle, Rußflecken verdunkelten die Seitenruder. Vor ihm befanden sich noch mehr zerstörte Schiffe, die alle der Deltaklasse angehörten oder noch kleiner waren, alle waren morsch und brüchig oder zeigten Anzeichen beginnenden Verfalls. Der Geruch von altem Öl und Verbranntem lag in der Luft, die schal und abgestanden schmeckte. Jes erklomm die Außenhülle seines Schiffes und betrachtete den Schaden. Die Platte hatte die meisten Bleidrähte mit sich gerissen, die restlichen wiesen alle irreparable Schäden auf. Er berührte die Drähte nur kurz, als wollte er um Entschuldigung bitten, verschloß die Korvette und machte sich auf die Suche nach einem Mechaniker.

Am entfernten Ende der Nische schimmerte ein Licht. Als er sich ihm näherte, hörte er jemanden in einer fremden Sprache singen. Er hielt an und lauschte der weichen, eingängigen Melodie. Die Stimme wechselte von Dur nach Moll und versuchte sich in verschiedenen Variationen in einem klangvollen, tiefen Alt. Jes umrundete das letzte defekte Schiff und trat ins Licht, der Gesang hörte auf.

»Hallo«, rief er. Niemand antwortete. Das erleuchtete Umfeld war verlassen. Jes streckte eine Hand aus und berührte den Schiffsrumpf hinter sich, nur widerstrebend weitergehend. »Hallo«, rief er nochmals, doch nur das Echo hallte von den fernen Wänden der Nische wider.

»Willkommen in meinem Schloß, sagte die Spinne zur Fliege.« Die Stimme war sanft, belustigt, ohne Akzent und sehr nahe. »Laß mich raten. Du bist ein unfähiger Erzschiffer, der jemand verärgert hat und nun zu mir geschickt wurde? Nein, du siehst nicht wie einer unserer trotteligen Angestellten aus. Ein Privatpilot für einen ungeliebten Nebenverwalter, der mit verbeultem Chrom zu mir kommt? Ich glaube nicht – für einen zahmen Kapitän siehst du mir zu verwegen aus. Was auch immer du bist, meine neugierige Fliege, du bist gewiß außergewöhnlich. Und auf Grund dieser Besonderheit werde ich dich ungeschoren lassen.« Die Stimme begann erneut zu singen. Jes blickte nach oben, um einen dunklen Schatten zu erkennen, der vorsichtig auf einer baumelnden Tragfläche über einer desolaten Hülle saß. Das grelle Licht dahinter blendete ihn.

Der Gesang wurde zum Gelächter. »Pest und Hölle, du hast mich gefunden! Sag mir, was du willst. Wie du sehen kannst, bin ich eine sehr beschäftigte Person.«

Jes beschattete seine Augen mit der Hand. »Mein Name ist Jes Kennerin. An meiner tauKorvette löste sich im tau eine Bleiplatte, und als ich durch Grab flog, habe ich sie endgültig verloren. Deine Auftraggeber haben mich zur Reparatur hierhergeschickt.«

»Es sind nicht *meine* Auftraggeber, mein ausländischer Freund. Noch bin ich der ihre. Sehr zu meinem Mißfallen. Ich bin überrascht, daß sie dir überhaupt Hilfe angeboten haben.«

»Mir wurde nichts angeboten. Ich mußte ihnen erst mit einer Klage bei der Förderation drohen.«

»Hast du das?« Die Stimme klang erfreut. »Meine Bewunderung für dich steigt.« Die Stimme begann zu summen.

»Ich hab's eilig«, sagte Jes geradeheraus. »Ich bin schon sehr spät dran und wenn du . . .«

»Deine Arbeit machen und alles andere stehen und liegen lassen könntest? Ah, aber ich habe andere Arbeiten, sogar verdammt viel, mit denen ich meine Hände tagsüber beschäftige.« Wie zum Beweis hörte Jes das Geräusch von Metall auf Metall und ein paar Rostflocken fielen in den Lichtkreis. Er überlegte, ob es im Priory Sektor nur Verrückte gab. »Doch ich sollte mich wohl bemühen, wenigstens einen positiven Eindruck von der Gensko-Station bei dir zu hinterlassen, koste es was es wolle.«

Die Schwinge bog sich aus dem Lichtkreis, dann griff der dunkle Schatten nach einem herabhängenden Seil, einen Augenblick später stand die Mechanikerin grinsend vor Jes.

Sie war graziler als er, mit langem, silbergrauem Haar, das in einem unordentlichen Knoten in ihrem Genick verschlungen war. Ihre Augen, oval und spöttisch, waren von einem tiefen und kälteren Blau als seine. Ihr Gesicht war mit zartem Pelz vom Kragen ihres Anzugs bis zum Haaransatz bedeckt. Jes besah sich ihre Hände, die sie spöttisch hob, damit er sie begutachten konnte. Schmale, gebogene Krallen schoben sich aus dem Silberpelz hervor und glitten wieder zurück.

»Du bist eine . . .« begann Jes, hielt dann aber verwirrt inne.

»Santa Theresanerin«, beendete sie den Satz. »Oder eine Tabby, wenn du den gebräuchlichen Vulgärausdruck vorziehst.« Sie gestikulierte, und ihre Krallen traten kurz hervor. »Warum zeigst du mir nicht dein Schiff, mein Kapitän? Wir können über Philosophie, Biologie, Anthropologie und vielleicht auch über Entschuldigungen diskutieren. Du kannst anfangen.«

Jes errötete und ging zum Schiff, ihre Schritte folgten ihm. Das leise, angenehme Summen begann erneut. Jes steckte seine Hände in die Taschen und ballte sie zu Fäusten.

Sie schwang sich auf sein Schiff und untersuchte, immer noch summend, das Ausmaß des Schadens. Sie wies ihn an, das Schiff zu öffnen, damit sie die Sache von innen begutachten konnte. Sie warf einen Blick in die Kabinen, ließ ihre Finger über die Kontrolltafel gleiten und nickte zustimmend, als Jes den letzten Verschluß öffnete. Sie nahm eine Sonde aus ihrem blauen Arbeitsanzug, ging zur Einstiegsluke und überprüfte das Notsiegel. Sie drehte die Magnetklammern und lockerte sie. Jes starrte ihren schlanken Rücken an.

»Kein Schwanz«, sagte sie, ohne sich umzudrehen. »Und keine spitzen Ohren. Wir mögen keine Hitze und gebären nicht auf Stroh. Hast du noch irgendwelche andere skurrilen Vorstellungen, die ich dir zunichte machen kann, Menet ›Naseweiß‹?«

Jes errötete erneut. »Es tut mir leid«, sagte er geknickt. »Ich habe noch nie eine Theresanerin getroffen, nur von ihnen gehört.«

»Alles daran ist falsch«, bemerkte sie. »Ich bin von Lügen und Lügnern umgeben. Nimm dich vor ihnen in acht, Menet! Sie verführen dich nur zur Sünde.« Sie schlug gegen die Trennwand und drehte sich um. »Es wird wohl einige Zeit dauern, denn ich muß die Ersatzteile von der Hauptstation anfordern. Aber es wird mir gelingen, dein Schiff wieder raumtüchtig zu machen.«

»Wie lang wird es dauern?« fragte Jes eifrig. Sie zuckte die Achseln. »Kommt drauf an. Auf die Vorräte der Hauptstation und die Laune der Lagerverwalter. Es ist selten einfach, Ersatzteile zu bekommen, ganz besonders für mich. Es kann Wochen dauern.«

»Wochen?«

»Mindestens«, sagte sie ruhig und sprang aus seinem Schiff. »Du brauchst es nicht abzuschließen, Menet. Ich werde es von innen reparieren müssen, denn du willst doch sicher nicht dauernd von deinen Zeitvertreiben und Vergnügungen weggeholt werden.«

»Ich glaube nicht, daß ich viel . . .«

»Ah, aber ich muß dich noch in die Wunder der Gensko-Station, des Peripheralen Sektors und der Bay Colony Werkstatt einführen. Du mußt noch so viel lernen, meine Fliege. Du mußt Blumen oder Nektar finden. Und du brauchst ein Zimmer. Komm mit mir, Menet Außenweltler! Wir werden dir eine schöne Heimstatt sichern, in die du unzählige, saftige Insekten locken kannst.«

»Ich hatte eigentlich vorgehabt, im Schiff zu schlafen«, sagte Jes.

Sie verzog ihr Gesicht zu einer abscheulichen, silbernen Imitation der Grimasse der rothaarigen Frau. »Vorschriften«, sagte sie im Dialekt Priorys. »Das Übernachten in nicht funktionsfähigen Schiffen ist verboten. Du wirst ein Durchgangsquartier nehmen müssen, Menet, und keine Widerrede.«

»Aber . . .«

»Unter Strafandrohung«, sagte sie mit offensichtlichem Wohlbehagen, »der Ausweisung.« Sie grinste plötzlich, und Jes, von seinem Ärger verwirrt, packte sein Zeug zusammen und folgte ihrem wippendem Haar und dem geschmeidigen Gang aus der Nische heraus in die Gänge der Gensko-Station.

Sie erzählte ihm, daß sie Tatha hieß und schon seit sechs Standardmonaten als Mechaniker auf der Gensko-Station arbeitete. Es war offensichtlich, daß sie sich nicht um Gensko kümmerte; umgekehrt wurde ihre Unbeliebtheit augenscheinlich, während sie durch die Korridore gingen und an den Aufenthaltsräumen der Bay Colony Werkstatt vorbei kamen. Sie ignorierte das Miauen und einzelne Rufe wie ›Hierher Muschi!‹ Bei der Durchgangsregistratur konnte sie ihm ein Zimmer sichern, indem sie sich durch den Irrgarten der Vorschriften und bürokratischen Verwirrung durchbiß. Als sie das Büro verließen, dampfte die Luft von Tathas beißendem Spott, und sie erlaubte sich nur einen einzigen triumphalen Blick auf Jes, bevor ihr Gesicht wieder zu einer ironischen Maske wurde. Sie zeigte ihm das Kasino, Restaurants, Bars und Geschäfte. Wie sie ihm erklärte, waren die Durchgangsviertel in zwei Sektionen unterteilt, eine für die Arbeiter Genskos, die zu Besuch kamen, die andere für Besucher, die nicht zu Gensko gehörten und selten länger blieben, in der Hauptsache waren das Labber, die kurze Geschäfte zu erledigen hatten. Sein Zimmer befand sich in der zweiten Sektion.

»Den Gennys wird vom ersten Atemzug an Haß eingebleut«, erklärte sie. »Haß auf Labber, Außenweltler, Außerirdische, auf alle Fremden. Sogar auf sich selbst. Du bist wahrscheinlich nicht in Gefahr, wenn du in der Genny-Sektion bist, aber es ist besser, dieses Problem ganz zu vermeiden. Wenn möglich. Und du kannst von Glück sagen, daß du keinen Pelz hast.«

Sie schwang sich auf das Gleitband und ein Stück Abfall, das stark nach Fisch roch, verfehlte ihre Schulter nur knapp. Doch das unterbrach ihren Redefluß nicht. Erst in dem kleinen Zimmer, das sie ihm gesichert hatte, sah er, daß ihre Krallen halb ausgefahren waren.

»Kommt sowas häufig vor?« fragte er.

»Ja.« Sie ließ ihre Finger über den Komschirm gleiten. »Hier bekommst du alle allgemeinen Informationen, aber nichts von Bedeutung. Wie zum Beispiel, daß das Einnehmen einer Mahlzeit im gemeinsamen Kasino Todesverachtung gleichkommt, oder daß Kevefah, das hiesige Bier, dir einen zwanzigtägigen Kater einbringt und dich von deinen Warzen kuriert. Oder womöglich trinkst du nicht?« Jes schüttelte den Kopf. »Gut. Ich traue keinem völlig Unschuldigen.«

Die Rohrpost piepste und spuckte ein kleines Paket aus. Tatha ergriff es, bevor er es erreichen konnte, und umklammerte es mit einer Klaue.

»Deine Existenzsymbole, Blauauge«, sagte sie, während sie den Inhalt des Pakets durchsuchte. »Ein eingeschränkter grüner Paß, den du nicht mögen wirst. Vielleicht bist du auch nicht lange genug hier, um ihn hassen zu lernen. Eine Zimmerkreditkarte. Oh, tägliche Bezahlung? Sie mögen dich wirklich nicht. Das riecht verdammt nach einer beleidigten Maigret. Hast du schon Kontakt mit einer kleinen, fetten Frau von überschäumendem Temperament und mit zügelloser Zunge gehabt? Der der Geruch vom Blut unschuldiger Kinder anhaftet? Rotes Haar und ebensolche Augen?«

Jes saß grinsend auf dem Bett. »Zumindest mit jemandem, auf den die Beschreibung paßt«, stimmte er zu.

»Unsere süße Maigret, die die Aufgabe hat, das Leben für dich und mich so angenehm wie möglich zu gestalten. Sie ist eine Meisterin im Personenüberprüfen, mysteriöser und gefährlicher, pelzloser Fremder. Maigret interessiert sich gegenwärtig sehr für Fremde. Sie hat mir aufgetragen, einiges über deinen Unfall in Erfahrung zu bringen.«

»Meinen Unfall?« fragte Jes überrascht. »Warum?«

»Unfälle können fingiert werden, Platten kann man selbst lösen. Ich gebe dir ein Schriftstück, das besagt, daß alles seine Richtigkeit hat.«

»Glaubt sie wirklich, ich hätte mein eigenes Schiff zerstört? Für wen hält sie mich denn?« Tatha sah ihn an. »Hör zu, ich bin ein tauKapitän, der in MarktHafen an Bord seines Schiffes gehen möchte. Das ist alles. Und ich will nur, daß mein Schiff startklar gemacht wird. Heilige Mutter! Ist denn jeder in dieser Station verrückt?«

»Nicht alle«, sagte Tatha. Sie saß auf dem Tisch und ließ träge die Beine herabbaumeln. »Ich, zum Beispiel, bin geistig völlig gesund. Und Maigret hat ihre Gründe . . . Du bist zu einem ungünstigen Zeitpunkt gekommen, tauKapitän. Aber du wirst es schon schaffen.« Sie fuhr fort, ihm zu erklären, welche Kasinos er zu meiden hatte, welche er unter Vorsicht betreten durfte (»Bitte iß nichts Gelbes«), und riet ihm, in der Öffentlichkeit so wenig wie möglich zu reden (»Du hast einen Akzent«). Sie riet ihm weiter, seine eigene Kleidung wegzupacken und sich den Arbeitsanzug der Gesellschaft zu kaufen. Es würde ihn unauffälliger machen und eine Verfolgung erschweren.

»Sollte ich Angst vor einer Verfolgung haben?« fragte er.

Sie zuckte die Achseln. »Was meinst du? Vergiß es, du bist noch nicht lange genug hier, eine zu haben. Ich muß zu meiner Arbeit, tauKapitän, die darin besteht, deine Bleiplatte in Ordnung zu bringen. Paß auf dich auf!« Sie sprang vom Tisch und ging zur Tür hinaus.

»Tatha . . .«, rief er. Die Tür schloß sich hinter ihr.

Er öffnete seine Tasche und suchte nach einem sicheren Platz für seine Kleider, dann, zu der Überzeugung gekommen, daß er nicht lange genug in Gensko bleiben würde, um das Auspacken lohnend zu machen, steckte er das Zertifikat zwischen die Falten seiner sauberen Anzüge und verschloß die Tasche wieder. Er belegte eine Leitung des Kommitters zum Kommunikationszentrum und übermittelte – nach viel Gebrüll und unnötigem Geschwätz – eine direkte Nachricht an seine Mannschaft in MarktHafen. Dann folgte er Tathas Vorschlag und bestellte sich den Arbeitsanzug der Gesellschaft. Die Wartezeit verbrachte er im

Duschomat. Als er sich abtrocknend aus dem Duschomat herauskam, fiel der Arbeitsanzug gerade durch die Rohrpost. Er war einfach gearbeitet, die Nähte rieben an seiner Haut. Er zog ihn wieder aus, legte leichte Unterwäsche an und zog den Arbeitsanzug der Gesellschaft darüber. Den grünen Paß und die Kreditkarte steckte er in die Hüfttasche. Er setzte sich an den Kommitter, suchte einen Sender zum Hauptcomputer der Bibliothek und bat um Informationen über Santa Theresa.

Die wenigen vorhandenen Informationen waren so vage und allgemein gehalten, daß sie ohne weiteres von einem drittklassigen Reisebüroprospekt hätten stammen können.

Santa Theresa war einer der ersten kolonisierten Planeten gewesen. Dieses Ereignis lag so weit zurück, daß das Datum noch nach dem alten Kalender angegeben war. Vor der Entdeckung taus und der Erfindung von Spulen und tauAntrieb waren Siedler in großen, dickbauchigen Schiffen zu acht Systemen geschickt worden. Santa Theresa, der von Terra am weitesten entfernte Planet dieser acht, war eine große, dichte, kalte Welt, zwar reich an seltenen und kostbaren Mineralien, dafür aber hundekalt. Nicht zur menschlichen Besiedlung geeignet, entschieden die Kolonialherren, und schufen zur Zeit der langsamen Antriebe und unterentwickelten Xenotechnologien Theresaner, die dem Klima des Planeten angepaßt waren. Sie hatten Fell, das sie vor der Kälte schützte. Aus dem gleichen Grund besaßen sie eine zusätzliche subkutane Fettschicht über der Muskulatur, die kräftiger als die eines gewöhnlichen Terraners war. Außerdem hatten sie sensitivere Augen, um den langen, dunklen Wintern gewachsen zu sein. Dazu einen leicht veränderten Metabolismus, mit dem sie ein Maximum an Proteinen aus der Nahrung ziehen konnten. Krallen, die die Fingernägel ersetzten und die ein- und ausgefahren werden konnten, ergänzten die Hände; Krallen, die Beute fangen und töten konnten, denn die Kolonialherren hatten die Härte dieser Welt, die Entfernung zwischen Santa Theresa und der Mutterwelt, die langen, kalten Winter und die kurzdauernden Sommer berücksichtigt und entschieden, daß die Theresaner, wenn nötig, zu wilden Räubern werden sollten.

Trotzdem waren die Veränderungen gering. Theresaner hatten Hüften, Gelenke, Knochen und Glieder, Kurven und Winkel, die eindeutig menschlich waren. Kopfform und Gesichtszüge waren menschlich. Auch Gehirn, Verstand und Seele waren so menschlich wie bei der Rasse, aus der sie hervorgegangen waren.

Zwei Jahrhunderte nach der Kolonisierung Santa Theresas, gerieten Terra und die drei nächsten Koloniewelten in einen Disput über das Abgabe- und Steuerrecht. Die Meinungsverschiedenheit hatte sich schnell zum Letzten Großen Krieg ausgeweitet, der zwei Welten zu Asche verwandelt und Terra selbst als Trümmerfeld zurückgelassen hatte. Der Krieg, immer der Vater der Neuerung, war diesesmal für die Entdeckung von tau und die Erfindung der Grabspulen und des tauAntriebs verantwortlich. Das Universum öffnete sich, aber nicht für das erst langsam wieder im Aufbau befindliche Terra, sondern für Reba, Ha Olam und Jirusan, die drei unberührten Kolonien. Santa Theresa, die jüngste und weit entfernteste, war während des Krieges verlorengegangen und zwölf Jahrhunderte lang in Vergessenheit geraten.

Zwölfhundert Jahre tau veränderten den Menschen und seine Natur. Santa Theresa war während einer Zeit geboren worden, in der Komplexität und Raumreisekosten eine stabile Koloniebevölkerung vorschrieben, tau dagegen schuf eine mobile Antriebskraft, die unabhängig von der Notwendigkeit der speziellen Anpassung an andere planetarische Konditionen war. Genmanipulation war seit den Tagen der Gründung Theresas nur noch eine kosmetische Kunst, nichts weiter. Bedeutender war, daß Santa Theresa zu einer Zeit gegründet worden war, als die Menschheit noch keine außerirdischen intelligenten Lebewesen angetroffen hatte und sich in einem Kosmos ausbreitete, in dem außerirdische Rassen bekannt waren, die im günstigsten Fall alle als Teil der unendlichen Schöpfung eingestuft wurden. Die unveränderten Menschen der Föderation wurden durch die pelzigen Theresaner in Verlegenheit gebracht, wollten sie als Außerirdische einstufen und waren doch gezwungen, ihr menschliches Erbe anzuerkennen und ihnen die Vollbürgerschaft und alle Rechte innerhalb der Föderation zu gewähren. Theresaner und Menschen konnten fruchtbare Nachkommen zeugen, was an sich schon die Gemeinsamkeit zwischen den Spezies hervorhob.

Darüber hinaus hatte der Computer wenig Informationen für Jes bereit. Santa Theresa war ein Ein-Land-Planet, besaß ein quasi feudales Regierungssystem, und man sprach dort eine Sprache, die sich von Standard so sehr unterschied wie jede der alten, irdischen Sprachen sich von Standard unterschieden hatte. Santa Theresa hatte eine kurze Wachstumsperiode, aber dafür einen langen, kalten und strengen Winter. Man schürfte und exportierte Erze und hatte eine stabile Bevölkerungszahl. Es war der einzige kolonialisierbare Planet in diesem Sektor. Auskünften der Theresaner zufolge hatte es in den zwölf Jahrhunderten zwischen dem Verlust und der Wiederentdeckung keine Regression in der Kultur gegeben; die Menschen hatten sich angepaßt und eine blühende Welt geschaffen. Das Band endete. Jes stellte sich eine kalte, einsame Welt vor und konnte sich an diesem düsteren und unfreundlichen Ort Tathas erfrischende Gespräche und frohe Lieder überhaupt nicht vorstellen. Er beendete die Computerverbindung und gönnte sich exakt zwei Stunden Schlaf, bevor er sich auf Nahrungssuche machte.

Er ging zurück und fand Tatha, wie sie auf seinem Bett zusammengerollt sein Zertifikat studierte. Zornig wegen Kellnern mit schlechten Manieren, schlechtem Essen und überteuerten Preisen, schlug er die Tür zu und starrte sie an. Sie schenkte ihm ein schiefes, überhaupt nicht verlegenes Lächeln, warf sein Zertifikat auf den Tisch und erhob sich vom Bett. Sie trug einen braunen Hosenanzug und ihr silbernes Gesicht schimmerte unter dem Schatten ihrer Kapuze hervor.

»Ich wollte dich zu einem Streifzug abholen, mein Freund. Doch du hattest die Stirn, nicht hier zu sein.«

»Ich hatte die Tür abgeschlossen«, sagte Jes und legte sein Zertifikat zurück in die Tasche. »Und ich kann mich auch nicht daran erinnern, daß ich das hier liegengelassen habe.«

»Du hattest und du hattest nicht. Das Öffnen verschlossener Türen ist eine Spezialität von mir, und wenn du der Meinung bist, du hättest dein Zertifikat gut versteckt gehabt, so hast du dich getäuscht. Es ist offensichtlich, daß ich dir noch mehr beibringen muß, als nur die Gebräuche in der Gensko-Station.« Sie lehnte sich an die Wand. »Ich habe deine Bleiplatte bestellt.«

Jes grunzte humorlos. Ihre Augen funkelten schelmisch. Sie überkreuzte die Arme, als wollte sie, wenn es nötig sein sollte, die ganze Nacht bleiben, um seinen Ärger zu vertreiben. Er lächelte zurück.

»Gut. Wann wird sie da sein?«

»Habe ich mit Mühe deine gute Laune heraufbeschworen, so bin ich doch gezwungen, sie wieder zu dämpfen. Ich will es dir nicht sagen. Nach dem Diktat der Herren der Gensko-Station ist es jetzt Abend. Laß uns Gebrauch davon machen, aber nicht für Geschäftliches.« Sie lachte über seinen Gesichtsausdruck. »Trinken, tauKapitän. Ein tiefes und philosophisches Gespräch führen. Ich habe das Bedürfnis, dich in die feineren Kreise der Bay Colony Werkstatt einzuführen. Kommst du mit?«

Er zögerte, da er sich müde und immer noch ein bißchen zornig fühlte, erlag dann aber seiner wachsenden Neugier. Außerdem hatte Tatha erklärt, daß etwas Ungewöhnliches bevorstand, und Jes wußte aus seinen Erfahrungen mit fremden Orten, daß etwas Ungewöhnliches einer Erklärung bedurfte. Weiter hatte Tatha erklärt, er würde unter Beobachtung stehen. Je mehr er über Gensko und Tatha erfuhr, desto sicherer konnte er sich fühlen.

»Geht in Ordnung«, sagte er. »Zeig mir deine Wunder, ich werde mich gebührlich beeindruckt zeigen.«

Unerwartet lief sie um ihn herum, öffnete seine Tasche und entnahm ihr das Zertifikat.

»Zuerst das«, sagte sie. »Wenn du unter Wölfen bist, Menet, dann benimm dich wie ein Wolf, aber verberge deine Schätze. Komm mit!« Sie ging in die Duscheinheit.

»Wenn hier jeder so vorwitzig ist wie du . . .«

»Einspruch. Das ist reine menschliche Neugier. Bei anderen kannst du dieses Adjektiv nicht immer anwenden.« Sie blickte sich im Raum um, schwang sich auf die Duschkabine und beugte sich zur Leuchtröhre. Sie stieß eine ausgefahrene Kralle unter die Verankerung, schob die Abdeckplatte beiseite und steckte Jes' Zertifikat zwischen Decke und Platte, ließ die Platte wieder in ihre ursprüngliche Halterung zurückschnalzen und sprang an seine Seite.

»Wenn du zurückkommst, solltest du die Winkel der Halteklammern verändern und dir die neue Stellung merken. Ich bezweifle, daß unsere Gegner das Zertifikat finden und wenn, daß sie soviel Grips besitzen, die Klammern wieder richtig hinzubiegen. Komm jetzt!«

Bei der Tür angekommen, blickte sie traurig drein und schüttelte den Kopf. »Da kann man nichts machen. Gesindel.«

Er zögerte einen Moment, dann schloß er die Tür hinter sich und folgte ihr.

»Warum?« fragte er. »Ich meine, warum diese Lektionen im Durchmogeln und die Einladung heute abend?«

»Ganz einfach. Du bist der einzige in dieser Station, der auch nur annähernd so fremd ist wie ich. Und wenn mich deine suspekte Gesellschaft nicht stört, weshalb sollte dich dann meine stören?«

»Sie stört mich nicht«, sagte er, als er sich an die Feindseligkeiten des Nachmittags erinnerte. »Ich werde nicht fertig damit, aber du bist daran gewöhnt.«

»Man gewöhnt sich nie daran«, sagte sie leise. »Wir springen hier auf.«

Das Gleitband bewegte sich durch die Hauptverkehrszone der Bay Werkstatt, durch Gegenden feierabendlicher Unterhaltung und entlang beleuchteter und flackernder Fronten von Vergnügungshäusern. Tatha lehnte sich gegen das Gleitbandgeländer, der Menge den Rücken und Jes das Gesicht zugewandt. In ihrem dunklen Anzug, mit der über ihr helles Haar gezogenen Kapuze, war sie von hinten nicht zu erkennen. Jes versuchte sie zu beobachten, ohne sie zu sehr anzustarren und hielt sich damit für sehr erfolgreich; bis sie unvermittelt schielte und ihm die Zunge herausstreckte. Er biß sich errötend auf die Lippen und sah weg, und Tatha sprang so unerwartet vom Gleitband, es dauerte einen Augenblick, bis er erkannte, daß sie verschwunden war. Er sprang herunter und ging zu ihr zurück. Sie schlenderte eine Seitenstraße entlang, hielt ihre Hände in den Taschen verborgen und summte. Als er wieder an ihrer Seite war, blickte sie ihn belustigt an.

»Trinkst du gern Bier?« fragte sie und blieb an einer unmarkierten Tür stehen.

Jes nickte.

»Gut. Willkommen in Tammas Hopfenstube, Kapitän.«

»Auch ein Schloß?« fragte Jes, als er eintrat, und hörte ihr Lachen hinter sich.

Der überfüllte Raum war klein und schummrig. Die Menschen blickten bei ihrem Eintreten kurz auf, wandten sich aber dann wieder dem Bier und ihren Gesprächen zu. Der Barkeeper nickte und begann, nachdem Tatha zwei Finger gehoben hatte, zwei Steinkrüge mit Bier zu füllen. Tatha führte Jes zu einem der hinteren Tische.

»Tammas Vater kam aus dem Lab, und das macht ihn verehrens-, wenn nicht sogar anbetungswürdig.«

»Der Grabmeister erwähnte das Lab – das Labyrinth? Ich weiß nicht, was das ist.« Jes setzte sich.

»Ein Asteroidengürtel in einem benachbarten System im gleichen Sektor. Die Labber leben in hohlen Asteroiden, die man allgemein ›Löcher‹ nennt und wehren sich gegen eine Kultivierung. Schon seit Dekaden versucht Gensko, sie auszulöschen.«

»Warum?«

»Weil sie sich nicht anpassen.« Tammas stellte die Krüge auf den Tisch und machte sich wieder auf die Socken. Er war ein kleiner, säuerlich dreinblickender Mann. Er betrachtete Jes neugierig. »Gensko möchte alles in netter, einfacher und leichter Form haben. Labber haben nie auf diese Art gearbeitet und werden es wahrscheinlich auch nie tun. Hast du ihm von meinem Paps erzählt?« fragte er Tatha.

»Das werde ich noch, Tammas. Wir möchten gleich noch zwei neue.«

Tammas nickte und ging unbeirrt zum Tresen zurück.

Jes schlürfte sein Bier. Es war kalt und schmeckte etwas schal. Er zog eine Grimasse, Tatha nickte.

»Aber das ist das beste, das du diesseits der Gemsphäre oder des Lab finden kannst.«

»Was ist die Gemsphäre? Und was war mit Tammas Vater?«

Tatha setzte ihren Krug ab. »Die Gemsphäre ist das Gebiet der Manager, mein Unschuldsengel. Die Gemsphäre ist das Herz und der Mittelpunkt allen zivilisierten Lebens der Gensko-Station. Parkanlagen, Brunnen, ganze Häuserblocks, Finesse und Reichtum. Ich kann dich hinbringen, wenn du willst. Es wird auf deine gediegene, provinzielle Seele großen Eindruck machen. Tammas Vater war ein Labber-Braumeister, der einen Angriff Genskos abwehrte, indem er einen riesigen Felsblock in ein Herrenschiff schleuderte und es dadurch lahmlegte. Unglücklicherweise überlebte Tammas. Er wurde in Genskos mütterlichem Schoß aufgezogen. Als sie herausfanden, daß er nichts wußte, was für sie von Bedeutung war, und sie ihn nicht zwingen konnten, sie zu mögen, schickten sie ihn hierher. Gensko ist sehr auf seine Ressorcen bedacht. Tammas ist ein guter Wirt, und seit er hier ist, wissen die Manager, wo sie Piloten, die geschäftlich aus dem Lab kommen, finden können. Sie wissen nicht, daß unser trauriger Freund Aufruhr verbreitet und Saat für eine Rebellion sät. Die Saat fällt auf harten Boden.« Sie tippte mit ihrem Fuß auf den metallenen Boden. »Tammas haßt das ganze Geschäft.«

»Und warum verläßt er es nicht? Und da wir schon dabei sind, warum gehst du nicht?«

Tatha, den Mund voll Bier, betrachtete ihn über den Rand ihres Kruges hinweg. Der Geräuschpegel schwoll an und ab. Jes bekam kurz den Geruch von heißem Eintopf und möglicherweise frischem Brot in die Nase.

»Tammas kann nicht weg«, sagte sie endlich. »Weil er keine Heimat mehr hat. Die Labber, die nach Gensko gekommen sind, werden stillschweigend geduldet. Wenn sie ihn jetzt rausschmuggeln würden, kämen sie wegen Entführung oder Verschleppung eines Gensko-Angestellten vor Gericht. Wenn er von sich aus ginge, würde Gensko das gleiche vermuten. Ein Zwischenfall wie dieser könnte einen erneuten Krieg auslösen, und die Labber erholen sich gerade noch vom letzten Angriff. Und Tammas, gesegnet sei sein gespaltenes Herz, ist Patriot genug, es abzulehnen, nur um seiner Freiheit willen das Lab zu gefährden.«

Sie drehte sich zu Tammas um und winkte. Er nickte und ergriff zwei frische Krüge.

»Und was ist mit dir?« fragte Jes. »Dich hält wohl kein Patriotismus hier.«

»Kaum«, antwortete Tatha trocken. »Gensko betreibt eine charmante Politik gegenüber Arbeitern von anderen Welten. Sie nehmen dir etwas, was du unbedingt brauchst, und geben es nicht zurück. Es ist überraschend effektiv.«

»Das ist Nötigung«, antwortete Jes zornig.

Tatha zuckte die Achseln. »Ich habe ihm von deinem Paps erzählt, Tammas.« Tammas stellte die vollen Krüge vor sie hin, nahm die leeren, nickte ernst und ging wieder zum Tresen.

Jes musterte Tatha, und Tatha, die sich bequem in ihren Stuhl zurückgelehnt hatte, musterte den Raum. Sie faszinierte ihn: der schlanke, silberne Körper, die ausdrucksvollen Augen, der rasche, messerscharfe Verstand. Er überlegte, was sie wohl von den hier versammelten Labbern denken mochte, überlegte, wie sie hinter der Fassade von scherzhaftem, belanglosem Geschwätz über das Universum und über die Station dachte. Er hatte schon früher mit Raumkolonisten zu tun gehabt und war überzeugt, Informationen extrahieren zu können. Ein kurzes, behutsames Sondieren konnte nicht schaden.

Sie antwortete bereitwillig. Nein, bevor sie auf die Station gekommen war, hatte sie nichts über Gensko gewußt. Ja, Gensko hatte ihr das Entkommen unmöglich gemacht. Nein, das Raumfahren hatte sie nicht auf Santa Theresa gelernt. Als er sie fragte, warum sie ihre Heimatwelt verlassen hatte, setzte sie den Krug ab und blickte ihn liebenswürdig an.

»Deinem Zertifikat zufolge bist du auf Aerie geboren, tauKapitän. Du könntest dreimal jährlich nach Hause gehen, hast es aber in den vergangenen Jahren kein einziges Mal getan. Warum nicht?«

Jes blickte sie ärgerlich an. »Das geht dich verdammt wenig an!«

»Genau«, sagte sie aufstehend. »Gehen wir auf Erkundungsreise, Menet. Ich versprach dir die Wunder der Gemsphäre, und, wie du bald herausfinden wirst, pflege ich alle meine Versprechungen zu halten.«

Jes stand verlegen auf. Ein kurzes, behutsames Sondieren, in der Tat. Er folgte ihr aus der Bar, doch sie gab ihm keine Gelegenheit, sich zu entschuldigen, sondern ging unentwegt in der Seitenstraße vor ihm her. Jes kam zu der Überzeugung, daß sie mit ihrer Eingeschnapptheit sich selbst am meisten schadete und beeilte sich, sie einzuholen.

Aber ihr Gesicht, das flüchtig von einer Lampe erhellt wurde, schien gleichgültig. Sie führte ihn in rascher Folge um drei Ecken in einen Irrgarten verlassener Versorgungswege. Die Lichter waren gelöscht; Tatha summte eine leise Melodie; in ihrem dunklen Kapuzenanzug war sie ein dunklerer Schatten in der Dunkelheit vor ihm. Als sie seine Brust berührte, blieb er stehen, und sie deutete zum fernen Schimmer eines Röhrenportals. Keines der Hauptportale, erklärte sie, sondern ein Nebenzugang, der dem Frachttransport diente.

»Ein Tor zum Himmel«, sagte sie sarkastisch. »Abenteuerlustig? Gut. Paß auf, wir sind in der Gemsphäre nicht willkommen, uns fehlt der Geruch teurer Juwelen und eines hohen Lebensstandards. Halte deinen klugen Kopf gesenkt und deine wohlklingende Stimme gedämpft, mein Täubchen, und tu nur das, was ich dir sage. Fertig? Dann mutig voran! Vor dem Tor wird es dunkler, also paß auf, wo du hintrittst – das Pflaster ist uneben.«

Er ging vorwärts, ihre warme Hand lag auf seiner Schulter. Es wurde tatsächlich dunkler vor dem Tor, zwei Meter davor stolperte er über einen hervorstehenden Pflasterstein und fiel, wobei er sie mit sich riß. Sie sprang geschickt wieder auf die Beine, griff nach seiner Hand und half ihm auf. Dann hob sie ihre Hand, ließ ihre Finger an der hohen, vorstehenden Kante der

Wand entlanggleiten und rieb sie an seinem Handballen. Es fühlte sich schmierig an.

»Die Herren und Meister halten nicht viel vom regelmäßigen Filterwechsel, schon gar nicht im Elendsquartier oder vom Instandhalten der Fußwege.« Sie legte ihre Hand wieder auf seine Schulter und begann erneut zu summen. Die Melodie klang herablassend.

Unter den Torlampen blieben sie stehen. »Würdest du mir einen Gefallen tun? Geh rein und schau nach, ob sich jemand dort aufhält! Tölpel, denen ich nicht begegnen will.«

Jes nickte und ging zum Tor und fragte sich, ob Tatha so hart war, wie sie sich gab. Sein Schutzinstinkt ließ ihn das Gelände sorgsam überblicken, bevor er Tatha ein Zeichen gab. Sie rannte auf ihn zu, faßte seine Hand und zerrte ihn eine glatte, polierte Fallröhre hinab. Sie hetzten durch den hellerleuchteten Raum am Fuße der Röhre, dann in einen dunklen Nebenflur. Weit vom Lichtschimmer entfernt lehnte sie sich an die Wand und lachte leise. Die Kapuze war zurückgefallen. Sie strich ihr dichtes, silbernes Haar zurück und zog sie wieder tief in die Stirn.

»Und wieder müssen wir schlüpfen. Komm, mein tüchtiger Raummatrose, ich will dir die glitzernden Promenaden der Gemsphäre zeigen!«

Die Gemsphäre glitzerte tatsächlich. Zwischen dem äußeren Werkstattgelände der Station und den inneren Kraftwerkanlagen gelegen, füllte sie das ganze Zentrum der Station aus. Die schmale Deckenwölbung reflektierte die sternengleichen Lichter wie Nadelspitzen, die frische Luft roch nach Blumen, und irgendwo in der Dunkelheit murmelte freundlich eine Quelle. Tatha führte ihn zwischen hohen, weißen Gebäuden hindurch, deren Fenster hell erleuchtet waren. Sie bewegten sich am Rand eines Parks entlang und beobachteten fein gekleidete Leute hinter Büschen hervor, die im bernsteinfarbenen Licht schwebender Lampen promenierten. Irgend jemand spielte gekonnt auf einer Zwölftontaireine; Tatha schloß die Augen und lauschte hingebungsvoll der zarten, melodiösen Musik. Ein Kind lachte. Jes staunte mit offenem Mund. An einem mit Seide drappierten Stand standen mit Wein gefüllte, kristallene Kelche zum Verkauf bereit. Jes redete sich ständig ein, daß die Bewohner der Gemsphäre nicht immer so leben konnten, daß sie während des Tages Arbeit hatten, der sie nachgingen, Arbeit die getan werden mußte, aber er glaubte nicht so recht daran.

Tatha betrachtete die Gesichter der Promenierenden genau und ermahnte Jes zur Ruhe. Drei Personen saßen bei einem Brunnen auf einer Bank; ein älterer Herr mit glattem grauen Haar; eine zierliche, dunkelhaarige Frau, in wertvollen Brokat gekleidet, und die Rothaarige, die mit ihm gesprochen hatte, als er mit seinem schadhaften Schiff in Gensko angekommen war und die Tatha später als Maigret identifiziert hatte. Die drei hatten sich vorgebeugt und sprachen miteinander. Tatha bewegte sich vorsichtig vorwärts. Nach kurzer Zeit stand Maigret auf, zupfte die Falten ihres Kleides zurecht und ging fort. Tatha schlich durch die Büsche zurück zu Jes und führte ihn aus dem Park.

Sie ging nun schneller und führte ihn durch ein Gewirr dunkler Gassen und Seitenstraßen. Sie rannten ein paar niedere Stufen zu einem ausgedehnten Steinbalkon hinauf. Tatha legte ihre Hand auf das Geländer und sprang in die darunter gelegene Finsternis. Jes folgte ihr, von einer plötzlichen, freudigen Unbesonnenheit erfüllt. Der Boden war näher, als er gedacht hatte, daher stöhnte er leise, als er landete.

Tatha legte ihre Hand auf seinen Arm. »Wir werden verfolgt. Kannst du mit mir mithalten?«

Jes hörte die Veränderung in ihrem Tonfall und hätte geantwortet, hätte sie nicht den Finger auf die Lippen gelegt. Sie rannte weiter. Jes sprang auf die Beine und folgte ihr. Irgend jemand landete mit einem dumpfen Schlag und einem unterdrückten Fluch unter dem Balkon. Jes machte sich nicht die Mühe, zurückzublicken.

Jes erkannte, daß es doch nicht so einfach war, mit Tatha auf gleicher Höhe zu bleiben, wie er zuerst angenommen hatte. Sie bewegte sich gewandt und geschickt, und er beneidete sie um die schnelle Reaktion ihres Körpers, als er ihr um ein Becken und über eine Hecke folgte. Sie flohen eine Geschäftsstraße hinunter. Im Licht einer der spärlichen Glühlampen sah Jes einen Stapel Früchte, den ein vertrauensseliger Händler vor dem Geschäft hatte stehen lassen. Tatha griff sich zwei glänzende Kugeln aus dem unteren Teil der Pyramide. Der Rest der Früchte kam ins Rollen, die Pyramide kippte auf die Straße. Die Schritte hinter ihnen wurde zu einem ungeschickten Stampfen, als ihr Verfolger versuchte, den kullernden Früchten auszuweichen. Tatha blickte über ihre Schulter zurück und warf Jes eine Frucht zu. Sie schmeckte sauer, ihr Saft ergoß sich in seinen Mund. An der nächsten Ecke hielt er an, zielte und warf die Frucht die Straße hinunter. Tatha grinste und tauchte zwischen ein paar Bäumen unter. Jes folgte ihr in die Dunkelheit. Sie ergriff seine Hand und führte ihn um die Bäume.

»Kannst du da durchkriechen?« flüsterte sie.

Die klaffende Öffnung war ein schwarzer Fleck vor der Dunkelheit der Bäume. Er warf sich auf den Bauch, kroch hinein und kroch solange, bis Tatha seinen Knöchel umklammerte.

»Die nächste rechts«, sagte sie mit vor Lachen glucksender Stimme. Er folgte ihren Zeichen, bis sich die Röhre vor ihm auftat und er das beleuchtete Gelände vor dem Frachtportal erkennen konnte. Er bedeutete ihr, daß das Gelände verlassen war, dann zog er sich halb aus der Röhre hinaus, wand sich, ließ sich fallen und landete auf den Füßen. Fast gleichzeitig war Tatha neben ihm und einen Augenblick später verließen sie die Fallröhre wieder und spurteten den dunklen Versorgungsweg hinunter. Tatha verlangsamte ihren Lauf, um ihre Finger über den Sims gleiten zu lassen, dann rannte sie mit ihm zu Tammas Hopfenstube.

Aus der geöffneten Kneipentür drang Licht nach draußen. Schwer atmend blickte Jes Tatha an und stimmte in ihr Lachen ein. Ihr brauner Hosenanzug war schmutzig, ihre Haare hatten sich gelöst und lagen auf ihrer Schulter. Ein Blatt hatte sich darin verfangen. Jes löste das Blatt aus ihrem Haar und gab es ihr. Sie nahm es ernst entgegen und händigte ihm gleichzeitig seinen grünen Paß aus.

Jes starrte den Paß an und hörte auf zu lachen. Er steckte suchend eine Hand in die Tasche.

»Wo hast du das her?« fragte er.

»Aus deiner Tasche, als du gestolpert bist, kurz bevor wir das Portal erreicht hatten. Er hätte Alarm ausgelöst, und ich dachte, du würdest ihn nicht vermissen.«

Jes sah sie verwirrt an. Sie blickte geduldig und erwartungsvoll zurück. Er steckte den grünen Paß neben die Kreditkarte in seine Tasche.

»Du bist wirklich sehr geschickt«, sagte er endlich. »Wer hat uns verfolgt? Maigret?«

»Kaum. Unsere rothaarige Freundin schuldet uns einen Gefallen – wer auch immer dir gefolgt ist, folgte ursprünglich ihr.«

»*Mir* gefolgt? Wir waren beide unterwegs.«

»Wir wurden nicht von Gensko verfolgt, tauKapitän. Wenn es

so gewesen wäre, hätten sie Alarm ausgelöst und die Tore geschlossen.«

»Wer dann . . .«

Tatha zuckte die Achseln und ging an Tammas Bar vorbei. »Ich hatte gehofft, du würdest es wissen.«

Das Gleitband war nachts ausgeschaltet, die Lichter gedämpft, die Menge zerstreut. Tatha sprach nicht, als sie den Platz überquerten und sich durch den Korridor zu Jes' Zimmer begaben. Aber als sie die Tür erreichten, legte sie ihre Hand auf seinen Mund, um seinen Fragen Einhalt zu gebieten.

»Frag mich morgen«, sagte sie leise. »Aber bevor du schlafen gehst, fordere den Text an, den ich auf die Rückseite deines grünen Passes geschrieben habe. Schlaf wohl, meine Fliege.« Sie drehte sich um und verschwand um eine Ecke des Korridors.

Jes schloß sein Zimmer auf und ging hinein. Er stellte sich solange unter die Dusche, bis er sich sauber fühlte, versuchte seine Müdigkeit zu ignorieren, setzte sich vor den Kommitter und gab die Nummer des Textes ein. Der Schirm präsentierte ihm die Reproduktion einer Fakszeitung des vergangenen Monats.

Gensko, berichtete das Faks, hatte ein Kaufangebot in überraschender Höhe erhalten und dieses nach angemessener Bedenkzeit abgelehnt. Ein zweites Angebot wurde ebenfalls abgelehnt. Weitere Angebote waren keine gemacht worden. Die Manager versicherten allen Bewohnern und Angestellten, daß sie Gensko niemals an eine Agentur verkaufen würden, ganz egal wie groß das Angebot sein mochte und verliehen dieser Bekräftigung mit fast hysterischem Eifer Nachdruck. Das Gebot war von der Parallaxe gekommen.

Beim ersten Lichtstrahl fühlte Jes die Wirkung des Aufputschmittels, das er eingenommen hatte, abklingen. Er nahm noch eine Dosis und begann erneut, im Zimmer auf- und abzugehen.

Es gab keine weiteren öffentlichen Reportagen über die Gebote, obwohl Jes versuchte, alle Schlüsselinformationen unter jeder Rubrik, die er sich vorstellen konnte, zu finden. Er fand auch nichts mehr über Santa Theresa, aber das bewies nichts.

Ein Kombinat von der Größe der Parallaxe konnte seine Spione aus jedem Teil der Förderation rekrutieren; aber wenn Tatha eine Parallaxenspionin war, warum hatte sie ihn dann auf diese mitternächtliche Tour mitgenommen? Und sicher war Gensko nicht an Aerie-Kennerin interessiert, obwohl die Parallaxe es ziemlich sicher war. Die Parallaxe wollte Aerie-Kennerin, Jes wußte das; in den Händen der Parallaxe konnte Jes als Geisel gegen seine Familie eingesetzt werden. Aber er verstand trotzdem nicht, wie seine Anwesenheit dem Gensko-Gebot der Parallaxe dienlich oder hinderlich sein konnte.

Aber wenn Tatha keine Parallaxenspionin war, warum hatte sie dann angenommen, daß ein umherstreifender tauKapitän namens Jes Kennerin irgendwelche Interessen an dem Gensko-Gebot der Parallaxe haben könnte?

Wenn sie eine Genskospionin war, warum dann dieses Vergehen? Und wenn ihr Verfolger ein Parallaxenspion gewesen war, warum folgte er dann einer umherstreifenden Theresanerin und einem gestrandeten tauKapitän?

»Wer auch immer *dir* gefolgt ist . . .«, hatte Tatha gesagt.

Aber sie war in sein Zimmer eingebrochen, hatte sein Zertifikat gelesen und seine Tasche durchsucht, und das alles im Verlauf eines Abends.

Vor ein ungelöstes Rätsel gestellt, reagierte Jes in der altehrwürdigen Art aller plumpen, vierschrötigen Kennerins. Er ging zur Bay-Werkstatt, um mit Tatha selbst zu sprechen.

Sein Gleiter hing hoch über dem Boden der Werkstatt. Jes stellte sich darunter und rief Tathas Namen, bis ihr Gesicht über einer Seite des Schiffes auftauchte.

»Komm rauf!« sagte sie und verschwand wieder.

Es schien keinen Weg nach oben zu gehen, abgesehen von dem herabhängenden, verknoteten Seil, das an einem Balken befestigt war. Er entspannte seine Hände, erinnerte sich der vielen Stunden, die er in der Turnhalle seines Schiffes verbracht hatte, und begann, an dem Seil hinaufzuklettern.

Dummerweise hatte er vergessen, daß er die Schiffsturnhalle nur im freien Fall aufgesucht hatte, denn als er das Schiff erreichte, waren seine Hände verkrampft und seine Schultermuskeln brannten. Er setzte sich neben Tatha und rieb sich die Schultern. Verschmortes Blei lag um sie herum, ihr Laserstift glomm auf, als sie neue Bleiplatten an Ort und Stelle setzte.

»Du hast nicht geschlafen«, begann sie gesprächig. »Das hemmt das Wachstum, mußt du wissen.«

»Ich bin es gewöhnt, in Hängematten zu schlafen. Seit ich

Raumfahrer bin, war ich nicht mehr imstande, in einem gewöhnlichen Bett zu schlafen.«

»Flexibilität ist eine Tugend«, sagte sie streng und griff nach den Drähten. Jes nahm einen zur Hand und reichte ihn ihr.

»Warum hast du gewollt, daß ich mir diesen Text ansehe?«

Tatha hatte den Draht zwischen ihren Zähnen und antwortete deshalb nicht. Nachdem sie die Verbindung behelfsmäßig wieder hergestellt hatte, ließ sie den Draht los und preßte ihn in seine Nut.

»Ich dachte, er könnte dich interessieren.«

»Warum?«

»Warum nicht?«

»Tatha«, sagte er verärgert, und sie lächelte.

»Das ist der Grund, weshalb Gensko zur Zeit so ruppig ist. Nicht, daß sie zu ihren besten Zeiten freundlicher wären, aber du kamst gerade zu Beginn einer großen Bedrohung. Einen anderen Draht bitte.«

Jes gab ihn ihr, dann legte er sich auf den Bauch und stützte sein Kinn auf die Hände.

»Ich kann nicht verstehen, warum sie so ängstlich sind«, sagte er. »Sicher ist es nicht das erstemal, daß irgend jemand sie zu kaufen versucht.«

»Für dieses Volk schon. Und die Parallaxe ist nicht gerade der nette Junge von nebenan.«

»Warum nicht?«

»Oh, hör doch auf! *So* unschuldig kannst du nicht sein. Du hast schon von der Parallaxe gehört – das hat doch jeder.«

Jes zog die Brauen hoch. »Diese Leute sind nur ein großes Kombinat. Ich weiß nicht, warum sie Gensko kaufen wollen, aber wenn es ihnen nicht gelingt, werden sie eben wieder gehen.«

Tatha blickte ihn an. »Die Parallaxe ist ein hartnäckiger Haufen, Kapitän. Sie machen keine leichtfertigen Angebote und sie akzeptieren kein Nein. Gensko will sich nicht aufkaufen lassen, kennt aber den Ruf der Parallaxe und ist deshalb zu Tode geängstigt.«

»So?«

»Die Parallaxe sucht nach einem Hebel, etwas, das sie als Geisel verwenden kann, um Gensko zur Kapitulation zu zwingen.« Sie legte den Laserstift beiseite und öffnete ihren

Kragen. »Eine Geisel«, wiederholte sie bitter. Sie blickte Jes an, ihre Mundwinkel zuckten. »Glaubst du, sie werden sie finden?«

»Woher soll ich das wissen?«

»Strapaziere deine Vorstellungskraft ein wenig, tauKapitän. Wenn du der einsame Spion einer riesigen Gesellschaft wärst, den Auftrag hättest, eine Möglichkeit für einen Kauf zu finden, eine Möglichkeit, die der Gesellschaft nicht so sehr schadet, daß sie wertlos wird, wo würdest du suchen? Welche Art von Möglichkeit würdest du anstreben? Wie würdest du vorgehen, sie zu finden? Und wie würdest du es in Angriff nehmen?«

»Und warum sollte sich eine herumstreunende Theresanerin dafür interessieren?«

»Miau«, sagte Tatha.

Spiel ruhig weiter, dachte Jes. Ein Informationsfluß verläuft immer zweigleisig. Er runzelte die Stirn.

Es mußte irgend etwas sein, das Gensko nicht leicht ersetzen konnte, und das die Parallaxe nicht dringend benötigte. Wenn sich Gensko entschied, die Geisel zu opfern, mußte die Parallaxe sie auch ohne weiteres vernichten können, ohne der Gesellschaft zu sehr zu schaden. Damit waren die technischen Anlagen der Station von vornherein ausgeschlossen: die Energieversorgung, das Lebenserhaltungssystem, das Kommunikationsnetz. Tatha deutete an, daß ein individueller Manager diesem Zweck auch nicht gerecht werden würde; die Besitzer Genskos lebten in sicherer Zurückgezogenheit auf einem fernen Planeten, und die Manager selbst waren trotz ihrer individuellen Talente austauschbar und daher leicht zu ersetzen. Ein Versuch, die Station durch Belagerung oder Angriff einzunehmen, war ebenfalls undurchführbar. Die Parallaxe müßte dazu Kriegsschiffe durch den tauRaum der Förderation bringen, was illegal war und von der Förderation geahndet werden konnte, oder sie mußte Schiffe im Priory Sektor zusammenziehen. Aber dieser Sektor wurde gut bewacht, sagte Tatha, und eine solche Schiffskonstellation würde bald entdeckt und vernichtet werden.

Tatha begann zu summen, die gleiche, eingängige Melodie, die er bei ihrem ersten Zusammentreffen schon gehört hatte. Er zuckte die Achseln.

»Ich weiß nicht, wonach ein Spion suchen würde«, sagte er schließlich. »Wenn es meine Arbeit wäre, würde ich meine Nase wahrscheinlich überall reinstecken und nehmen, was kommt. Mich um verborgene Dinge kümmern. Aufmerksam sein.«

Tatha nickte. »Besonders bei unerwarteten Ereignissen. Wie Leuten, die sich in den Büschen der Gemsphäre herumtreiben.

»Als Spion von Gensko, würde ich mich für die gleichen Dinge interessieren.«

»Gewiß würdest du das.«

Jes holte tief Atem. »Okay. Warum sind wir letzte Nacht in den Büschen herumgekrochen?«

»Du hast doch die Gemsphäre sehen wollen, oder etwa nicht?«

»Das beantwortet nicht meine Frage. Du hast nach irgend etwas gesucht, nicht wahr? Während du Maigret belauscht hast – was hast du da gesucht?«

»Nun, ich bin unheilbar neugierig. Das sagte ich bereits.«

»Willst du mir meine Frage beantworten?« verlangte Jes. Er stand auf. Tatha unterbrach ihren Arbeitsrhythmus nicht.

»Die, die du schon gestellt, oder die, die du noch nicht gestellt hast? Ich gab dir den Speicherkode der Parallaxe, Menet, weil Maigret dich für einen von ihnen hält. Das hat sie letzte Nacht zu den beiden anderen gesagt. Himmel, schaust du verblüfft drein. Sicher kommt das doch nicht so unerwartet . . .«

»Das ist absurd! Ich? Heilige Mutter – ich werde es ihr sagen. Das hält alles auf, ist es nicht so?« Jes lachte schallend. »Ich muß Maigret nur sagen, daß ich kein Spion bin, und schon werden wir alle benötigten Teile bekommen.«

»Und wie, lieber Freund, willst du sie davon überzeugen, daß du kein Parallaxenspion bist?«

Jes starrte sie an. Was wollte er Maigret wirklich sagen? Daß die Parallaxe einmal versucht hatte, seine Heimatwelt in ihre Gewalt zu bringen. Und sie es aller Wahrscheinlichkeit nach wieder versuchen würde? Wie konnte er das für Maigret zufriedenstellend beweisen? Zu dumm. Was wäre, wenn die Parallaxe einen erneuten Versuch gegen die Station unternahm, solange er noch an Bord war? Und wenn Maigret überlebte? Würde sie sich bei ihren neuen Herren einschmeicheln, indem sie ihnen den Kopf des tauKapitäns Jes Kennerin auf einem Tablett servierte? Er erinnerte sich, daß Maigret sehr leicht nachzuspionieren war.

Tatha verlieh seinen Gedanken Ausdruck: »Es *gibt* einen Parallaxenspion in Gensko, Jes. Er ist bestimmt schon über einen Monat hier. Und er kann auch spionieren – wie ich. Noch was anders – wir haben keine Garantie, daß der Spion ein Außenweltler ist. Es könnte genausogut ein Mitglied des Managements oder des Personals sein. Es könnte sogar Maigret selbst sein.«

»Sogar du«, sagte Jes langsam, »könntest es sein.«

»Könnte schon sein«, stimmte Tatha zu. »Ist aber nicht so.«

»Und das soll ich dir so ohne weiteres glauben?«

»Ich habe dich nie angelogen«, sagte sie einfach. »Und merk dir eines, ich habe kein Interesse daran zu lernen, wie du vorgehen würdest, um Gensko davon zu überzeugen, daß du kein Spion bist, da ich der Überzeugung bin, deine Argumente würde die Parallaxe sehr interessieren. Ich will nicht, daß du mir etwas sagst.«

»Weil du es schon weißt?«

Tatha schüttelte den Kopf.

»Ich glaube dir nicht«, sagte er mit unterdrücktem Zorn. Er gab sich aber keine große Mühe mehr, ihn zu verbergen. »Alles, was ich weiß, stammt von dir. Und du könntest die beste Lügnerin der Förderation sein. Wer, zum Teufel, bist du eigentlich?«

»Ich habe es dir schon gesagt«, antwortete sie. »Du mußt es mir nur einfach glauben.«

Jes riß endgültig der Geduldsfaden. »In Ordnung. Keine weiteren Spiele mehr. Ich mag weder Netze noch Verschwörungen, und dich mag ich auch nicht besonders. Du und Gensko, die Parallaxe und dieser ganze verdammte Sektor, könnt zum Teufel gehen. Ich will nur, daß mein Schiff in Ordnung gebracht wird. Jetzt. *Und keine weiteren Spiele mehr!*«

»Lineares Denken ist nicht nur langweilig, sondern auch unproduktiv«, bemerkte Tatha.

Jes fluchte. »Du kannst mich anrufen, wenn du mit der Arbeit fertig bist«, sagte er und ergriff das Seil. Tatha ließ die Bleidrähte fallen und legte die Hände in den Schoß. Sie blickte Jes erwartungsvoll an.

»Und ich will nicht mehr gestört werden«, rief er, bevor er am Seil hinunterrutschte. Als er aus der Bay hinausging, hörte er Tathas Stimme über sich, die mit aller Hingabe sang.

Als er in sein Zimmer zurückkam, wartete seine tägliche Rechnung auf ihn. Er bezahlte sie fluchend und gähnte. Die Wirkung der zweiten Aufputschtablette war vorbei, seine Muskeln fühlten sich schlaff und schwer an. Abgesehen von seinem zweistündigen Nickerchen am Vortag, hatte er seit drei Standardtagen nicht mehr geschlafen. Er setzte sich auf die Koje, rieb sich die Augen und wünschte sich nur einen kurzen Schlummer. Danach legte er sich hin und schlief zehn Stunden lang.

Er erwachte erfrischt und heißhungrig, und es schien, als hätten die Probleme, mit denen er eingeschlafen war, sich von selbst erledigt. Er war davon überzeugt, mit ein wenig linearem Nachdenken alle angefallenen Mißverständnisse aufklären zu können, duschte, zog sich an und machte sich auf den Weg zu Tammas Hopfenstube.

Abgesehen von Tammas und einer schlanken Frau in einem ungewöhnlichen, grünen Raumanzug, war die Bar leer. Jes ging hinein und setzte sich an die Bar. Tammas trat mit seinem obligatorisch finsteren Blick zu ihm und reinigte mit seinem traditionellen Wischtuch die Theke.

»Tatha erzählte mir, hier gibt es auch was zu essen«, sagte er. »Ich könnte etwas vertragen.«

»Eintopf«, murmelte Tammas und starrte ihn an.

»Gut. Haben Sie irgendwelche Fruchtsäfte?«

Tammas Brauen trafen sich fast, er streckte sich. »Ich betreibe eine Bar, Menet, und kein Sanatorium.«

»Also gut, ein Bier«, sagte Jes resignierend.

Tammas nickte immer noch stirnrunzelnd und verschwand durch eine Tür hinter dem Tresen. Jes bemerkte den Blick der schlanken Frau.

»Nun, Sie sind offensichtlich kein Genny«, sagte sie freundlich. »Ihr Akzent ist so dick wie Quark.«

»Und Sie sind auch keiner«, erwiderte er. »Mein Schiff verlor im tau eine Bleiplatte, und ich mußte zur Reparatur hierher.«

Sie pfiff durch die Zähne. »Sie haben sich wahrlich den falschen Ort für eine Hilfeleistung ausgesucht. Haben Sie Hilfe erhalten?«

»Widerwillig. Sie haben mich zu einer verrückten Theresanerin geschickt.«

»Tatha? Ich habe schon von ihr gehört.« Die Frau streckte die Hand aus. »Mein Name ist Min Calder, SprungKapitän aus dem Ost-Lab.«

»Jes Kennerin.« Er schüttelte ihre Hand. »Sind Sie geschäftlich hier?«

»Wie man's nimmt. Wir haben hier etwas zu erledigen, und ich habe den kürzeren Strohhalm gezogen. Gensko macht mich krank.«

Jes nickte zustimmend. Tammas kam aus der rückwärtigen Tür, drehte sich um und stellte eine Schüssel vor Jes auf den Tresen. Fleisch und Gemüse dampften. Tammas brachte Löffel, Bier und Brot, und Jes griff hungrig zu.

»Bleiben Sie lange hier?« fragte Min.

Jes zuckte die Achseln und schluckte. »Nur solange, bis mein Schiff wieder in Ordnung ist. Nach allem, was ich bisher gesehen habe, kann das ewig dauern.«

»Ich muß noch zwei oder drei Tage hierbleiben. Diese Idioten haben die Fracht für den Rückflug noch nicht fertig. Da sitze ich nun und habe nichts zu tun, außer in Tammas Bar herumzuhängen. Ich habe es langsam satt, immer nur die Biertrinker zu beobachten.«

Auf halbem Wege zu seinem Mund hielt Jes mit seinem Löffel inne. Das war eine Einladung, ihn abzuschleppen, wie er sie offensichtlicher noch nie erhalten hatte. Er betrachtete sie unauffällig. Eine ordentliche, zierliche Frau, braune Haare, braune Augen mit Lachfältchen um den Mund. Sie lächelte zurück und bestellte dann etwas bei Tammas, um Jes Zeit zum Nachdenken zu geben.

Sie ist eine Labberin, dachte Jes. Labber haben nichts für Gensko übrig – daher könnte sie leicht für die Parallaxe spionieren. Er schüttelte verdrossen den Kopf. Umgekehrt hatte Gensko auch für das Lab nichts übrig und würde doppelte Vorsicht gegenüber jedem Labber walten lassen, der hierher kam. Ich denke fast schon wie Tatha, sagte er zu sich selbst. Als Min ihre Bestellung aufgegeben hatte, lächelte Jes sie an.

»Was kann man in der Gensko-Station außer Bier trinken noch tun?«

»Oh, ich glaube, uns wird schon etwas einfallen.«

›Etwas‹ mit Min, das bedeutete einen Bummel durch die Öffentlichen Anlagen von Bay Colony, was den ganzen Tag in Anspruch nahm, Einkäufe in den Geschäften und bitterböse, maliziöse Bemerkungen über die Einwohner zu machen. Min hatte eine schnelle, scharfe Zunge und machte reichlich Gebrauch davon, ihre Äußerungen über Gensko waren solide, realistisch und bar jeglicher Komplotte, Gegenkomplotte und hinterlistiger Verwicklungen. Jes fand ihre Art erfrischend, und im Lauf des Nachmittags lernte er eine Menge über Gensko aus der Sicht eines Gegners.

»Natürlich sind sie nur hirnlose Bastarde«, sagte Min an einem

Punkt der Unterhaltung. Sie lehnten am Geländer einer Überführung und beobachteten die Bewegungen der Frachtwürfel, die auf einem transparenten Versorgungsband vorbeizogen. »Wissen Sie, daß eines der ersten Dinge, die sie im Lab angreifen, die Welt der Kinder ist? Sie versuchen sie zu fangen, um sie zu stinkenden Gennys zu erziehen, und wenn sie sie nicht fangen können, werden sie getötet. Wir müssen von Zeit zu Zeit den Standort verändern und lügen, um den Standort nicht preiszugeben – wir werden eventuell genauso schlecht werden wie sie. Haben Sie Kinder?«

Jes schüttelte den Kopf. »Nichten und Neffen, die die Hölle nicht haben wollte. Aber keine eigenen.«

»Ich auch nicht. Ich habe schon oft darüber nachgedacht. Es würde nett sein, den ganzen Tag ein Kind um sich zu haben, das mir Gesellschaft leistet. Meine Freundin hat ein Kind – ich beneide sie darum. Sie hat jemanden, den sie aufziehen kann. Wissen Sie, was die Genny-Bastarde mit Kindern tun?«

»Was?«

»Einfrieren. Arbeitet man in Gensko und hat Kinder, werden sie einem weggenommen und irgendwo festgehalten, bis man sie wieder freikaufen kann.«

»Du lieber Himmel! Wäre es nicht einfacher, die Geburten zu kontrollieren? Oder abzutreiben?«

Min sah ihn an. »Ich bitte Sie, tauKapitän, stellen Sie sich nicht so an. Gensko hat zwei Ziele.« Sie zählte sie an ihren Fingern auf. »Erstens, die Bevölkerung konstant zu halten, und zweitens, die Bevölkerung ruhig zu halten. Sie wechseln ihre Arbeiter im Fünfjahresrhythmus aus, und wenn diese Kinder haben, nehmen sie sie weg. Benimm dich anständig, und du bekommst deine Kinder zurück! Wenn nicht, dann . . .« Sie machte eine eindeutige Geste. »Wundern Sie sich jetzt noch, daß jeder Genny eine Bluthund ist? Wenn einem das eigene Volk so etwas antun kann, kommt man leicht zu dem Glauben, daß es mit Außenweltlern noch viel schlimmer sein muß.«

»Heilige Mutter.« Jes sah sie fassungslos an. »Die Eltern müssen dagegen Einspruch erheben. Pest und Hölle, wenn sie das mit meinem Kind machen würden . . .«

»Sie haben keine Wahl. Wenn man einmal nicht hinsieht, werden die Kinder fortgeschafft, und wenn man sich nicht benimmt, sieht man sie nie wieder.«

»Ich glaube Ihnen nicht.«

»Es ist die Wahrheit. Gerüchten zufolge halten sie den Gefrierhort gut versteckt, zusammen mit allem anderen, das sie geheimhalten möchten. Wissen Sie, wie sie die Arbeiter davon abhalten, wegzugehen?«

»Ja. Sie nehmen ihnen etwas weg, das sie brauchen, und geben es nicht zurück.«

»Es gab hier einmal einen alten Zeitgenossen, dem sie die Ersatzlunge wegnahmen. Wirklich effektiv. Oder man nimmt ihnen ihr Geld ab. Und die Löhne, die sie zahlen, reichen gerade für das Notwendigste, damit keiner gehen kann. Wohnung, Unterhalt, Mietraum in den Docks – zum Teufel, sie regulieren sogar die Luft und nennen es Gesundheitssteuer. Man kann sich nicht freikaufen, man kann nicht einmal genug zusammenkratzen, um weggehen zu können, und man kann an die Sachen, die sie einem genommen haben, nicht mehr herankommen. Arbeiter von außerhalb des Systems werden nicht ausgewechselt – sie müssen ein Leben lang hierbleiben. Und sie wagen es, *uns* Barbaren zu nennen!«

»Aber warum gebt ihr euch überhaupt noch mit ihnen ab?«

»Wir müssen. Sie wollen unsere Erze und sie haben alle anderen Märkte geschlossen. Wir *müssen* Gensko beliefern – zu Genskos Preisen. Aber sie wollen uns auch nicht hier haben. Wir sind anarchistisch, kommen nicht angekrochen und lassen uns nicht in ihre Schablonen pressen. Und das ärgert sie.« Min sah zu Jes auf und schüttelte den Kopf. »Wenn Sie meinen Rat hören wollen, Kennerin, setzen Sie Himmel und Hölle in Bewegung, daß Ihr Schiff fertig wird und verschwinden Sie dann so schnell wie möglich aus dem Priory Sektor. Wer auch immer Sie sind, was auch immer Sie wollen, und wo auch immer Sie herkommen, es ist höllisch sicher, daß Sie kein ähnliches Schicksal erleiden wollen.«

Jes stimmte ihr insgeheim zu. Das Tageslicht war der Dämmerung gewichen. Sie verließen die Überführung und stürzten von einer Vergnügungshalle in die nächste, spielten Spiele, Glücksspiele, und sahen sich eine Show an. Sie waren dauernd vom schnellen, muschelnden Akzent Priorys umgeben. Min selbst sprach sehr leise und berührte immer wieder Jes' Arm, wenn er zu laut sprach. Er verstand es nicht, bis er in einem überfüllten Kabarett gegen die Bar gedrückt wurde und irgend jemand seinen Ellbogen anrempelte, so daß ihm sein gefülltes Glas aus der Hand geschlagen wurde und der Inhalt sich über einen

Genny ergoß, der an der gegenüberliegenden Seite stand. Der Genny wandte sich um und starrte ihn an.

»Es tut mir leid«, sagte Jes. »Jemand hat mich gestoßen. Lassen Sie mich Ihnen helfen, Ihren Anzug zu trocknen.«

Der Genny straffte seine Schultern und sah Jes herablassend an. »Heh, Leute, wir haben ein Schwein unter uns«, sagte er mißfällig. »Du wirst deine Schweinepfoten von mir lassen. So was hab' ich schon mal gehört.«

»Es war ein Versehen«, beteuerte Jes nachdrücklich. »Ich sagte, es tut mir leid!« Min zupfte an seinem Arm. Jes versuchte sie abzuschütteln. Die Menge hatte sich zurückgezogen und ließ einen schmalen Ring um die beiden frei.

»Ich bin nicht nur naß«, begann der Genny, »und mein Abend ist im Arsch, ich bin auch noch mit alkoholischem Schweinedreck besudelt.« Die Menge lachte.

Jes stieß Min zur Seite und ballte die Fäuste. »Da, wo ich herkomme, lehren wir die Menschen gegenüber Fremden höflich zu sein. Aber manchen Menschen muß man das offensichtlich erst einbleuen.«

Der Genny hob drohend die Fäuste. Min blickte zur Tür und schrie: »Polente!«

Sofort drehte sich der Genny um und verschwand in der Menge, die sich genauso schnell wieder ihren Drinks und der Konversation zuwandte. Jes stand allein da, bestürzt, die Fäuste töricht erhoben. Min ergriff seinen Arm und zog ihn zum Ausgang. Die Polente war nirgends zu sehen.

»Idiot«, sagte sie, als sie wieder auf der Straße waren. Jes sah sie überrascht an. Sie zitterte.

»Haben Sie noch nie eine Schlägerei in einer Kneipe erlebt?« fragte er.

»Darum geht es nicht. Sie wissen doch, wie sehr die Gennies uns hassen. Eine einzige Schlägerei könnte so weit ausarten, bis jeder Labber auf der Station tot ist. Und dabei würde es dann nicht bleiben.«

»Ich bitte Sie. Eine Schlägerei zwischen einem Genny und einem Außenweltler?«

»Und mit mir, Kennerin.« Sie holte tief Atem. »Wir haben uns kaum vom letzten Krieg erholt – wenn sie uns jetzt wieder angreifen, sind wir verloren. Der letzte Angriff wurde durch einen Labber ausgelöst, der einen Genny beschuldigte, ihn um eine Ladung Fracht betrogen zu haben. Er wurde dafür gehängt.« Min machte eine Pause. »In zehn Tagen haben wir vierhundert Menschen, darunter viele meiner Verwandten, verloren. Ich mag Sie, Kennerin, aber ich schwöre bei Gott, wenn Sie sowas nochmal machen, werde ich Sie eigenhändig töten.«

Sie zitterte immer noch. Jes legte seine Hand auf ihre Schulter. »Es tut mir leid, Min. Je mehr ich über diesen Sektor lerne . . .«

»Desto glücklicher werden Sie sein, wenn Sie ihn wieder verlassen haben. Sie waren nicht der wahre Schuldige. Jemand hat Sie vorsätzlich gestoßen.«

Jes starrte sie an. Sie nickte. »Fragen Sie mich nicht, wer und warum. Ich stand neben Ihnen, irgend jemand schob eine Hand zwischen uns durch und stieß an Ihren Ellenbogen. Als nächstes wären Sie wahrscheinlich gelyncht worden. Sie sind ein gefährlicher Begleiter, Kennerin.«

Jes legte den Arm um ihre Schultern und unterdrückte nun seinerseits ein Zittern.

»Wenn ich Ihnen verspreche, mich zurückzuhalten, werden Sie dann noch ein Weilchen bei mir bleiben?«

Min legte schweigend ihren Arm um seine Taille und preßte ihren zierlichen Körper gegen die schlanken Rundungen des seinen. Als sie bei Tammas angekommen waren, hatte sich ihre Ausgelassenheit wieder eingestellt, und Jes begann zu glauben, sich das alles nur eingebildet zu haben. Sie aßen, tranken, erzählten, lachten und betraten am Ende des Abends Mins Zimmer, wo sie eine vergnügliche, liebevolle Nacht miteinander verbrachten.

Als er erwachte war Min fort. Ein Zettel, der auf dem Tisch lag, besagte, daß sie schon gegangen war, um sich mit Frachthändlern herumzuschlagen, und am Spätnachmittag bei Tammas zu finden sein würde. Jes warf den Zettel in den Müllschlucker, duschte und kehrte durch die morgendliche Geschäftigkeit zu seinem eigenen Zimmer zurück. Er hielt den Kopf gesenkt und sprach nicht. Als er sein Zimmer ohne Zwischenfall erreicht hatte, entspannte er seine Brustmuskeln und öffnete die Tür zum Chaos.

Das Zimmer war gründlich durchsucht worden: das Bettzeug war aufgeschlitzt, der Inhalt seiner Tasche lag verstreut auf dem Boden, der Kleiderschrank stand offen, und die leeren Tischschubladen lagen umgedreht inmitten ihres Inhalts auf dem Boden. Jes ließ die Tür hinter sich ins Schloß fallen und betrachtete die Bescherung fassungslos. Dann rannte er zur Duscheinheit und griff nach der Lichtschiene. Die Klammern waren noch genauso gebogen, wie er sie verlassen hatte, das Zertifikat lag unberührt in seinem Versteck. Er setzte die Klammern wieder neu ein und behob rasch die Unordnung im Zimmer. Nichts war verschwunden und nichts zerstört – von seinem geistigen Frieden abgesehen.

Nicht Tatha, dachte er während des Aufräumens. Sie hätte so etwas wesentlich unauffälliger erledigt. Und sie konnte ihn auch in der vergangenen Nacht nicht gestoßen haben, nicht als Theresanerin in einer xenophobischen Gennymeute. Er beendete das Aufräumen, würgte das eklige Frühstück hinunter, das ihm die Röhre servierte und machte sich auf den Weg zu Tathas Werkstatt.

Seine Korvette hing immer noch in der Schwebe, doch die umliegenden Lichter waren dunkel. Er kletterte das Seil hinauf, knipste seine Taschenlampe an und fluchte, als er die Schadstelle betrachtete. Tatha hatte alles genauso verlassen, wie er es vom Vortage in Erinnerung hatte: frische Drähte lagen verstreut um die Öffnung, ein paar Drähte waren halb miteinander verbunden, und das Werkzeug lag auf der metallenen Hülle.

Jes wurde wütend. Er rutschte das Seil hinunter, stapfte aus der Werkstatt und, in seinem Zimmer angekommen, verlangte er eine Kommitterverbindung mit Maigret. Stattdessen wurde er von einem Bürokraten zum nächsten verwiesen, alle hörten sich seine Beschwerde widerwillig an und verwiesen ihn an eine andere Stelle, bis er sich am Schluß wieder der Person gegenübersah, die seinen Anruf ursprünglich entgegengenommen hatte. Und: »Es tut mir leid«, wurde ihm gesagt. »Wir sind viel zu beschäftigt, uns um so etwas zu kümmern zu können. Sie haben eine Mechanikerin zugewiesen bekommen, und wir haben keine Zeit, das ganze Arbeitsschema der Station umzustellen, nur weil Sie nicht mit ihr zurechtkommen. Wir haben Ihnen eine Gefälligkeit erwiesen, Menet Kennerin. Bitte vergessen Sie das nicht!«

Jes fluchte ausgiebig in Standard und in Kaseri, mit aller Inbrunst des Vernünftigen, der sich mit irrationalem Nonsens konfrontiert sieht. Dann beruhigte er sich langsam wieder, setzte sich an den Tisch und dachte gründlich nach.

Er konnte seine Korvette nicht benützen, bevor sie repariert war. Er konnte die Bleidrähte selbst verschweißen, doch ohne

Tathas Hilfe konnte er keine neue Bleiplatte bekommen. Tatha hatte aber auch deutlich zum Ausdruck gebracht, sie würde ihm nur dann helfen, wenn er auch ihr half. Aber wobei? Jes schüttelte den Kopf und verschob diese Frage auf später.

Elliptisch denken, ermahnte er sich. Angenommen, es befand sich tatsächlich ein Parallaxenspion in Gensko, der sie in der Gemsphäre verfolgt und Maigrets Argwohn gegen Jes mitbekommen hatte. Dieser Spion wäre Jes sicherlich gefolgt, um herauszufinden, wer er tatsächlich war. Und er würde bestimmt versuchen, Genskos Verdacht auf Jes zu lenken, um sich dadurch selbst zu entlasten. In diesem Fall mußte die Verwüstung seines Zimmers vor dem Zwischenfall in der Vergnügungshalle stattgefunden haben.

Weiter: Höchstwahrscheinlich wußte der Spion nichts über Aerie-Kennerin. Sicher, wenn der Spion der Parallaxe Bericht erstatten und die Parallaxe daraufhin eine Suche einleiten würde, müßte der Name Jes Kennerin einige Glöckchen zum Läuten bringen. Aber ein Spion würde kaum die Entdeckung durch einen Funkspruch riskieren, solange seine Mission nicht beendet war. Und die Parallaxe würde wahrscheinlich nicht die *eigenen* Pläne in den Wind schießen, nur um Jes Kennerin zu bekommen, solange Gensko noch frei war.

Er konnte sich selbst schützen, überlegte er, indem er den Kopf in den Sand steckte, sein Temperament zügelte, allen Schwierigkeiten aus dem Weg ging und sich darum kümmerte, daß Tatha sein Schiff so bald wie möglich reparierte. Und wenn das hieß, ihr Spiel mitzuspielen, oder wenigstens so zu tun, nun, das war ein Preis, den zu zahlen er für seine Freiheit gerne bereit war.

Er kehrte zur Werkstatt zurück, nahm Tathas Laserstift und begann selbst, die Drähte zu löten. Er beendete die Arbeit, legte den Laserstift beiseite und rieb sich die Augen. Für den nächsten Arbeitsgang brauchte er einen größeren Stift, aber er wußte nicht, wo Tatha ihre Werkzeuge aufbewahrte. Er ließ das Werkzeug, das er benutzt hatte, ordentlich neben dem Seilende liegen, und nachdem er sich gewaschen hatte, ging er in Tammas Hopfenstube und bestellte ein Bier.

Tatha war nicht da, und Tammas sagte ihm, er hätte sie seit dem Frühstück nicht mehr gesehen. Aber wenige Minuten später kam Min und berichtete ihm ausführlich von allen Mißgeschicken mit der Frachtstelle Genskos. Jes lehnte sich in seinem

Sessel zurück, bis er einen ungehinderten Blick zum Eingang hatte. Im Laufe des Abends füllte sich die Bar, die Luft wurde stickig und verbraucht. Tammas, dem sein Blick nicht entging, zuckte die Achseln und brachte neues Bier.

»Wenn sie kommt«, sagte Jes zu ihm, »lassen Sie ihr bitte ausrichten, daß ich nach ihr gesucht habe? Und könnten Sie ihr sagen . . .«

»Daß es Ihnen leid tut? Sie sagte mir, daß Sie das sagen würden. Ich werde es ihr ausrichten.«

Jes betrachtete Tammas' Rücken und wandte sich dann wieder Min zu, die ihn fragend ansah.

»Tatha ist verschwunden«, sagte er. »Ich nehme an, sie glaubt, ich hätte sie beleidigt und möchte mich dafür entschuldigen, damit sie die Arbeit an meinem Schiff schnell zu Ende bringt.«

Min zog die Brauen in die Höhe. »Sie ist nicht der Typ, der wegen sowas gleich eingeschnappt ist.«

»Zum Teufel mit ihr«, antwortete Jes. »Möchtest du gehen?«

Min nickte und schob ihr Bier beiseite. »Für dich, jederzeit.«

Sie schliefen dicht aneinandergedrängt in Jes' schmalem Bett, als Jes durch das leise Geräusch der sich schließenden Tür erwachte. Er tastete nach dem Lichtschalter.

»Alles in Ordnung«, flüsterte Tathas Stimme. Sie klang müde. »Ich bin's, keine Angst. Kein helles Licht.«

»Ich bin nicht allein«, flüsterte Jes zurück.

»Ich weiß.« Ein leises Rascheln war zu hören: Tatha hatte das Zimmer durchquert, um sich zu setzen, wahrscheinlich, mutmaßte Jes, auf die Tischkante. »Tammas sagte mir, du hast nach mir gesucht.«

»Sicherlich hattest du das erwartet.« Da Tatha nichts erwiderte, sagte er: »Tut mir leid. Ich wollte dich nicht anschreien. Ich will nur, daß mein Schiff baldmöglichst in Ordnung gebracht wird, damit ich aus diesem verrückten Sektor verschwinden kann.«

»Ein Ereignis, das man nur inbrünstig herbeisehnen kann«, sagte Tatha. »Ich weiß, wer bei dir ist, und daß sie nicht mehr schläft. Mach das Licht an, Jes! Ich brauche Hilfe.«

»Min?«

»Nur zu«, antwortete Min. »Ich brenne vor Neugier.«

Jes setzte sich auf und betätigte den Lichtschalter. Ein blasses

Leuchten erfüllte das Zimmer. Tatha saß tatsächlich auf der Tischkante.

»Mehr«, bat sie. Jes drehte das Licht heller, keuchte und sprang aus dem Bett.

Tathas brauner Anzug war zerfetzt, ihr Haar schmutzverkrustet, mit einer Hand hielt sie eine Schulter umklammert. Zwischen ihren Fingern quoll dunkles Blut hervor, das langsam auf den pelzigen Unterarm tröpfelte. Ihre Augen blickten voller Schmerzen und Erschöpfung.

Min rollte sich aus dem Bett, ging zu Tatha und nahm ihr die Hand von der Schulter. Eine schmutzige Wunde wurde unter dem blutgetränkten Pelz sichtbar.

»Was noch?« fragte Min.

»Prellungen und Quetschungen, aber das hier ist das Schlimmste.« Tatha legte die Hand erneut auf die Wunde und verzog schmerzhaft das Gesicht. »Sie gehen besser.«

»Aber Sie brauchen Hilfe . . .«

»Kennerin hat medizinische Kenntnisse. Sie sollen nicht darin verwickelt werden – Sie müssen sich und das Lab beschützen.«

Min griff nach ihren Kleidern. »Sieht es so schlecht aus?«

»Ich weiß es nicht. Könnte sein. Sie sollten erst gar nicht danach fragen.«

Min biß sich auf die Lippen, nickte und zog sich rasch an. Sie stand an der Tür, fummelte in ihrer Gürteltasche und warf Jes etwas zu. »Das könnte helfen«, sagte sie. »Du wirst wahrscheinlich kein Verbandszeug bestellen wollen.« Sie schlüpfte zur Tür hinaus und schloß sie hinter sich.

Jes betrachtete das Erste-Hilfe-Päckchen in seiner Hand, dann Tatha.

»Willst du jetzt eine ausführliche Erklärung oder später?« fragte sie.

»Heilige Mutter«, sagte Jes verärgert. »Leg dich aufs Bett!«

Tatha glitt vom Tisch und strauchelte. Jes fing sie auf, trug sie zum Bett, zog ihr den Hausanzug aus und warf ihn in den Müllschlucker. Er begann, das Umfeld der Wunde mit Wasser zu säubern. Tatha biß die Zähne zusammen.

Der Schnitt war nicht so tief, wie er anfangs befürchtet hatte, doch er war lang, schmutzig und klaffte auseinander. Er betrachtete ihn, wobei er mit dem Finger gegen die Ränder tippte.

»Das muß genäht werden«, sagte er. »Wir müssen einen Arzt suchen.«

»Können wir nicht. Du hast genug Prüfungen abgelegt, du kannst es alleine machen.«

»Gott im Himmel, Tatha. Ich habe keinerlei Anästhetika . . .«

»Wenn du einen Arzt rufst, werden sie mich töten. Ich schwöre es, Jes.« Sie lächelte tapfer. »Es hängt allein von dir ab, tapferer Held. Ich werde vielleicht ohnmächtig, aber du sicher nicht.«

Jes fühlte momentane Übelkeit in sich aufsteigen. Er hatte zwar schon Wunden genäht, aber noch nie ohne wenigstens örtliche Betäubung. Tatha betrachtete ihn, ein schmutziges, graues Gesicht, wirre, silberne Haare, die blutunterlaufenen Augen erwartungsvoll geöffnet. Jes holte tief Luft und öffnete den Verbandskasten.

Als er mit dem Säubern der Wunde begann, wurde sie tatsächlich ohnmächtig. Er arbeitete schneller, um das Gröbste hinter sich zu bringen, bevor sie wieder erwachte. Als die Nadel in ihre Haut eindrang, stöhnte sie und begann, sich unruhig zu bewegen. Er fesselte sie ans Bett, legte seine Finger kurz an ihren Hals, fühlte ihren regelmäßigen Puls und fuhr grimmig mit dem Nähen fort. Als er fertig war, betrachtete er seine Arbeit kritisch, kam zu der Überzeugung, daß es halten würde, und bedeckte die Wunde schützend mit Mullbinden und Heftpflaster. Am Ende fühlte er nochmals ihren Puls, schob ihre Augenlider nach oben, um ihre Augen zu betrachten, löste ihre Fesseln und band ihren Arm fest an die Taille. Er deckte sie mit der Bettdecke zu und setzte sich auf den einzigen Stuhl im Zimmer. Nach einer Weile schlief er unerwartet ein.

Ein paar Stunden später erwachte er mit steifen Gliedern. Er trat an das Bett. Tatha lag unbeweglich, sie atmete normal und tief. Er fühlte ihren Puls erneut, wobei er, wie zuvor, weniger auf Geschwindigkeit, als auf Regelmäßigkeit achtete. Er hatte weder Ahnung vom normalen Pulsschlag einer Theresanerin, noch von der normalen Temperatur. Sie zeigte keine Anzeichen des Erwachens. Er zog sich an und ging zur Werkstatt, wo er sich am Seil hinaufhangelte und sein Schiff betrat. Er nahm eine Anzahl Antibiotika und schmerzlindernder Mittel aus dem Medizinschrank und steckte sie in seine Tasche, fügte noch Binden und Heftpflaster hinzu und rutschte wieder hinunter. Als er zurückkam, war Tatha wach.

»Ich weiß nicht, welche Antibiotika du zu dir nehmen kannst«, sagte er, seine Tasche ausleerend. »Oder welche schmerzstillenden Mittel. Deshalb habe ich eine Auswahl davon mitgebracht. Ich habe die Wunde so gut ich konnte gesäubert, aber ohne Diagnostat – das stammt alles von meinem Schiff.«

»Das dachte ich mir. Du bist zwar eigensinnig, aber nicht dumm.« Sie versuchte sich aufzurichten, und Jes kam ihr zu Hilfe. »Ich bin schmutzig«, sagte sie mit Widerwillen.

»Ich werde dich baden.«

Tatha lachte. »Ich bin nicht gelähmt, Kennerin. Ich kann mich selbst waschen.«

Jes blickte sie unschlüssig an, half ihr aber dann doch unter die Dusche. Während sie badete, nahm er die schmutzigen Leintücher vom Bett, warf sie weg und bestellte neue. Er sammelte einzelne, verfilzte Pelzhaare ein, warf sie in den Müllschlucker und machte das Bett. Tatha kam naß aus der Kabine.

»Ich kann mich nicht abtrocknen«, sagte sie kläglich. Jes nahm das Handtuch und glitt damit über ihren weichen Pelz. Sie nannte ihm den Namen eines Antibiotikums, und er fischte es aus dem Durcheinander aus dem Tisch und gab es ihr. Ein Betäubungsmittel lehnte sie ab.

»Du bist auffallend still«, sagte sie, als sie wieder auf dem Bett saß. »Hast du Angst, mir Fragen zu stellen?«

»Ich bin nicht sicher, ob ich die Antworten wissen will«, antwortete Jes. »Aber ich nehme an, es ist besser, du erzählst mir, was passiert ist.«

»Wasser?«

Jes brachte ihr eine Tasse, dann setzte er sich an den Tisch. Tatha starrte in die Tasse.

»Santa Theresa«, sagte sie endlich. »Mein Name ist Tatha Al'Okelough Prä-Parian, was dir wahrscheinlich nichts sagt. Ich bin Tatha, das zweite Kind des Klans Okelough aus der Provinz Parian. Parian ist das Lehnsgut des Okelough-Klans; meine Eltern leiten es. Es ist eine produktive Provinz, wohlhabend und einflußreich. Doch sie ödete mich an. Ich war noch sehr jung, als ich die Provinz verließ, um als Pilot bei der örtlichen Sal zu arbeiten. Es war die einzige Arbeit, die sie mir gaben, Familie hin oder her. Und als ich nach ein paar Jahren herausfand, daß sie nicht die Absicht hatten, mich zum tauPiloten zu befördern und mich Schiffe führen zu lassen, ging ich wieder heim. Mein Klan nahm mich wieder auf. Ich nehme an, sie hatten sich inzwischen an mich gewöhnt. Sie schickten mich zur Universität in die Hauptstadt Egliesa. Das langweilte mich auch, und ich suchte mir etwas Neues. Aktivitäten außerhalb des Lehrplans. *Tempus est jocondum.* Der letzte Streich ging schief, mein Geliebter starb, und ich war sehr unwillkommen auf Santa Theresa. Mein Vater gab mir an Geld, was er entbehren konnte, und einige Juwelen, die ich sowieso geerbt hätte. Er befahl mir, Santa Theresa zu verlassen und nie wieder zurückzukommen.« Sie machte eine Pause. »Damals hatte ich auch schon etwas Eigenes dabei. Es war genug Geld, um eine Passage nach Priory zu kaufen, doch die einzige Arbeit war in der Station zu finden. Als ich hier ankam, nahmen sie mir das, was mein Vater mir gegeben und was ich mitgebracht hatte, einfach weg. Ich kann die Station nicht verlassen, bevor ich es zurückbekommen habe.«

Sie verstummte, trank etwas Wasser und starrte schweigend in die Tasse. Ihre Augen waren gesenkt, Jes konnte ihren Ausdruck nicht lesen.

»Sprich weiter!« sagte er.

Sie fuhr fort, ohne aufzublicken. Sie hatte vermutet, daß Maigret den Aufbewahrungsort der konfiszierten Güter kannte, und sie deshalb in den letzten Monaten verfolgt, um herauszufinden, wo der geheime Ort sein mochte. Als sie erkannte, daß die Parallaxe auch daran interessiert war, verdoppelte sie ihre Bemühungen, und ihre Suche wurde zu dem komplizierten Spiel, dem Parallaxenspion zu folgen, ohne selbst verfolgt zu werden; denn wenn die Parallaxe das Versteck vor ihr fand und es für sich beanspruchte, würde Tatha jede Chance verlieren, ihr Eigentum wiederzubekommen. Letzte Nacht hatte Tatha im weiträumigen, verlassenen und kalten Büro Maigrets den Verwahrungsort ausfindig machen können. Dort hatte der Parallaxenspion sie gefunden und versucht, sie zu töten.

»Er hatte das Überraschungsmoment auf seiner Seite, und ich glaube, er hat mich schwerer verwundet als ich ihn«, sagte sie mit Bedauern. »Ein schmerzlicher Schlag gegen das eigene Ego. Und dann kam ich hier her.«

»Und nun, wo ich dich wieder zusammengeflickt habe, kannst du hinausgehen und deine Juwelen retten«, sagte er knapp.

Tatha schüttelte den Kopf. »Ich weiß zwar, wo sie sind, aber nicht, wo das ist.«

»Und nun soll ich dir helfen.« Jes stand auf, stieß den Stuhl beiseite und schob die Hände ärgerlich in die Taschen. »Bist du nicht auch der Meinung, das ist ein wenig viel Ärger wegen ein paar lausiger Steine? Du kannst mit mir kommen, ich werde dich mitnehmen. Du wirst den Verlust verkraften können. Deine Freiheit dürfte wichtiger sein, oder nicht?«

»Ich glaube nicht. Das ist nicht so ohne weiteres ersetzbar, weißt du.«

»Das ist doch der dickköpfigste, idiotischste, starrsinnigste, habgierigste Unsinn, den ich je gehört habe«, schrie Jes. »Du kannst von mir aus deinen eigenen Arsch für diesen Firlefanz aufs Spiel setzen, aber ich will verdammt sein, wenn ich meinen dafür riskiere.«

Tatha nippte an der Tasse. »Ich nehme an, du hast versucht, einen anderen Mechaniker zu bekommen. Und ich nehme weiter an, sie haben dir gesagt, du sollst mit dem zufrieden sein, den du hast.«

Jes stand am Fußende des Bettes und sah sie an. »Ich lasse mich weder gerne tyrannisieren noch erpressen.«

»Und was hältst du von moralischer Verpflichtung?« erwiderte sie. »Unser Schatten ist ein Parallaxenspion, und was ich weiß, weiß *auch* er. Wenn er die Örtlichkeiten vor mir findet oder bevor Gensko gewarnt worden ist, hat er den Hebel, den er für den Aufkauf braucht, in der Hand.«

»Mir egal. Gensko und die Parallaxe verdienen einander. Ich will, verdammt nochmal, nur hier rauskommen, und zwar verdammt schnell!«

Tatha sah nicht auf. »Das Versteck ist der Gefrierhort. Und wir haben herausgefunden, wo er ist.«

Jes stützte sich mit einer Hand auf den Tisch. Nach allem, was er und Tatha an jenem Tag in der Werkstatt durchdiskutiert hatten, war der Gefrierhort der perfekte Hebel.

»Das ist nicht fair«, sagte er. »Das ist völlig ungerecht, Tatha. Ich bin für diese Kinder nicht verantwortlich.« Tatha erwiderte nichts. »Ganz nebenbei, was hätten sie davon, wenn ich dir helfen würde? Warum sagst du es nicht einfach Gensko? Nimm den Kommitter, ruf Maigret an und sag es ihr. Soll Gensko sich damit rumschlagen.«

»Wenn Gensko eine Sonderwache zum Kinderhort beordert, wird es für mich unmöglich werden, hineinzukommen. Und mein Eigentum werden sie mir auch als Dank für die Entlarvung der Parallaxe nicht zurückgeben.« Sie balancierte die Tasse auf ihrem Knie. »Gensko wird nicht informiert, bevor ich nicht habe, was ich will, und ich auf dem Weg aus dem System bin.«

»Moralische Verpflichtung«, sagte er voller Abscheu. »Du bist dagegen immun, nicht wahr? Dein Schatzkästchen ist dir wichtiger als diese Leben.«

»Die Kinder leiden nicht. Sie sind in Stasis und werden nie erfahren, was ihnen zugestoßen ist.«

»Heilige Mutter, bist du ein Miststück!«

»Vielleicht. Hilf mir, und ich werde dein Schiff reparieren.«

Jes machte eine abwertende Handbewegung. »Was macht dich so sicher, daß der Spion noch nicht dort ist. Es ist sieben Stunden her, seit du hierher gekommen bist.«

»Weil er eifrig nach mir Ausschau hält. Um mich zu töten. Ich bin eine größere Gefahr für ihn, als er für mich, und bevor er mich nicht hat, kann er nichts anderes tun.« Sie blickte auf. »Der Gefrierhort ist in einem Satelliten im Orbit. Von denen existieren achtundfünfzig. Ich weiß nicht, welcher der richtige ist, aber ich denke mir, der Spion weiß es inzwischen. Ich habe vor dem Kampf die Bandaufzeichnungen im Büro gelöscht, Gensko weiß also, wir haben etwas gefunden, aber nicht, was. Doch sie werden bald herausbekommen haben, daß ich einer der Finder war.«

»Weshalb?«

»Weil Maigrets schönes Büro geradezu in meinem Blut schwimmt. Sie müssen es nur untersuchen – die Unterschiede sind gering, aber eindeutig. Und es gibt nur eine Theresanerin in der Station.«

Jes starrte sie an. Sie wurde sowohl von der Parallaxe, als auch von Gensko verfolgt, und die Spur führte direkt in sein Zimmer und zu ihm.

»Es gibt noch eine andere Möglichkeit. ›Ich könnte Maigret anrufen, ihr sagen, was du getan hast und in welcher Verfassung du dich befindest. Wenn nötig, könnte ich dich sogar verletzen.«

»In dem Augenblick, in dem die Parallaxe weiß, daß Gensko ihr auf die Schliche gekommen ist, wird der Spion sofort zum Kinderhort eilen, ohne vorher mit mir abzurechnen. Und du könntest mich verletzen, wenn nötig.« Sie legte sich zurück, die Bandagen um ihre Schultern waren fest und stark, den Arm hatte sie fest unter ihren vollen Brüsten an die Taille gepreßt. Sie wirkte völlig furchtlos.

»Okay«, sagte Jes ärgerlich. »Bring mein Schiff in Ordnung, und ich werde dich zum Kinderhort bringen. Ich werde dich sogar von Priory mitnehmen. Und dann will ich dich niemals wiedersehen.«

»Woran liegt es nur«, murmelte Tatha, »daß die Menschen das immer wieder zu mir sagen?« Sie schwang die Beine aus dem Bett und stand vorsichtig auf. »Du besorgst mir am besten etwas zum Anziehen, tauKapitän. Und dazu eine Jacke oder einen Mantel, um die Schulter zu bedecken. Ich nehme an, wir haben noch gut vier Stunden, bis das Feuerwerk beginnt.«

Jes, der auf dem Weg in die Dusche war, um sein Zertifikat zu holen, blieb stehen. »Vier Stunden? Wie willst du es bewerkstelligen, meine Bleiplatte in vier Stunden zu besorgen?«

»Die habe ich schon seit gestern. Bevor ich in die Gemsphäre ging, habe ich sie aus einer anderen Werkstatt gestohlen. Und es dauert noch vier Stunden, bevor ein definitiver Bluttest vorliegen kann, wenn sie sich nicht beeilt haben. Wir haben nicht viel Zeit.«

Als der Anzug kam, half er ihr unsanft, ihn anzuziehen. Mit einer kurzen Jacke, die ihre Schlinge verbarg und Jes' Tasche, die sie unter dem unverletzten Arm trug, die Haare von einer Kapuze verdeckt, beschritt sie den Weg zur Werkstatt.

Sie konnte das Seil zum Schiff nicht erklimmen, daher ließ Jes die Korvette bis auf wenige Meter über den Boden der Werkstatt herab. Sie saß auf dem Rumpf und gab Anweisungen, während Jes lötete, einstellte und versiegelte. Die Checks führte sie mit professioneller Routine durch. Zweieinhalb Stunden später war die Arbeit getan. Tatha griff nach Jes' Chronometer, löschte aber plötzlich die Taschenlampe. Jes lauschte gespannt.

Das Geräusch war schwach, aber wahrnehmbar. Irgend jemand am entfernten Ende der Werkstatt war gegen ein loses Metallstück gestoßen. Tatha sammelte leise ihre Werkzeuge ein, packte sie in ihre Tasche, berührte Jes und glitt die Hülle des Schiffes hinab. Als Jes neben ihr aufkam, zog sie seinen Kopf nach unten, brachte ihre Lippen an sein Ohr und flüsterte ihm zu: »Der Spion. Ich muß ihn haben. Ich muß herausfinden, wo der Satellit mit dem Kinderhort ist.« Sie legte einen Finger auf seinen Mund. »Geh! Falls ich in einer Stunde noch nicht zurück bin, verschwinde so schnell du kannst von Priory.« Sie tauchte in die Dunkelheit der Werkstatt. Jes zögerte, dann folgte er ihr.

Ein weiterer metallischer Ton klang vom fernen Ende der Werkstatt herüber. Der Spion war entweder ungeschickt, was Jes bezweifelte, oder verwundet, was möglich war, oder bestrebt, Tatha zu finden, wie sie ihn finden wollte, und ließ sie deshalb seinen Standort erkennen. Jes drehte sich um und schlich in Richtung des Geräuschs.

Er erneutes Scharren war zu hören, dieses Mal aber näher. Jes verharrte und fragte sich, ob der Spion bewaffnet war. Der Schimmer der Kommitterbank erhellte den Raum vor ihm. Er trat aus dem Lichtschein zurück, und jemand packte ihn hart und schmerzhaft und legte ihm einen muskulösen Arm um den Hals.

Jes hatte in den überfüllten Hinterhöfen von MarktHafen gekämpft, seine Gegenwehr kam geschmeidig und plötzlich. Mit zwei Bewegungen hatte er sich aus der Umklammerung befreit und griff an. Sein Gegner gab einen kurzen Laut der Überraschung von sich, bevor er schweigend kämpfte.

Jes dachte nie während eines Kampfes. Seine Bewegungen waren sparsam, eingespielt und von etwas diktiert, das sich jenseits des bewußten Denkens befand. Er schätzte Bewegungen ab, umkreiste den Gegner, zog sich zurück und griff mit plötzlicher Wildheit an. Der Spion hatte ein Messer, eine kleine, geräuschlose, alte und wirkungsvolle Waffe. Jes fingierte einen Angriff, drehte sich blitzschnell um und schlug dem Spion das Messer aus der Hand. Noch in der Bewegung sah er Tatha, die neben dem Kommitter stand, den unverletzten Arm nach oben gestreckt, die Hand kräftig und flach. Jes brachte seinen Gegner so in Stellung, daß er der Theresanerin den Rücken zuwenden mußte und drängte ihn unerwartet zurück. Tatha schlug mit dem Arm wirkungsvoll in den Nacken des Spions, der Mann schwankte und fiel. Jes packte ihn mit hartem Griff und hielt ihn auf dem schmutzigen Boden der Werkstatt fest. Tatha stand über den beiden.

»Du kämpfst so unfair wie ich«, sagte sie zu Jes und kniete sich neben den Spion nieder.

»Gensko weiß Bescheid«, sagte der Spion. »Oder wird wissen.« Seine Stimme klang überraschend angenehm, trotz der Schnelligkeit seines Atems. »Nimm mich mit! Ich werde dich nehmen lassen, was du willst, und du kannst mich einfach dort lassen.«

»Nein«, antwortete Tatha. »Sag mir, wo der Kinderhort ist.«
Der Spion schüttelte den Kopf.

»Tatha, hör auf ihn! Das ist doch vernünftig.«

Sie ließ sich auf ihre Fersen nieder und betrachtete Jes. »Unser

Freund hier sagte mir gestern sehr interessante Dinge, bevor er mich verwundete.«

Jes fühlte, wie sich die Muskeln seines Gegners anspannten; er verstärkte seinen Griff. Der Spion wurde wieder schlaff.

»Er sagte«, fuhr Tatha langsam fort, »›wo ist dein Freund von Aerie?‹ Hat das irgendeine Bedeutung für dich?«

»Närrin«, sagte der Spion. »Er ist bedeutungslos für dich. Ich hätte ihn dir abgekauft . . .« Er schnappte nach Luft, als Tatha eine Kralle in sein Bein drückte.

»Wo ist er«, fragte sie.

»Das werde ich nicht verraten«, antwortete der Spion mit seiner freundlichen Stimme.

»Ich glaube, ich schulde dir noch etwas«, erwiderte Tatha, doch ihre Stimme war alles andere als freundlich.

Und auch das Folgende nicht. Jes hielt ihn fest und wandte sein Gesicht ab, versteifte seine Hände gegen die Bewegungen zwischen ihnen, versuchte, nicht auf den röchelnden Atem des Spions zu hören, als dieser vor Schmerz aufstöhnte.

»Tatha«, murmelte Jes, doch sie ignorierte ihn. Der Spion bäumte sich auf, rasselte eine Reihe von Zahlen herunter und fiel kraftlos zurück. Jes blickte auf. Auch mit einer Hand war Tatha bemerkenswert gefährlich.

»Ist er tot?«

»Nein.« Tatha wischte sich ihre blutigen Krallen am Hosenbein ab. Als sie Jes ansah, waren ihre Augen groß, klar und kalt. »Willst du es tun?«

»Großer Gott, Tatha!«

»Dann werde ich es tun.« Sie ließ ihre Klauen erneut herausschnellen.

»Nein!« Jes stand auf, sein Atem ging heftig. »Nein. Ich werde es tun.«

Tatha sah ihn abwägend an. Der Spion stöhnte. Ohne eine Miene zu verziehen, kniete sie sich nieder und schlitzte ihm die Kehle auf. »Komm mit, Kapitän!« sagte sie. »Wir haben nicht viel Zeit.«

Jes zögerte noch einen Augenblick, immer noch geschockt, dann rannte er hinter Tatha her.

Sie sprang vor ihm in die Korvette und ließ sich im Navigationsnetz nieder. Er verschloß den Eingang, dann stellte er sich hinter sie.

»Tatha . . .«

»Ich sagte doch, wir haben nicht viel Zeit . . .« Sie zog ihren Arm aus der Schlinge und schwang ihn vorsichtig vor und zurück. »Ich habe den Navigator programmiert. Der Kinderhort ist ungefähr eine Stunde von hier entfernt, in der Nähe des Nordpols. Ich glaube nicht, daß du auf eine Abfluggenehmigung warten solltest.«

Jes netzte sich ebenfalls ein, kämpfte seinen Brechreiz nieder und überflog zuerst die Instrumente, bevor er die Maschinen vorwärmte. Sobald die Kontrolleuchten grün wurden, flog er mit der Korvette über die Wracks in der Werkstatt. Die Kabel, die das Schiff gehalten hatten, lösten sich und fielen hinab. Tatha bewegte sich nach vorn und machte sich am Rufstrahl zu schaffen. Die Tore der ersten Luftschleuse schwangen auf.

»Sie werden uns natürlich bemerken, aber ich habe deinem Identifizierungsstrahl einen Gensko-Standardkode eingegeben. Sie werden uns nicht behelligen, bis wir uns dem Kinderhort nähern. Dann werden wir schnell sein müssen.« Tatha war ungewöhnlich still. Jes betrachtete sie, sie schwang ihren Arm vor und zurück, auf ihrer Stirn standen Falten. Die Blutflecken auf ihrem Oberschenkel wurden dunkel und trocken. Er wandte sich wieder dem Schirm zu.

Auf dem Suchschirm flimmerten eine Vielzahl von Punkten, Tatha ließ ihre Schulter rollen und gab einen leisen Schmerzenslaut von sich. Die Kontrolleuchten der neuen Bleiplatte brannten erfreulich gleichmäßig; der Druck im Schiff war konstant. Die äußere Hülle der Gensko-Station zog unter ihnen vorbei, monoton und gleichmäßig. Tatha fuhr fort, mit ihrem Arm zu üben. Eine gespannte, spröde Stille erfüllte das enge Cockpit des Schiffes. Jes entspannte seine Schultern und fragte sich, ob diese entsetzliche Stille andauern würde, bis er endlich Tatha und ihr unschätzbares Gut auf einem fernen Planeten abgesetzt hatte. Seine Hände schmerzten, als er an den Körper des Spions dachte, den er festgehalten hatte. Er wünschte sich, daß sie wenigstens summen würde, und als er schließlich sprach, war es sowohl um seinen Gedankenstrom zu unterbrechen, wie auch um die Stille zu verdrängen.

»Was passiert mit Tammas?« fragte er und betrachtete den Suchschirm.

»Nichts. Er wird Bier ausschenken und Essen zubereiten, bis er stirbt, oder bis das Lab entscheidet, daß es Zeit für einen neuen Krieg ist. Dann wird jemand sich seiner erinnern und ihn mitnehmen, oder Gensko wird ihn töten.«

»Weiß er das?«

»Das weiß er.« Ihre Stimme klang ausdruckslos. Die schreckliche Stille drohte wieder aufzukommen.

»Und Min?«

»Deine Bettgenossin? Sie ist eine Labber. Sie wird ihre Fracht zum Lab zurückbringen und die Zeit bis zur nächsten Fuhre mit Kriegsplanungen zubringen. Wenn sie Glück hat, wird sie ein hohes Alter erreichen.«

»Du sorgst dich um keinen von ihnen, was?«

»Warum sollte ich? Ich habe nicht darum gebeten, Teil ihres Lebens oder ihrer Probleme sein zu dürfen.« Sie schwang ihren Arm in weitem Bogen.

»Warum nimmst du nichts gegen die Schmerzen?«

»Später.«

Er unterdrückte eine schroffe Erwiderung und beobachtete den Schirm. Lieber Stille als diese abgehackte, zermürbende Unterhaltung.

»Du hättest ihn nicht getötet«, sagte Tatha. Jes verstärkte seinen Griff um den Antriebsregler. Das Schiff machte einen Satz nach vorn. Vorsichtig brachte er es wieder auf Normalgeschwindigkeit.

»Du hast es auch nicht von mir erwartet, oder?«

»Ich hatte es gehofft«, sagte sie gesprächig. »Weißt du, was mit ihm geschehen wäre, wenn es nach deinem Willen gegangen wäre?«

»Er wäre jetzt auch tot. Was du mit ihm gemacht hast, war mehr als genug.«

»Wenn er Gensko in die Hände gefallen wäre, und das wäre er wahrscheinlich, hätten sie ihn so zusammengeflickt, daß er wieder sprechen hätte können, um ihn dann auf wesentlich unerfreulichere Art und Weise zu töten, als ich es getan habe.« Sie ließ ihn das verdauen und fuhr dann fort: »Sei meinen blutrünstigen Instinkten dankbar, Kapitän. Denn wenn Gensko ihn erwischt und er geredet hätte, würden wir mit Feuer empfangen werden, sobald wir uns dem Kinderhort nähern. Sie würden uns töten. Und das, denke ich, ist ein ziemlicher hoher Preis für eine humanitäre Geste.«

Jes wandte sich ihr zornbebend zu. »Du bist ein blutrünstiges, unmenschliches, seelenloses Miststück.«

»Oh, hör doch auf! Du weigerst dich, einen Mann zu töten, der dich gefangen und dich wahrscheinlich um seiner bösen Zwecke willen gegen deine eigenen Leute ausgespielt hätte. Und das wahrscheinlich mit weniger Mitgefühl, als ich für die Labber gezeigt habe. Ich bin kein unmenschliches Miststück, tauKapitän. Ich bin nur berechnend. Und was bist du?«

Sie stand auf. Jes, der unfähig war, sich ein hinreichendes Argument auszudenken, drehte ihr den Rücken zu. Er erinnerte sich daran, daß er sie einmal attraktiv gefunden hatte, und der Magen drehte sich ihm wieder um. Nach einer Weile begann sie wieder zu summen.

»Was, zum Teufel, ist das für eine Melodie?« wollte er wissen.

Sie trat aus dem Cockpit, ging zu den Versorgungstanks und blickte hinein. »Es ist ein Liebeslied, tauKapitän. Und zwar ein sehr altes.

> Westwind, wann wirst du wieder weh'n,
> werden Regenwolken geh'n
> über'n kalten Himmel?
> Wär' mein Liebster doch bei mir
> und ich im Bett, im warmen,
> in seinen starken Armen.«

Die Worte waren nicht in Standard und Jes verstand sie nicht.

»Terranische Vorkriegsgeschichte war das sinnloseste Hauptfach, das sie an der Universität hatten«, erklärte Tatha. »Deshalb nahm ich es.«

»Das überrascht mich nicht.«

»Oh, und ich mochte es, tauKapitän. Nicht alle meine Triebe sind makaber und kompliziert.« Sie fand Isolierhülsen und eine Tragetasche und stopfte sie mit einer Hand hinein. Sie tat es anmutig. Jes betrachtete wieder seine Konsole.

Nun waren weniger Punkte auf dem Suchschirm zu sehen. Jes überprüfte den Brückenchronometer.

»Wir nähern uns dem Pol«, sagte er.

Tatha verfrachtete die Tragetasche unter den Sitz und netzte sich wieder ein. »Es ist ein Satellit der Beta-Klasse, wahrscheinlich mit einem offenen Raumlandgitter und wahrscheinlich auch mit wenigstens drei Alarmgebern. Sie folgen einem linearen Kurs und sollten eigentlich auf Höhe zwölf zu finden sein. Wir brauchen die Hausnummer Priorys, schau nach drei Buchstaben, drei Ziffern, zwei Buchstaben, einer Ziffer. Sie müßten einen gewöhnlichen Kodeschlüssel haben.« Sie starrte auf den Suchschirm. »Wenn sie den Orbit geändert haben, sind wir verloren.«

Jes sah drei Punkte auf dem Schirm, auf die die Beschreibung passen konnte. Der eine war ein einwärts steuernder Schlepper, der andere eine vernetzte Masse Fracht. Der dritte antwortete in der vorgeschriebenen Buchstaben- und Ziffernfolge. Jes korrigierte den Kurs und näherte sich langsam.

»Wir gehen nicht zum Hauptgitter«, sagte Tatha. »Es ist vermutlich bewacht. Geh auf die andere Seite rüber!«

Als er das tat, piepste der Kommitter eindringlich. Tatha griff über seine Schulter und schaltete ihn ab. Sie tippte auf den Sichtschirm. »Hier. Das ist perfekt.«

Es war ein schmales Gitter, fast unsichtbar unter den Markierungen des Satelliten. Jes drosselte das Schiff und fühlte die Halteklammern einrasten, als Tatha schon im Begriff war, in die Rüstung eines Außenanzugs zu schlüpfen. Sie befestigte ihre Tragetasche auf den Rücken und ihr Werkzeugkästchen an der Hüfte, bevor sie das Feld des Anzugs aktivierte. Jes stand nur da, während sie zur Luftschleuse ging und die Tür hinter sich zuschlug. Mit einem hilflosen Fluch holte er sich einen zweiten Außenanzug heraus, zog eine Handlanze aus ihrem Versteck unter der Kontrolltafel hervor und folgte Tatha aus dem Schiff.

Das Feld ihres Anzugs schimmerte im Sternenlicht. Jes folgte dem Schimmer und fand sie kniend vor einer schweren, metallenen Luke. Sie beugte sich nach vorn, bis sie durch das Feld ihres Anzugs den Verschluß entdeckt hatte, und begann dann mit ihren Werkzeugen, das Schloß zu knacken. Jes sah sich um, aber nichts bewegte sich in der kalten Stille.

Die Luke schwang zurück. Sie gingen hinein und schlossen die äußere Tür. Darauf betraten sie durch die Schleuse einen Korridor.

Der Korridor wurde nur von Positionslampen erhellt. Tatha schritt ohne Zögern voran. Jes folgte ihr mit der Handlanze und sah sich um. Die Stille entnervte ihn.

Tatha zögerte an einer Abzweigung des Korridors. Sie ging zwei Schritte in den einen hinein. Nichts geschah. Sie drehte sich um und ging in den anderen. Alarmglocken begannen zu schrillen, erfüllten den Korridor mit Lärm und aufblinkenden Lichtern. Tatha rannte, und Jes hetzte hinterher. Bei einem zweiten Korridor betrat sie wieder den Pfad des lautesten Geräusches.

Von diesem Korridor gingen eine Anzahl Türen ab. Tatha öffnete alle rasch, bis eine ihrem Griff widerstand. Sie untersuchte das Schloß, und die Tür öffnete sich mit weiteren Alarmsignalen.

Jes stand in der offenen Tür, während Tatha an den Reihen der verschlossenen Schränke entlangeilte und die Zeichen an den Türen las. Jes war es unmöglich, die Worte zu entziffern. Plötzlich hielt Tatha inne, las ein Schild und brach das Schloß auf. Sie zog einen schmucklosen, grauen Zylinder heraus, löste die Drähte, an denen er angeschlossen war und stopfte ihn in eine Isolierhülse. Sie mußte sie mit beiden Händen tragen. Sie rannte wieder in den Korridor, Jes folgte ihr dichtauf.

Menschen erschienen weit hinten im Korridor. Jes konnte ihre Stimmen über den Alarmgeräuschen ausmachen. Tatha blickte zurück zu Jes. Er übernahm die Führung und hob die Handlanze. Eine Bandspur erschien auf dem Boden vor den Verfolgern, die zurückwichen. Tatha schlüpfte in einen flackernden Korridor. Jes folgte ihr.

Er verstand nicht, warum die Wachen nicht bewaffnet waren, bis er sich daran erinnerte, daß sie sich wahrscheinlich mitten im Kinderhort befanden und ein Fehlschuß die Wand beschädigen und dadurch den Tod der eingefrorenen Kinder herbeiführen konnte. Nun erschienen auch Verfolger am anderen Ende des Korridors. Jes schwang die Waffe drohend hin und her, und sie zogen sich zurück. Er sah Arztkittel unter ihnen, also keine Wächter, sondern das Ärztepersonal. Er lief schneller, denn wenn sie nicht bald die Schleuse erreichten, würde er jemanden töten müssen.

Die Kodeplatte der Schleuse schimmerte scharlachrot. Die Tür hatte sich automatisch geschlossen, als der Alarm begonnen hatte. Tatha öffnete eine andere Tür und blickte Jes an. In diesem Raum befanden sich die Pumpen, Turbinen und Überwachungsanlagen für den Gefrierhort. Er nickte. Sie legte ihren Zylinder neben der Luftschleuse auf den Boden und hantierte mit ihren Werkzeugen. Als die Verfolger erschienen, zielte Jes mit seiner Lanze in den Raum mit den Überwachungsanlagen und wartete. Sie hielten inne und vollführten flehentliche Gesten, ihre Worte verloren sich im Alarmgeheul. Jes' Gesicht war unbeweglich, doch sein Magen rebellierte.

Tatha warf die Werkzeuge beiseite, zog die Tür der Luftschleuse auf und eilte hinein. Jes folgte ihr, packte die Tür, schlug sie zu und verschloß die Notsperre von innen. Die Außentür öffnete sich, es dauerte einen Moment, bis er sie ganz aufstoßen konnte, um Tatha zum Schiff zu folgen. Die innere Tür würde sich nicht öffnen, solange die äußere nicht versiegelt war, vielleicht hatten sie dadurch ein bißchen Zeit gewonnen.

Ohne die Außenanzüge abzulegen, schlüpften sie in das Netz.

»Los!« drängte Tatha. »Los, los, los!«

Jes legte los. Das Schiff erzitterte und entfernte sich von dem Satelliten, und sobald der Flug gleichmäßig wurde, sprang Tatha aus dem Sitz, klemmte sich den Zylinder unter den Arm und wollte in Jes' Kabine verschwinden. Doch Jes sprang auf, packte sie an ihrer verletzten Schulter und drehte sie herum. Sie hielt immer noch den Zylinder umklammert, doch Jes riß ihn ihr aus der Hand.

»Du mußt Gensko anrufen. Das war ausgemacht, erinnerst du dich?«

»Um Himmels willen.« Sie griff nach dem Zylinder. Er hielt ihn von ihr weg. »Gib ihn mir!« bat sie verzweifelt.

Jes schüttelte den Kopf. »Du rufst Gensko, sonst werde ich dieses Ding über Bord werfen, das schwöre ich dir.«

Tatha ergriff das Kommittermikrofon, schaltete den Sender auf alle Frequenzen, gab ihre Nachricht zweimal durch und warf das Mikrofon auf die Kontrolltafel. Sie riß Jes den Zylinder aus der Hand und rannte in seine Kabine. Er hörte den Riegel hinter ihr einrasten.

Jes wandte sich dem Kommitter zu. Maigrets Stimme war aus dem Brüllen herauszuhören, sie beorderte Zusatzwachen zum Kinderhort. Außerdem sandte sie Jagdflieger aus. Aber die tauKorvette war für hohe Beschleunigung gebaut worden, und Jes holte alles aus ihr heraus. Die Jagdflieger blieben immer weiter zurück. Der Navigationscomputer des Schiffes druckte die Grabkoordinaten aus. Und als das verschlafene Gesicht des Grabmeisters auf dem Schirm erschien, verlangte Jes sofort Grabfreiheit, noch bevor der 'Meister zu Wort kommen konnte.

»Warum so eilig, Süßer?« fragte der 'Meister. »Sicher hast du einen Moment Zeit, ein bißchen zu plaudern.«

»Ich habe keine Zeit für irgendwas«, antwortete Jes schroff. »Ich bin nur daran interessiert, verdammt schnell aus diesem verfluchten Sektor zu verschwinden und seine Existenz zu vergessen. Und ich will kein Wort mehr von Ihnen oder irgend jemand anderem aus Priory hören, von jetzt ab bis zum Jüngsten Gericht. Bekomme ich meine Erlaubnis?«

»Oh, mein Lieber. Du warst unhöflich da unten, nicht wahr? Und das trotz meiner Ermahnungen. Die Kommitter waren in der letzten Stunde außer sich. Nun, du kannst nicht andere für dein mangelndes Benehmen verantwortlich machen, mein Lieber. Aber mach nur so weiter. Sie haben keine Förderationsklage gegen dich vorliegen, deshalb sind mir die Hände gebunden. Zu dumm. Du hast deine Erlaubnis, Süßer. Tschüß!« Der 'Meister verschwand in einem Gewirr aus Juwelen und Fingern, und Jes steuerte das Schiff in die Zufahrt zu den Spulen.

Er würde sie bis nach MarktHafen bringen und dort absetzen, entschied er. Das würde er ihr sagen, sollte sie jemals wieder aus seiner Kabine kommen. Vor drei Stunden waren sie durch tau gekommen, und die Tür war immer noch verschlossen. Er konnte ihre Bewegungen in der Kabine vernehmen und das scharfe Klappern von Metall auf Metall. Kein Gesang, kein Summen, keine schnell herausgestoßenen Worte. Er klopfte an die Tür, doch sie antwortete nicht. Deshalb ging er zum Kontrollpunkt zurück, setzte sich zornig davor und brütete finstere Gedanken aus.

Eine halbe Stunde später sprangen die Anzeigen des Energieverbrauchs ganz nach oben und blieben dort. Jes' Magen krampfte sich zusammen. Er überprüfte jedes Kontrollicht auf der Tafel, dann jeden Sensor, aber er fand die Ursache nicht. Der Abfluß blieb konstant hoch. Fluchend lief er durch das Schiff, überprüfte alles sorgfältig, konnte aber den Grund des hohen Energieverlustes nicht finden. Er hämmerte gegen die Kabinentür.

»Tatha! Komm raus! Es ist wieder etwas kaputt.«

Sie antwortete nicht. Er legte sein Ohr an die Tür. Es waren keine metallischen Geräusche mehr zu hören; nun vernahm er nur ihre undeutliche Stimme. Es klang als würde sie weinen, dann wurden die Laute zur Melodie und die Melodie zu Worten.

»Tatha! Verdammt, setz deinen Hintern in Bewegung und komm raus!«

Sie ignorierte ihn. Plötzlich argwöhnisch geworden, rannte er zur Tafel und versuchte die Quelle des Verlustes zu lokalisieren.

Sie befand sich in seiner Kabine. Er legte den Hauptschalter um, doch die Anzeige fiel nicht zurück – sie mußte die Verkleidung gelöst und die Hauptleitung angezapft haben. Er fluchte und stellte ein paar Berechnungen an. Wenn sie weiter soviel Energie abfließen ließ, würde sie nicht bis MarktHafen reichen. Er nahm einen Laser und machte ihn bereit, um sich durch die Kabinentür zu schneiden.

So plötzlich, wie sie nach oben geschnellt war, fiel die Anzeige wieder zurück. Jes legte sein Ohr an die Tür und hörte Bewegungen, dann nichts mehr. Mit zusammengebissenen Zähnen aktivierte er den Laser und zerschnitt die Tür.

Die Kabine war ein einziges Chaos. An einer Wand war die Verkleidung losgerissen, und einzelne Drähte hingen aus Röhren über dem Fußboden. Der Schreibtisch und der Tisch waren unter einem komplizierten Gewirr aus Drähten und Widerständen fast verborgen. Er konnte Teile seines Bandaufzeichners erkennen, die an den Enden des Zylinders befestigt waren, den Tatha aus dem Kinderhort gestohlen hatte. Der Zylinder selbst war an einem Ende geöffnet. In dem Raum war es unerträglich heiß.

Er wandte sich um und fand Tatha. Sie lag auf der Seite in der großen Hängematte. Ihre Augen waren geschlossen, Blut rann von ihrer verletzten Schulter. Der Pelz an ihren Armen war versengt; ihren Außenanzug und die restliche Kleidung hatte sie ausgezogen. Fest an ihren Körper gepreßt strampelte in ihrem Arm ein kleines Wesen in grauem Pelz und saugte an ihrer Brust.

Jes legte den Laser weg, lehnte sich gegen den Türrahmen und starrte sie an.

»Etwas, das mir gehört«, hatte sie gesagt. »Das ist nicht so ohne weiteres ersetzbar. Mein Geliebter starb.« Die Hand des Kleinen spielte im Pelz ihrer Brust.

Natürlich hatte sie es ihm nicht sagen können, denn er hätte einen Heiligen Krieg heraufbeschworen, und sie wären alle umgekommen. Zuerst das Kind. Die Politik Genskos. Er stieß sich von der Tür ab, ging zur Hängematte und betrachtete Tatha und ihr Juwel.

Ein Blutstropfen rann auf die winzigen Finger, und Jes wischte ihn mit seinen Fingerspitzen behutsam ab. Tatha öffnete die Augen und betrachtete ihn ausdruckslos.

»Ich glaube«, sagte Jes verlegen, »ich werde wohl besser deine Schulter frisch verbinden.«

Tatha schloß die Augen, der Schatten eines Lächelns umspielte ihre Lippen.

Aus dem Amerikanischen übersetzt von Hannelore Hoffmann

J. W. Shutz

Lebenstraum

»Geht es dir gut, Arthur?«

Die ängstliche Frauenstimme hallte in Arthur Boks Helm wider. Stirnrunzelnd und mit einer rechts-nach-links-Bewegung des Kinns gegen den Halsrand seines Raumanzuges reduzierte er die Lautstärke. Im Hintergrund konnte er Blue-grass-Musik hören, ein Tonband, das er schon zu oft über sich hatte ergehen lassen müssen.

»Ja, danke, Anne.« Bok gab sich Mühe, seiner Stimme nichts anmerken zu lassen, auch wenn Anne, so schien es ihm, ihn nun schon tausendmal das gleiche gefragt hatte. Als Psychiater des Raumschiffs war gerade er der letzte, der sich gehen und reizen lassen durfte. Der Flug war in seinem zweiten Jahr, und die Besatzungsmitglieder – drei Männer und drei Frauen – mußten sich so einrichten, daß sie einander für vier weitere Jahre nicht auf die Nerven gingen.

»Ich frage ja nur«, sagte Anne Botticek, »du hast eine Weile nichts von dir hören lassen.«

»Danke, ich komme gleich hinüber. Kannst du mir heißen Kaffee bereitstellen? Meine Hände werden kalt.«

»Du solltest auf dich achtgeben. Brauchst du noch lange?«

»Zehn Minuten vielleicht. Ich setze die letzten Kollektorplatten ein.«

»Kaffee in zehn Minuten. Gut!« Und die Mädchenstimme war weg.

Bok lächelte. Seltsam, dachte er, die Zeit in Minuten zu messen, wenn man inmitten von geradezu greifbarer Ewigkeit ist. Das war seine fünfzehnte EVA, aber es erregte ihn noch immer. Bevor er seine Stellung veränderte, schaute er in die Sonne – eine Sonne, die viel kleiner war, als eine Sonne sein sollte, die aber mit wilder Wut brannte – und wandte dann seinen Blick gegen Neptun, der langsam zu einer selbst für das bloße Auge wahrnehmbaren Scheibe wurde. Es war eine Erleichterung, aus der Enge des Raumschiffes herauszukommen und sich für eine Weile ganz allein zu fühlen. Aufatmend zog er sich einem Geländer entlang in Richtung auf die letzten Partikel-

Kollektorplatten, klinkte dann ein weiteres, vor ihm hängendes Sicherungskabel ein, bevor er das hinter sich löste.

Rasch zog er die Füße an und richtete sich dann mit Hilfe des angespannten Sicherungskabels auf der äußeren Tragfläche auf, so daß er mit gespreizten Beinen direkt über der Kollektor-Platte in ihrer Rumpfvertiefung stand. Zehn Minuten, hatte er gesagt. Das war schon etwas knapp, aber wenn er es in dieser Zeit nicht schaffte, würde er wieder Annes auf die Nerven gehendes ›Geht es dir gut, Arthur?‹ hören.

Er schaute hinunter auf die Platte, die etwas tiefer im Rumpf zu sitzen schien als die vorhergehenden. Rasch und ohne daran zu denken, ein zweites Sicherungskabel festzumachen, zog er eine dünne Plastikfolie über die Oberfläche der Platte. Der höhere Druck im Innern des Raumschiffs würde sie hermetisch versiegeln. Dann, ohne zu bemerken, daß seine Füße nicht mehr genau im rechten Winkel zum Rumpf standen, packte er den Griff, an dem er die Platte aus ihrer Verankerung herausziehen wollte.

Beim ersten Zug rührte sie sich nicht. Mit einer Hand griff er nach dem Sicherheitskabel und mit der andern riß er heftig am Griff. Mit erschreckender Langsamkeit und Unerbitterlichkeit glitten seine Füße unter ihm den glatten Rumpf entlang. Instinktiv schützte er das Gesichtsschild seines Helms mit den Armen. Gewichtslos oder nicht, das Trägheitsmoment war im Raum nicht aufgehoben, und selbst ein unbedeutender Stoß konnte verhängnisvoll sein. Er fragte sich lange, was diesmal geschehen würde. Wenn er Glück hatte, eine oder zwei Quetschungen.

Einen Augenblick darauf kam seine Hüfte mit dem Schiffsrumpf in Berührung, und im Augenblick des Zusammenstoßes fühlte er mehr als daß er es hörte, ein Knistern. Im gleichen Augenblick setzte das Summen seines Kommunikators aus. War der Kommunikationsausfall vorher eine willkommene Erleichterung gewesen, wurde er jetzt zu einer schwerwiegenden Sache. Hastig brachte er sich auf die Beine.

Viel zu hastig. Das einzelne Kabel, das ihn mit dem Schiff verband, wurde so mit einem plötzlichen, schlagartig heftigen Ruck angespannt, vibrierte eine Sekunde lang und war dann ruhig. Er zog daran, um seinen Füßen besseren Halt auf dem Rumpf zu geben, aber zu seinem Schrecken löste es sich und lag frei in seiner Hand, das abgerissene Ende der Halterung, in der es befestigt gewesen war, schlug heftig gegen seinen Oberschenkel und hinterließ einen stechenden Schmerz. Langsam wurde er vom Raumschiff weggetrieben.

»Mayday! Mayday!« Der Ruf kam automatisch, es war schon fast ein Schrei. Mit großer Anstrengung zwang er seine Stimme, zu normaler Lautstärke und schob mit seinem Kinn sorgfältig den Lautstärkeregler des Kommunikators von links nach rechts. Doch das Rauschen, das er jetzt in seinem linken Kopfhörer hätte hören sollen, blieb aus. Verzweifelt hoffte er, daß bei seinem Sturz nur der Empfangsteil beschädigt worden war, und wiederholte sorgfältig und deutlich: »Bok ruft *Trident*. Bok ruft *Trident*. Ich treibe vom Schiff ab. Wiederhole: Ich treibe vom Schiff ab. Schießt sofort ein Kabel zu mir herüber.«

Er brach ab und wartete auf irgend ein Zeichen vom Schiff her. Nichts. Keine Schleusenluke öffnete sich, kein Ton kam aus seinem Kopfhörer. Vielleicht sollte er deutlicher erklären und ein Zeichen verlangen.

»*Trident!* Hört ihr mich?« Ohne daß er es wollte, wurde seine Stimme lauter. »Sicherungskabel gerissen. Mein Empfänger ist ausgefallen. Wiederhole: Empfänger ausgefallen. Blinkt mit den Lichtern, wenn ihr mich hört! Blinkt! Um Gotteswillen, beeilt euch mit diesem Kabel, bevor ich außer Reichweite abdrifte.«

Noch immer keine Antwort. In diesem Augenblick hätte er ein Auge dafür hergegeben, Anne Botticeks Stimme zu hören.

Nichts.

Unterdessen wurde der Abstand zwischen ihm und dem Raumschiff unerbittlich größer. Gleichzeitig drehte sich sein Körper langsam ab. Wieder überkam ihn Panik. Wenn er sich weiter drehte, lag er mit dem Rücken zum Schiff, und wenn ein Kabel geschossen würde, könnte er es nicht sehen und auch nicht auffangen. Verzweifelt versuchte er, die Drehung zu stoppen, und dann fiel ihm ein, daß er sie beeinflussen konnte, wenn er Arme und Beine ausstreckte. Aber dennoch drehte sich sein Körper weiter, wenn auch langsamer. Schließlich mußte er einsehen, daß er nichts dagegen tun konnte und das Schiff aus seinem Sichtbereich glitt. Um die Drehgeschwindigkeit nun zu steigern, zog er Arme und Beine wieder an, bis er das Schiff auf der andern Seite seines Helmes wieder sehen konnte. Das Manöver schien Stunden zu dauern, wenn nicht Tage.

Er hatte Anne gesagt, daß er in zehn Minuten zur Luftschleuse zurückkommen würde. Angenommen, daß auch sein Sendegerät beschädigt war: ob er wohl innerhalb dieser zehn Minuten aus der Reichweite des längsten Wurfkabels der *Trident* abgetrieben werden würde? Es schien mehr als wahrscheinlich. Wenn sie ihn vermißten – und das wäre dann eine oder zwei Minuten nach den vereinbarten zehn –, würde es wieder einige Zeit dauern, bis einer von ihnen einen Druckanzug angezogen hatte, bevor die Luftschleuse geöffnet werden konnte. Sagen wir, fünf Minuten. Das wären im ganzen siebzehn Minuten. Und die mußten schon beinah vorbei sein, und er war nur fünf oder sechs Meter vom Schiff entfernt. Er hatte gute Aussichten, selbst wenn es vier oder fünf Minuten länger dauerte, als er geschätzt hatte. Er hielt die Armbanduhr nahe an den Helm, um nach der Zeit zu sehen, aber bei seinem Abstand von den Rumpflichtern konnte er nichts erkennen. Er fluchte. Gab es eine andere Möglichkeit, den Zeitraum abzuschätzen, von dem Augenblick an, wo das Sicherheitsseil gerissen war?

Es gab eine. Er hatte bisher anderthalb Drehungen gemacht. Er würde seine Pulsschläge während einer weiteren Drehung zählen und dabei Arme und Beine wie vorher bewegen. Zu seiner Überraschung beanspruchte die endlos scheinende Drehung nur zwei Minuten und zehn Sekunden. Er war nun, grob geschätzt, zehn Meter vom Schiff entfernt, und es waren rund viereinhalb Minuten vergangen. In siebzehn Minuten würde er mindestens 35 Meter von der *Trident* weg sein. Gab es an Bord ein so langes Kabel? Er konnte sich nicht erinnern.

Ein weiterer unglücklicher Gedanke kam in ihm auf. Auf eine Distanz von 30 Metern oder mehr würde er nur noch ein kleines schwarzes Objekt in der samtigen Schwärze des Alls darstellen. Er könnte nur gesehen werden, wenn er zufällig einen Stern verdeckte, während jemand gerade in der richtigen Richtung blickte. Ein Suchlicht würde ihn natürlich ausmachen, aber daß es gerade auf ihn gerichtet werden würde, wäre auch wieder ein Glücksfall. In dem Moment bemerkte er, daß sich sein Körper nicht nur um die Längsachse, sondern auch um die Querachse drehte. Die zweite Drehung war langsamer als die erste, aber in wenigen Minuten würde der Scheitel seines Helms gegen das Raumschiff zeigen. Wenn dann ein Kabel nach ihm geworfen würde, könnte er es unmöglich sehen.

Sorgfältig zählte er den Pulsschlag seiner Halsarterie, die er so stark gegen den Verschlußring des Helmes preßte, daß es ihn schmerzte. In der zwölften Minute und bei seiner sechsten Drehung verschwand der schwach erleuchtete Rumpf des Schiffes über dem oberen Rand des Helmfensters. Jetzt würde er nicht wissen, ob die Lichter eingeschaltet würden, da es im All keine Lichtstreuung gibt. Von jetzt an würde er völlig auf sich selbst und seinen Mut angewiesen sein, um die Zeit durchzustehen, bis er gerettet würde.

Wenn er gerettet würde.

Es gab viele Spekulationen – ja selbst Legenden – darüber, was mit einem Mann geschehen würde, der allein im Raum verloren war. Man glaubte, daß das Opfer, wenn das Überlebens-System des Anzugs es für mehr als einen oder zwei Tage am Leben erhalten sollte, verrückt würde. Andere vertraten die Meinung, daß auch der mutigste Mann, bevor er das zuließe, den Helmverschluß aufbrechen würde, um schnell zu sterben. Das Unangenehme dieser Geschichten war, daß, soweit bekannt, nur wenige Männer dieses Schicksal erlitten hatten, und da keiner von denen, weder tot noch lebendig, hatte geborgen werden können, konnte auch keiner die eine oder andere Theorie bestätigen.

»Ich werde diese Frage auch nicht beantworten können«. sagte sich Bok, »es sei denn, ich werde gefunden.«

Während dieser düsteren Überlegungen hatte er seine Pulsschläge nicht weiter verfolgt, und jetzt, wo er das Schiff nicht mehr sehen konnte, war es ohnehin unmöglich geworden, die Anzahl der Umdrehungen zu zählen. Seine Rettung, sollte es überhaupt eine geben, mußte er seinen Gefährten im Raumschiff überlassen. Sie würden es versuchen, auf jeden Fall. Sie waren ein gutes Team. Zuneigung für jeden von ihnen stieg in ihm auf. Vielleicht würde er Kinza Phillips, die Bordärztin, heiraten, wenn er zurückkäme.

Der Gedanke entmutigte ihn plötzlich. Wenn ich zurückkomme? Die Frage ist, ob ich zurückkomme! – Das darfst du nicht denken! Versuch dir etwas auszudenken, das die Aufmerksamkeit des Schiffs erregt!

Mit der stärksten Konzentration, die er je in seinem Leben aufgebracht hatte, versuchte er, eine Überlebenschance zu finden.

Nichts. Er würde ganz einfach auf Rettung warten müssen.

Er versuchte erneut abzuschätzen, wieviel Zeit schon verstrichen war. Hatte er sein Hirn nur für Minuten gemartert? Oder waren es Stunden gewesen? Der Gedanke an Zeit im Verhältnis zum jetzt bereits möglichen Abstand von der *Trident* ließ ihn an das Verhältnis zwischen der Zeit und seinem Überlebens-System denken. Seine Rückenpackung ›garantierte‹ die Aufrechterhaltung der Lebensfunktionen für 30 Stunden Außerbord-Tätigkeit – oder, in diesem Fall – Untätigkeit. Dreißig Stunden!

Dreißig Stunden, innerhalb welcher Zeitspanne er von der Mannschaft gerettet werden müßte, die schon jetzt keine Ahnung hatte, in welcher Richtung einer Sphäre luftleerer Schwärze, die schon ungeheuer war und von Minute zu Minute zunahm, sie ihn suchen mußte. So wie die Minuten verstrichen, näherten sich seine Aussichten, gefunden und in die relative Sicherheit des Schiffes zurückgebracht zu werden, rasch dem Nullpunkt.

Null. Null war gleichbedeutend mit Tod.

Der Schauder, der ihn erfaßt hatte angesichts der Möglichkeit, Kinza nicht heiraten zu können, war nichts im Vergleich zu dem Grauen, das ihn jetzt plötzlich packte, eine blinde Panik, die ihn mit Armen und Beinen wild und sinnlos um sich schlagen ließ.

Als seine verrückten Verdrehungen seinen Stoffwechsel derart angeregt hatten, daß das Atemgeräusch ihm in den Ohren toste, riß er sich heftig zusammen. Er konnte es sich nicht leisten, seinen kostbaren Sauerstoff auf so kindische Art zu verschwenden. Er mußte sterben. Natürlich mußte er. Jeder Mensch mußte sterben. Er hatte gewußt, daß der Tod zu den Möglichkeiten gehörte, als er beschlossen hatte, sich an der *Trident*-Mission zu beteiligen. Dieses Risiko hatte er damals gerne auf sich genommen. Es hatte ihm geschienen, daß es jedes Opfer wert sei, zu denen zu gehören, die die Eroberung des Weltalls so weit vortrugen. Aber hatte er damals wirklich an Sterben gedacht? Rein als Möglichkeit genommen, vielleicht. Aber jetzt müßte er an das Sterben als Unausweichlichkeit denken. Vernünftig, falls er konnte.

Es würde ein einzigartiger Tod sein, aber warum sollte gerade er dazu auserwählt sein, ihn zu erleiden? Auch das war ein kindischer Gedanke. Menschen waren auf jede nur denkbare Art gestorben und hatten sich möglicherweise dasselbe gefragt und dann dem Tod so tapfer ins Angesicht gesehen, wie sie es konnten. Warum sollte er als ausgebildeter Psychologe seine Fähigkeiten, die Probleme anderer zu erleichtern, nicht dazu gebrauchen, seinem eigenen Ende so mutig gegenüber zu treten wie andere?

Es war natürlich verdammt schwierig, wenn man wußte, daß

das Leben nur noch Stunden dauern würde, und wenn man wußte, wieviele. Aber andere hatten das auch durchgestanden. Mancher zum Schafott oder zur Guillotine Verurteilte war tatsächlich seinen Henkern erhobenen Hauptes gegenübergetreten. Warum sollte er das nicht schaffen?

Gut. Er hatte noch dreißig Stunden zu leben. Er wäre ja verrückt, wenn er diese dreißig Stunden in Angst und Schrecken verbringen würde – nur um immer wieder zu sterben, jede Minute. Diese dreißig Stunden mußten *gelebt* werden!

Wie sollte er sie leben? Die Versuchung war groß, die tausende schöne Erlebnisse und Augenblicke seiner Vergangenheit ins Gedächtnis zurückzurufen. Aber das wäre Verschwendung – eine alltägliche persönliche Geschichte, abgedroschen bestenfalls.

Sollte er beten? Mit wenig oder gar keinem Gefühl für Religiosität mußte er zugeben, daß er nicht glaubte. Gebete hatten es keinem, der nicht sterben wollte, erlaubt, für immer zu leben. Um Vergebung bitten? Nein. Seine Sünden anderen gegenüber würden vergeben sein, wenn die andern sie vergessen hatten. Es würde nichts ändern.

Wenn schon keine Gebete und keine Erinnerungen – was dann? Die einzige andere Möglichkeit war, diese dreißig Stunden so zu leben, als ob sie seine ganze Lebenszeit wären. Wie das kurze Sommerleben einer Eintagsfliege.

Aber wie konnte ein Mensch das tun? Während er sich diese Frage überlegte, beruhigte sich sein Atem, und sein Pulsschlag wurde wieder normal. Langsam drehten sich die Sterne vor seinem Helmfenster, und er starrte sie an, ohne sie zu sehen. Es schien, als ob die Sterne sich im Kreis drehten und er reglos sei. Halb bewußt korrigierte er seinen Gesichtspunkt, und jetzt drehte er sich, und die Sterne standen still. Das Ergebnis war etwa, wie wenn man ein Bild der Mondkrater betrachtete und man sie einmal als Vertiefungen und einmal als Kuppeln sah. Er hatte das oft getan.

Aber er vergeudete Zeit. Zeit, die wertvoller war als jede andere, die er je gehabt hatte. Ungeduldig schloß er die Augen, aber sein Gedankengang war unterbrochen worden. Angst wollte wieder in ihm hochkommen. Verbissen konzentrierte er sich darauf, was ihm am ehesten in den Sinn kam: auf die Anfangszeit seines Psychologie-Studiums. Er erinnerte sich an eine Vorlesung, in der ein Experiment mit einer schwachsinnigen

Versuchsperson vorgeführt wurde. Nachdem dem Mann die Augen verbunden und die Ohren mit Watte verstopft worden waren, fiel er sofort in Schlaf. Im Grunde genommen, war das jetzt Boks eigene Situation. Gesichts- und Gehörsinn waren abgeschaltet, und wegen der Gewichtslosigkeit war der Kontakt mit Raumanzug und Kleidern entweder gar nicht vorhanden oder nur spärlich. Aber er, Arthur Bok, war kein Schwachsinniger. Er würde sein mikroskopisch kurzes Leben nicht auch mit Schlafen vergeuden.

Oder doch?

Er erinnerte sich jetzt an andere Experimente, die mit Träumen zu tun hatten. Eine schlafende Versuchsperson saß in einem Stuhl, in der Hand eine Glocke. Zweck war es, die Dauer eines Traums zu bestimmen (das war noch, bevor die REMs entdeckt worden waren). Es wurde festgestellt, daß Träume sich über längere Perioden erstrecken konnten – über Stunden und manchmal über Tage oder Wochen – zwischen dem Augenblick, wo die Glocke aus der Hand der Versuchsperson fiel, und dem Aufschlagsgeräusch, das die Versuchsperson weckte.

Er rief sich auch moderne Techniken ins Gedächtnis, mit denen bestimmte Träume ausgelöst werden konnten, und Fälle, in denen die Versuchsperson Schwierigkeiten hatte, Traum und Wirklichkeit zu unterscheiden. Lag nicht beides im Gehirn?

Plötzlich hatte er es: Er konnte sein ›Leben‹ in Träumen beinahe unendlich strecken, und mit Hilfe der modernen Techniken, die er zu beherrschen gelernt hatte, um sie für andere anzuwenden, konnte er träumen, was er wollte.

Sollte er von einer Verlängerung seines gegenwärtigen Lebens träumen? Nein. Die Gewißheit über dessen Kürze würde die Mechanik der Traumauslösung beeinträchtigen. Er schloß die Augen fest, als ob sie, wenn nicht sorgfältig behandelt, verletzt werden würden. Im gleichen Augenblick wurde er von einer Dunkelheit umfangen, die vollkommener war als alles, was er je erlebt hatte, und er fühlte wieder das Aufflackern von Panik.

Was wäre, wenn er das Schiff nicht sehen könnte, weil es von seinem Körper verdeckt wurde? Hilflos schaute er in die Sterne und versuchte, die *Trident* zu finden. Als er sie schließlich sah, gelang es ihm nicht, sie zu erkennen. Die kleinen erleuchteten Beobachtungsluken konnten auch Sterne sein. Erst als eines der

Lichter blinkte, weil es von einem vorübergehenden Mannschaftsmitglied verdeckt wurde, wußte er, daß es die *Trident* war.

So unmöglich weit weg! Nicht einmal den Umriß des Rumpfes konnte er noch ausmachen, und die winzigen Öffnungen waren so nahe beieinander, daß das Schiff nur mit mikroskopisch kleinen Wesen bevölkert sein konnte. Als er seine eigene mit der augenscheinlichen Größe des Schiffes verglich, entglitt ihm die letzte Hoffnung. Jetzt konnte er bestimmt nicht mehr rechtzeitig gefunden werden. Er merkte, wie ihm Tränen kamen, und schloß die Augen, die Tränen benetzten seine Augenlider, Stirn und Wangen und verdunsteten dann in der träge flutenden Luft innerhalb seines Anzugs. Warum war er je Astronaut geworden? Als Kind wollte er Musiker werden. Gott, wieviel besser wäre er doch dran gewesen! Grimmig hielt er seine Augen fest geschlossen. Nun waren Träume seine einzige Zuflucht.

Sorgfältig löste er seinen Körper von jeder Berührung mit dem Raumanzug. Ohne Gesichts-, Gehör- und Tastsinn oder irgendwelche andere Sinneseindrücke, die ihn hätten ablenken können, befand er sich jetzt in einer Leere, die noch schrecklicher war als die grausame Leere des ihn umgebenden Alls.

Der erste Traum kam augenblicklich.

Er war ein kleiner Junge, der – zumindest amtlich – Arthur Bok hieß. Die Erwachsenen nannten ihn ›Cubby‹, was er nicht ausstehen konnte. Er wollte, daß man ihn ›King‹ nannte, ein Spitzname, der gut mit seinem richtigen Vornamen zusammengepaßt hätte, aber natürlich nannte ihn niemand so. Er saß an einem warmen Frühlingsmorgen am Flußufer und sah fasziniert zu, wie Onkel Bill von einem geraden Weidenzweig die Rinde löste, indem er ihn rundum mit dem Griff seines großen Taschenmessers leicht beklopfte, dann den weißen schlüpfrigen Stengel aus der Rinde zog und ihn in wunderbarer Weise einschnitt, so daß, nachdem er wieder in die Rinde zurückgeschoben war, das ganze zu einer kleinen Pfeife wurde, die das Herz jedes kleinen Jungen entzücken mußte. Onkel Bill war einer der netteren Erwachsenen.

Nachher verbrachte er den Morgen damit, allein in den warmen, feuchten Wäldern herumzuwandern, wobei er Krokusse, Schneeglöckchen und Veilchen sammelte und versuchte, mit seiner Pfeife die Vögel zu täuschen, die über ihm zwitscherten.

Beim Mittagessen aß er eine Menge von all dem, was Knaben

mögen, zum Abschluß Mürbteigkuchen mit winzigen wilden Erdbeeren, die beißend und herb schmeckten.

Am Nachmittag half er seinem Vater und Onkel Bill beim Jäten eines Spargelbeetes, hörte verständig zu, wie die beiden Männer über das Wetter und die Marktlage sprachen, und wagte nur dann, wenn sie still waren, seine Pfeife zu blasen.

Allzu rasch war es Abend, und er schaute gedankenvoll zu, wie Onkel Bill im heißen staubigen Stall, in dem es nach Kuh, warmer Milch und Heu roch, Bessie molk. Die Milch zischte rhythmisch in den Kübel zwischen Onkels Knien. Die Pfeife war inzwischen zu einem speicheltriefendem Überbleibsel in den Händen des kleinen Jungen geworden.

»Onkel Bill, kannst du aus einem Weidenstecken eine Pfeife machen, mit der man richtige Melodien spielen kann?«

»Nicht aus einem Weidenzweig, Cubby, aber es läßt sich machen. Eine solche Pfeife nennt man Flöte.«

»Kannst du mir eine Flöte machen?«

»Ich könnte dir eine richtige kaufen, wenn du eine Woche lang ein braver Junge bist und zu Bett gehst, ohne deiner Mutter viel Umstände zu machen.«

Als es Schlafenszeit war, ging Arthur ohne jeden Protest zu Bett. Seine Mutter und Onkel Bill grinsten einander an, und er wußte warum, aber es störte ihn nicht. Er lag lange wach in den gestärkten Leintüchern, die zuerst kalt waren, dann aber warm wurden, wenn man ruhig lag. Er schaute durch das Fenster zu den Sternen empor und dachte an seine Flöte. Große Sterne – die hart aussahen. Aus irgendeinem Grund haßte er Sterne.

Und nun war er nicht mehr ein kleiner Junge, sondern ein Astronaut, der nie Cubby geheißen hatte, und er hatte nur noch wenige Stunden zu leben. Und er wußte jetzt, warum er Sterne haßte.

Immerhin hatte er die verdammten Sterne überlistet und ihnen zum Trotz einen ganzen Tag länger gelebt. Er konnte mehr tun. Er mußte mehr tun! Er schloß die Augen wieder fest, entspannte seinen vor Angst verkrampften Körper, kontrollierte seinen Atem und machte die geistigen Übungen, mit denen sich ein Traum auslösen ließ.

Es war sein sechzehnter Geburtstag, und er war zum erstenmal mit der Kapelle seiner Mittelschule als Solist aufgetreten. Zu Hause gab es eine Party für ihn, einige seiner Orchesterkollegen waren eingeladen und auch ein paar Erwachsene. Darunter war der Dirigent, sein Mathematiklehrer, der – was Arthur überhörte – zu seiner Mutter sagte: »Der Junge hat wirklich Talent. Er sollte einen weit besseren Lehrer haben. Marcotti ist einer der besten, und ich wäre nicht überrascht, wenn er Arthur ein Stipendium verschaffen könnte, bis er ins College kommt.«

An diesem Abend küßte er Annaliese zum ersten Mal. Er tat es ungeschickt, aber Annaliese war sehr nachsichtig und gab ihm selbst einen flüchtigen Kuß, als er sich nach Abschluß der Party in der Halle von ihr verabschiedete.

Nach kaum einer Woche hatte er eine kleine Melodie für Annaliese komponiert. Auch die recht linkisch, aber es lag etwas zärtlich Drängendes darin, und sie wurde zu ›ihrer‹ Melodie. Innerhalb eines Monats pfiff die ganze Schule die Melodie, die ihnen nun nicht mehr allein gehörte. Arthur versprach Annaliese eine andere, die sie diesmal geheimhalten würden.

Als er die Komposition fertiggestellt hatte, spielte er sie ihr auf seiner neuen Silberflöte bei Sonnenuntergang im Obstgarten hinter ihrem Haus vor. Die Melodie war zwar technisch nicht vollkommen, doch es war soviel Glückseligkeit darin, daß dem Mädchen Tränen in die Augen traten. Das Licht verfing und zerstreute sich in ihren dunkeln Pupillen und wurde zu Sternen.

Sterne! Bok drehte den Kopf in seinem Helm und verfluchte jeden einzelnen, dann grinste er. »Ich schlage euch alle, verdammt noch mal. Ich habe sechs Wochen gelebt – gelebt, hört ihr mich? – sechs Wochen, vielleicht mehr, innerhalb von dreißig Stunden.« Er schlief wieder, und diesmal noch ruhiger.

Er und Annaliese heirateten, nachdem er seine Studien bei Julliard abgeschlossen hatte. Seine erste Konzerttournee begann im gleichen Jahr, als ihr Baby geboren wurde.

Sie nannten die Kleine Amadee; sie war ein süßes Kind, litt aber an Asthma, und Arthur verbrachte viel Zeit damit, ihr beizubringen, wie sie ihren Atem kontrollieren konnte.

Im Lauf der Zeit träumte er weniger und weniger, im leeren Raum der Sterne zu sein, und Träume dieser Art wurden immer kürzer. Immer noch bewirkten sie ein namenloses Gefühl von

Grauen, aber als sein graues Haar weiß zu werden begann, war er in der Lage, sie ganz zu verdrängen.

Mit fortschreitenden Jahren kam ein Triumphgefühl in ihm auf, das sich in seinen Kompositionen niederschlug. Seine Konzerttourneen wurden weniger häufig und auch kürzer. Dann befiel ihn das gleiche Asthma, das der kleinen Amadee – nun eine erwachsene Frau mit Kindern – soviel Leiden verursacht hatte.

Dennoch spielte er weiter, mit Willensanstrengung beruhigte er sein mühsam arbeitendes Herz, und irgendwie überstand er seine Konzerte, indem er die wunderbare Atemkontrolle, die ihn die Flöte gelehrt hatte, anwandte.

Das ging so lange, bis er eines Tages nach einem besonders anstrengenden Auftritt in seinem Ankleideraum ohnmächtig zusammenbrach.

Sein Protest blieb unbeachtet, als man ihn in einer Ambulanz nach Hause brachte, und sein Arzt, ein Freund, den er seit sechzig Jahren kannte, sagte ihm mit brutaler Offenheit: »Arthur, so kannst du nicht weitermachen. Du bist, ob du es eingestehen willst oder nicht, ein alter Mann, und dein Herz hält das nicht mehr aus. Du solltest ernsthaft daran denken, dich zur Ruhe zu setzen.«

Am nächsten Morgen betrachtete Bok sein Gesicht prüfend im Rasierspiegel. Was er sah, war nicht ermutigend: das Haar weiß und jämmerlich dünn, Mund und Kinn zwar noch fest, aber tiefe dunkle Ringe unter seinen Augen, und am Hals hing die Haut, die wie graues Papier aussah, lose in Falten.

»Der Doktor hat recht«, sagte er zu seinem Spiegelbild. »Du bist ein alter Mann, Arthur. Ich verspreche dir noch ein Konzert in New York; und damit verabschieden wir uns vom Publikum und verbringen unsere letzten Jahre damit, dem Jungen von Amadee beim Saxophonspielen zuzuhören. Gott helfe uns!«

In der Nacht vor dem Abschiedskonzert träumte Bok wieder von Sternen, diesmal wirbelten sie so wild im Kreis, als würde jemand den ganzen Himmel schütteln. Er erwachte keuchend und merkte, daß er irgendwie eine tiefe Furcht überwunden hatte.

Das Konzert war ein großartiger Triumph. Er hatte ›Requiem für Amadee‹ gespielt, eine Komposition, in deren Melodien Freude und Trauer so hinreißend ineinander verschmolzen, daß viele Leute im Publikum hemmungslos weinten, während andere standen und ›Bravo‹ schrien, bis sie heiser waren. Arthur wurde immer wieder herausgerufen, aber als er endlich in seinem Ankleideraum war, gingen die Lichter abrupt aus und an ihrer Stelle waren wieder die fürchterlichen Sterne da – diesmal schienen sie mit einem starken Licht von irgendwoher gegen seine Füße. Einen Augenblick lang sah er das besorgte Gesicht seines Arztes, und er wußte, daß er vorsichtig in einen Operationssaal gerollt wurde.

Er fühlte sich seltsam leicht und merkte kaum etwas von den Decken, in die man ihn eingehüllt hatte. Zwei ihm halbwegs bekannte Männer und drei Frauen waren um ihn versammelt. Ärzte und Schwestern, nahm er an. Der durchsichtige Schild um seinen Kopf mußte eine Art Sauerstoffzelt sein. Viel half es nicht.

Kapitän Benson lehnte sich über die Gestalt im Raumanzug, die in der inneren Schleusenkammer der *Trident* schwebte.

»Wir müssen ihm sofort den Anzug ausziehen. Aber vorsichtig, er atmet noch. Wir haben ihn gerade noch rechtzeitig gefunden. In ein paar Minuten wäre er tot gewesen.«

Kinza Phillips schnappte nach Luft, als der Helm abgenommen war.

»Mein Gott«, flüsterte sie, »sein Haar ist schneeweiß!«

Bok lächelte sie an und murmelte etwas.

»Was hat er gesagt?«, fragte Anne Botticek.

Der zweite Mann schob die Frauen beiseite und setzte ein Stethoskop auf Boks nackte Brust. »Es tönte wie ›Amadee‹. Ich kann sein Herz nicht hören! Ah. Jetzt ist es wieder da. Es scheint nur einmal in acht oder zehn Sekunden oder so zu schlagen. Wir geben ihm einen Sauerstoffstoß. Ich weiß nicht, ob ich ihm ein anderes Aufputschmittel geben darf.«

Sie bemühten sich stundenlang um ihn, aber Boks Atem wurde zusehends langsamer, und sein Herz schlug immer unregelmäßiger. Jeder Herzschlag war eine stampfende Erschütterung, als wollte das Herz die Brust sprengen.

Kapitän Benson hatte die medizinische Betreuung übernommen, er war bereits am ganzen Körper schweißnaß, als er eine lange Nadel in Boks Brust schob und Adrenalin direkt in das mühsam arbeitende Herz pumpte. Die Wirkung war ein starkes Pochen; das Herz setzte aus, und nahm dann sein unmöglich langsames Schlagen wieder auf.

»Mehr kann ich nicht für ihn tun«, sagte Benson und wandte sich Kinza Phillips zu: »Wie alt ist er?«

Anne Botticek antwortete: »Vierundvierzig, glaube ich.«

Bok öffnete die Augen, auf seinen Lippen lag ein geisterhaftes Lächeln. »Siebenundachtzig, Schwester«, flüsterte er.

Kinza unterdrückte einen Seufzer. »Armer Arthur! Schau dich an! Es könnte fast wahr sein. Gott allein weiß, welche Schrecken du durchgestanden hast, und dennoch versuchst du uns aufzuheitern, wenn . . . wenn . . . Sorge dich nicht, Arthur, wir bringen dich schon wieder auf die Beine!«

Benson hantierte nervös mit einem Chromstahl-Tubus, während er Boks Hände anstarrte. Die Hände waren knochig, mit tiefen braunen Altersflecken auf den Handrücken. Wie graues Seidenpapier hing die Haut lose von den Armen, die Muskeln lagen schlaff über den Knochen, die deutlich zu erkennen waren.

Bok öffnete die Augen wieder und sah das Metallröhrchen in Bensons Fingern.

»Gib mir meine Flöte«, sagte er mit beinah normaler Stimme.

Benson blickte einen Augenblick lang verwundert auf, dann gab er dem sterbenden Mann das Röhrchen.

Eine Stunde später schlossen sie Arthur Bok wieder in seinen Raumanzug ein; und gerade bevor sie ihn zum letzten Mal hinaus zu den langsam drehenden Sternen schickten, steckte Benson das silbrige Röhrchen zwischen die steifen, handschuhbedeckten Hände – warum, hätte er beim besten Willen nicht sagen können.

Aus dem Amerikanischen übersetzt von Peter Indermaur

Mack Reynolds & Gary Jennings

Höllenfeuer

Nach dem Ende

Im Jahre 1980 waren die stärksten Waffen in den Arsenalen der USA und der UdSSR die MX bzw. die SS-18-Interkontinentalraketen. Salt II zufolge durften beide Staaten nur 308 dieser schwersten Raketen besitzen, aber auch das war in der Tat schon mehr als genug. Die amerikanischen MX oder die sowjetischen SS-18 konnten jeweils zehn Atomsprengköpfe transportieren, die unabhängig voneinander auf verschiedene Ziele gerichtet waren. Mit anderen Worten, die USA und die UdSSR konnten zusammen auf 4928 Großstädte und Kommunen jeweils eine H-Bombe werfen – ungeachtet der Tatsache, daß es nur 4643 Gemeinwesen auf der Erde gab, die die Bezeichnung Stadt verdienten. Jede dieser H-Bomben hatte fast die fünfzigfache Zerstörungskraft jener primitiven A-Bombe, die Hiroshima dem Boden gleichgemacht hatte. Mit anderen Worten, jeder der 4928 Sprengköpfe war stark genug, alles Leben in einer Stadt des Ausmaßes von zusammengenommen Shanghai, Mexico City und Tokio auszulöschen – allerdings gab es keine Stadt von dieser ungeheuren Größe auf der Erde. Kurz und gut, die beiden Arsenale waren zusammengenommen in der Lage, den gesamten Planeten in eine leblose schwarze Schlacke zu verwandeln.

Und dennoch beklagten sich die Bewohner dieser zerbrechlichen Erde. Als ob sie all diese allzu notdürftig an der Leine gehaltenen Monstren, die vor lauter aufgestauter Energie pulsierten, überhaupt nicht wahrnähmen, beklagten sich die Sterblichen. Bis zum bittern Ende beklagten sie sich über eine ›Energiekrise‹.

Der Anfang

»Ham«, rief der Energieminister, »Jimmy soll so schnell wie möglich kommen!«

Der Staatschef des Weißen Hauses schaute von seinem Album

mit Zeitungsausschnitten aus den Klatschspalten auf und sagte: »Er ist gerade bei seiner morgendlichen Meditation und betrachtet seinen Nabel, Charlie.«

»Welchen? Er ist doch eine Wiedergeburt.«

»Sehr witzig. Ich sage Dir, Charlie, ich fürchte, daß er noch einmal in totaler Katatonie enden wird. Der Streß setzt ihm zu. Inflation, Kennedy, Arbeitslosigkeit, Kennedy, die Energiekrise, Kennedy, Kamikaze-Kaninchen . . .«

»Du kannst zumindest die Energiekrise streichen«, sagte der Energieminister grinsend und seine Hände reibend, »ich habe dafür endlich die Lösung gefunden!«

»Meine Güte«, stieß Ham hervor, »auf geht's!« und er ging voraus zum Ovalen Büro des Präsidenten.

Jimmy hob seine kummervollen Augen von der Bibel und der neuesten Wählerumfrage. »Guten Morgen, Charlie«, sagte er düster. »Du siehst so zufrieden aus wie ein Ölmanager, der endlich auf eine neue Quelle gestoßen ist. Was soll die Begeisterung?«

»Es wird keine Ölquellen mehr geben, Jimmy. Du magst es vielleicht nicht glauben, aber ich denke, ich habe das Energieproblem für alle Zeiten gelöst. Wir haben genug davon.«

»Das kann ich nicht glauben.«

»Ich weiß, es hört sich unglaubwürdig an. Es wird sich sogar dann noch verrückt anhören, wenn ich es Dir erkläre. Aber es stimmt. Natürlich gibt es da noch ein paar Einzelheiten zu klären. Aber die Lösung lag die ganze Zeit direkt unter unseren Nasen. Unter unseren Füßen, sollte ich vielleicht besser sagen.«

»Charlie, wir versuchen bereits alles unter unseren Nasen und unter Gottes blauem Himmel: Sonnenenergie, Gezeitenenergie, Kernkraft, Öl aus Schiefer, Öl aus Kohle, Windkraft, Erdwärme, Brennholz . . .«

»Ja, ja«, sagte der Minister ungeduldig. »Jede nur irgendwie plausible *neue* Idee. Aber ich schlage vor, die *älteste* verfügbare Energiequelle und gleichzeitig die verläßlichste auszubeuten. Denkt doch mal nach, Leute, *denkt!* Was befindet sich unter unseren Füßen?« Und er begann regelrecht zu tanzen. Jimmy beugte sich vor, um über die große Schüssel gesalzener Erdnüsse hinwegblicken zu können, die vor ihm aufgebaut war.

»Der Teppich? Der Fußboden?« Der Minister gestikulierte wild und ermunternd. »Die unteren Stockwerke? Die Touristen im Weißen Haus?« Weiteres Gestikulieren. »Das Erdgeschoß?

Nixons alte Bänder?« Fieberhaftes Gestikulieren. »Jetzt komm endlich zur Sache, Charlie! Ich habe einen Termin beim Friseur. Ich brauche ein neues Image. Ich denke, ich werde meinen Scheitel auf die andere Seite verlegen lassen . . .«

Bereits leicht keuchend erwiderte der Minister: »Okay, ich werde alles von Anfang an erzählen – wie ich die Erleuchtung hatte. Ich saß in meinem Büro und blickte über den Potomac hinweg auf das Pentagon, in dem ich lange Zeit gearbeitet hatte. Jetzt allerdings sah ich das Pentagon von *außen*. Zum erstenmal, könnte man sagen. Und ich dachte über seine Form nach, und darüber, was diese Form aussagte. Und da kam es mir – ein Augenblick der Erleuchtung.«

Er versuchte, wie ein Erleuchteter auszusehen. Die anderen beiden schauten unverwandt. Er schlug auf Jimmys Schreibtisch – was die Erdnüsse in der Schüssel hüpfen ließ – und schrie: »Das Höllenfeuer!«

»Charlie, du weißt, daß ich Fluchen nicht ausstehen kann!«

»Nein, nein, ich meine es wörtlich! Das Feuer der Hölle! Wir zapfen das Höllenfeuer an!«

»Charlie, du bist genauso beknackt wie diese Peanuts hier in der Schüssel!«

Sanft erwiderte der Minister: »Willst du damit sagen, du sitzt hier vor mir und behauptest allen Ernstes, du *glaubst* nicht an die Hölle? An das ewige Fegefeuer?«

»Aber natürlich glaube ich daran. Ich bin ein wiedergeborener Schriftgläubiger!«

»Okay, dieses Feuer brennt bereits seit dem Sündenfall, ist es nicht so? Es wird in alle Ewigkeit weiterbrennen, oder nicht? Und es ist nicht unerreichbar wie das Feuer der Sonne, nicht wahr? Befindet es sich nicht unmittelbar unter unseren Füßen? Eine Energiequelle, die noch niemals angezapft wurde! Eine mächtige und grenzenlose Energie. Energie, die niemals zuende gehen wird.«

»Verdammt nochmal«, murmelte Ham.

»Und jetzt will ich euch sagen, was wir machen«, sagte der Minister: »Wenn wir diese unvorstellbare Hitze als den größten Kernreaktor der Welt nutzen, gewinnen wir ebenso unvorstellbare Megawatt an Energie. Auf ewig! Zum Heizen, zum Kühlen, zum Beleuchten, für die Fabriken. Der Rest ist nur noch eine Frage der Technologie. Stellen wir unsere Autos und Flugzeuge und Schiffe auf Elektrizität um. Wir werden soviel Energie zur

Verfügung haben, daß wir sie auf Mikrowellen verdichten und senden können – jede Straße hinauf und hinunter, zu den Flugzeugen am Himmel, zu den Satelliten und Raumsonden . . . sogar zu Mond- und Marskolonien . . . und . . .« Er geriet außer Atem. Jimmy machte einen verwirrten Eindruck.

»Ich muß zugeben, diese Idee scheint mir besser, als mein Haar richten zu lassen. Aber Charlie – *wie*?«

»Ja, wie?« wiederholte Ham, »und gib uns endlich einmal Aufschluß darüber, was das alles mit deinem Blick über den Potomac auf das Pentagon zu tun hat?«

Charlie antwortete mit einer schlichten Frage: »Wie beschwörst du den Teufel?«

Jimmy erwiderte zögernd: »Als ich noch ein kleiner Bursche in Plains war, nahmen wir gewöhnlich Krötenfett oder auch bestimmte Wurzeln und . . .«

»Nein, nein, ich meine *wirklich*.«

Sie starrten ihn an, bis er ärgerlich seufzte.

»Nun denkt mal nach – wir können doch nicht ohne Erlaubnis in die Hölle eindringen. Wir müssen einen Pakt mit Mephisto schließen, oder Beelzebub, Gottseibeiuns, Luzifer, dem Teufel, oder wie er auch immer heißen mag. Was heißen soll, wir müssen irgendwie mit ihm in Verbindung treten. Nennt es, wenn ihr wollt, eine Konferenz im Hades, hehehe . . .«

Sie starrten ihn weiter an. Er seufzte abermals und präzisierte: »Wir wollen ja nicht dorthin gehen. Sie müssen hierherkommen. Wir müssen den Teufel herauflocken. Den ganzen Hokuspokus, der dafür erforderlich ist, beherrsche ich nicht – wir werden dafür Fachleute finden –, aber eins weiß ich. Man beginnt damit, ein Pentagramm zu zeichnen, ein gleichseitiges Fünfeck. Und was haben wir drüben in Virginia? Das Pentagon! Das größte Fünfeck der Welt!«

»Nein, Leute, das geht nicht«, sagte Jimmy unbehaglich. »Was würde meine Sonntagsschulklasse dazu sagen, wenn sie erführe, daß ich den Teufel beschwöre?«

Ham räusperte sich und wies verschämt auf den Gallup-Report hin, nun bereits leicht mit Erdnüssen übersät:

»Chef, ich komme hier ungern auf Politik zu sprechen, aber diese Gallup-Leute haben soeben zum erstenmal im Vorfeld der Präsidentschaftswahlen eine negative Popularitätskurve herausgebracht. Fünfzehn Prozent weniger von den wahlberechtigten Amerikanern glauben inzwischen, daß Sie Ihren Job hier gut machen. Und der November steht vor der Tür.«

»Genug«, erwiderte Jimmy und hob die Hand, »zum Wohle des Staates muß ich Prinzipien, Image und meinen Sitz im Kirchenvorstand aufs Spiel setzen. Sogar meine unsterbliche Seele.«

»Brav«, sagte der Energieminister beifällig. »Okay, wir haben das Pentagramm. Was brauchen wir noch?«

»Fragen wir Jody«, schlug Ham vor, »er ist der Gebildetste unter uns.« Auf den Knopfdruck des Präsidenten erschien der Pressesprecher des Weißen Hauses.

»Heh, Leute, grämt ihr euch gerade über diese blöde Gallup-Geschichte?«

»Nein«, sagte Jimmy. »Setz dich. Du mußt uns etwas auf die Sprünge helfen. Wie beschwörst du den Teufel?«

»Mann, das ist kinderleicht: Da nimmst du etwas Krötenfett oder auch ein paar bestimmte Wurzeln . . .«

»Nein, nein«, sagte Charlie ungeduldig und erklärte alles noch einmal von vorn.

»Na ja«, meinte Jody leicht erschüttert, »in den alten Zeiten haben die Hexen und Alchimisten und so ihr ganzes Leben drangehängt, die richtigen Worte und Formeln und das alles auszutüfteln, bevor sie auch nur den miesesten Teufel heraufbeschworen. Seht euch zum Beispiel den alten Doktor Faustus an. Jahrein, jahraus, Faust im Krieg, Faust im Frieden, Faust in guten und in schlechten Zeiten, aber immer darauf konzentriert, einen Dämon zu beschwören. Und dann, als er endlich Erfolg hatte, war es der schmierige Taktiker Mephistopheles, nicht vertrauenswürdiger als etwa ein Republikaner oder einer dieser jungen Kennedys. Ihr wollt doch bestimmt einen höherstehenden Teufel als diesen Kerl.«

»Sicher«, sagte Ham. »Aber Faust, das liegt lange zurück. Im Mittelalter. Man sagt doch, daß sich das menschliche Wissen alle acht Jahre verdoppelt. Es gibt mittlerweile gute neue Wissenschaftler wie von Däniken und Velikowski. Die Alchimisten von heute müßten doch Lichtjahre über den alten Faustus hinaus sein.«

Jody schaute verwirrt: »Welche Alchimisten von heute?«

»Mensch, Junge, das ist ein Wortspiel! Bestimmt haben sie

welche im MIT.* Die haben doch jede Art von -ologen.« Jimmy schnipste die Erdnüsse aus seiner Telefonanlage und wischte eine von dem Feld mit den zahllosen Bedienungsknöpfen.

»Rufen Sie das MIT an. Stellen Sie mich zu Ihrer alchimistischen Abteilung durch.«

Die Annäherung

Der Privatsekretär meldete die Ankunft zweier MIT-Leute: »Ozmow und Clock, Professoren der Alchimie.«

»Kommen Sie gleich herein, meine Herren!« sagte Jimmy. »Wir sind hier nicht sehr förmlich. Nennen Sie mich Jimmy, und ich werde Sie Ike und Artie nennen. Nehmen Sie sich ein paar Erdnüsse.«

Demütig im Angesicht der Größe nahmen die Professoren brav ein paar Nüsse und ließen sich dann vorsichtig in den von Jody herangeschobenen Sesseln nieder.

Der Energieminister sagte: »Nun, meine Herren, ist Ihnen irgendetwas zur Lösung unseres Problems eingefallen, seit es Ihnen geschildert wurde?«

»Nun«, nuschelte Professor Artie, der wie eine Eule aussah, hinter seiner Brille hervor, »wir haben die Beschwörungsformeln für die Teufelsbrut ausgearbeitet.«

»So schnell?« fragte der Energieminister. »Jody hier hat uns erzählt, daß die Alchimisten im Mittelalter jahrein jahraus einen Versuch nach dem anderen anstellten . . .«

»Wir haben die Sache den Computern überlassen«, unterbrach ihn Professor Ike, während er seine extravaganten Koteletten zwirbelte. »Wir haben alle denkbaren Variationen eingespeist und den Computer nach der Versuchs- und Irrtum-Methode vorgehen lassen. Wie diese alte Geschichte über die zehn Millionen Namen Gottes. Nun also können wir Ihnen die Beschwörungsworte sagen – *vorausgesetzt*, Sie können die Zutaten des Zaubertranks besorgen. Zum Beispiel einen Fetzen Stoff von der Bandage einer königlichen Mumie.«

»Kein Problem«, sagte Ham, »ich wollte schon immer mal die Pyramiden sehen.«

»Aber ein paar der übrigen Zutaten könnten ganz schön

---

* Massachusetts Institute of Technology.

schwierig aufzutreiben sein«, erwiderte Artie. »So etwa eine Prise Staub vom Sarg eines Vampirs? Ich würde zweitausend zu eins wetten, daß . . .«

»Kein Problem«, sagte Ham wieder zwischen den Zähnen hindurch. »Ich kenne eine New Yorker Diskothek, wo es keinen Mangel an diesen Blutsaugern gibt. Und schon gar nicht an Staub« fügte er hinzu. »Okay«, sagte Ike und schaute auf einen Zettel, »dann ist da noch Schleim und Galle.«

»Der Senat«, warf Jimmy beiläufig ein.

»Na gut«, sagte Artie. »Aber was ist mit dem erbrochenen Aas von Raubvögeln?«

»Das FBI.«

»Schließlich«, fügte Ike geheimnisvoll hinzu, »drei Blutstropfen einer Jungfrau.«

Nachdem sie alle eine Weile verwirrt geschwiegen hatten, schlug Artie zögernd vor: »Da ist Virginia auf der anderen Seite des Flusses, oder? Könnte doch die geeignete Gegend sein.«

»Ha«, sagte Ham.

»Doch, Artie könnte recht haben«, sagte der Energieminister. »Wir kennen uns nur in den Vororten von Washington aus. Weiter draußen, in Blue Ridge, sind die Hinterwäldler noch ungeheuer rückständig. Vielleicht gibt es dort noch eine Jungfrau, die so hausbacken ist, daß ihr eigener Vater oder Bruder sie noch nicht . . .«

»Hört sich nach einem Job für Billy an«, sagte Jimmy und wandte sich seiner Telefonanlage zu. Es gibt wohl nichts, was so hausbacken wäre, daß es den alten Burschen abschrecken könnte. Während das Gespräch nach Plains vermittelt wurde, sagte Jody zu dem Alchimie-Professor: »Nehmen wir einmal an, wir bekommen alle nötigen Zutaten zusammen, was kommt dann? Wie soll der Teufel beschworen werden?«

Artie grinste in sich hinein und sagte: »Nun, bevor ich nach Sri Lanka ging und wiedergeborener Buddhist wurde – damals, als ich noch ein junger Bursche in Somerset war – hätte ich mir ein williges Mädchen geschnappt, und wir hätten einen Bummel hinauf in das Heidekraut von Exmoor gemacht . . .«

»Nein, nein«, unterbrach Ike amüsiert. »Unten hinter der Gasanstalt . . .«

»Ein bißchen mehr Ernst, Leute!« fuhr Jody dazwischen.

Ike nahm sich zusammen und schlug vor: »Stellen Sie sich in den Mittelpunkt eines Pentagramms, je größer, desto besser. Mischen Sie die Zutaten.« Er reichte einen Zettel hinüber.

»Dann singen Sie diesen Sermon.« Er legte einen weiteren Zettel auf den Tisch. »Und dann warten Sie ganz einfach auf den feurigen Rauch.«

Die Senkblei-Konferenz

Jimmy hatte schließlich noch Cy ins Vertrauen gezogen und nahm nur ihn mit zu dem erhofften Treffen. Offensichtlich würden sie es ja mit dem Abgesandten einer fremden – einer sehr fremden – Macht zu tun haben, und das war eindeutig der Job des Staatsministers. Die beiden standen im exakten Mittelpunkt des fünfeckigen Paradeplatzes, umgeben von den fünfeckig angeordneten 150000 Quadratmetern des Pentagon-Komplexes, des größten jemals auf der Erde errichteten Pentagramms. Die beiden standen allein – sehr allein –, denn das gesamte Personal war aus diesem Anlaß auf Weisung des Präsidenten evakuiert worden. In diesem Stadium der Entwicklung war Jimmy ein wenig argwöhnisch gegenüber möglichen Zeugen.

»Laß um Gottes Willen dieses Fläschchen nicht fallen, Cy«, warnte er seinen Begleiter. »Sein Inhalt stammt von der letzten und einzigen Jungfrau in Virginia – vielleicht in alle Ewigkeit. Er ist wahrscheinlich absolut unersetzlich.«

Sie bauten den Kartentisch auf, den sie mitgebracht hatten, und leerten den Inhalt der verschiedenen mitgeführten Beutel darauf aus. Cy entkorkte vorsichtig die Flasche und träufelte ihren kostbaren Inhalt über die Mumienbandage, den Sargstaub, den Schleim und die Galle sowie die anderen Substanzen. Er klaubte einen Sektqurl aus seiner Brusttasche und begann den übelriechenden Mischmasch vorsichtig umzurühren.

»Ich glaube, mir wird übel«, stieß Jimmy hervor.

»So tun Sie endlich Ihren Teil«, murmelte Cy, »ich erinnere nur an diese letzte Gallup-Umfrage.«

»Asmodeus!« schrie Jimmy und las dabei von dem mitgebrachten Zettel ab. »Eazaz! Bephthali! Pferdefuß! Ouroboros! Cthulhu! Shazam! . . .«

Und so weiter bis zum Schluß. Dann warteten sie auf das

Feuerwerk. Nichts, aber auch gar nichts geschah. Cy blickte auf dem Paradeplatz umher, als erwarte er, daß sich ein Teil des Blumenbeetes wie ein Kanaldeckel heben werde. Nach einer langen Pause sagte Jimmy: »Irgendetwas ist schiefgelaufen.«

»Ich möchte wetten, daß Billys Hinterwaldjungfrau doch nicht koscher war . . .«

»Er hat mir geschworen, daß sie es war, als er die Blutprobe nahm. Zehn Minuten später allerdings, wie ich Billy kenne, so häßlich kann die gar nicht sein, daß er nicht . . .«

Er seufzte und zuckte die Achseln. »Fahren wir zurück nach Washington und treffen wir uns noch einmal mit den Alchimisten. Sie müssen irgendeine wichtige Kleinigkeit vergessen haben.« Zurück in dem großen Gebäude, steuerten sie auf einen Fahrstuhl zu, um in die Tiefgarage zu fahren, wo sie ihren Wagen geparkt hatten. Aber gerade als Cy einen Finger ausstreckte, um den Knopf zu drücken, blieb sein Blick auf der Stockwerkanzeige über dem Schacht haften. Der Aufzug war besetzt und kam soeben aus dem untersten Kellergeschoß herauf.

Jimmy murmelte unwillig: »Ich hatte Anweisung gegeben, daß kein lebendes Wesen in dem gesamten Gebäude bleiben sollte!«

»Anweisungen des Präsidenten sind auch nicht mehr das, was sie einmal waren«, bemerkte Cy, »besonders seit der letzten Gallup-Umfrage . . .«

Dieser verdammte Aufzug braucht eine verteufelt lange Zeit, um heraufzukommen«, unterbrach ihn Jimmy.

Diese Worte brachten beide Männer auf die gleiche Idee. Cy schaute Jimmy an, so gut, wie er es durch seine neue nasenlange Ponyfrisur vermochte.

»Glauben Sie . . .?«

»Was sonst?«

Die Aufzugtür ging auf – und heraus trat das exakte Modell eines modernen Generalmajors, mit untadeliger Uniform, glänzenden Sternen auf der Schulter, die Brust übersät mit blinkenden Orden. Sein Gesicht war vielleicht ein kleines bißchen brauner, als es unter Offizieren der Generalität üblich ist. Er salutierte jedoch untadelig und stellte sich schneidig vor:

»Generalmajor Luzifuge, Befehlshaber der dämonischen Streitkräfte der westlichen Hemisphäre. Wie befohlen zur Stelle, Mr. President.«

»Nennen Sie mich Jimmy. Aber das ist doch eine Uniform der US-Army!«

»Man paßt sich an, Mr. Jimmy. Man versucht natürlich unauffällig zu bleiben, welches Zeitalter, welche Umgebung auch immer. Sie hätten einige der Aufmachungen an anderen Orten und in anderen Zeitaltern sehen sollen. Brüssel im Mittelalter zum Beispiel. Man trug einen prall gefüllten Seesack, um nicht aufzufallen.«

Jimmy, einst selbst bei der Marine, stammelte: »Aber wie können Sie es wagen, die hochehrenwerte Medal of Honour zu tragen?«

»Völlig rechtmäßig, Sir«, erwiderte der Dämon förmlich. »Sie wurde mir nach dem Sieg von My Lai verliehen.«

Cy unterbrach an dieser Stelle diplomatisch: »Meine Herren, ich schlage vor, wir unterhalten uns im Weißen Haus weiter.«

Nur ein ausgewählter Personenkreis nahm an der Konferenz teil: Jimmy, Charlie, Cy, Ham, Jody und der in geradezu bombastischer Weise unauffällige General Luzifuge. Er hörte aufmerksam zu und nickte von Zeit zu Zeit, als der Energieminister seinen Plan erläuterte, wegen des Fegefeuers mit der Hölle ins Geschäft zu kommen. Schließlich sagte er: »Faszinierend, meine Herren, und absolut durchführbar, denke ich. Natürlich wird man das schriftlich fixieren müssen: Die Organisation der Beschaffung, die Übergabestellen und dergleichen mehr. Doch gibt es in der Tat verschiedene Standorte in diesem Land, wo nur minimale Bohrungen erforderlich wären – mit anderen Worten, wo das Fegefeuer am dichtesten unter der Erdoberfläche brennt. Einige sind sogar ganz in der Nähe. Das Pentagon, wo wir uns begegneten, und Langley ein paar Meilen von hier. Das J. Edgar Hoover Building, und dann ist da natürlich Las Vegas und Hollywood und Wall Street . . .«

Jimmy war hocherfreut. »Nehmen Sie sich eine Erdnuß, General. Sie würden also einem Vertrag zustimmen?«

»Nun, ich bin schließlich nur das militärische Oberhaupt dieser Halbkugel, so daß ich den Vorschlag einer höheren, oder wenn Sie so wollen, tieferen Autorität vorlegen muß. Aber ich kann Ihnen fast hundertprozentig versichern, daß er auf größte Begeisterung stoßen wird.«

Cy, stets argwöhnischer Beobachter, fragte dazwischen: »Und die Gegenleistung? Amerika wird unbegrenzt und auf alle Zeiten mit Energie versorgt, aber was verlangt die Hölle dafür?«

Wie beiläufig erwiderte der General »Oh, die üblichen Bedingungen, würde ich meinen. Sicher sind Sie damit vertraut.«

»Natürlich«, sagte Jimmy brav. »Ich bedauere, daß ich nur eine einzige Seele habe, um sie für mein Land hinzugeben. Machen Sie den Vertrag fertig. Ich werde mir in den Finger stechen und . . .«

Der Dämon hüstelte dezent. »Entschuldigen Sie, Sir, aber wiedergeborene Christen bringen zur Zeit kaum eine vernünftige Prämie. Außerdem ist es offensichtlich, daß jeder andere Mann, jede Frau und jedes Kind in den Vereinigten Staaten von diesem Segen profitieren wird und also dafür auch entsprechend in der Schuld steht.« Er grinste breit, wobei er außergewöhnliche Hauer entblößte, und rieb sich die Hände mit den krallenartigen Fingernägeln. »Das wird sich dort unten auf meinen Kredit auswirken. Mehr als 220 Millionen Seelen in einem Handel, die Ungeborenen noch gar nicht gerechnet. Einen kompletten nationalen Ausverkauf hatten wir noch nie. Das beste war bisher der Erwerb von zwei Städten auf einen Streich.«

Jody war neugierig. »Welche zwei Städte?«

»Sodom und Gomorrha.«

Ham murmelte: »Ich habe mich immer schon gefragt, was für verrücktes Zeug sie in Gomorrha gemacht haben?«

Bevor der Dämon ihn aufklären konnte, sagte Jimmy: »Moment mal, General Luzifuge! Meinen Sie nicht, wir könnten einen Kaufvertrag machen, ohne die unsterbliche Seele jedes einzelnen ungeborenen Amerikaners von jetzt bis in alle Ewigkeit einzubeziehen?«

Der General zuckte die Achseln. »Dies ist eine Demokratie. Alle Vorteile für jeden, jeder wird gleichmäßig in die Pflicht genommen. Artikel 1, Absatz 8 Ihrer Verfassung bestimmt, daß der Staat berechtigt ist, zum öffentlichen Wohl Steuern, Abgaben und Pflichten festzusetzen.«

»Der Staat ist nicht mit mir identisch«, sagte Jimmy, »ich bin nichts als sein oberster Diener. Wenn ich diesen Vertrag eigenmächtig unterzeichnen würde, würde man mich von jeder Kanzel, von jedem Rednerpult aus beschimpfen und . . .«

»Naja«, sagte der General, »vor allem jetzt im Augenblick, wenn man der letzten Gallup-Umfrage glauben darf. Aber, Sir, Sie sind meiner Meinung nach unnötig empfindlich. Sogar der Reverend Billy Graham fährt ein Auto, und auch er dürfte die Tankstellenketten zum Teufel wünschen. Schließlich war er

Fernfahrer, bevor er Geistlicher wurde. Er könnte sogar die Fernfahrergewerkschaft dazu bringen, Ihre Entscheidung zu begrüßen und zu stützen.«

»Leider«, sagte Cy, und er schaute dabei besonders betrübt drein, »kann der Präsident diese Entscheidung nicht treffen. General, Sie müssen bedenken, daß Artikel 2, Absatz 2 der Verfassung vom Präsidenten fordert, daß er die Zustimmung des Kongresses einholt, bevor er irgendeinen bedeutenden Vertrag unterzeichnet. Der Kongreß würde einem so heiklen wie diesem bestimmt nicht zustimmen, ohne vorher ein öffentliches Mandat von der Vielzahl seiner unterschiedlichen Wahlkreise einzuholen.«

General Luzifuge zuckte wieder die Achseln. »Sehr gut. Leiten Sie ein Referendum ein. Lassen Sie Mr. Jedermann entscheiden. Legt er Wert auf unbegrenzte und frei verfügbare Energie fürs ganze Leben? Um sein Auto zu fahren, seine Motoren anzutreiben. Um seine Heizung auf eine Temperatur zu bringen, die es ihm erlaubt, im Unterhemd fernzusehen und dabei kühles Bier zu trinken. Um die Klimaanlage seines Wohnmobils zu betreiben. Um seinen Videorecorder laufen zu lassen und seine vollautomatische Küchenmaschine in Gang zu halten. Um Saft für die elektrische Gitarre seines Sohnes und das Einkaufsmoped seiner Frau zu haben . . .«

»Richtig«, schrie Ham, »endlich Schluß mit diesen japanischen und deutschen Winzigautos! Das würde uns sogar wieder in die dicksten Straßenkreuzer helfen!«

»Amerika könnte endlich wieder seine führende Rolle unter den Staaten der Welt einnehmen«, überlegte Cy. »Die Wiedergeburt des Big Brother, der von allen beneideten Nummer eins.«

»Wenn schon, denn schon«, brüllte Jody begeistert.

»Aber natürlich«, meinte Jimmy, »das ist es!«

»Mr. Jedermann kann wieder alle Segnungen der Zivilisation zügellos genießen, und es kostet ihn keinen Pfennig«, meinte der General. »Keine versteckten Abgaben, keine Überstunden, nichts wird ihm fehlen. Natürlich sollen dem amerikanischen Arbeiter weder seine Produktivität noch der Stolz auf seine Leistung genommen werden. Er kann immer noch drei Tage in der Woche arbeiten und Produkte mit garantiertem Sofortverschleiß herstellen. Und dann? Wenn er stirbt, was er wahrscheinlich irgendwann einmal tun wird, tritt er etwas ab, von dem er nicht einmal genau weiß, ob er es hat, oder für das er zumindest keine andere Verwendung hat. Dies wird die erste Regierung der Welt sein, die nicht den Himmel über die Wolken, sondern den Himmel auf Erden anbieten kann! Nach alledem, lassen Sie eine Volksabstimmung stattfinden! Stimmen Sie Ja für Fortschritt, Vergnügen und ewige Vordammnis. Stimmen Sie Nein und leiden Sie ewig Mangel, Rationierung und Entbehrung, ständig steigende Preise, ständig sinkende Lebensqualität, ständig sinkende militärische Macht und nationales Prestige. Muß ich fortfahren? Ich glaube, Gentlemen, Sie werden von dem donnernden Ja der Massen überrascht sein!«

»Ich glaube nicht daran«, beharrte Jimmy. »So einfach wird das nicht gehen. Die Republikaner werden es galoppierenden Sozialismus nennen. Und denken Sie nur an die Reaktion der Öl-Multis, sie stänkern inzwischen sogar gegen Windmühlen. Und dann die Bürgerinitiativen – Nader, Greenpeace, der Sierra Club . . .«

»Geifernde Minderheiten, aber doch nur Minderheiten«, erwiderte der Dämon. »Sie müssen den Vorschlag unter die Massen bringen, und das bedeutet, um noch einen anderen Ort anzusprechen, an dem das höllische Feuer direkt unter der Fahrbahn brodelt, das bedeutet, die Madison Avenue einzuschalten.«

Die Kampagne

Natürlich rissen sich sämtliche Werbeagenturen danach, für den lukrativen und prestigeträchtigen Auftrag den Zuschlag zu erhalten, um den Pöbel zum Ja zur ewigen Verdammnis zu überreden. Aber auf General Luzifuges Vorschlag hin wurde die Agentur beauftragt, die in den Fünfzigerjahren zweimal erfolgreich die Wahl eines weit farbloseren Generals zum Präsidenten bewerkstelligt hatte. Im Konferenzraum von Batten, Bitten, Devour & Upchuck rief der Werbechef seine Truppe zur Ordnung:

»Okay, Boys und Girls, ab geht das Brainstorming! Wie ihr wißt, haben wir das Motto bereits festgelegt: ›American Faust!‹ Jetzt brauchen wir noch ein paar unwiderstehliche Slogans für Plakate, Aufkleber und Anstecknadeln. Schütteln wir also ein paar Ideen aus der müden Hirnmasse. Endspurt zur Besteigung des Minarets, laßt sehen, wer am besten jodelt! Fertig? Schreit es heraus!«

»Kein Sprit gleicht dem Teufelssprit!«
»Satanas, push uns nach vorn!«
»Pack den Teufel in den Tank!«
»Kaufe jetzt, schmore später!«
»Verdammt, wenn Du's tust, verdammt, wenn Du's läßt!«
»Faust bringt's!«

Das Referendum erbrachte die höchste Prozentzahl an Ja-Stimmen, die jemals in der amerikanischen Geschichte verzeichnet worden war. Landauf, landab rollte ein donnerndes Ja. Nur ein paar Amerikaner, Mitglieder besonders verbohrter Sekten und dergleichen, gaben anschließend ihre amerikanische Staatsbürgerschaft auf und suchten anderswo um politisches Asyl nach.

Der Knoten schürzt sich

Das Politbüro war im umgestalteten Thronsaal des Bolshoi Kremlevski Dvorets zusammengetreten. Der Generalsekretär mit den buschigen Brauen, Nummer Eins, hatte natürlich den Vorsitz und besetzte den Stuhl ganz oben an der Tafel, den Stuhl, der einst Rasputin zugestanden hatte. Während die Versammlung auf ihren Gast, Politbürokrat Nummer Neun wartete und kaum noch in der Lage war, ihre Neugier zu verbergen, fragte der Generalsekretär: »Aber, Genosse Leonid, wie beschwört man den Teufel?«

Die Augenbrauen von Nummer Eins zuckten schelmisch, und er antwortete: »Nun, als ich ein junger Tscheloviek in der Ukraine war, hätte ich mir eine schöne dralle Podruga gegriffen und ein Fläschchen Wodka und wir hätten uns in einen versteckten Winkel des Kollektivs verzogen und . . .«

»Nein, nein«, sagte Nummer Neun, »ich meine es wörtlich, wie könnten wir diese Person rufen, und vor allem, warum?«

»Ah, ich vergaß, Genosse Andrej, du warst mit der Erledigung dieser Geschichte in Kuba beschäftigt. Nun, wie du weißt, haben wir eine ganze Reihe KGB-Leute, die als Barmixer, Kellner, Callgirls etc. getarnt sind und die sich ständig in der Nähe des Stabschefs des Weißen Hauses herumtreiben und darauf warten, daß er sich vollaufen läßt und irgendetwas Geheimes lallt. In einem Nachtclub belauschte ihn einer unserer Jungs, wie er von etwas sprach, daß er als Referendum zur Ewigen Verdammnis bezeichnete. Wir brauchten nicht lange, um die Einzelheiten herauszufinden.«

Der Generalsekretär trug die ganze Geschichte vor und brachte sie auf den neuesten Stand.

»Aber Genosse Nummer Eins«, entgegnete Nummer Neun, »wir Sowjets sind wiedergeborene Atheisten. Wir glauben nicht an derart dekadente bourgeoise Phantasien. Die Hölle gibt es nicht.«

»Macht nichts«, sagte Nummer Eins unwirsch, »was Amerika hat, wollen wir auch, selbst wenn es das nichtexistierende Feuer der Hölle ist.«

»Nun ja«, grübelte Nummer Neun, »als Außenminister beschäftigte ich mich weit lieber mit einem nichtexistierenden Teufel als mit den verdammten und nur allzu realen Arabern.«

»Denken Sie an die Folgen«, fuhr der Generalsekretär fort, »wenn wir uns jetzt zurücklehnen und das ganze als Blödsinn abtun und dabei die Amerikanskiyi ein Monopol auf das höllische Feuer erwerben lassen, würden sie einen nicht wieder aufzuholenden Vorsprung vor uns und allen Ländern der Erde erreichen. Unbegrenzte Energiequellen für die Verteidigung, für den Angriff, für imperialistische Expansion. Wir können das nicht zulassen. Selbst wenn es sich nur um eine grandiose Verblendung ihrer perversen Ideologie handelt, können wir das nicht zulassen.«

»So werden wir also Gegenmaßnahmen ergreifen?«

»Auf der Stelle. Es war für einen unserer KGB-Hausmeister im MIT kein Problem, eine Abschrift von den Beschwörungsformeln zu beschaffen. Nur eine der Zutaten für die magische Mixtur könnte schwierig zu beschaffen sein. Ich kann mir nicht vorstellen, wo die Amerikanskiyi sie aufgetrieben haben. Aber wir haben das Glück, daß die Mehrzahl unserer Frauen so unattraktiv ist, daß sie allenfalls in den Wirren kriegerischer Auseinandersetzungen vergewaltigt werden. Auch hatten wir das Glück, daß unsere Sverdrup-Insel in der Kara-See bereits nahezu die Form eines Pentagramms hatte; wir brauchten Sie nur noch ein wenig zu begradigen, indem wir Laserstrahlen von Kosmos MCMVII einsetzten.

So lief denn alles zufriedenstellend, und der . . . äh . . . Botschafter müßte jede Minute mit dem Hubschrauber . . .«

Ein prächtig uniformierter Lakai öffnete die schweren Flügeltüren und meldete: »Genosse Marschall Satanachia!«

Der Ankömmling entsprach nicht in allen Punkten einem modernen Marschall der Roten Armee. Er trug eine altmodische lehmfarbene Ausgehuniform, wie sie Stalin und andere alte Bolschewiken damals bevorzugt hatten.

»Zdrov stvyuitye«, grüßte er und fügte hinzu: »Setzt euch wieder, Genossen, Etikette ist etwas für westliche Speichellekker. Wie bereits angekündigt, bin ich Marschall Satanachia, der Oberbefehlshaber der dämonischen Legionen der östlichen Hemisphäre. Ich habe Euren Fünfjahresplan lange Zeit bewundert – mindestens fünfzehn Jahre lang –, und jetzt bin ich gekommen, um ihn für alle Zeiten zu höchster Vollendung zu verhelfen.«

Er nahm auf dem bereitstehenden Stuhl am Ende der Tafel gegenüber Nummer Eins Platz, welcher eine Weile mit seinen dicken Fingern trommelte, bevor er hervorstieß:

»Als wiedergeborene Atheisten glauben wir natürlich nicht an dich, Towarischtsch. Ich kann mich allerdings noch an die Geschichten erinnern, die meine Großmutter vor langer Zeit erzählte, obwohl – ihre Beschreibung . . . äh . . . war etwas abweichend.«

»Man entwickelt so seine Mimikri«, sagte der Ankömmling. »Es wäre nicht ganz ratsam für mich, heutzutage in einem Aufzug wie der Baba Yaga zu erscheinen. Was aber euren Unglauben angeht . . .« – er lachte, wobei er beachtliche Hauer entblößte –, »so sagen manche Leute, dies sei die subtilste Waffe der Hölle.«

Nummer Sechs räusperte sich: »Nicht, daß ich an dich glaube, aber ich würde gern eine akademische Frage stellen. Beim Anrühren des Zaubermittels verwendeten wir Staub von Stalins Sarg. Wie geht es unserem vielgeschmähten alten Exgenossen heute?«

»Oh, er ist ganz zufrieden, wenn er nicht gerade seinen Bereich der Hölle fegt oder Trotzki frisch an seinen Spieß steckt, spielt Josef Karten mit den anderen.«

»Den anderen?«

»Winston und Franklin. Auch Charles, wenn sie ihn bei sich sitzen lassen.«

»Charlie?«

»De Gaulle. Als Chips nehmen sie die Seelen ihrer Verdammten-Kolonien. Der Sieger muß für alle Seelen im Topf neue Torturen erfinden.«

»Es hört sich amüsant an«, sagte Nummer Eins. »Ich hätte überhaupt keine Bedenken, dir meine Seele im Austausch gegen die Versorgung mit unbegrenzter Energie zu überschreiben. Ich vermute, du würdest sie sowieso bald bekommen.«

»Richtig«, erwiderte der Marschall. »Was sie für mich fast wertlos macht, Genosse. Aber um nicht um den heißen Brei herumzureden, wie es mein hasenherziger Kollege Luzifuge in Amerika gemacht hat – das Feuer der Hölle wird euch die Seele jedes Lebenden und jedes irgendwann in der Zukunft auf die Welt kommenden Bürgers der Sowjetunion kosten.«

Nummer Eins grunzte und zuckte die Achseln. Alle anderen um den Tisch versammelten Nummern taten es ihm nach. Marschall Satanachia fügte hinzu:

»Diese Bedingung hat in Amerika beträchtliche Verwirrung hervorgerufen. Hier müssen wir damit wohl nicht rechnen, nehme ich an?«

»Wir sind ein sozialistischer Staat. Für jeden nach seinen Bedürfnissen, von jedem nach seinen Möglichkeiten. Von jedem, aber auch jedem Sowjetbürger also dann – seine Seele.«

»Sehr gut«, frohlockte der Marschall und rieb seine klauenartigen Hände aneinander. »So etwa zweieinhalb hundert Millionen Seelen. Viel mehr, als mein abscheulicher Rivale Luzifuge abliefert. Das wird mein Prestige dort unten gewaltig steigern. Vielleicht darf ich dann sogar beim Kartenspielen dabeisitzen.«

Die buschigen Brauen von Nummer Eins hoben sich ungläubig:

»Du meinst, du rangierst hinter dem unbeweinten Josef Stalin? Jetzt paß aber mal auf! Die Sowjetunion kann verlangen, mit deiner Nummer Eins selbst zu verhandeln!«

»Wenn du möchtest«, erwiderte der Dämon gleichmütig. »Aber das würde die Sache verzögern. Unsere Nummer Eins befindet sich zur Zeit nicht auf der Erde.«

»Natürlich nicht«, warf der Generalsekretär ein, der vorübergehend vergessen hatte, daß er ja an derlei Dinge gar nicht glaubte, er befindet sich unter der Erde.«

»Tatsächlich kreist er im Moment – ich vermute, ihr würdet sagen, *über* ihr.«

»Im Himmel?« rief eine Reihe der anderen Nummern wie aus einem Mund.

»Wohl kaum«, grinste der Abgesandte der Hölle. »Ich werde es euch erklären. Vielleicht habt ihr von dem Plan gehört, den der Imperialistische Westen das Lagrange-Fünf-Projekt nennt.«

»Ja«, sagte Nummer Zwölf, ein Mitglied der Sowjetischen Akademie der Wissenschaften, »der Plan zur Errichtung einer ›Raumkolonie‹, wie sie es nennen, die für zehntausend Personen ausgelegt ist. Ein weit aufwendigeres Projekt als unsere geplanten Raumplattformen.«

Marschall Satanachia seufzte. »Als dieser verdammte englische Science-Fiction-Schreiberling damals von so etwas anfing, hielten wir das in der Hölle für lächerlich. Aber wir fütterten unsere Computer damit, und wir haben ein paar teuflisch weit entwickelte Computer. Sie sagen, Lagrange Fünf sei absolut nicht lächerlich, sondern sowohl praktisch als auch erstrebenswert – und werde in kurzer Zeit sogar dringend notwendig werden. In ein oder zwei Jahrhunderten – nach höllischen Maßstäben keine Zeit – werden mehr Sterbliche im Raum als auf der Erde leben.«

»So?« sagte Nummer Zwölf.

Der Marschall wandte sich direkt an ihn: »Was soll aus der Hölle werden, Genosse Nikolai, wenn das Gros der menschlichen Rasse auf künstlichen Rauminseln lebt?«

Das komplette Politbüro schaute verdutzt.

Als ob er Kinder vor sich hätte, fuhr er fort: »Bereits seit dem Sündenfall ist unser Reich dort unten. Aber wo ist im Weltraum ›unten‹? Ich könnte hinzufügen, Genossen, daß es im All ausgesprochen kalt ist!«

Sie glotzten erneut.

»Das also ist der Grund, aus dem unsere Nummer Eins für Beratungen nicht zur Verfügung steht. Er besichtigt gerade das Sonnensystem. Im Moment erkundet er die Möglichkeit des glühenden Planeten Merkur. Solange, Genossen, habe ich, wie ich euch versichern kann, die Vollmacht, euren Antrag den ranghöchsten Genossen des höllischen . . . äh . . . Politbüros vorzulegen.«

»Darauf einen Toast!« röhrte Nummer Eins, indem er sich wie ein alter Bär in der Höhe hievte. Er schlug seine Tatzen zusammen, und prompt flogen die Saaltüren auf, um aufwendig livrierte Lakaien einzulassen, die auf kleinen Wagen einen Imbiß hereinfuhren: schwarzen, roten und goldenen Kaviar, kalten Stör in Aspik, Käse, Pasteten, Mixed Pickles, kalten Braten und zahlreiche Flaschen Wodka, die sehnsüchtig aus den Eisblöcken hervorschauten, in die sie eingesperrt waren.

»Und mein armer Rivale Luzifuge wurde mit Erdnüssen traktiert!« lachte Marschall Satanachia. Er hob sein Glas und rief: »Na zdroviye, Genossen!«, dann sangen sie alle gemeinsam die Internationale, obwohl einzig der Abgesandte der Hölle sich an den vollständigen Text erinnern konnte.

Der Höhepunkt

Die Konfrontation fand traditionsgemäß in Genf statt. Die Delegierten starrten sich über den schweren Eichentisch feindselig an. Auf der einen Seite Jimmy, Cy, Ham, Jody, der Energieminister und Generalmajor Luzifuge. Auf der anderen Seite saßen Nummer Eins bis Dreizehn und Marschall Satanachia. Schließlich am Kopf der Tafel als Unparteiischer der UN-Generalsekretär, ein magerer Schwarzer aus der Dritten Welt. Die Luft knisterte vor Spannung.

»Die Situation ist die«, eröffnete Cy das Gespräch. »Die Vereinigten Staaten bestehen darauf, daß sie das Monopol am höllischen Feuer haben, so daß ihre Exportprodukte diejenigen aller anderen Länder preislich ausstechen können, wodurch unsere unausgeglichene Handelsbilanz wieder ins Lot käme, der Dollar stabilisiert und die nationale Inflation gebannt wäre.«

»Njet, die Situation ist folgende«, sagte Nummer Fünf. »Die Sowjetunion will ihren gerechten Anteil am höllischen Feuer, um den Lebensstandard in der UdSSR auf ein so beachtliches Niveau heben zu können, daß alle anderen Völker den Wert des Kommunismus anerkennen, so daß endlich die Weltrevolution das Proletariat in aller Welt entflammen kann!«

»Die wahre Situation ist die«, sagte der UN-Generalsekretär ätzend, »daß Sie beide Ihre wahren Motive verschleiern wollen. Beide wollen Sie nichts anderes, als das Höllenfeuer zur Sicherung Ihrer militärischen Übermacht einzusetzen. Wenn es einer von Euch erhält oder gar beide erhalten, dann sei Gott dem Rest der Welt gnädig.«

Der amerikanische Außenminister ignorierte diese Worte und fuhr die sowjetische Nummer Fünf an: »Das war unsere Idee. Ihr Russkis verstoßt gegen ein allgemein anerkanntes Urheberrecht!«

Nummer Drei oder Vier erwiderte höflich: »Wir können einwandfrei beweisen, daß diese Idee bereits 1812 von einem bjelorussischen Muscik namens P. Tidmov geäußert wurde.«

»Aber wir haben uns als erste bemüht, die Idee in die Tat umzusetzen«, schrie Jody. »Das gibt uns alle Ausbeutungsrechte. Ihr seid alle Claim-Räuber!«

Nummer Neun warf ein: »Sie versuchen sich wieder einmal in die internationalen Angelegenheiten eines autonomen Staates einzumischen. Wir bohren auf unserem eigenen Territorium, wie Ihre Spionage-Satelliten sicherlich bereits festgestellt haben. Unter der Strafanstalt von Lubyanka, längs des Archipel Gulag . . .«

Jimmy bearbeitete den Tisch mit seiner Faust. »Ihr gottlosen Atheisten legt eure Hände auf unser christliches Höllenfeuer, für das wir einen Preis entrichtet haben, der mir immer noch schlaflose Nächte bereitet!«

»Wir haben sogar zu einem wesentlich höheren Preis abgeschlossen«, schrie Nummer Eins und schlug mit seinem Schuh auf den Tisch. »Wir liefern wesentlich mehr Seelen als Amerika!«

»Das alte Argument, daß mehr auch besser wäre«, schnaubte Ham, »unsere Seelen sind von wesentlich höherer Qualität.«

»Isprazhnyeniyo!« sagte Nummer Zehn, wobei es sich um einen äußerst gewöhnlichen Fluch handelte. »Qualität wie eure Watergate-Bande, eure CIA-Pfuscher – ich frage mich sowieso häufig, wieso sie als Intelligence Agency bezeichnet werden. Und schließlich, gerade jetzt, Kandidaten, die sich um das höchste Amt im Staat bewerben und die gerade soeben um eine Anklage wegen Korruption und Körperverletzung herumgekommen sind.«

»Ach so?« höhnte Jimmy, »was ist denn mit eurem Stalin und Beria und euren KGB-Gorillas und euren falschen Entmündigungskommissionen? Zählen die als Qualität?«

»Würde Ihr eigener Bruder einen Qualitätstest bestehen?« zischte Nummer Eins. »Ich möchte wetten, daß der nie in seinem Leben einen Test bestanden hat. Keine höhere Mathematik, keinen IQ oder Litmus, Wassermann, noch nicht einmal einen Alkoholtest oder olympischen Hormontest . . .«

»Jetzt schlagen Sie unter die Gürtellinie, jetzt kämpfen Sie schmutzig!« schrie Jimmy.

»Bitte, meine Herren!« sagte der UN-Generalsekretär.

»Bitte, meine Herren!« sagte Generalmajor Luzifuge.

»Bitte, Genossen!« sagte Marschall Satanachia. »Aus rein juristischer Sicht ist der ganze Streit überflüssig – die Sowjetunion bietet den höheren Preis für den Zugang zum höllischen Feuer, und das ist alles, was es dazu zu sagen gibt!«

»Pustekuchen« schnappte Luzifuge. »Du weißt verdammt gut, daß wir alle diese Atheistenseelen sowieso kriegen würden, und zwar gratis!«

»Und was ist mit den Amerikanskiyi-Seelen?« gab Satanachia zurück. »Du weißt verdammt gut, daß die Verbrechensstatistiken der USA in der sogenannten Freien Welt absolut führend sind!«

Luzifuge stand drohend auf: »Seit dem Sündenfall versuchst du sechstklassiger Dämon wieder hochzukommen, indem du auf mich trittst. Jetzt kommen diese Yankees mit einer brillanten Idee, ich erkenne ihren Wert und biete ihnen einen Pakt an – und du willst mir mit deinen verdammten Slaven zuvorkommen!«

»Das sind keine schönen Worte«, erwiderte Satanachia mit Mordlust im Blick und stand ebenfalls auf.

»Hah, ich kann mich nicht erinnern, daß du während der Rebellion dort oben besonders viele Schläge ausgeteilt hättest.« Und Luzifuge deutete himmelwärts.

»Ach ja? Schau dir am besten meinen Rauch da unten an!« Und Satanachia deutete nach unten.

»Du weißt, daß das Krieg bedeutet?«

»Das kannst du mir glauben!«

Die Gesichter von Jimmy und Nummer Eins erbleichten, ebenso wie das des Un-Generalsekretärs – soweit dies möglich war. Er sagte finster: »Jetzt hört mal zu, ihr hitzköpfigen Höllenbewohner! Die USA und die Sowjetunion haben fast vierzig Jahre lang alles darangesetzt, den totalen Krieg irgendwie zu vermeiden. Sie haben den Frieden durch ein Gleichgewicht des Terrors gesichert und dabei genug tödliche Waffen angesammelt, um die ganze Erde zu einer toten Schlacke zu verbrennen. Sie können es sich einfach nicht leisten, jetzt einen Krieg zu beginnen.«

»Sie?« schnaubte Luzifuge. »Wer spricht von ihnen und ihrer dämlichen Erde? Lest doch die Bibel! Als wir noch Engel waren, brauchten wir nicht die Genehmigung Sterblicher, um einen Krieg unter uns anzufangen!«

»Und dieser Krieg war höllisch!« sagte Satanachia. »Aber jetzt haben wir endlich Zugang zu Waffen, die unvergleichlich besser sind als Flammenschwerter.«

Luzifuge schrie es heraus: »Westliche Hemisphäre gegen östliche Hemisphäre!«

Satanachia fiel ein: »Ost oder West, gewinnen soll der Best'!« Und beide stürmten durch entgegengesetzte Türen aus dem Raum. Die Konferenzteilnehmer saßen wie gelähmt.

Schließlich meinte Nummer Eins ängstlich: »Ich denke, wir sollten unsere Streitigkeiten vorerst zurückstellen.«

»Ja«, erwiderte Jimmy mit zittriger Stimme. »Wir sollten besser Sturmwarnung ausgeben lassen. Ein Unterirdischer Krieg könnte vulkanische Eruptionen, Erdbeben, Flutwellen auslösen . . .«

Das war die größte Untertreibung, die je auf Gottes Erdboden zu hören gewesen war.

Kurz vor dem Ende

In der Malstrom-Luftwaffenbasis in Montana riß der kommandierende Oberst Strangelove den knallroten Hörer von der Gabel – die heißeste aller heißen Verbindungen zum Pentagon – und brüllte ins Ohr des Obersten Stabschefs. Fast im selben Augenblick rief der kommandierende Oberst Babayaga in der Derazhnya-Raketenbasis in der Ukraine in höchster Aufregung ebenfalls einen vergleichbar hohen Offizier an. Die beiden Obersten sprachen halb in Code, halb unverschlüsselt, und ihre aufgeregten und verängstigten Meldungen hatten fast den gleichen Wortlaut:

»Derazhnya! Artelyerest Komander Babayaga!«

»Malstrom! ICBM Commander Strangelove!«

»Tovarischtsch Nachalnyek, bolno novost! Vetra buynaye e nepogozhuyu!«

»General, schreckliche Neuigkeiten! Stürmische Winde und schlechtes Wetter!«

Bei diesen Worten begannen die amerikanischen und sowjetischen Vorgesetzten am anderen Ende jeden nur erreichbaren roten Knopf in ihrer Umgebung zu drücken. Überall wurden Alarmklingeln und Sirenen ausgelöst. Die beiden berichterstattenden Obersten fuhren atemlos fort:

»Ran ugrom, odna apelsyen mashyena CC-Bosemnadpat (SS 18) uyezhal truboy!«

»Vor wenigen Minuten hat eine vollbestückte und abschußbereite MX unerklärlicherweise ihren Silo verlassen!«

»V dalneyshem, uyezhalo dvoe e troe!«

»Direkt danach folgten andere in Zweier- und Dreiergruppen!«

»Da, bozhe ouezha! Ouen zhats! Yamyerli ot stracha! Uto nam delat?«

»Ja, Sir, grauenhaft! Alle weg! Was sollen wir jetzt machen?«

»Nyet, Nachalnyek, Nye uitaete. Mashyenyat nye rayorvatyao!«

»Nein, Sir, ich glaube, ich habe mich nicht klar genug ausgedrückt. Die Interkontinentalraketen sind nicht gestartet!«

»Nye doeltalo.«

»Ja, doch, sie sind gestartet, aber haben nicht abgehoben.«

»Nyet, nye verch.«

»Nein, nicht nach oben!«

»Neom!«

»Nach unten!«

Aus dem Amerikanischen übersetzt von Jörg Adrian Huber

Heyne Science Fiction und Fantasy:

Ausgezeichnet auf dem Eurocon in Stresa mit dem »Premio Europa 1980« als beste SF-Reihe.

Von der nunmehr 850 Bände umfassenden Reihe sind folgende Fantasy-Titel derzeit lieferbar und besonders zu empfehlen:

John Norman
Gor – die Gegenerde
(06/3355 – DM 4,80)

Michael Moorcock
Elric von Melniboné
(06/3643 – DM 4,80)

Katherine Kurtz
Camber von Culdi
(06/3666 – DM 5,80)

Fletcher Pratt
Die Einhornquelle
(06/3671 – DM 7,80)

Tanith Lee
Die weiße Hexe
(06/3687 – DM 6,80)

Michael Moorcock
Der Zauber des weißen Wolfs
(06/3692 – DM 4,80)

H. Warner Munn
Ein König am Rande der Welt
(06/3696 – DM 5,80)

Katherine Kurtz
Sankt Camber
(06/3720 – DM 7,80)

Henry Rider Haggard
Nada die Lilie
(06/3733 – DM 6,80)

Stephen R. Donaldson
Lord Fouls Fluch
(06/3740 – DM 8,80)

H. Warner Munn
Das Schiff von Atlantis
(06/3741 – DM 4,80)

Michael Moorcock
Im Banne des schwarzen Schwertes
(06/3753 – DM 4,80)

Tanith Lee
Herr des Sturms
(06/3759 – DM 7,80)

Gordon R. Dickson
Die Nacht der Drachen
(06/3769 – DM 5,80)

Fritz Leiber
Herrin der Dunkelheit
(06/3775 – DM 4,80)

Stephen R. Donaldson
Die Macht des Steins
(06/3795 – DM 9,80)

Tanith Lee
Herr der Nacht
(06/3802 – DM 5,80)

Michael Moorcock
Gloriana
(06/3808 – DM 7,80)

L. Sprague de Camp/Fletcher Pratt
Die Kunst der Mathemagie
(06/3814 – DM 4,80)

Larry Niven
Der Flug des Pferdes
(06/3817 – DM 5,80)

Wilhelm Heyne Verlag
München

Fritz Leiber
Schwerter und Eiszauber
(06/3819 – DM 5,80)

Hugh C. Rae
Harkfast
(06/3820 – DM 5,80)

H. Warner Munn
Merlins Ring
(06/3826 – DM 7,80)

E. R. Eddison
Der Wurm Ouroboros
(06/3833 – DM 8,80)

Stephen R. Donaldson
Die letzte Walstatt
(06/3839 – DM 9,80)

Andrew J. Offut
Valeron der Barbar
(06/3868 – DM 4,80)

C. L. Moore
Der Kuß des schwarzen Gottes
(06/3874 – DM 7,80)

John Norman
Die Bestien von Gor
(06/3875 – DM 6,80)

L. Sprague de Camp/Fletcher Pratt
Die Mauer der Schlangen
(06/3881 – DM 4,80)

Patricia A. McKillip
Die vergessenen Tiere von Eld
(06/3882 – DM 5,80)

Preisänderungen vorbehalten.

Heyne Science Fiction und Fantasy:

Ausgezeichnet auf dem Eurocon in Stresa
mit dem »Premio Europa 1980« als beste SF-Reihe.

Von der nunmehr 850 Bände umfassenden Reihe sind folgende
Science Fiction-Titel deutscher Autoren
derzeit lieferbar und besonders zu empfehlen:

David Chippers
Zeit der Wanderungen
(06/3797 - DM 4,80)

Reinmar Cunis
Zeitsturm
(06/3668 - DM 4,80)

Der Mols-Zwischenfall
(06/3786 - DM 4,80)

Hans Dominik
Die Spur des
Dschingis Khan
(06/3271 - DM 4,80)

Himmelskräfte
(06/3279 - DM 4,80)

Lebensstrahlen
(06/3287 - DM 4,80)

Der Brand der
Cheopspyramide
(06/3375 - DM 4,80)

Das Erbe der Uraniden
(06/3395 - DM 4,80)

Flug in den Weltraum
(06/3411 - DM 4,80)

Die Macht der Drei
(06/3420 - DM 4,80)

Kautschuk
(06/3429 - DM 4,80)

Atomgewicht 500
(06/3438 - DM 5,80)

Atlantis
(06/3447 - DM 5,80)

Das stählerne Geheimnis
(06/3456 - DM 5,80)

Ein neues Paradies
(06/3562 - DM 4,80)

Der Wettflug
der Nationen
(06/3701 - DM 4,80)

Ein Stern fiel
vom Himmel
(06/3702 - DM 4,80)

Land aus Feuer
und Wasser
(06/3703 - DM 4,80)

Hans Dominik u.a.
Als der Welt Kohle
und Eisen ausging
(06/3754 - DM 6,80)

Otto Willi Gail
Der Schuß ins All
(06/3665 - DM 4,80)

Ulrich Harbecke
Invasion
(06/3632 - DM 3,80)

Wolfgang Jeschke
Science Fiction
Story-Reader 13
(06/3685 - DM 5,80)

Science Fiction
Story-Reader 14
(06/3737 - DM 5,80)

Science Fiction
Story-Reader 15
(06/3780 - DM 6,80)

Science Fiction
Story-Reader 16
(06/3818 - DM 7,80)

Science Fiction
Story-Reader 17
(06/3860 - DM 7,80)

Bernhard Kellermann
Der Tunnel
(06/3111 - DM 6,80)

Barbara Meck
Das Gitter
(06/3758 - DM 4,80)

Thomas R. P. Mielke
Grand Orientale 3301
(06/3773 - DM 4,80)

Der Pflanzen Heiland
(06/3842 - DM 5,80)

Gert Prokop
Der Tod der
Unsterblichen
(06/3851 - DM 5,80)

Roland Rosenbauer
Computerspiele
(06/3745 - DM 5,80)

Georg Zauner
Die Enkel der
Raketenbauer
(06/3751 - DM 4,80)

Preisänderungen
vorbehalten.

Wilhelm Heyne Verlag München

Jeden Monat mehr als vierzig neue Heyne Taschenbücher.

Allgemeine Reihe
mit großen Romanen
und Erzählungen
berühmter Autoren

Heyne Sachbuch
Heyne Reisebücher
Heyne-Jahrgangsbücher
Religion und Glaube

Heyne Jugend-
Taschenbücher
Das besondere Bilderbuch

Heyne Ex Libris
Cartoon & Satire

Das besondere
Taschenbuch
Neue Literatur
Heyne Lyrik

Heyne Biographien
Heyne Geschichte

Heyne Filmbibliothek
Heyne Discothek

Heyne Ratgeber
Heyne-Kochbücher
kompaktwissen

Der große Liebesroman
Blaue Krimis/Crime Classic
Romantic Thriller
Heyne Western

Heyne Science Fiction
und Fantasy

Bibliothek der SF-Literatur

**Ausführlich informiert Sie das Gesamtverzeichnis
der Heyne-Taschenbücher.
Bitte mit diesem Coupon oder mit Postkarte anfordern.**

Senden Sie mir bitte kostenlos das neue Gesamtverzeichnis

Name

Straße

PLZ/Ort

**An den Wilhelm Heyne Verlag
Postfach 20 12 04 · 8000 München 2**